Jean-Luc Bannalec

BRETONISCHE SEHNSUCHT

Kommissar Dupins dreizehnter Fall

Kiepenheuer & Witsch

FSC
www.fsc.org
MIX
Papier | Fördert
gute Waldnutzung
FSC® C083411

1. Auflage 2024

Covergestaltung Rudolf Linn, Köln
Covermotiv © P. Meybruck/Adobe Stock
Kartografie Birgit Schroeter, Köln
Gesetzt aus der Aldus und der Franklin Gothic
Satz Buch-Werkstatt GmbH, Bad Aibling
Druck und Bindung CPI books GmbH, Leck
ISBN 978-3-462-00246-1

À L.

»EIN VERSCHWIEGENES WORT
IST BESSER ALS ZWEI GESPROCHENE.«

BRETONISCHES SPRICHWORT

DER ERSTE TAG

Nichts hier schien von dieser Welt zu sein. Nicht die mystische Szenerie, die jäh aus dem Atlantik aufragenden Granitfelsen, das surreale Grün des Grases auf ihren Kuppen, nicht das silbrig grüne Meer, nicht der bläulich kristallin glimmende Himmel in seiner endlos scheinenden Weite. Noch weniger die wundersam sphärische Musik der fünf Frauen, die sie an diesem Sommerabend hier am *Phare du Stiff* erklingen ließen.

Die Île d'Ouessant schien nicht von dieser Welt.

Genau das war Kommissar Georges Dupins Eindruck gewesen, als er sie heute Nachmittag zum ersten Mal betreten hatte. Er war in seinem ganzen Leben noch an keinem vergleichbaren Ort gewesen. Mit den anderen bretonischen Inseln jedenfalls hatte Ouessant nichts gemein. So wunderbar und eigensinnig die Belle-Île, die Île de Sein, die Îles de Glénan und alle anderen auch waren, gehörten sie doch eindeutig dem Reich der Wirklichkeit an, der »gewöhnlichen Welt« – und das stand bei Ouessant erheblich infrage.

Enez Eusa lautete der königliche bretonische Titel der Insel, »am weitesten draußen gelegen«. Vor dem äußersten nordwestlichen Rand der bretonischen Welt, und nicht nur das: des gesamten europäischen Kontinents, des »großen Landes«, wie die Inselbewohner die ferne Festlandwelt ein wenig skeptisch nannten. Die »Erhabene«, denn auch das bedeutete *Enez Eusa*, lag zweiundzwanzig Kilometer vor den allerletzten Felsen des Finistère – sogar noch jenseits vom »Ende der Welt«. Im Norden befanden sich Cornwall und – ein Stück weiter westlich – Irland. Führe man geradewegs gen Westen, stieße man nach Tausenden Kilometern Atlantik auf Neufundland.

Ouessant war eine wilde Schönheit. Eine Urgewalt. Das galt für die Insel selbst, aber noch mehr für das Gefühl, das sie in einem auslöste. Man hatte den Eindruck, mitten in die entfesselte Natur geworfen zu sein. Mehr Atlantik ging nicht. *Là où souffle un vent fort de la liberté*, hieß es, »da, wo ein starker Wind der Freiheit bläst«. Es mochte pathetisch klingen, traf aber gut, was man auf Ouessant fühlte: eine große Freiheit. Knapp acht Kilometer lang war die Insel, maximal vier breit – die Küste heftig zerklüftet, ein paar wenige Kiesstrände, vier kleine Sandstrände, alles beschützt von einer Armada an Leuchttürmen. Von oben gesehen hatte Ouessant, es war verblüffend, ziemlich genau die Form einer Hummerschere, und von Hummern wimmelte es in ihren Gewässern. Dupin war beruhigt gewesen: Verhungern würde er nicht.

Hier, am äußersten nordöstlichen Zipfel – wo der berühmte *Stiff*-Leuchtturm stand –, präsentierte die Insel eine atemberaubende Steilküste, brachial, erhaben, bedeckt von Mooren, Heidekraut, Ginster und struppigem Gras. In Richtung Westen überraschte sie mit einer sanften Senke, dem grünen Tal von Arlan, in dem die wenigen Bäume der Insel standen. Diese hatten ihre liebe Not auf Ouessant. Die Gischt, die beim jähen Brechen der anrollenden Wellen in die windigen Sphären verwirbelt wurde, brachte Salz und Jod über die ganze Insel. Der Regen war kein großes Thema, tatsächlich regnete es weniger als auf dem Festland. Dafür blies der Kornog, und zwar fast immer. Ein rauer Westwind, so charakteristisch, dass er von den Ouessantins einen eigenen Namen bekommen hatte.

Über zwei Dutzend Angriffen heftiger Stürme war Ouessant durchschnittlich in einem Jahr ausgesetzt, die meisten attackierten die Insel im Februar. Windstärke neun war dann keine Seltenheit. Die Spitzen, *coups de tabac* genannt, »Tabakschläge«, betrugen regelmäßig bis zu 180 km/h, bei den legendären Stürmen 1930, 1960 und 2023 hatte man Schläge über 200 km/h verzeichnet. Noch viel bedenklicher, fand Dupin, war allerdings eine andere Zahl, sie allein machte drastisch klar, wo man sich befand: 28,6 Meter. Diese Zahl gab die Höhe eines Brechers an, einer »Monsterwelle« – so die wissenschaftliche Bezeichnung –, die die Insel im letzten November während eines Sturms im Westen erwischt hatte. Doppelt so hoch wie Dupins Haus.

Noch eine Besonderheit der Insel: Es fühlte sich an, als wäre man in eine eigentümliche Zeitlosigkeit gereist. Die Natur, die schroffen Klippen, das ungestüme Meer, die Heidelandschaften, wo auch Farne und Ginster wuchsen, hätten vor Jahrtausenden, in neolithischer Zeit, genauso ausgesehen wie in der Gegenwart. Überhaupt war man in eine andere Welt katapultiert, mit einer intensiven, archaischen Aura voller alter Magie. Wie ein wüster Traum, in den man stürzte.

»Eine wildere, rauere, verwegenere Bretagne gibt es nicht! Ein karger Granitbrocken mitten im wüstesten Atlantik«, hatte Riwal Dupin vor dessen Aufbruch eingestimmt. »Da ist nichts mit Mittelmeer, Karibik, Südsee oder so! Da liegen Sie völlig falsch, Chef.«

Es war eine seltsame Konversation gewesen, denn Dupin hatte kein Mittelmeer, keine Karibik und auch keine Südsee erwartet. »Auf Ouessant ist überhaupt nichts lieblich! Rein gar nichts!«, war sein erster Inspektor leidenschaftlich fortgefahren. »Das Ende der Welt kann nicht überall einladend sein! Selbst wenn die Delfine Sie dort ausgelassen umschwärmen, Kormorane erhaben auf den Felsen sitzen und die rotschnäbeligen Austernfischer atemberaubende Manöver fliegen. Dafür gibt es mehr Mysterium als überall sonst. Mystik en masse!« Riwal hatte sich gar zu einer diffusen Warnung veranlasst gesehen: »Sehen Sie sich vor, Chef! Merken Sie sich meine Worte.«

Dupin hatte wohlweislich nicht nachgefragt. Man hätte meinen können, er würde zu einer *Indiana-Jones*-Mission aufbrechen. Wobei Dupin zugeben musste, dass er jetzt, nach ein paar Stunden auf der Insel, zumindest ein wenig verstand, was Riwal mit »Mystik en masse« gemeint haben könnte.

»Auf jeden Fall passt der Name der Gruppe, finden Sie nicht? Sie heißt *Sous le charme des Sirènes*. Im Bann der Sirenen. Wir hier auf der Insel nennen sie einfach nur die *Sirenen*. Es ist Musik aus einer anderen Welt.«

Alana Rigo, die Bürgermeisterin, lächelte Dupin zu.

Der Kommissar nickte freundlich.

Sie hatte recht. Die geheimnisvollen, sanften Klänge, die die Musikerinnen ihren Stimmen und Instrumenten entlockten, schienen anderen Sphären zu entstammen. Dupin musste zugeben, dass er selbst nach zwölf Jahren intensiver Bretonisierung mit keltischer Musik nicht so richtig warm geworden war. Aber auf diese geheimnisvolle Insel hier passte sie. Sehr gut sogar. Oder anders: Es wirkte so, als käme sie von hier. Als wäre sie genau hier erdacht worden.

»Das ist eine Sensation! Allein schon, dass die fünf wieder zusammen spielen«, fuhr die Bürgermeisterin fort. »Es wird in allen Zeitungen stehen! – Zu schade, dass dafür erst eine solche Tragödie nötig war.«

Bedrückt schüttelte sie den Kopf.

»Wann haben sie das letzte Mal zusammen gespielt?«

So sanft die Klänge waren, Dupin musste die Stimme dennoch deutlich heben.

Die Bürgermeisterin dachte kurz nach.

»Das war vor acht Jahren. – Dann verließ Rayanne die Insel.«

Eine längere Pause. Der letzte Satz hatte ein wenig so geklungen wie: Dann ist es zum Sündenfall gekommen.

»Sie ging nach Dublin und wurde berühmt. Richtig berühmt. – Seitdem sind die *Sirenen* nicht mehr zusammen aufgetreten.«

Sie machte eine melancholische Pause.

»Rayanne war nur selten hier in den letzten Jahren. – Aber«, sie lächelte, »das hat sich ja nun geändert.« Alana Rigo holte tief Luft: »Rayanne ist zurück!«

Als Dupin heute Nachmittag auf der Insel angekommen war, hatte Madame le Maire ihn offiziell empfangen. Alana Rigo war nicht nur die Bürgermeisterin der achthundertfünfzig Insulaner, sondern, qua ihres Amtes, ebenso *officier de police* der Insel. Sie war eine gut aussehende Frau um die fünfzig, lange schwarze Haare, schlank, schwarze Jeans, schwarze Regenjacke, obwohl von Regen weit und breit keine Spur war, nicht einmal von Wolken. Manchmal wirkte sie formell, dann wieder ganz emotional. Zusammen mit zwei weiteren Bewohnern der Insel bildete sie die *garde champêtre,* die offizielle Landwache. Die ständige Präsenz einer Gendarmerie lohnte sich nicht für Ouessant, dafür passierte zu wenig. Um das, was doch passierte, kümmerte sich die Landwache. Echte Polizei gab es nur während der Hauptsaison, zwischen Mitte Juni und Ende August, dann waren sie zu sechst hier. Passierte in den anderen Monaten etwas Schwerwiegendes, kam jemand vom Festland herüber. Schwerwiegend war der gegenwärtige Vorfall ohne Zweifel.

Gestern früh war eine Männerjacke angeschwemmt worden, heute früh dann der ganze Mann – nahe der Hafenmole im Osten der Insel, wo die Fähre ankam. Es war die Leiche des Insulaners Lionel Saux, das war schon beim Fund der Jacke klar gewesen – niemand sonst hier trug eine uralte Levis-Jeansjacke mit dem Cover der ersten *Fleetwood-Mac*-Single als Rückenaufdruck. Die Küstenwache hatte nach dem Fund der Jacke umgehend eine Suchaktion gestartet, ein Hafenarbeiter hatte den Toten dann heute Morgen zufällig entdeckt. Einundvierzig Jahre war Lionel Saux im Sommer geworden. Noch war alles denkbar: ein Unfall, vielleicht mit gesundheitlichen Problemen verbunden, Selbstmord oder – ein Verbrechen.

Die Bürgermeisterin hatte Dupin gebrieft. »Er war Musiker, das war schon als Jugendlicher sein Wunsch gewesen.« Die Musik, das hatte Dupin in den wenigen Stunden auf der Insel gelernt, spielte eine große Rolle auf Ouessant. Lionel Saux hatte anscheinend so gut wie jedes Instrument beherrscht, ein Allrounder, am liebsten aber hatte er Songs geschrieben. Zudem hatte er sich als Produzent versucht, vor zwölf Jahren war ein komplettes Album mit einer Künstlerin aus Le Conquet entstanden, das allerdings erfolglos blieb. Wie auch seine anderen musikalischen Projekte. Es hatte also nicht geklappt mit einer professionellen Musikerkarriere. Genauso wenig mit seiner zweiten Berufsidee: einem Irish Pub auf der Insel. »Sie müssen wissen, dass es rege Verbindungen zwischen Ouessant und der Grünen Insel gibt«, war Dupin belehrt worden. »Die Ouessantins fühlen sich dort sehr wohl.« Was keineswegs verwunderte, Irland war wie die Bretagne eine passionierte keltische Nation. Einen Irish Pub hatte es auf Ouessant noch nicht gegeben, als Lionel Saux die Idee gehabt hatte, aber das beliebte und alteingesessene *Ty Korn* hatte einen irischen Besitzer, zudem spielte das kleeblattgrüne Schild über der Eingangstür mit dem Nimbus der populären irischen Kneipenkultur. Die Touristen bevorzugten sowieso authentisch bretonische Kneipen, von denen es auf der Insel ein paar ganz wunderbare gab. Letztes Jahr, nach drei deprimierenden Jahren, hatte Saux seinen Pub aufgeben müssen. »Ein Unglücksrabe«, hatte die Bürgermeisterin unsentimental kommentiert. »Das mit dem Ende des Pubs hat ihm irgendwie den Rest gegeben, war mein Gefühl, auch wenn ich ihn nicht gut kannte. – Auf jeden Fall hat er manchmal zu viel getrunken. Schon vor der Sache mit dem Pub. Dann konnte er auch mal cholerisch werden, ab und zu gab es eine Prügelei, obwohl er eigentlich harmlos war. Ein guter Kerl im Grunde. Mit großen Träumen. Saux' Eltern waren vor ein paar Jahren, mit Anfang siebzig, aufs Festland gezogen, in einen Vorort von Brest. – Und was ist passiert? Da sind sie nach zwei Jahren gestorben. Fern der Heimat, kein Wunder. Ich hatte es ihnen prophezeit.«

Sentimental war Madame Rigo wirklich nicht.

Saux' Leiche war bereits am Mittag in der Gerichtsmedizin von Brest angekommen, man hatte sofort mit der Untersuchung begonnen. Knie und Schulter wiesen ernste Verletzungen auf, als wäre er an einen Felsen geschlagen, zum Beispiel bei einem Sturz ins Meer, hatte die Gerichtsmedizinerin befunden – eine neue Kollegin, mit der Dupin bisher noch nicht zu tun gehabt hatte. Aber natürlich waren all das Spekulationen. Die Todesursache jedenfalls war eindeutig: Ertrinken. Der Kopf war unversehrt, wahrscheinlich hatte Saux noch gelebt, als er ins Wasser gestürzt war. Vielleicht, die Gerichtsmedizinerin hatte mögliche Szenarien durchgespielt, hatte er durch den Sturz das Bewusstsein verloren. Bisher wurden keine Hinweise auf Fremdeinwirkung gefunden. Wobei es, je nachdem, wie sich so etwas zutrug, gar nicht viel brauchte, um jemanden die Klippen hinunterzustoßen. Ein Schubs genügte und schon verlor der andere das Gleichgewicht. Ein Spaziergang auf einem der spektakulären einsamen Küstenwege und … Es kam einem perfekten Mord erschreckend nah. Niemand würde es je beweisen können. Eine verheerend einfache Methode, jemanden loszuwerden.

Wenn man die Strömungen berücksichtigte, musste Lionel Saux auch im Osten ins Meer gestürzt sein, auf Penn Arlan höchstwahrscheinlich, einem besonders rauen und zerklüfteten Vorsprung, der wirkte, als würde er beim nächsten heftigen Sturm von der Insel abgerissen werden, so fragil war der schmale Landstreifen, der ihn noch mit Ouessant verband. Eine karge Ödnis, auf der sich außer einem siebentausend Jahre alten Steinkreis rein gar nichts befand.

»Sind Ihnen noch weitere Personen eingefallen, zu denen Lionel Saux engeren Kontakt hatte, Madame Rigo?«

Die Bürgermeisterin hatte Dupin am Nachmittag eine erste Liste mit sechs Personen erstellt. Alles Inselbewohner. In Lionels Hosentasche hatte ein Handy gesteckt, es war unversehrt, allerdings gesperrt. Zum Telefonieren hatte er es offenbar nur selten benutzt, die Verbindungsnachweise lagen bereits vor. In der Woche vor seinem Tod hatte er zweimal mit einem Musikgeschäft in Brest telefoniert, da war es um spezielle Saiten für eine Gitarre gegangen, einmal mit Romy Potin, einer der fünf Musikerinnen, und einmal mit einem Bäcker wegen einer Bestellung.

»Nein. Nur die sechs. Mehr waren es nicht. Wie gesagt, Lionel war eher ein Eigenbrötler.«

Sie musterte Dupin immer noch neugierig. Natürlich, er war ein Fremdkörper auf der Insel. Er fühlte sich auch so.

Der Präfekt, Dupins oberster Dienstchef – und persönliches Grauen –, war heute früh, was er sonst nie tat, unangekündigt im Kommissariat aufgetaucht. Mit einem »Spezialauftrag«. Er sei bei Saux' Tod »in alarmierendem Maße persönlich involviert«. Jade Quiniou, die einzige der Musikerinnen, die nicht auf der Liste mit den Kontakten stand – Bodhrán-Spielerin, Kulturbeauftragte und *conteuse* –, war Locmariaquers Nichte. Was man der Frau gar nicht anmerkte, fand Dupin – sie wirkte ausgesprochen freundlich, ja sympathisch. Dupin empfand aufrichtiges Mitleid mit ihr. Für seine Verwandtschaft konnte man nichts, und das war ein hartes Los. Er hatte heute Nachmittag ein paar Worte mit ihr gewechselt, morgen würde er ausführlich mit ihr sprechen. Was Dupin bereits herausgehört hatte, war, dass sie offenbar keine enge Beziehung zu ihrem Onkel hatte, auch das sprach für sie. Eigentlich wäre der Kommissar aus Brest für den »höchst sensiblen Fall« zuständig gewesen, der Liebling des Präfekten, ein eitler Pfau, mit dem Dupin auf Kriegsfuß stand. Der aber war für drei Wochen verreist. »Ganz und gar wohlverdiente Ferien«, so der Präfekt. Die Schwester des Präfekten hatte Locmariaquer mächtig unter Druck gesetzt, schließlich befände sich ihre Tochter »in Lebensgefahr«. Eine beim jetzigen Stand der Ermittlungen überzogene Befürchtung, fand Dupin. »Finden Sie heraus, was hinter dem Tod dieses Mannes steckt, und passen Sie gut auf meine Nichte auf«, so die Instruktion des Präfekten.

Der Zeitpunkt für den »Spezialauftrag« hätte nicht unglücklicher ausfallen können: Nolwenn – offiziell Dupins Assistentin, eigentlich aber das Zentralgestirn des Commissariat de Police Concarneau – befand sich auf einem Segeltrip. Nicht auf irgendeinem Segeltrip, nein, auf einem ganz großen. Einer ihrer Kindheitsträume ging in Erfüllung. Sie segelte die legendäre *Transat*-Regatta nach, eine der berühmtesten Segelregatten der Welt, die jedes Jahr in Concarneau startete. Ihr Mann hatte ihr den Trip zu ihrer Silberhochzeit geschenkt. Sie waren beide passionierte Segler. Vor zwei Wochen waren sie gemeinsam mit zwei Freunden aufgebrochen. Sie waren von Concarneau bis Porto Santo auf Madeira gefahren, das sie bereits hinter sich gelassen hatten. Die zweite, ungleich schwierigere Etappe führte nun über den gesamten Atlantik bis nach Saint-Barthélemy, das zu den Kleinen Antillen gehörte. Dupin hielt die Unternehmung für einigermaßen wahnsinnig. Aber natürlich hatte er kein Wort gesagt. Er hoffte inständig, dass zuträfe, was bei Nolwenn eigentlich immer zutraf: dass sie wusste, was sie tat.

Der Dudelsack, der eine Weile geschwiegen hatte, hob nun laut an. Dupin hätte es nicht für möglich gehalten, dass einem Dudelsack derartige Töne entströmen konnten. Die hochgewachsene, dünne Musikerin – so dünn, dass man sich fragte, woher sie das nötige Volumen an Luft nahm – mit den leuchtend rostroten Haaren klang, als würde sie versuchen, mit dem Instrument den Wind nachzuahmen.

Die fünf *Sirenen*, direkt hier unter dem Leuchtturm von *Stiff*, spielten die mythischen Grundinstrumente der keltischen Musik: Violine – Laute – Bodhrán, eine keltische Rahmentrommel –

Dudelsack – Harfe. Hin und wieder kam eine Flöte hinzu, dann verstummte der Dudelsack, die rothaarige Musikerin spielte beide Instrumente. Bands dieser Kombination gab es zahllose, in jedem bretonischen Dorf; was die fünf Frauen über die virtuose Beherrschung der Instrumente hinaus so besonders machte, waren ihre atemberaubenden Stimmen. Heute Abend schlugen sie hier ein paar Hundert Menschen – vermutlich die Hälfte der Bevölkerung – sprichwörtlich in ihren Bann, die zu dem von ihnen und der Bürgermeisterin spontan organisierten »Konzert für Lionel« gekommen waren. Man hatte einen künstlichen Grasteppich auf ein halbes Dutzend alter Holzpaletten zu Füßen des *Phare du Stiff* gelegt – fertig war die Bühne.

Der alte Leuchtturm war ein Mythos, weit über die Insel hinaus. Eine einzigartige Konstruktion: Zwei runde Türme, äußerst solide, dabei nicht minder elegant, waren ineinandergebaut, wie um sich gegenseitig im Kampf gegen die tosenden Elemente zu stützen. Ein einzelner Turm alleine, schien es, reichte hier oben, auf dem exponiertesten Punkt der Insel, nicht aus. Ein Doppelleuchtturm. Dupin hatte so etwas noch nie gesehen, ein wahres Kunstwerk.

Der *Phare du Stiff*, Dupin hatte es nicht glauben wollen, war von Vauban, dem legendären Architekten des Sonnenkönigs Louis XIV., entworfen worden – von dem Mann also, der die Festung von Concarneau erbaut hatte. Und ebenso die von Saint-Malo, Camaret und La Rochelle. Natürlich war Vauban auch in Paris zugange gewesen. Und anscheinend sogar hier, auf diesem winzigen Flecken Erde mitten im tobenden Atlantik.

Selbstverständlich bestand *Le Stiff* aus mehr als nur dem Doppelleuchtturm, Vauban hatte wie immer ein ganzes Ensemble ersonnen. Rechts und links des Turms – alles streng symmetrisch – zwei hübsche einstöckige Gebäude in demselben Stil, strahlend weiß wie der Leuchtturm. Die gesamte Anlage war von einer meterhohen alten Steinmauer umgeben und ergab ein präzises Rechteck. Der einzige, mit einem Tor versehene Zugang lag an dem schmalen Sträßchen. Hier standen die Fahrräder der Konzertbesucher, das Hauptverkehrsmittel der Insel. Touristen durften ihre Autos nicht mit auf die Insel bringen, nur ein paar Ouessantins besaßen welche. Die Landschaft der Pointe de Bac'haol – des Vorsprungs, auf dem der altehrwürdige *Stiff* stand – war karg und windumtost.

Das tadellose Weiß des Leuchtturms und der beiden Gebäude hatte sich mit den Jahren leicht orange verfärbt. Orange würde, so sah es aus, auch die Farbe des heutigen Sonnenuntergangs. Jeden Tag wählten Himmel und Sonne neue Farbtöne, neue Stimmungen, mal mit Wolken in unendlichen Formen, mal ganz ohne, wie heute. Jedes Mal war es ein aufwendiges Spektakel, inszeniert für eine einzige Vorstellung, unwiederholbar.

Der Kommissar hatte sein kleines rotes Notizheft herausgeholt und machte sich eine Notiz.

»Jetzt kommt das Harfensolo! Achtung! – Rayanne spielt!«

In der Stimme der Bürgermeisterin lag Ehrfurcht, sie schwieg sodann und schwelgte.

Rayanne Ker war ein Superstar, wusste Dupin, nicht bloß in der keltischen Musik, sondern auch im Jazz. Sie sah wirklich aus wie eine Sirene, zumindest so, wie man sich Sirenen vorstellte. Gewellte lange, unglaublich dichte Haare. Hell, aber nicht blond, ein Sonnengelb, Safrangelb beinahe. Die Haare schwangen im Rhythmus der Musik. Ihre Augen leuchteten blaugrün, so intensiv, als gäbe es in ihr selbst eine Quelle des Lichts, die nach außen strahlte.

Dupin war genau aus diesem Grund heute hierhergekommen, um die *Sirenen* ein wenig näher in Augenschein zu nehmen. Natürlich auch, um sich etwas umzusehen, die Insel besser zu verstehen. Wie es hier zuging, was für ein Menschenschlag hier lebte. Insbesondere aber ging es ihm tatsächlich um die Musikerinnen, von denen sich gleich vier auf der Liste der Bürgermeisterin befanden. Vier der sechs Personen, zu denen Lionel Saux in halbwegs regelmäßigem Kontakt gestanden hatte, waren *Sirenen*. Darunter Rayanne Ker. Und die rothaarige Flötistin und Dudelsackspielerin, Céleste Bourvil, Automechanikerin und Inhaberin der einzigen Autowerkstatt der Insel. Darüber hinaus war sie Taxiunternehmerin, *Taxi Lavender* hieß das kleine Unternehmen. Die alten Citroën-Minibusse, die sie und eine Teilzeitangestellte fuhren, waren wirklich lavendelfarben. Auch die Violinistin stand auf der Liste der Bürgermeisterin, Romy Potin, die einzige kurzhaarige *Sirene*, Besitzerin der Bar in Lampaul, dem Hauptort der Insel. Sie war es gewesen, die Lionel Saux vor vier Tagen abends von seinem Handy aus angerufen hatte. Ein Telefonat von drei Minuten. Die Vierte war Enora Gaëc, Landwirtin, sie baute Kartoffeln und Gemüse an, besaß Ziegen und Schafe und stellte Käse her, in der Band spielte sie die Laute. Für Dupin sah das Instrument aus wie eine eigenartige Gitarre, was er natürlich nicht laut sagen würde. Nur zur fünften der *Sirenen*, Jade Quiniou, der Nichte des Präfekten, hatte Lionel Saux keinen engeren Kontakt mehr gehabt. »Früher schon, aber das ist viele Jahre her«, hatte die Bürgermeisterin gesagt – warum zuletzt nicht mehr, hatte sie nicht gewusst. Jade Quiniou arbeitete als Kulturbeauftragte in der *Mairie*, als Fremdenführerin und professionelle *conteuse*, Erzählerin. Sie bot Touren zu den Orten der Sagen und Legenden der Insel an. Bei den *Sirenen* spielte sie die Bodhrán, die – überaus spezielle – keltische Rahmentrommel.

Alle fünf waren sie auf Ouessant geboren und hier aufgewachsen, genau wie Lionel Saux, allerdings war dieser fast zehn Jahre älter. Er hatte die fünf Frauen nach der Gründung der Band produzieren wollen, hatte die Bürgermeisterin erzählt und dabei die Augen verdreht. »›Ich bring euch ganz groß raus!‹, hat er ihnen gesagt. – Am Anfang sind die fünf nur in der Bar am Friedhof aufgetreten. Die, die jetzt Romy gehört.«

Stürmischer Applaus setzte ein.

Rayanne Ker hatte ihr Solo beendet, die anderen Instrumente setzen wieder ein. Der Beifall hatte sicherlich zwei, drei Minuten angehalten. In seiner warmen Innigkeit war es mehr gewesen als ein gewöhnlicher Applaus. Die Ouessantins schienen Rayanne Ker, den gefeierten internationalen Star – fast überall in Europa und sogar in Kanada war sie mittlerweile bekannt –, immer noch als eine von ihnen zu betrachten. Was für Rayanne Ker und ihre Verbindung zur Insel sprach. Sie hatte im Sommer öffentlich angekündigt, wieder auf Ouessant leben und arbeiten zu wollen. Sich hier ein Studio einzurichten. Alle bretonischen und nationalen Medien sowie natürlich auch die irischen hatten davon berichtet. Es wäre nicht das erste Tonstudio auf der Insel, das berühmteste hatte sich Yann Tiersen eingerichtet – der durch den Soundtrack zu *Die fabelhafte Welt der Amélie* bekannt geworden war: Es befand sich in einer ehemaligen Diskothek, der einzigen, die es je auf der Insel gegeben hatte. Hier hatte er unter anderem sein Album *All* realisiert, inspiriert von der Insel, auf der er aufgewachsen war.

Dupin mochte beides: den Mann und seine Musik. Genauso wie den Chansonnier Christophe Miossec, Tiersens engen Freund, auch er ein Wahl-Ouessantin. Dupin besaß all seine Alben. Aber nicht nur die beiden, auch viele andere Musiker waren Ouessant verfallen und kamen regelmäßig auf die Insel, um die gewöhnliche Welt für eine Weile hinter sich zu lassen. Es war ein Ort höchster Kreativität. Auf Ouessant meditierten, experimentierten, komponierten sie, schrieben, spielten in den Kneipen der Insel, probierten neue Songs aus. Es war ein Phänomen – die innige Verbindung Ouessants mit der Musik. Gleich drei bekannte Musikfestivals gab es auf der Insel, hatte die Bürgermeisterin stolz erzählt. Eines begann morgen, es klang kurios, fand Dupin. *Fanfares!* war sein schlichter Name. Und genau darum ging es. Dupin wusste, dass sich Fanfaren in der Bretagne großer Beliebtheit erfreuten, und auch die Bürgermeisterin, Dupin hätte es nicht vermutet, hatte sich als begeisterte Anhängerin geoutet. »Wissen Sie eigentlich, wer da morgen alles kommt? *Tintamarre & Postillons, Bakchich, WestCostars, Poil O'Brass, Fanfare Gertrude, À Bout de Souffle* und sogar *Fanfarnaüm!*« Dupin hatte von keiner der Bands je gehört. Ein Festival ausschließlich für Fanfarengruppen: Trompeten, Posaunen, Hörner, Tuben, Saxofone, Fagotte – als einzige Nicht-Blasinstrumente spielten kleine und große Pauken mit, die dann allerdings sehr vernehmlich. Es waren ansehnliche Gruppen, fünfzehn, zwanzig Instrumente kamen in einer Band zusammen. Jedes Jahr wurde ein Dutzend Gruppen aus der Bretagne und den anderen fünf keltischen Nationen zum Aufspielen auf die Insel geladen, für einen Tag und eine Nacht. »Sie spielen vierundzwanzig Stunden komplett durch! Jede Gruppe sucht sich ihren Ort auf der Insel oder wandert umher. – Eine ziemlich wilde Sache«, hatte Alana Rigo erzählt. Nicht ganz so wild schien es beim *Festival de la musique classique* zuzugehen, das vor ein paar Wochen, im August, stattgefunden hatte. Das mit Abstand größte Festival jedoch, unter anderem von Miossec und Tiersen gegründet, war das *Festival Îlophone* mit seinem selbstbewussten Slogan *Le festival le plus à l'Ouest*. Die Bürgermeisterin warb nicht minder begeistert: »Dieses Jahr fand es schon zum vierzehnten Mal statt! Seit ein paar Jahren gibt es eine Austernbar am jeweiligen Veranstaltungsort, allein für die Eröffnung haben wir sechshundert Dutzend Austern bestellt. Natürlich von einer unserer Schwesterinseln, der Île de Sein! Und zu jedem Zwölfergedeck gehört selbstredend eine Flasche Muscadet.« Auch in der neueren Rock-Pop-Rap-Musik wirkte Alana Rigo beeindruckend firm: »Es gab dieses Jahr Afro-Funk von *Vaudou Game*, Electro-Blues der Duos *No Money Kids* und *Bootlegers United* und danach haben die DJs Zebra und Prosper aufgelegt. Ein wunderbar verrücktes Festival mit wunderbar verrückten Bands. Kosmopolitische, ganz gegenwärtige Musik! – Und den Strom für das Festival steuert ein Gezeitenkraftwerk bei, Teller und Gläser sind aus bretonischem Bio-

Algenplastik, damit das Ganze ohne größere Umweltbelastung vonstattengehen kann. Wir leben mit der Natur!«

Die Bürgermeisterin warf einen raschen Blick auf ihre Uhr.

»Wie angekündigt, Monsieur le Commissaire, ich muss jetzt leider gleich weg. Die Hochzeitsfeier meiner Schwester – aber Sybil Jaouen müsste jeden Augenblick eintreffen.«

»Wie gesagt, das ist nicht nötig, Madame le Maire. Ich komme klar.«

»Ich weiß, ich weiß. Aber niemand hat so viel Wissen über die Insel wie Madame Jaouen.«

Madame Jaouen war die Leiterin des kleinen Museums hier am *Phare du Stiff*, hatte Dupin erfahren, eines der beiden Gebäude neben dem Leuchtturm. Wie Jade Quiniou, die Bodhrán-Spielerin der *Sirenen*, war sie zudem eine *conteuse*, eine Erzählerin, in der Bretagne ein höchst anerkannter Beruf. Frauen und Männer, die die unzähligen Sagen, Legenden und Märchen in- und auswendig kannten – keine Gegend der Welt wies eine solche Fülle an Erzählungen auf wie die Bretagne – und sie bei Führungen in kleinen Gruppen zum Besten gaben. Auf Ouessant schien es noch mehr Geschichten zu geben als anderswo in der Bretagne, denn auf der Insel lebten gleich drei *conteuses*. Auch die einzige Fischerin der Insel, Ondine Morin, die heldenhaft für nachhaltige Fischerei kämpfte – eine bretonische Heldin, auch Nolwenn und Riwal waren große Fans –, war eine von ihnen.

»Also, bis bald! Madame Jaouen fährt Sie dann auch zu Ihrem Hotel.«

Die Bürgermeisterin wandte sich zum Gehen.

Dupin hatte zu seinem Leidwesen keine Wahl. Er musste über Nacht bleiben. Eigentlich hatte er noch nach Concarneau zurückkehren wollen. Aber zum einen war das Hin- und Herfliegen mit dem Polizeihubschrauber aufwendig, teuer und ökologisch unverantwortlich und zum anderen hatte er für morgen früh um sieben bereits eine erste Verabredung getroffen. Mit dem Inselpfarrer.

Dupin hatte sich strikt geweigert, mit dem Boot überzusetzen. Die Insel lag in den unruhigsten und gefährlichsten Gewässern des Nordatlantiks. Die Gegend war bei Seefahrern auf der ganzen Welt berüchtigt für die zahllosen Schiffbrüche, die sich seit Menschengedenken hier ereignet hatten. Um Ouessant herum war das Meer ein wahres Massengrab. Also war Dupin mit dem Hubschrauber aus Brest gekommen. Der »Helikopterlandeplatz«, von dem der Pilot gesprochen hatte, hatte sich als ein verwittertes, heftig zerfurchtes Betonquadrat von bedenklich kleinen fünf mal fünf Metern erwiesen, das direkt neben der *Mairie*, dem Bürgermeisteramt, lag. Es war mit einem abgebröckelten gelben Kreis versehen, darin ein großes H. Was bei Nebel herzlich wenig helfen würde, hatte Dupin bei sich gedacht; von Beleuchtung oder Sicherheitstechnik war nichts zu sehen gewesen. Dafür ein einladend wirkendes Café und Restaurant gleich gegenüber, das *La Duchesse Anne*. Hinter dem Hubschrauberlandeplatz befand sich nur ein kleines Stück Wiese, dann ging es auch dort steil hinunter zum Meer, in die Bucht von Lampaul.

»Und unterschätzen Sie die Insel niemals, Monsieur le Commissaire! Das endet immer fatal. Sie wissen ja: *À Ouessant rien n'est jamais comme ailleurs.*«

»Auf Ouessant ist nichts jemals wie anderswo« war eines der Mantras der Insel, Dupin hatte es in den Stunden seit seiner Ankunft schon ein paarmal gehört.

»Ich wünsche Ihnen einen schönen Abend, Madame Rigo.«

Die Bürgermeisterin drehte sich noch einmal um: »Meine Handynummer haben Sie ja – für alle Fälle!«

Jetzt spielte die Violine ein Solo. Sie klang wie ein sanfter, samtiger Wind.

Dupins Blick schweifte über das Meer. Er hielt Ausschau.

Studierte die Meeresoberfläche, suchte den Horizont ab. Ihm war zunächst selbst nicht bewusst gewesen, was genau er da suchte. Es fiel ihm nicht leicht, es sich einzugestehen. – Es waren die 26,8 Meter. Die Geschichte von der Monsterwelle, die die Insel getroffen hatte, hatte ihn beeindruckt. Nicht vor hundert Jahren war es passiert, nicht vor Jahrzehnten, nein, erst vor Kurzem. Zwar wütete im Moment kein Sturm, aber zum einen konnte es ein bisschen weiter draußen schon ganz anders aussehen, und zum anderen wusste Dupin nur zu gut, wovor in der Bretagne ständig gewarnt wurde: davor nämlich, dass Wellen wanderten und Hunderte Kilometer zurücklegten, ohne an Energie und Wucht zu verlieren. Manchmal bauten sie sich dabei sogar noch weiter auf. So kam es zu dem bedrohlichen Phänomen der Wellen »aus dem Nichts«. Schon oft hatte er Bretonen davon erzählen hören. Wie eine Wand erschienen sie unvermittelt vor einem. Folglich würde es nicht schaden, die Augen offen zu halten. Immerhin, hier im Osten an der stolzen Steilküste, zweiundsechzig Meter hoch – Madame Rigo hatte die Zahl gleich mehrmals erwähnt –, war er erst einmal sicher. Höchstwahrscheinlich zumindest.

Der Kommissar schüttelte den Kopf. Er sollte sich auf die Arbeit konzentrieren, statt nach Monsterwellen Ausschau zu halten.

Vor allem eine Sache mutete im Zusammenhang mit dem Tod von Lionel Saux mysteriös an: Nach dem Fund der Jacke hatte die Landwache auf dem Kopfkissen seines Bettes ein eigenartiges Kreuz gefunden. Kreuze dieser Art hatten auf der Insel über Jahrhunderte eine rituelle Bewandtnis besessen. Seit dem Mittelalter hatte man einen außergewöhnlichen Ritus praktiziert. Durchgeführt wurde er ganz offiziell von den jeweiligen Pfarrern der Insel, bis 1962. Dupin hatte noch nie davon gehört gehabt, die Bürgermeisterin hatte ausführlich berichtet. Nur an einem einzigen anderen Ort der Welt war der Ritus ebenfalls praktiziert worden, auf einer winzigen Insel im Ägäischen Meer. *Proella* hieß die aufwendige Zeremonie. Sie war den Verlorenen gewidmet, die auf dem Meer und in der Ferne ihr Leben gelassen hatten. Wenn man der Leiche des Menschen nicht habhaft werden konnte, brachte der Pfarrer ein aus weißem Wachs gefertigtes und gesegnetes Kreuz ins Haus des Vermissten. Dort blieb es dann für eine Nacht, gebettet auf einer Trachtenhaube, die auf dem Kopfkissen lag. Jedes Detail durfte nur auf eine genau vorgeschriebene Weise ausgeführt werden. Die Angehörigen wachten mit dem Pfarrer die ganze Nacht am Bett. Mit dem ersten Tageslicht trug der Pfarrer das Kreuz dann in einer Prozession zur Kirche von Lampaul. Dort wurden die Kreuze in einen am Altar hängenden Schrein gelegt. Anschließend hielt der Pfarrer einen Gedenkgottesdienst. War der Schrein voll – was sehr schnell geschah, wenn zum Beispiel große Schiffsunglücke passiert waren –, wurden die angesammelten Kreuze in einer weiteren Prozession auf den Friedhof hinter der Kirche gebracht. Alle Anwesenden trugen die pechschwarzen Trachten, die auf der Insel seit Menschengedenken getragen wurden. Dupin war ein leiser Schauer über den Rücken gelaufen, als die Bürgermeisterin davon erzählt hatte. Hunderte schwarz gekleidete Gestalten, die den gesegneten weißen Kreuzen folgten, das Ganze vielleicht noch inmitten eines düsteren Sturms. Ihre letzte Ruhestätte fanden die Kreuze dann in einem nur zu diesem Zweck errichteten Mausoleum, das aussah wie eine Miniaturkirche. Hier lagen sie nun, für alle Ewigkeit. Auf Ouessant, in ihrer Heimat, bei ihren Verwandten, Freunden, den anderen Ouessantins. Das Ritual hatte mit einem strengen Gebot zu tun: Wer auf der Insel geboren wurde, musste auch auf der Insel begraben werden. Ansonsten drohte die Hölle. Alleine das Ritual konnte die Vermissten erretten. Der theologische Clou des Ritus war dieser: Mit seinem Vollzug wurden die Kreuze zu den Vermissten selbst. Man holte ihre Seelen zurück, zauberte sie in die Kreuze hinein.

Über all das wollte Dupin morgen früh mit dem Pfarrer der Insel sprechen. Das Kreuz nämlich, das auf Lionel Saux' Kopfkissen gebettet worden war, war aus weißem Wachs, handgefertigt und offenbar, so die Bürgermeisterin, auch so groß wie die Kreuze damals. Es war, wie der Tote, in die Forensik nach Brest gebracht worden; Fingerabdrücke oder andere Spuren waren darauf bisher nicht zu entdecken gewesen. Die Bürgermeisterin hatte Dupin eines der ganz wenigen Fotos gezeigt, die von den alten Kreuzen existierten. Die Kreuze selbst waren in dem Mausoleum eingeschlossen.

Die Bürgermeisterin hatte nach der Durchsuchung des Hauses umgehend eine Befragungsaktion auf der Insel gestartet, um herauszufinden, ob jemand wusste, wer das Kreuz auf Lionel Saux' Kopfkissen gelegt hatte. Sie hatte an einen symbolischen Akt der Pietät gedacht. Dupin fand die Idee seltsam, aber was wusste er schon über diese Insel? Die Befragung war ohne Ergebnis geblieben. Auch keiner der sechs, die mit Lionel Saux in näherem Kontakt gestanden hatten, wusste, was es mit dem Kreuz auf sich hatte. Aber möglicherweise wollte sich auch einfach niemand dazu bekennen.

Davon abgesehen war die vordringlichste aller ermittlerischen Fragen natürlich: Handelte es sich um einen Unfall, um Selbstmord oder gar um Mord? Unter Umständen ließ sich das Kreuz mit einer Selbstmordhypothese verbinden. Das Kreuz anstelle eines Abschiedsbriefes? Ein Gestus, der vielleicht bewusst ein Rätsel aufgeben sollte? Die Bürgermeisterin hatte versichert, dass niemand bei Saux Hinweise auf Depressionen oder Selbstmordabsichten bemerkt hatte, was aber nicht unbedingt etwas heißen musste. Eine kürzlich entdeckte schwere Krankheit war unwahrscheinlich, er hatte niemandem von Beschwerden erzählt, andererseits damit angegeben, seit zwölf Jahren nicht mehr beim Arzt gewesen zu sein. Die Gerichtsmedizinerin hatte keinen Hinweis auf eine Krankheit gefunden.

Dupin war bei der Durchsuchung von Lionel Saux' Haus dabei gewesen, wenn auch nur kurz. Das Team der Spurensicherung hatte sich, auch das ohne Ergebnis, danach die Pointe de Penn Arlan angesehen, den Vorsprung, von dem Saux hinabgestürzt sein konnte. Sie waren die wenigen Pfade abgelaufen, die es gab; besonders eingehend hatten sie sich die Abschnitte angeschaut, an denen der holprige Pfad dem tödlichen Abgrund halsbrecherisch nahe kam. Aber so war das in der Bretagne mit den berühmten *sentiers côtiers*, Dupin kannte sie zu gut, nicht selten waren sie, wenn man ehrlich war, lebensgefährlich. Man durfte ihren Ursprung nie vergessen: Einst waren sie die abseitigen, unzugänglichen Wege tollkühner Schmuggler gewesen. Aber es war ziemlich unwahrscheinlich, dass jemand, der hier aufgewachsen war, plötzlich so unvorsichtig wäre, dass er von einer Klippe stürzte.

Der Kommissar wandte sich von der Bühne ab, er würde die fünf Musikerinnen morgen ausführlich befragen, die Verabredungen war bereits getroffen.

Dupin sah sich um. Es herrschte eine wunderbare Stimmung. Was auch daran lag, dass es nicht kühl geworden war. Der Abendwind war kräftig – aber lau. Das Publikum war bunt gemischt, die Menschen verteilten sich großzügig auf dem Gelände, gedrängt war es nur direkt vor der provisorischen Bühne. Die meisten wiegten sich im ätherischen Klang der Musik. *À Ouessant rien n'est jamais comme ailleurs …*

Auch Männer waren zu sehen, die ansonsten, wie er gehört hatte, auf der Insel offenbar keine allzu große Rolle spielten. Ouessant lag in der Hand der Frauen. »Hier herrscht das Matriarchat, müssen Sie wissen, immer schon«, hatte die Bürgermeisterin Dupin schon am Hubschrauberlandeplatz lapidar informiert. »Wir Ouessentines sind Amazonen.«

Dupin hatte sich ein wenig von der Bühne entfernt. Mit einem Mal entdeckte er einen knallroten Citroën 2CV, der über das schmale Sträßchen langsam zum Leuchtturm gehoppelt kam. Er musste unwillkürlich lächeln. Eine Ente war sein erstes Auto gewesen, genau in dieser Farbe. Unvergleichlich.

Der 2CV blieb vor dem Eingang zum Leuchtturmgelände stehen. Dann dauerte es, bis etwas geschah. Die Tür ging wie in Zeitlupe auf und eine alte – offenbar sehr alte –, kleine weißhaarige Frau stieg aus. Zuletzt holte sie einen Gehstock aus dem Wagen. Mit dem bewegte sie sich auf den Eingang zu, jetzt mit erstaunlicher Geschwindigkeit. Es war eindeutig: Die alte Dame kam zum Konzert. So war das hier auf Ouessant.

Dupin folgte ihr mit seinen Blicken, bis er bemerkte, dass sie direkt auf ihn zukam. Jetzt winkte sie mit der freien Hand.

Es bestand kein Zweifel, das Winken galt ihm.

»Monsieur le Commissaire?« Die alte Dame hatte den Kommissar erreicht.

Ihre Stimme war erstaunlich kräftig, laut, eher tief. Ihr Timbre war energisch.

»Soso, in Zivil und ganz schön lässig gekleidet.«

Sie musterte Dupin von oben bis unten. Dupin trug Jeans, ein blaues Poloshirt, eine blaue Jacke. Seine übliche Dienstkleidung. Die alte Dame trug ein langes, eng gewebtes Wollkleid, das ein wenig an eine Tracht erinnerte, eher strenger vom Schnitt, aber nicht formell. *Bleu marine,* ein dunkles Blau. Schwarze, ungewöhnlich spitz zulaufende Lederschuhe.

»Mit wem habe ich das Vergnü…«

»Madame Sybil Jaouen. Nennen Sie mich Sybil. Das tun sie alle hier. Ich werde auf Sie aufpassen.«

Sie klang nicht unfreundlich.

»Die Dame vom Museum?«

Dupin hatte nicht verhindern können, überrascht zu klingen.

Sie lächelte.

Ein sondersames Lächeln, fand Dupin. Wie die ganze Erscheinung etwas Sondersames hatte. Das kurze weiße Haar stand wild ab. Sie hatte tiefe Falten im Gesicht, sie musste sehr alt sein, bestimmt um die neunzig. Stechende blaugrüne Augen, ähnlich wie Rayanne Ker, sie schienen auf der Insel häufiger vorzukommen, auch Jade Quiniou, die Bodhrán-Spielerin, hatte die gleiche Augenfarbe.

»Danke für Ihr Kommen, Madame, ich …«

»Da geht etwas Dunkles vor sich. Das mit Lionel. – Ich fühle es, ich sehe es.«

Ihre Stimme war fest und klar.

»Was meinen Sie, Madame?«

»Genau, was ich gesagt habe.«

»Sie meinen, dass es kein Unfall war? Ist es das, was Sie sagen wollen?«

»Hier geht etwas Fatales vor.«

Sie blickte ihn durchdringend an.

Dupin wartete einen Moment, aber mehr kam nicht.

»Haben Sie eine Idee, was es mit dem Kreuz auf sich haben könnte, Madame?«

»Das Kreuz«, wiederholte sie langsam. Sie starrte jetzt an Dupin vorbei aufs Meer. »Das mit dem Kreuz ist nicht gut, glauben Sie mir. Überhaupt nicht gut.«

Sie verstummte. Anscheinend hatte sie nicht vor, das Gesagte näher zu erläutern.

»Denken Sie, es handelt sich um ein echtes Kreuz von damals? Ein Original?«

Sie blieb stumm und wandte sich von Dupin ab.

»Die Bürgermeisterin sagte …«, begann er.

»Die meisten Menschen kennen die Unterschiede zwischen Meerjungfrauen, Sirenen und Nixen nicht. Ich hoffe, Sie schon, Monsieur. – Ein Kommissar der Police Nationale!«

Madame Jaouens Blick war streng.

»Ich …« Dupin musste nachdenken. »Ehrlich gesagt nicht.«

»Habe ich mir doch gedacht!«

Sie holte tief Luft.

»Im Aussehen sind sie sich sehr ähnlich: weibliche Wesen, deren Körper halb Fisch, halb Mensch sind. Ihrer Natur nach aber sind sie völlig verschieden. Bei Sirenen und Nixen handelt es sich um Todesdämonen.«

Sybil Jaouen machte eine effektvolle Pause.

»Sie locken die Männer mit betörendem Gesang – und in böser Absicht. Bloß, um sie ins Verderben zu führen, in den sicheren Tod. Sie bezirzen und verführen sie, zuletzt ziehen sie sie auf den Meeresgrund. Meist vorbeifahrende Seemänner, aber nicht nur, zuweilen auch Einheimische.«

Ihre Stimme wurde einen Ton tiefer.

»Meerjungfrauen dagegen sind gewöhnliche Frauen, die das Pech hatten, von einem bösen Geist verdammt zu werden. Unschuldig. Eine fatale Metamorphose.«

Sie wirkte nun mitgenommen.

»Sie können fortan nur noch durch die Liebe eines Mannes befreit werden – die Armen. Bedauernswerte Wesen!«

Es war nicht ganz klar, ob sich das Bedauern auf die Verwandlung oder auf die Tatsache bezog, zur Rettung auf einen Mann angewiesen zu sein.

»Meerjungfrauen wollen keinen Schaden anrichten, nie, im Gegenteil. Dennoch verursachen sie stets ein Desaster. Sagen wir mal so: bis auf ganz wenige Ausnahmen.«

Sie neigte den Kopf, es schien, als hätte Madame Jaouen konkrete Fälle im Sinn.

»Meerjungfrauen vermögen durchaus, an Land zu leben, da verschwindet ihr Fischschwanz. Bei der Berührung mit Wasser jedoch erscheint er wieder – aber diese Geschichte kennen Sie ja.«

Madame Jaouen schien Dupins Gesichtsausdruck zu prüfen. Offensichtlich zu ihrer Zufriedenheit.

»Um Ouessant herum gibt es sie alle, Monsieur: Meerjungfrauen, Sirenen, Nixen. So zahlreich wie an wenigen anderen Orten der Welt. – Also ist es wichtig, dass Sie die Unterschiede kennen. – Ouessant ist vieles, wie Sie wissen, aber vor allem dies: die Insel der Meerjungfrauen, Nixen und Sirenen.«

Dupin wusste nicht recht, was er entgegnen sollte.

»Aber selbst für Meerjungfrauen, alle Melusinen und Undinen dieser Welt gilt schlussendlich, dass eine Liebe zu einem gewöhnlichen Mann unmöglich ist.«

Wieder dieser durchdringende, bohrende Blick.

»Hören Sie, Monsieur? Solche Affären enden tragisch! – Ich spreche von Katastrophen.«

Es schien, als wollte sie Dupin dringend warnen.

»Halten Sie sich fern, Monsieur! Verstehen Sie?«

Sie wartete ganz offenbar auf eine angemessene Reaktion.

»Ich bin verheiratet, Madame. Sehr glücklich verheiratet«, hörte Dupin sich sagen.

Sybil Jaouen entfuhr ein lautes »Hach! Das heißt gar nichts.«

Im nächsten Augenblick beugte sie sich zu Dupin und senkte die Stimme:

»Haben Sie von den *Morganezed* gehört?«

»Nein, Madame.«

»Ein uralter Stamm von Meerjungfrauen, der nur hier lebt. Um Ouessant herum. Kleiner von der Statur her, dafür noch schöner, noch strahlender als alle anderen. Es gibt an die hundert von ihnen. Sie sind besonders eng mit den Delfinen befreundet. Auch davon haben wir sehr viele.«

Das Meer um die Insel herum schien heftig bevölkert zu sein.

»Ihr durchsichtiger Palast aus Edelsteinen befindet sich in der Bucht von Lampaul. Für uns Menschen sieht er aus wie ein großer Felsen, eine Felseninsel. Sie haben ihn sicher schon gesehen. Zwischen offener See und Bucht.«

Dupin erinnerte sich; der gewaltige dunkle Felsblock mitten in der Bucht war nicht zu übersehen, die Hotelbesitzerin hatte erklärt, er sei so etwas wie das Wahrzeichen von Lampaul. Er war aber nicht durchsichtig.

»Das ist natürlich nur die Spitze des Palastes. Unter Wasser und im Meeresgrund dehnt er sich weiter aus. Dort haben die *Morganezed* sämtliche Schätze gesammelt, die sie seit Urgedenken auf den Meeresböden gefunden haben. Ganze Berge von Gold, Silber, Edelsteinen, Kristallen. Sie lieben den Glanz. Sie selbst glänzen. Ihr Wesen ist von unendlicher Freundlichkeit, ihre Grazie denen der Engel vergleichbar. Eine Zeit lang galten sie als Engel, aber das ist natürlich Blödsinn, sie sind viel älter als die Engel.«

Man spürte einen heftigen Affekt.

»Morgen Nacht könnten Sie sie sehen. Sie kommen nur bei Vollmond aus dem Meer. Für diese eine Nacht, den Tag davor und den danach. Dann sieht man sie manchmal auf den einsamen Felsen der Insel. Aber«, sie hielt inne und warf Dupin einen schwer zu lesenden Blick zu, »aber die allermeisten, die behaupten, eine *Morganezed* entdeckt zu haben, haben in Wirklichkeit bloß einen Seehund gesehen!«

Dupin glaubte es aufs Wort.

»Ich wiederhole, Monsieur: Machen Sie keinen Unsinn. Widerstehen Sie! Auch wenn sie einer *Morganezed* gefallen sollten.« Sie musterte den Kommissar ein zweites Mal kritisch von oben bis unten. »Man weiß nie«, fuhr sie fort, »was ihnen an einem Mann gefällt – halten Sie Abstand. Es wird böse enden. Es ist ein Fluch!«

»Ich sehe hier keinerlei Gefahr«, bekräftigte Dupin.

»Das sagen sie alle. – Wie Yvon. Ein Fischer aus Kadoran. Auch er war in einer glücklichen Beziehung, auch ihn hatte man gewarnt, auch er hatte die Warnung abgetan. Und dann geschah es. Er verlor sein Herz an eine *Morganezed* – und diese an ihn, aufrichtig, voller Liebe, sie verließ für ihn sogar das Meer, gab all ihre Schätze auf, war bereit, ihre Familie nie wiederzusehen. Sie haben dann geheiratet, in der Kirche von Lampaul, und ein überaus glückliches Leben in Yvons Dorf begonnen. So glücklich, dass die zwei Schwestern der Meerjungfrau eifersüchtig wurden, als sie davon hörten. Und diese Eifersucht wurde immer schlimmer. In einer dunklen Nacht haben sie Yvon dann in einem Furor ins Meer gezogen und er ertrank. – Sehen Sie, was ich meine, Monsieur?«

»Kannten Sie Lionel Saux persönlich, Madame?«

Dupin musste unbedingt das Thema wechseln.

»Auf der Insel kennen alle einander. Und ich bin eine der bestinformierten Personen überhaupt.«

Die alte Dame hatte kein Problem mit dem Themenwechsel.

»Kannten Sie ihn denn näher?«

Sie schien zu überlegen. »Ich weiß es nicht. Schwer zu sagen.«

Dupin würde interessieren, was genau daran schwer zu sagen war.

»Wir hatten eigentlich schon lange nichts mehr miteinander zu tun. Früher schon. – Da hat er ein paarmal hier am *Stiff* gespielt. Ein äußerst beliebter Ort für Konzerte, wie Sie ja sehen. Ich leite das Museum seit vierzig Jahren. Damals habe ich allerdings noch in der *Mairie* gearbeitet. – Ich hatte ihren Job«, Sybil deutete auf die Bodhrán-Spielerin, Locmariaquers Nichte, »Jade weiß übrigens sehr viel über Meerjungfrauen.«

Dupin erinnerte sich: Auch sie war *conteuse*. Wovon der Präfekt nichts erwähnt hatte. Aber er hatte sowieso kaum etwas über seine Nichte erzählt, nur dass sie Musikerin war und dass ihre Mutter, seine Schwester, sich große Sorgen machte.

»Das ist bestimmt zehn Jahre her«, fuhr Sybil Jacouen fort.

»Was ist zehn Jahre her, Madame?«

»Na, dass Lionel hier zum letzten Mal gespielt hat.«

»Aber Sie haben sich auch danach noch ab und zu gesehen?«

»Die Ausdehnung der Insel in der materiellen Welt ist einigermaßen gering, Monsieur. Natürlich begegnet man sich. Gerade letzten Sonntag hab ich ihn im Supermarkt gesehen. Ich musste Geld holen.«

Dupin wusste Bescheid. Er hatte auch Geld abheben müssen, als er ankam. Der einzige Geldautomat befand sich im *supermarché* mitten in Lampaul, unmittelbar links, wenn man reinkam, quasi im Eingang, trotzdem übersah man ihn leicht, Dupin hatte ihn suchen müssen.

»Kam er Ihnen da irgendwie verändert vor?«

»Oh nein, kein bisschen.«

»War er alleine?«

»Oh ja.«

»Wissen Sie, ob er eine Freundin hatte? Möglicherweise war er – unglücklich verliebt?«

Die Bürgermeisterin hatte nur erzählt, dass Lionel Saux in keiner Beziehung war, mehr wusste sie anscheinend nicht.

Sybil Jaouen lächelte abermals ihr sonderbares Lächeln. Das vielleicht, dachte Dupin mittlerweile, gar kein Lächeln war.

»Ich sehe: So langsam verstehen Sie, Monsieur.«

»Bitte?«

Dupin war wirklich verwirrt.

»Sehr gut.«

»Was meinen Sie, Madame?«

Wieder nur dieses Lächeln.

»Auf der Insel ist also nichts von einer neuen Liebe bekannt? Einer Affäre?«

»Bekannt nicht, nein. – Aber das heißt natürlich nichts, das muss ich Ihnen ja sicher nicht sagen.«

»Nein. Ich …«

Dupins Telefon klingelte.

Rasch warf er einen Blick auf die Nummer. Der Präfekt. Er hatte es eben bereits versucht, kurz vor dem Konzertbeginn. Und vorher auch schon. Alle halbe Stunde, seit Dupin auf der Insel angekommen war. Und so würde es in diesem Fall weitergehen. Ein Albtraum.

Dupin drückte den Anruf nach einem kurzen Zögern mit Entschiedenheit weg.

»Wenn ich Ihnen etwas raten darf …«

Sybil Jaouen kam noch einen Schritt näher, sie musste den Kopf in den Nacken legen, um zu Dupin aufzuschauen, was ihr indessen nichts auszumachen schien.

»Halten Sie sich an Jolla.«

Sie machte eine dramaturgische Pause.

»Jolla ist eine der Neun.«

Noch eine Pause.

»Der neun druidischen Priesterinnen, die einst die Insel regierten.«

Madame Jaouen formulierte das Wort so lapidar, als würde sie »Supermarktverkäuferin« sagen.

»Und die Neun regieren immer noch. Besser gesagt ihre Geister. – Aber es ist wie immer: Auf das Unsichtbare kommt es an, das Unsichtbare ist es, das alles Sichtbare beherrscht. Denken Sie an die dunkle Materie im Universum.«

Es klang wie das, was Claire ihm immer sagte. Aber nur, was das Universum anbelangte.

»Jolla will Gutes. Sie kennt jede Strömung, weiß von jeder Welle, atmet mit jeder Böe. Als sie noch eine materielle Gestalt besaß, sagte sie den Seeleuten, welche Routen sie fahren mussten, um sicher ans Ziel zu gelangen. Fehlte es an Wind, brachten sie ihr ein Geschenk, und Jolla gab Wind. – Auch Sie werden Jolla brauchen, Monsieur le Commissaire, das versichere ich Ihnen.«

Madame Jaouen machte dem Titel der *conteuse* wirklich alle Ehre. Eine Berufung, wusste Dupin, kein Beruf.

Sie blickte ihn durchdringend an.

»Sie lebt bei dem *Cromlec'h*. Wie die Geister der anderen acht Druidinnen. Bei dem uralten Steinkreis auf der Pointe d'Arlan.«

Da, wo Lionel Saux möglicherweise ins Meer gestürzt war.

»Das war – das ist ihre heilige Stätte. Die der Neun. Ein Steinkreis, der älter ist als Stonehenge, älter als Carnac. ›Der Ursprung‹ heißt er. – Wussten Sie, dass es auf Ouessant Zeugnisse einer urzeitlichen Besiedelung von vor über zehntausend Jahren gibt? Und einen Inselarchäologen. Ein Ire ursprünglich.«

Etwas arbeitete in Dupin.

»Irisch? Wie der Besitzer dieser Kneipe?«

»Docteur Mathis Cëvaër. Er ist der Besitzer. Als junger Wissenschaftler kam er in archäologischer Mission zu uns, geriet in den Bann der Insel und blieb. Dann eröffnete er die Kneipe.«

Ein promovierter Archäologe als Kneipenbesitzer. Ouessant überraschte stets aufs Neue.

Dupin holte sein Notizbuch hervor.

»Arbeitet er noch als Archäologe?«

»Nein. – Das *Ty Korn* läuft blendend.«

»Bestimmt.«

Die von den Einheimischen besuchten Kneipen, besonders Inselkneipen, liefen in der Bretagne immer blendend, wusste Dupin; vielen waren sie ein zweites Zuhause, manchen gar das erste.

Dupins Blick war ein weiteres Mal über das Meer geschweift, unwillkürlich. Es war verrückt: Das Meer hatte die gleiche Farbe angenommen wie der Himmel – ein tiefes, intensives, ganz und gar gleichmäßiges Orange, sodass der Horizont fast nicht auszumachen war. Eine friedfertige, harmonische Farbe. Die Sonne – ein grelles, gelbliches Weiß – hielt sich knapp über dem Wasser, kurz vor dem vollständigen Untergang.

»Halten Sie schon nach ihnen Ausschau, Monsieur?«

»Nach wem?«

Dupin fühlte sich ertappt.

»Nach den Meerjungfrauen.«

»Bitte?«

»Tun Sie nicht so.«

Madame Jaouen meinte es ernst.

»Ich glaube nicht an Nixen, Madame.«

Dupin biss sich sofort auf die Zunge.

»Zum einen ist das äußerst bedauerlich und verhindert unter Umständen, dass Sie diesen Fall lösen werden, wer weiß? Zum anderen spreche ich nicht von Nixen, Monsieur. Nixen sind …«

»Ich weiß, Madame. Sie haben mir den Unterschied gerade erklärt.«

Dupin versuchte ein betont freundliches, versöhnliches Lächeln.

»Na gut. – Wissen Sie, dass unsere Insel ganze viertausend Jahre älter ist als die Britischen Inseln?« Madame Jaouen schien den Satz wirken lassen zu wollen, sie fuhr erst nach einer kleinen Pause fort: »Wir waren das Haupt des europäischen Kontinents, dieser Boden hier gehörte zu den letzten Ausläufern des nordwestlichen Finistère, der gigantischen Granitplatte, die aller Bretonen Heimat ist. Dann stiegen die Meere dramatisch an, vor zwölftausend Jahren wurden wir schließlich eine Insel. England, Schottland, Irland – das ganze große Britannien dagegen erst vor achttausend Jahren. Da entstand der Kanal. Die Briten sind also erst seit ganz Kurzem eine Insel.«

»Interessant.« Dupin nickte vorsichtshalber heftig. Und natürlich hatte sie recht: Erdgeschichtlich betrachtet waren achttausend Jahre in der Tat »erst seit ganz Kurzem«.

»So!« Die *Sirenen* hatten das Stück beendet, die Lautenspielerin – Enora Gaëc, die Landwirtin, wenn Dupin sich richtig erinnerte – richtete sich mit forscher, gut gelaunter Stimme ans Publikum. »Nachdem wir Lionel musikalisch in jenseitige Sphären begleitet haben, tummeln wir Lebenden uns nun wieder ganz im Diesseits. Jetzt feiern wir – wie es sich gehört! Ihr wisst, Lionel war vor allem eines: Musik. Also lasst uns für ihn tanzen! – Für Lionel!«

Mit dem Namen des Toten setzte ein rasanter Trommelrhythmus ein, dem nach und nach alle weiteren Instrumente folgten. Die langen schwarzen Locken von Enora Gaëc flogen wild umher. Sie trug ein meerfarbenes Kleid, genauer: ein Kleid aus fließendem Stoff in der bretonischen Farbe *glaz,* ein Ton zwischen Blau, Grün, Grau.

Das Lied klang nach einem keltischen Traditional, es ging sehr beschwingt zu. Mit einem Mal war die Stimmung eine andere, aus den ätherisch-schwebenden Bewegungen war ein ausgelassenes Tanzen geworden. Und wieder waren Jung und Alt gleichermaßen dabei. Vor Dupin sprangen zwei Mädchen in langen bunten Kleidern umher und sangen lauthals mit. Das Lied schien bekannt zu sein – der Text bretonisch –, nicht nur die beiden Mädchen, fast alle sangen mit, Dupin sah, wie Sybil Jaouen zufrieden lächelte.

Augenblicklich kam sich Dupin höchst deplatziert vor.

Sybil Jaouen beugte sich zu ihm vor: »Eher der steife Typ, sehe ich.« Sie beäugte ihn kritisch. »Hatte ich mir gedacht.«

Dupin würde einen schweren Stand auf der Insel haben, merkte er, bei Madame Jaouen jedenfalls ganz sicher.

»Das ist unsere Hymne. Ein Lied, das wir seit über dreihundert Jahren auf der Insel singen. Unsere Geschichte. Unser Herz.«

Dupin nickte freundlich.

»Ich habe nicht das Gefühl, dass Sie die Sache ernst genug nehmen, Monsieur. Hören Sie sich das Lied einmal genau an. Ich kann es Ihnen nur dringend raten.«

»Das werde ich, Madame, gewiss.«

Jetzt musste man schreien, um sich zu unterhalten. Das Seltsame: Dupin hörte trotz der lauten Musik ein hohes, sphärisches Klingen, das sich über alles zu legen schien.

»Diese beiden anderen Personen, mit denen Lionel Saux Kontakt hatte. Kennen Sie sie? Ondine Morin und Daniel Destoc.«

»Selbstverständlich kenne ich sie.«

»Ich meinte, ob Sie sie näher kennen.«

»Ondine? Aber ja doch! Sie kommt regelmäßig hier zum

Leuchtturm, alleine oder mit ihren Gruppen, die sie über die Insel führt. Sie ist die Seele der Insel. Und eine moderne Jeanne d'Arc! Sie führt einen großen Kampf. Einen historischen Kampf! Für unseren Planeten, gegen seine Zerstörung aus reiner Profitgier. Für eine Fischerei im Einklang mit der Natur. Die industrielle Fischerei ist eine mörderische Maschinerie, die sämtliches Leben im Meer vernichtet. Wir wissen es und lassen es trotzdem geschehen. Sie …«

»Ich weiß, was Ondine Morin macht, Madame.«

Und jede Bewunderung war gerechtfertigt. Claire und Dupin hatten letztens erst auf *France 3* eine Reportage über sie und ihr Boot gesehen. Sie hatte auch einen Mann, Jean-Denis, der sich mit ihr zusammen aufs Meer wagte, aber so war es hier auf der Insel: Die Männer schienen Anhängsel zu sein.

»Auf Ouessant sind es die Frauen, die erzählen, die die Geheimnisse und das wahre Wesen der Insel bewahren. Am Leben halten. Generation für Generation. Wie die große Marie Tual aus dem neunzehnten Jahrhundert – sogar Anatole Le Braz, unser bretonischer Nationalpoet, rühmt sie. Oder Barba, *la conteuse*, wie sie schlicht genannt wurde, die im zwanzigsten Jahrhundert wirkte.«

Wieder bedachte sie Dupin mit diesem durchbohrenden Blick.

»Die Namen sagen Ihnen wahrscheinlich nichts?«

Die Musik wurde immer wilder. Es wurde ein anstrengendes Gespräch, Dupin musste sich weit zu Madame Jaouen hinunterbeugen.

»Nein.«

»Na gut. – Ondine hat mir gesagt, dass Sie sie morgen sehen werden«, wechselte Madame Jaouen selbst das Thema, Dupin war froh.

»Wir sind verabredet.«

Dupin hatte mit allen sechs Personen auf der Liste jeweils ein Treffen vereinbart.

»Und Daniel Destoc, Madame? Wie gut kennen Sie ihn?«

»Der Schrottplatzbetreiber. Ich weiß nicht. Ein eigenbrötlerischer Kerl. Wir haben uns eigentlich noch nie unterhalten.«

Kaum zu glauben, auf einer so kleinen Insel.

Als die Bürgermeisterin Dupin von Lampaul zum Leuchtturm rausgefahren hatte, waren sie am Schrottplatz vorbeigekommen: ein sehr überschaubarer, unförmiger Berg verrosteter Eisenteile.

»Werden Sie sich mit ihm treffen?«

Im Ton der Frage hatte eine merkwürdige Vorsicht gelegen, die gar nicht zu Madame Jaouen passte.

»Das werde ich«, nickte Dupin.

Er war müde, geradezu erschöpft. Mehr war hier für ihn vorerst nicht zu tun. Von Madame Jaouen würde er auch nicht mehr erfahren, nichts, was ihm momentan helfen würde. Außerdem entwickelte sich die Veranstaltung zu einem immer ausgelasseneren Fest.

Claire und er waren heute Morgen um halb fünf Uhr aufgestanden, Claire hatte um sechs weggemusst, nach Paris, zum Flughafen – von *Charles-de-Gaulle* aus war sie nach Boston geflogen. Ein kardiologischer Fachkongress. Dort, wo sie schon ein paarmal gewesen war. Wo auch dieser »nette Sam« war, von dem sie immer erzählte, ein, so Claire, »brillanter« Kardiochirurg aus Washington.

»Ich muss heute Abend noch ein paar Telefonate führen, Madame Jaouen. Die Bürgermeisterin sagte, Sie könnten mich eventuell zu meinem Hotel fahren? Das wäre sehr freundlich.«

Er hatte überlegt, zu Fuß zurückzulaufen, einmal über die Insel, aber dafür hätte er sicher mindestens eine Dreiviertelstunde gebraucht.

»Sie wollen schon gehen?«

Dupin hörte echtes Bedauern heraus.

»Na gut«, seufzte sie. »Dann los.«

Prompt drehte sie sich um und steuerte auf ihr Auto zu. Wieder war Dupin erstaunt, wie flink sie mit ihrem Stock unterwegs war, es war kein bisschen ersichtlich, warum sie ihn überhaupt brauchte.

Keine Minute später saßen Dupin und Sybil Jaouen in der roten Ente, die sich, wie Dupin feststellte, in einem penibel gepflegten und völlig originalen Zustand befand. Was bedeutete, dass Dupin auf einem Stoffsitz mit echten Sprungfedern saß, gemütlich wie ein altes Sofa. Ein Baujahr um 1970, schätzte er.

Madame Jaouen drehte den Zündschlüssel, der Wagen machte einen forschen Satz. Ein Blitzstart, sie hatte kräftig Gas gegeben und fuhr nun, um den Wagen zu wenden, einen großen, holprigen Kreis über das stoppelige Inselgras. Als sie das Sträßchen wieder erreicht hatte, trat sie erneut das Gaspedal durch.

»Kurz ein paar Instruktionen für Ouessants Argoat – ich meine, wenn Sie sich in den nächsten Tagen über die Insel bewegen wollen.«

Sie warf Dupin einen prüfenden Blick zu, der besagte: Den Begriff »Argoat« werden Sie ja wohl kennen. Natürlich kannte Dupin ihn: Er bezeichnete das Landesinnere der Bretagne, die bretonische *Campagne* – im Gegensatz zu Armor, der bretonischen Küste.

»Hören Sie genau zu, Monsieur. Es könnte über Leben und Tod entscheiden.«

Dupin tat, was er immer getan hatte, sobald er in seiner Ente saß: Er klappte das Seitenfenster nach oben und legte den Unterarm ab. Wunderbar.

»Zum Beispiel Boutou Bahou, schon mal gehört?«

Erneut traf ihn Madame Jaouens prüfender Blick. Sie schien die Strecke in- und auswendig zu kennen, viel Aufmerksamkeit schenkte sie der Straße jedenfalls nicht.

»Sagt Ihnen nichts, sehe ich.«

»Nein.«

»Ein blutgieriger Missetäter. Die reine Bosheit. Ein Vampir von der Gestalt einer Fledermaus und so groß wie ein Mensch. Er wohnt in einer der Dutzenden Felshöhlen im Osten, an der Steilküste, in die man nur vom Wasser aus kommt und nur bei tiefster Ebbe. Nachts aber verlässt er sie und treibt sein Unwesen. Er taucht aus dem Nichts auf, es kann jederzeit und überall passieren.« Sie schüttelte heftig den Kopf. »Er verabscheut uns Menschen zutiefst.«

Dupin musste zugeben, dass die Geschichte, die Madame Jaouen mit ihrer brüchigen, zuweilen krächzenden Erzählstimme vortrug, in der mystischen Landschaft durchaus einen leichten Schauder auszulösen vermochte. Und das hieß etwas. Claire hatte eine Schwäche für Horrorfilme, Dupin begleitete sie meistens ins Kino – und langweilte sich durchweg, zweimal war er sogar eingeschlafen.

»Anders als gewöhnliche Vampire trinkt er nicht nur Ihr Blut«, Madame Jaouen sprach Dupin jetzt direkt an, »sondern frisst Ihnen die Haare vom Kopf, buchstäblich, er skalpiert Sie bei lebendigem Leib.«

Sybil Jaouen hatte offensichtlich keine Probleme mit den brutalen Passagen ihrer Geschichte, gerade diese erzählte sie besonders leidenschaftlich.

»Zu guter Letzt verzehrt er Ihre Augäpfel. Bei jedem Opfer bewahrt er sie sich bis zum Schluss auf, sein liebster Schmaus. Genüsslich saugt er sie Ihnen aus dem Kopf, erst das rechte, dann das linke.«

Äußerst eigenwillige Vorlieben, fand Dupin. Aber so war es stets bei bretonischen Monstern. Auch sie waren nie gewöhnlich. Wie die Bretagne selbst überboten auch die bretonischen Ungeheuer alles. Superlative des Horrors.

»Jetzt werden Sie sich fragen, wie Sie bei einem nächtlichen Inselspaziergang überhaupt unversehrt bleiben können? Glücklicherweise kann man sich schützen. Sobald Boutou Bahou seine Höhle verlässt, stößt er Schreie aus, die an ein Schwein erinnern, dem die Kehle durchgeschnitten wird. Wenn Sie solche Schreie hören, flüchten Sie! Ins nächste Haus, egal, wem es gehört. Und wenn es Ihr schlimmster Feind sein sollte, egal. Jeder gewährt Ihnen Zuflucht, wenn Sie von den Schreien erzählen. – Hauptsache, Sie laufen!«

Sie hatten die etwas breitere Hauptstraße erreicht – zwischen Lampaul im Westen und dem Hafen im Osten –, die einzige der Insel, auf die zwei in entgegengesetzter Richtung fahrende Autos passten, aber auch nur, wenn es unbedingt sein musste.

»Noch einmal zu den Wachskreuzen, Madame.«

Das Thema ließ Dupin keine Ruhe.

»Stimmt es, dass das Ritual 1962 zum letzten Mal praktiziert wurde?«

»Ja. Es darf auch nur von einem Pfarrer vollzogen werden, von niemandem sonst. – Ich weiß, Sie wollen das Thema wechseln, aber achten Sie in der Nacht auf die Schreie! Wie gesagt, wie ein Schwein, dem die Kehle durchgeschnitten wird.«

»Und diese Kreuze von damals …«

Dupin wurde von seinem Telefon unterbrochen. Er hatte so ein Gefühl, wer es war. Und hatte recht.

Er drückte den Präfekten ein weiteres Mal weg. Das Dumme war: Auch in dieser Hinsicht fehlte Nolwenn. Für gewöhnlich hielt sie Dupin während eines Falles gegenüber Locmariaquer den Rücken frei. Was dieses Mal, da sich der Präfekt persönlich involviert fühlte, ganz besonders nötig gewesen wäre. Es trafen wirklich die unglücklichsten Umstände aufeinander.

»Und diese Kreuze von damals«, nahm Dupin seine Frage wieder auf, »wer hat die hergestellt?«

»Der jeweilige Pfarrer, mit speziell geweihtem Wachs.«

»Gab es, wie soll ich es sagen, immer welche auf Vorrat?«

Dann könnte es irgendwo vielleicht noch ein paar geben.

»Nie, sie wurden jeweils einzeln angefertigt. Manchmal in

großen Mengen, das schon. Nach einem größeren Schiffsunglück zum Beispiel. Aber immer ganz individuell – für jeden nur ein Kreuz.«

Dupin war, als hätte er den Satz schon einmal gehört.

»Produziert und vertreibt jemand auf der Insel Repliken der Kreuze? Zum Verkauf an Touristen?«

»Niemand würde das wagen. Nein! Niemals.«

Eine eindeutige Auskunft.

»Boutou Bahou ist übrigens«, fuhr Sybil Jaouen jetzt fort, »nicht das einzige Vogelwesen auf der Insel. Aber das einzige Ungeheuer unter ihnen. Die anderen sind viel schöner anzuschauen. Insbesondere die *Cygnes*. Wundersame Vogelfrauen mit Schwanenantlitz. Dennoch sollten Sie sich auch von Ihnen fernhalten.«

Dupin nahm sich fest vor, jeden Rat zu befolgen.

»Sie wissen ja sicher, dass die Insel über eigene Quellen und damit über Süßwasser verfügt, das hat uns seit der Antike äußerst beliebt gemacht bei Seefahrern aus aller Herren Länder. Im Argoat«, sie wies mit der rechten Hand einmal nach links und einmal nach rechts, gerade durchfuhren sie eine dichte Farnlandschaft, »also genau hier, um uns herum, finden sich Dutzende kleine Teiche und Tümpel. Die *Cygnes* lieben sie, lieben das Süßwasser. Wenn sie mit ihm in Kontakt kommen, geschieht Magie: Sie verwandeln sich in übernatürlich schöne junge Frauen. Unwiderstehlich – wie die Meerjungfrauen. Nur dass sie Luftwesen sind!«

Eine Insel der Metamorphosen, dachte Dupin. Vielzähliger und vielartiger Metamorphosen. Wer sich hier nicht alles verwandelte! Woraus die Frage resultierte: Wer sah in Wahrheit eigentlich wie aus?

»Stundenlang baden sie nackt und selig in den sanften, süßen Gewässern«, unterbrach Sybil Jaouen seine Gedanken.

»Vor dem letzten Sonnenstrahl eines jeden Tages aber müssen sie zurückkehren in den Palast ihres Vaters. Ein alter, tyrannischer Zauberer, dessen Palast in den Lüften über der Insel schwebt und ihr in Form und Ausdehnung genau entspricht. Wie eine Spiegelung. Nichts erzürnt den Vater so sehr wie ein sterblicher Mann, der sich seinen Töchtern beim Baden nähert, kein sterblicher Mann darf sie sehen. Und wenn es doch geschieht, wird dieser mit gleißendem Zorn in Stücke gerissen. Sie sollten also …«

»Ich werde mich vorsehen, Madame Jaouen, ich verspreche es.«

Hatte er das gerade wirklich gesagt?

Es war absurd. Aber anscheinend half es.

»Na gut.«

Sie schien tatsächlich zufrieden.

»Dann sind wir mit den ersten Lektionen durch.«

Sie seufzte tief.

»Da wir, wie ich fürchte, in den nächsten Tagen nicht die Zeit haben werden, weitere Lektionen durchzugehen, habe ich Ihnen ein Buch mitgebracht, das die wichtigsten, sagen wir: besonderen Mitbewohner der Insel vorstellt. – Ein Überlebensführer für Sie.«

Sie wies auf das offene Handschuhfach.

Dupin sah ein kleinformatiges Buch. Er griff danach. Der Umschlag war aus einem gummierten Papier, die Farbe changierte zwischen Schwarz und Blau. *Ouessant – l'essence.* Kein Untertitel, kein Autor, kein Herausgeber, kein Verlag, nichts.

Dupin schlug es auf. Auch innen gab es keine weiteren Angaben zum Buch.

Neun Kapitel. Mit je neun Unterkapiteln. Jedes einem Wesen gewidmet. Unaussprechliche Namen: Paot ar Vrumen, Jeñig an Aod, Pipi Menou, Glao Sant Evezeg, Ki Briz Braz, Pont Salaun, Tro Penn ar Roc'h, Chozeb Ruz … Als hätte Tolkien sie sich ausgedacht. Nach den Kostproben, die Sybil Jaouen gegeben hatte, war Dupin nicht sicher, ob er mehr wissen wollte über diese Inselbewohner. Bevor er das Buch wieder zuklappte, sah er den Namen: Boutou Bahou.

»Danke, Madame Jaouen.« Dupin bemühte sich um einen besonders verbindlichen Ton. »Das ist sicher sehr hilfreich.«

Schon wieder so ein irrsinniger Satz. Was war bloß mit ihm los?

»Sie können es behalten, Monsieur. Ich habe mehrere Exemplare. Wie gesagt, es wird Ihnen das Überleben erleichtern.«

»Zu freundlich.«

»Übrigens erwarte ich Sie in den nächsten Tagen in meinem Museum. Nur damit Sie es wissen.«

Madame Jaouen wirkte plötzlich wie verwandelt, ganz diesseitig.

»Die Ausstellung einer besonders begabten jungen Künstlerin. *Le long des grèves,* ›Entlang der Strände‹, heißt das Projekt. Eine Sammlung von allen möglichen Dingen, die an den Stränden so angespült werden. Ein echtes Kuriositätenkabinett.«

»Ich hoffe, ich finde die Zeit, Madame.«

Eigentlich gefiel Dupin die Idee der Ausstellung. Wenn er Zeit hätte, würde er vielleicht vorbeischauen.

Die Sonne war zwar untergegangen, aber der Himmel über dem Meer im Westen schien nichts von dem letzten Licht aufgeben zu wollen, er verteidigte es mit allen Kräften. Das Leuchten am Horizont wirkte noch greller als zuvor. Ein letzter oranger Kern, ansonsten ein glimmendes bläuliches Weiß. Immer noch war keine Andeutung von Wolken auszumachen, die Luft scharf und klar.

Im Osten war es bereits dunkel, hier herrschte ein Blauschwarz, der Kontrast der beiden Himmelssphären war dramatisch. Der Mond war bereits aufgegangen; rund, voll, nur ein winziges Stückchen fehlte. Er strahlte hell.

Dupin stand im Garten des Hotels.

Er hatte einen letzten Blick auf diese eigentümliche Welt werfen wollen, in der er sich seit heute Nachmittag befand.

Dupin wusste, dass es, objektiv, Blödsinn war, aber: Der Himmel wirkte auf Ouessant noch ausgedehnter, noch weiter, höher, freier als anderswo in der Bretagne. Es war ein berückendes Gefühl. Genau das Gefühl, das einem die Insel als Ganzes vermittelte.

Sonderbar war, dass Dupin immer noch das hohe, sphärische Klingen hörte. Wie eben auf dem Konzert. Woher kam es? Vom Meer? Von überallher? Oder gar aus seinem Innern? Die Frequenzen waren kaum hörbar, aber doch da.

Ein Drahtzaun umgrenzte den Garten. Unmittelbar dahinter ging es steil hinunter, fünfzehn Meter, schätzte Dupin. Das Land stürzte sich in die Bucht, die Baie de Lampaul. So gewaltig und mitunter gewalttätig sich der Atlantik um die Insel herum ausnahm, so friedlich zeigte er sich hier in der Bucht. Eigentlich wirkte diese eher wie ein Becken, das war Dupin heute schon vom Hubschrauber aus aufgefallen. Ein großes Meeresbecken, vielleicht tausend Meter lang, fünfhundert breit, von den schroffen Felsen der beiden Landzungen umgeben. Nur an einer Seite, im Westen, war das Becken zum Atlantik hin offen. Der Eindruck verwirrte, aber so war es: Die Bucht wirkte, als wäre sie künstlich angelegt worden. Wellen waren keine zu sehen, auch jetzt nicht, bei Flut. Ein dressiertes Meer, das ausnahmsweise keine Angst machte, ein Meer, mit dem man umgehen konnte. Es musste den Ouessantins guttun. Bei Ebbe – als Dupin angekommen war – waren Teile nahe dem Ort sogar trocken gewesen, es war also nicht tief. Kein Abgrund. Der Meeresboden zeigte sich voller funkelnder dunkler Steine.

Dupins Blick fiel auf den Felsblock mitten im Becken, an der Grenze zum offenen Atlantik. Die Heimat der *Morganezed*. In die, Dupin musste unwillkürlich schmunzeln, er sich partout nicht verlieben sollte. Morgen Nacht würden sie zu sehen sein, bei Vollmond. Er war gespannt.

Was wirklich kurios war, wenn man hier im Westen stand, fiel es einem auf: Eigentlich war die Insel verkehrt herum ausgerichtet. Im Osten, Richtung Kontinent, präsentierte sie sich massiv, wehrhaft, mit einem gewaltigen Riegel Steilküste. Die Gewalt aber kam von Westen, vom Atlantik. Von hier aus attackierten die apokalyptischen Stürme, Fluten und Monsterwellen. Aber genau hier war die Insel ohne nennenswerten Schutz. Die Landzungen im Norden und Süden, die Pointe de Pern und Pointe de Roc'h Hir – die beiden Hummerscheren –, kamen auf nicht mehr als fünf, sechs Meter über dem Meeresspiegel, am Ende fielen sie fast auf Meeresniveau ab. Vielleicht, ging es Dupin durch den Kopf, hatte es die Steilküste einst auch im Westen gegeben und sie war in den Zehntausenden, Hunderttausenden Jahren Abwehrkampf einfach aufgebraucht worden, Stück für Stück.

Was war auf diesem eigentümlichen Eiland passiert, was war mit diesem jungen Mann geschehen? War es ein Unglück gewesen? Eine Kombination aus Alkohol, Unvorsichtigkeit und Pech? In Paris hatte es einmal einen Fall gegeben, bei dem sich der Schnürsenkel eines betrunkenen Mannes am Metrobahnsteig gelöst hatte. Bei dem Versuch, sich die Schuhe wieder zuzubinden, verlor er das Gleichgewicht – just in dem Moment, in dem die Bahn einfuhr … – Oder hatte Lionel Saux seinem Leben selbst ein Ende gesetzt? Oder – war es Mord?

Dupin fuhr zusammen.

Schnell drehte er sich um. Er hatte Schritte gehört, eindeutig. Jemand kam den schmalen Holzsteg entlang, der vom Haupthaus durch den gesamten Garten führte.

Bald konnte er eine Gestalt sehen. Einen Mann.

»Bonsoir, Chef!«

Dupin kannte die Stimme.

»Riwal?«

Sträucher verhinderten eine bessere Sicht.

»Ich bin's, Chef. Ich bin doch schon heute Abend gekommen. Goulch war früher von seinem Einsatz zurück als gedacht.« Ein

Kapitän der Wasserschutzpolizei in Concarneau. »Die *Bir* hat mich eben abgesetzt.« Das stolze Schnellboot, das auch Dupin schon zu einigen Einsatzgebieten gebracht hatte – was seiner Seekrankheit nicht gerade zuträglich gewesen war.

Der Inspektor hatte eigentlich erst am nächsten Morgen kommen wollen. Riwal hatte Dupin spontan seine Hilfe angeboten, was bei der aktuellen Lage noch gar nicht nötig gewesen wäre, Dupin hatte das Angebot jedoch sofort bereitwillig angenommen. Auf der wilden Insel, hatte er sich gedacht, würde er den klugen und gleichzeitig praktisch veranlagten Riwal gut brauchen können.

»Sehr gut, Riwal.«

Dupin war sehr froh, dass Riwal gekommen war.

»Was für eine wunderbare Nacht, Chef!« Der Inspektor stellte sich neben Dupin.

Riwal hatte recht. Im Blauschwarz des Himmels setzte sich nicht etwa das Schwarz durch, sondern das Blau. Vielleicht wegen des Mondes. Es war eine tintenblaue Nacht.

»Gibt es denn Neuigkeiten?«, wollte Riwal wissen.

»Was die entscheidende Frage, womit wir es zu tun haben, anbelangt, nein. Aber ich hatte ein paar interessante Gespräche.«

In knappen Worten fasste Dupin für Riwal den Nachmittag und Abend zusammen.

»Morgen treffen wir alle Personen, die auf der Liste der Bürgermeisterin stehen, zu einem ausführlichen Gespräch. – Zunächst aber den Pfarrer. Anschließend die Musikerinnen, dann den Schrottplatzbesitzer – obwohl ich ihn noch nicht erreicht habe –, dann Ondine Morin, die Fischerin. Das ist der Plan.«

»Was genau hat Ihnen Sybil Jaouen alles erzählt? Ich meine …« Riwal stockte. »Sie wissen, wer sie ist? – Was sie ist?«

»Was meinen Sie?«

Irgendetwas beschäftigte Riwal.

»Auf Ouessant gibt es mehr Fabeln und Fabelwesen als Einwohner, sagt man. Wie nirgends sonst in der Bretagne, nirgends sonst auf der Welt, Chef. Und Sybil Jaouen ist eine der ganz großen keltischen *conteuses* unserer Gegenwart, weit über die Insel hinaus bekannt«, wieder ein sonderbares Stocken, »wobei einige sagen, dass sie noch mehr ist als das.«

»Was soll das heißen, Riwal?«

»Es mag lächerlich klingen in Ihren Ohren, ich weiß, Chef.« Man hörte eine Art Ehrfurcht in Riwals Worten, aber nicht nur das, er klang ängstlich. »Einige halten Sybil Jaouen für eine Druidin. Nicht eine dieser Mode-Druidinnen, nein, für eine echte. Eine Zauberin, würde man sagen. Und ein keltisches Orakel. – Übrigens weiß niemand, wie alt sie wirklich ist. Es heißt, weit über hundert. Die Insel-Annalen erwähnen schon im Jahr 1899 eine gewisse Sybil Jaouen, die zwei Kinder in einem Sturm vor dem Ertrinken gerettet hat.«

Ein weißhaariges, mindestens hundertfünfzig Jahre altes Orakel, das eine knallrote Ente fuhr und ein Leuchtturmmuseum leitete, mon Dieu.

Riwal war offenbar sehr unbehaglich zumute.

»Madame Jaouen schien mir vielleicht ein wenig eigenwillig, in manchem etwas ungewöhnlich, aber durchaus sympathisch«, versuchte Dupin ihn zu beruhigen.

»Hat Sie vor – vor gewissen Dingen gewarnt? Vor bestimmten«, ein Zögern, »Wesen? Hier auf der Insel?«

»Hat sie. Ja.«

»Vor wem?«

»Ich soll mich auf keinen Fall verlieben.«

»Sie meinen die *Morganezed?*«

»Nicht nur. Alle Arten von Wasserwesen: Nixen, Sirenen, Meerjungfrauen. Sie kennen die Unterschiede.«

Riwal kannte die Unterschiede.

»Und diese übernatürlich hübschen Vogelwesen.«

»Die *Cygnes?*«

»Genau.«

»Hat sie«, abermals ein Stocken, »Boutou Bahou erwähnt?«

»Hat sie.«

Riwal verstummte.

Das Ganze wurde langsam ein abstruses Gespräch.

»Ich soll mich an Jolla halten. Sie sei mir gewogen.«

»Oh! Wirklich? Jolla ist Ihnen gewogen?«

Riwal wirkte erleichtert.

»Das ist großartig, Chef.«

Dem Inspektor schienen gleich mehrere Steine vom Herzen zu fallen.

»Sie wohnt draußen beim Steinkreis. Aber das hat Ihnen Sybil Jaouen ja wahrscheinlich schon gesagt. – Jolla, meine ich.«

»Ich weiß.«

»Wohnen« war nicht das richtige Verb, fand Dupin.

»Madame Jaouen hat mir dieses Buch gegeben.«

Dupin hatte es in die hintere Hosentasche gesteckt. Er hielt es Riwal hin.

Was sich dann abspielte, war äußerst sonderbar. Riwal hatte den Umschlag und den Titel betrachtet und schien das Buch nun nicht anfassen zu wollen.

Er sprach mit gedrückter Stimme:

»*L'essence:* Ouessants Fibel des Fantastischen. Man nennt es auch *Le livre noir-bleu,* das blauschwarze Buch. Passen Sie auf, was Sie da lesen. Es sind«, Riwal suchte das Wort, »aufwühlende, grausame Geschichten. Ich meine: im Allerinnersten aufwühlend, Chef.«

Dupin hatte Riwal noch nie so erlebt. Wenn es um Sagen, Legenden oder Ähnliches ging, war er normalerweise voller Enthusiasmus, eigentlich war das sein Steckenpferd.

»Ich bin vorsichtig, Riwal. Ich meine«, korrigierte Dupin, »ich werde ohnehin nicht zum Lesen kommen.«

»Sie haben recht.«

Riwal schien nun in der Tat ein Stück weit beruhigt.

»Und noch etwas, Chef: Wenn Sie irgendwas Merkwürdiges

auf dem Meer sehen, vor allem jetzt, in der Vollmondzeit, müssen es nicht unbedingt die *Morganezed* sein.«

Vielleicht war es doch keine so gute Idee gewesen, ausgerechnet Riwal mit auf die Insel zu nehmen.

»Es könnte auch eine Gruppe von Orcas sein, die hier gerade ihr Unwesen treibt«, erklärte Riwal.

»Sie – sie sind hier? Die wütende Orca-Gruppe?«, rutschte es Dupin heraus.

Immerhin – keine weiteren übernatürlichen Wesen, aber mindestens ebenso bedenklich. Schon allein deswegen, weil sie ganz real waren. Seit ein paar Wochen hielten sie die gesamte Bretagne in Atem.

»Klar Chef, sie halten sich am Eingang zum Kanal auf – und das ist genau hier.«

Riwal hatte recht, das sagten sie in den Nachrichten jedes Mal: »Am Eingang zum Ärmelkanal wurde heute abermals …« Die Geschichte war wirklich mysteriös. Dass Orcas diese Gewässer in Gruppen passierten, kam regelmäßig vor. Absolut ungewöhnlich – in höchstem Maße beunruhigend – aber war, was nun schon ein paarmal vorgefallen war und landesweit, ja weltweit für Aufsehen gesorgt hatte: Die Gruppe von zwölf Orcas hatte vor fünf Wochen ein Motorboot mit drei jungen Männern attackiert, nicht nur einmal, sondern ausdauernd, systematisch, koordiniert. Die Orcas hatten das Boot auf kluge Weise mit jedem Angriff stärker beschädigt und es so am Ende versenkt. Keinem der Männer war etwas zugestoßen, sie waren mit dem Schrecken davongekommen, aber bloß deswegen, weil sich zufällig ein Fischerboot in der Nähe aufgehalten und sie umgehend erreicht hatte.

Es war die erste Attacke dieser Art, die man je bei Schwertwalen beobachtet hatte. In der Folge hatten sie noch zwei weitere Motorboote verfolgt. Dieselbe Gruppe, das gleiche Vorgehen. Meeresbiologen rätselten und sprachen von einem »völlig neuen, unerklärlichen Verhalten«. Sie konnten sich keinen Reim darauf machen. Die Männer, die den ersten Angriff überlebt hatten, hatten das Geschehen mit ihren Handys gefilmt, sodass die Forscher über eine perfekte Dokumentation des Vorfalls verfügten. Und das weltweite Publikum über ein großes Spektakel. Im Internet machten die wüstesten Geschichten über die »Zombie-Orcas« die Runde. »Die Natur schlägt zurück« war noch die harmloseste Lesart. Angestachelt durch die Tatsache, dass es drei reiche junge Männer gewesen waren, die mit viel Alkohol und einem unanständig teuren Motorboot zum stylischen Hochseefischen unterwegs gewesen waren. Und, was alles noch toppte: Engländer. Natürlich!

»Sie wissen doch, wo Ouessant liegt, Chef?«

Eine rhetorische Frage.

»In den rüdesten Strömungen Europas, ja des gesamten nordöstlichen Atlantiks! Hier zwängt sich der Atlantik in den Ärmelkanal, die enge Passage zwischen England und dem Kontinent. Ihm bleiben gerade einmal hundertfünfzig Kilometer, das ist die Entfernung zwischen Brest und dem äußersten Zipfel von Cornwall, mehr nicht! Also sind die Strömungen gewaltig, sie erreichen zwanzig km/h! – Wissen Sie, was das heißt, Chef? Das Meer rast. Man kann es förmlich sehen. Das ist unglaublich. Und genau mittendrin liegt das Stückchen Land, auf dem wir uns gerade befinden.«

Riwal hielt inne. Ein lautes, seltsames Geräusch war zu hören gewesen, von den Klippen kommend, ein Tiergeräusch.

»Haben Sie das gehört, Chef?«

»Ein Käuzchen, denke ich.«

»Ich denke nicht, dass es die hier gibt. Ich bin mir sicher, das war kein Vogel.«

Sie schauten sich um. Auch im Westen war fast alles Licht verschwunden.

»Dann eine Katze.«

Dupin wusste, dass sie die wahnsinnigsten Laute von sich geben konnten.

»Hm.«

Riwal war nicht überzeugt.

»Eher ein Quietschen, ein hohes Quietschen.«

Dupin zuckte zusammen. Wer außer Schweinen quietschte noch?

Er würde Riwal die Frage nie und nimmer stellen. Außerdem hatte Madame Jaouen eindeutig gesagt, dass sich die Schreie anhörten, als würde einem Schwein die Kehle durchgeschnitten. Vom banalen Quietschen eines Schweins war keine Rede gewesen.

»Na, wie auch immer«, nahm Riwal den Faden wieder auf, »›großer, reißender Strom‹ nennen die Ouessantins das Meer hier! *Fromveur* auf Bretonisch. Wo das Meer wütet, brüllt, gurgelt, schäumt. So wie nirgends sonst auf der Welt! *Nul n'a passé fromveur sans connaître la peur.* Niemand passiert den *Fromveur,* ohne es mit der nackten Angst zu tun zu bekommen.«

Riwal schien wieder ganz der Alte: grenzenlos passioniert, wenn es um Bretonisches ging. Voller Superlative. Daher war das bretonische Meer selbstredend auch das grausamste Meer der Welt.

»Und ausgerechnet diese Passage gehörte zu den meistbefahrenen Meerespassagen der Welt. Heutzutage nehmen die Schiffe die *Rail d'Ouessant,* die »Ouessant-Schiene«, nördlich der Insel. Jeder Seemann der Welt kennt sie. Man hat sie nach dem Unglück der *Amoco Cadiz* 1978 eingerichtet. Hundertfünfzig Schiffe versuchen da jeden Tag heil durchzukommen, und dabei werden nur die richtig Großen gezählt. Das macht gute fünfzigtausend im Jahr. Das müssen Sie sich einmal vorstellen, Chef, Wahnsinn! Fünfzigtausend!«

Es musste sich alles weit draußen abspielen, Dupin hatte heute kein einziges Schiff gesehen. Kein großes, kein kleines.

»Um die Insel herum wimmelt es von tödlichen Felsen. Überall lauern unsichtbare Riffe, tückische Strömungen, hohe Wellen, und oft wabert dazu dichter Nebel durch die Passage. –

Was meinen Sie, wie viele Schiffbrüche es gegeben hat über die Jahrhunderte? Deswegen die Armada von Leuchttürmen, die man hier gebaut hat! Alleine zwei an Land, die sogenannten Fegefeuer. *Le Stiff* kennen Sie ja jetzt schon, übrigens der zweitälteste Leuchtturm Frankreichs, von 1695. Noch berühmter ist wahrscheinlich der zweite: *Créac'h*, auch wenn er erst 1863 erbaut worden ist.«

Ein »übrigens« in Riwals Ausführungen war für gewöhnlich ein sicheres Zeichen, dass eine baldige Intervention vonnöten sein würde. Es zeigte an, dass er sich in der Stimmung für ausschweifendes Erzählen befand.

»Fünfundfünfzig Meter hoch, weiß-schwarze horizontale Streifen. *Le Créac'h* markiert den Nordwesten der Insel. – Leuchtturm ist nicht gleich Leuchtturm, Chef. Jeder Leuchtturm hat seinen eigenen Charakter, seine Seele, seine Identität. Schon allein durch den Ort, wo er steht, vor allem aber durch seine spezifische Optik: Jeder hat ein ganz eigenes Licht, eine eigene Ausrichtung, eine eigene Rotationsgeschwindigkeit. Um zu überleben, müssen die Schiffsbesatzungen die Leuchttürme nicht nur sehen, sondern sicher auseinanderhalten können, sonst fahren sie geradewegs in eine Katastrophe.«

»Ich weiß, Riwal.«

Dupin war kein Anfänger mehr.

»Wie man die drei großen Leuchttürme auf offener See nennt, wissen Sie ja.«

»Ja, Riwal.«

Was Riwal nicht davon abhielt, es zu erklären.

»›Die Hölle‹. – Wenn Sie sich dort einmal während eines Sturms aufgehalten hätten, wüssten Sie, dass die Bezeichnung völlig korrekt ist.«

Dupin glaubte es auch so.

»*Kéréon, La Jument, Nividic* – das sind die drei. Nicht wenige der Leuchtturmwärter, die dort gearbeitet haben, hat es den Verstand gekostet, buchstäblich, sieben von ihnen leben heute noch in einer geschlossenen Anstalt bei Brest. Wenn Sie die Geschichten hören würden, was die Wärter in der Hölle erlebt haben, an natürlichem, aber noch mehr an übernatürlichem Grauen ... Da hilft auch das Wissen nicht, dass man Abertausende Menschen vor dem Tod auf See bewahrt hat.«

»Riwal«, begann Dupin mit ruhiger Stimme, es war Zeit, »wir müssen ...«

»Aber glauben Sie ja nicht, dass die Leuchttürme allein Sie sicher durch die Passage brächten, Chef! Hunderte Boote sind trotz ihrer Hilfe auf Felsen gelaufen. – Ohne fortschrittlichste GPS-Navigation und zentimetergenaue elektronische Karten sind Sie verloren!« Der Inspektor legte eine dramaturgische Pause ein. »Haben Sie diesen modernen Turm unweit vom *Phare du Stiff* gesehen, Chef?«

Hatte er – und ihn für eine militärische Einrichtung gehalten. Ein Turm aus Stahl, oben ein runder Einsatzraum mit Fenstern. Er war übersät mit technischen Installationen.

»Er gehört zur speziellen Sicherheitsarchitektur der *Rail d'Ouessant*, in ihm befindet sich das regionale Einsatzzentrum.«

Auf Ouessant klang vieles mysteriös, auch solche Sätze.

»Mithilfe Dutzender Antennen und Satellitenschüsseln dirigiert das Team des Zentrums jedes einzelne Boot, das in den Kanal will. Wie der Kontrollturm auf einem Flughafen. Es koordiniert im Fall der Fälle auch die Rettungseinsätze.«

»Wie kam es eigentlich dazu, dass Ouessant zur Insel der Frauen wurde, Riwal?«

Sie mussten endlich das Thema wechseln.

»Um das zu verstehen, müssen wir ein bisschen zurückgehen, Chef.«

Es klang gefährlich.

»Ende des siebzehnten Jahrhunderts ließ sich die königliche Marine in Brest nieder.«

Für Riwal'sche Verhältnisse war es ein harmloser Einstieg, Dupin hatte mindestens mit der Jungsteinzeit gerechnet.

»Sie rekrutierte Männer aus Brest und der gesamten Gegend, mit Vorliebe die von Ouessant. Niemand kannte den Atlantik wie sie. Die Marine bot ihnen Jobs mit attraktiven Gehältern an. Auf der Insel, müssen Sie sich vorstellen, herrschte zu dieser Zeit bittere Armut. Man lebte bis dahin von der Landwirtschaft, Fischfang gab es so gut wie nicht, und wenn, dann nur die Küstenfischerei, alles andere war zu gefährlich. So ist es ja bis heute. Also heuerten beinahe sämtliche Männer über sechzehn an, was bedeutete, dass sie von nun an über neun Monate im Jahr unterwegs waren. Die Frauen übernahmen die Zügel und organisierten das ganze Inselleben: die Arbeit, die Landwirtschaft, das Soziale, das Kulturelle, bald auch die Politik. Sie planten und bauten neue Wege, neue Brunnen, kümmerten sich um die Kirche, pflanzten Roggen und Gerste an, züchteten Pferde, Kühe und Schafe. In den folgenden endlosen kriegerischen Auseinandersetzungen mit den Engländern wurden sogar die älteren Männer und die Jungen ab vierzehn eingezogen, sie waren über viele Jahre fort. Oder blieben es für immer. Deswegen auch der *Proella*-Ritus. Später, in der ersten Hälfte des zwanzigsten Jahrhunderts, dienten die Männer Ouessants während der Weltkriege in der Marine, nahmen an den Kolonialkriegen teil und gingen später zur Seenotrettung. Die Ouessantins waren überall sehr begehrt, sie ...«

»Riwal! Die Insel der Frauen ...«

»Schon gut, Chef. Eigentlich bin ich ja durch. Das ist die Geschichte, in äußerster Kurzform. – Im Ergebnis hatten die Frauen das Inselleben über dreihundert Jahre komplett in ihrer Hand. Das prägt. Natürlich spielt die Marine heute nicht mehr die zentrale Rolle, aber noch immer heuern viele der jungen Männer dort an. Oder eben bei der Seenotrettung. Wie auch immer: Am hier herrschenden Matriarchat hat sich bis in die Gegenwart nichts verändert! Und ...«

»Danke, Riwal! – Ich muss ins Bett.«

Das musste er wirklich.

Das magische Panorama der Bucht und das Gespräch hatten Dupin noch einmal kurz belebt, jetzt aber war Schluss. Endgültig. Außerdem war das sphärische Klingen, das er hörte, noch ein Stück lauter geworden. Er war drauf und dran, Riwal zu fragen, ob er es auch hörte. Aber natürlich würde er es nicht tun.

»Ich verstehe, Chef. Mir geht es genauso. Und wir müssen ja morgen früh raus. – Nur eine Sache noch.«

»Ja?«

Etwas Ernstes, hörte Dupin heraus.

»Am besten, Sie rufen einmal den Präfekten an, es kann ja nur ganz kurz sein – er versucht es mittlerweile auch bei mir.«

»Ich …«

Dupin brach ab.

Er musste es tun. Er hatte keine Wahl. Ohne Nolwenn ging es nicht anders.

»Mach ich«, resignierte Dupin.

Eine großartige Aussicht: Er war hundemüde, hörte – innere? – sphärische Klänge, außerdem ging ihm das vermeintliche Quietschen nicht aus dem Sinn – und jetzt sollte er mit dem Präfekten telefonieren.

»Wenn Sie danach etwas zum Einschlafen brauchen – und das werden Sie ganz sicher –, hören Sie Miossecs *La nuit est bleue,* Chef. Ein Lied über eine Nacht wie diese. Völlig magisch.«

Dupin kannte es, natürlich. Schöner ging es nicht.

DER ZWEITE TAG

Es war eine unruhige Nacht gewesen.

Dupin war nach dem nervenaufreibenden Telefonat mit dem Präfekten zwar sofort eingeschlafen – auf der Stelle, als hätte man ihn ausgeknipst –, eine Stunde später jedoch wieder aufgewacht. Um von da an merkwürdige Geräusche zu hören, leider für den Rest der Nacht. Ein Rauschen, ein Dröhnen, ein Klappern, ein Klopfen, ein Wispern, ein Raunen, ein Zirpen. Auch Tierlaute. Entfernte Tierrufe. Schafsblöken, Kuhmuhen und, ja – Schweinegrunzen. Grunzen, kein Quietschen, Dupin war sich sicher. Zumindest fast sicher.

In der Mehrzahl waren es ohnehin nicht identifizierbare Laute, Rufe, Schreie gewesen. Auch solche, die ähnlich wie die geklungen hatten, die Riwal und er in der Nacht im Garten gehört hatten. Dupin hatte sich vorgenommen, unbedingt zu klären, ob es auf der Insel Käuzchen gab. Oder waren es Eulen? Bei einigen Lauten hatte er sich gefragt, ob sie ihn nicht doch an die Schreie eines Schweins erinnerten. Eines Schweins, dem die Kehle durchgeschnitten wurde. Er hatte genau solche Schreie tatsächlich schon einmal gehört. Da, wo sein Vater herkam, in der abgelegenen Gegend des französischen Juras, wohin sie in seiner Kindheit noch regelmäßig gefahren waren. Er erinnerte sich, wie zwei Freunde und er eines Tages, er war vielleicht sechs oder sieben gewesen, unbemerkt auf das Gelände eines Nachbarhofs geschlichen waren, wo ein Schwein geschlachtet wurde. Aus einem Versteck heraus hatten sie alles beobachtet.

Dupin war mehrmals aufgestanden, um aus dem geöffneten Fenster zu schauen. Aber außer dem Meer, der Bucht von Lampaul, in der sich der Vollmond gespiegelt hatte, war nichts zu sehen gewesen, vor allem nichts, was irgendeines dieser Geräusche hätte erzeugen können. Die Bucht war vom Mond fahl gelblich eingefärbt gewesen, merkwürdig metallisch. Genau wie die Büsche des Gartens und das einsame Haus, das linker Hand ein paar Hundert Meter entfernt stand. Darin hatte die ganze Nacht über Licht gebrannt. Der Wind hatte sich am frühen Morgen abgeschwächt.

Irgendwann hatte Dupin begonnen, sich über sich selbst zu ärgern: dass er sich überhaupt mit diesen Geräuschen beschäftigte. Es war doch vollkommen verrückt. Er hätte einfach die Decke über den Kopf ziehen sollen. Und alles ignorieren.

Erst gegen fünf Uhr war Dupin endlich wieder eingeschlafen. Für eineinhalb Stunden.

Um 6 Uhr 30 hatte der Wecker geklingelt.

Dupin hatte schnell geduscht und war dann runtergegangen. Frühstück gab es zwar erst ab acht, aber Sophie, die wundervolle Inhaberin des *Sport & Spa,* hatte den Kommissar gestern, bevor ihn die Bürgermeisterin zum Konzert abgeholt hatte, noch rasch in die Bedienung der stattlichen Espressomaschine im Frühstücksraum eingewiesen. Eigentlich unnötig, egal welcher Typus, egal welcher Hersteller, Dupin wusste auf dieser Welt jede Kaffeemaschine zu bedienen. Eine ausgezeichnete Maschine, hatte Dupin festgestellt, ausgezeichnete Bohnen zudem, selbstredend hatte er die Einweisung zum Probebrühen eines *petit café* genutzt.

Sophie hatte die Maschine über Nacht angelassen, damit sie am frühen Morgen nicht erst vorheizen musste. Dupin hatte sich zwei *cafés* gemacht und Riwal einen. Als dieser bis Viertel vor sieben nicht gekommen war, hatte er ihn selbst getrunken. Bevor er kalt wurde.

Jetzt war es zehn vor sieben. Sie mussten los. Wo war der Inspektor?

Dupin lief zurück in den ersten Stock, Riwals Zimmer lag direkt neben seinem. Er klopfte. Nichts.

Dupin holte sein Handy hervor.

Riwal war sofort dran.

»Wo sind Sie, Riwal? – Der Pfarrer wartet, wir …«

»Draußen vor dem Hotel, Chef. Ich habe uns Dienstwagen besorgt.«

»Ich … Sehr gut, Riwal. Sehr gut.«

Dupin hatte es eigentlich schon gestern klären wollen. Für gewöhnlich war es Nolwenn, die solche Sachen regelte. Aber dieses Mal mussten sie ohne sie klarkommen. Für Dupin würde es hart werden. Sehr hart. Gestern hatte er es noch verdrängen können …

»Ich komme.«

»Gut, Chef.«

Einen Moment später trat Dupin aus der Hoteltür.

Noch war die Sonne nicht aufgegangen, aber das erste Licht des neuen Tages erstreckte sich von Osten aus bereits bis Ouessant.

Riwal stand am Straßenrand. Dupin blickte sich um.

Von Autos war weit und breit nichts zu sehen. Nur der alte Landrover der Hotelbesitzerin, der in der Einfahrt stand.

»Wo stehen die Wagen, Riwal?«

Riwal deutete auf zwei Fahrräder auf dem Kies vor dem Hotel.

»Fahrräder?«

»E-Bikes, Chef! Die neueste Generation. Echte Outdoor-Modelle. – Das beste Fortbewegungsmittel für die Insel. – Zu vielen der Orte gelangen Sie nur so, da gibt es keine Straßen, nur schmale Wege.«

Riwal bemerkte Dupins konsternierten Blick.

»Sie werden überrascht sein, wie rasant so ein Rad ist. Vierzig Stundenkilometer, wenn Sie es zu bedienen wissen. Fast wie ein Moped.«

Es war grotesk.

Dupin hatte – abgesehen von seinem geliebten alten Citroën XM – bereits in allen möglichen abenteuerlichen Fahrzeugen ermittelt, aber noch nie auf einem Fahrrad. – Einem E-Bike. Mit absurd dicken Reifen.

»Die Bürgermeisterin hatte gestern gesagt, es gebe Autos zum Leihen.«

»Theoretisch, ja. Bei der Taxiunternehmerin. Céleste Bourvil, eine der fünf *Sirenen.*«

»Was meinen Sie mit ›theoretisch‹?«

»Dass alle fünf Leihwagen reserviert sind, Chef. Wegen des Festivals, das heute beginnt.«

Das durfte nicht wahr sein.

»Und uns kann niemand anderes einen Wagen leihen?«

»Chef, wirklich. Das sind super Räder.«

»Wo haben Sie die eigentlich her?«

»*Ouessancycles!* Einer der drei Fahrradverleiher der Insel. – Habe ich gestern Abend noch organisiert, sie haben uns die Räder eben freundlicherweise hier vorbeigebracht. Eigentlich machen sie erst um neun auf.«

Dupin musterte die beiden Räder mit unvermindert skeptischem Blick.

Beide Räder waren marineblau, ein eleganter Schriftzug auf dem überaus soliden Rahmen: *Ouessancycles.*

»Die Akkus sind voll, die halten knapp hundert Kilometer, das müsste für heute reichen.«

Riwal bewegte sich auf eines der beiden Räder zu.

»Wir sind in drei Minuten verabredet.« Er warf einen demonstrativen Blick auf die Uhr. »Aber Sie werden sehen, Chef, mit den Bikes schaffen wir das. Und auch Parkplatzprobleme haben wir damit nicht.«

Die hätte man hier auf Ouessant auch mit Autos nicht, dachte Dupin.

Schon saß Riwal auf dem Sattel.

Dupin folgte widerwillig.

»Es ist ganz einfach. Mit dem grünen Knopf oben am Rahmen aktivieren Sie das Bike. Links am Lenker stellen Sie auf dem kleinen Touch-Display eine der vier Unterstützungsstufen ein. Eco – Standard – Sport – Boost. Rechts am Lenker finden Sie die Gangschaltung. Fünf Gänge in diesem Fall, das reicht für die Insel locker. Übrigens: Der Elektromotor unterstützt nur, das heißt, Sie müssen auch selbst treten.«

Dupin hätte gerne »Ich weiß« gesagt, aber er hatte es nicht gewusst.

Er setzte sich auf den überraschend gut gepolsterten Sitz.

»Gehen Sie ruhig in den Boost, Chef. Unterschätzen Sie die Steigung hoch zur Kirche nicht. Das reinste Gebirge hier! – Auch die dicken Reifen werden sich bezahlt machen, glauben Sie mir. Mit ihren tiefen Profilen kommen wir überallhin.«

Riwal war begeistert, das stand fest.

»Wenn wir doch unbedingt mal ein Auto brauchen, wird uns Sophie ihren Wagen bestimmt leihen können, Chef«, sagte Riwal zur Besänftigung, dann fuhr er prompt los.

Dupin drückte den grünen Knopf, dann wählte er »Eco« – schon das war nicht leicht mit seinem sportlichen Stolz zu vereinbaren – und trat ebenfalls in die Pedale.

Heute roch man das Meer, das Salz und das Jod viel intensiver als gestern. Dupin merkte auch, warum. Der Wind hatte sich gelegt, dabei hieß es doch, der Kornog blase immer. Heute Morgen nicht: Die Luft stand.

Zunächst ging es hinunter in das kleine Tal.

Riwal hatte einen erheblichen Vorsprung, der Inspektor machte auf dem Rad einen äußerst vergnügten Eindruck.

Links lag eine Crêperie, hier begann das Zentrum Lampauls, dann rechts, unten angekommen in der Senke, der Supermarkt mit dem Geldautomaten, *Carrefour Express*. Ein hübsches, ja pittoreskes Sträßchen, das nun steil bis zur Kirche und dem kleinen Platz im Zentrum anstieg. Alte, adrett hergerichtete Fischerhäuschen, einstöckig, geduckt. Überhaupt schien alles auf der Insel dieser Maxime zu folgen: alles möglichst flach zu halten, um den über die Insel hinwegtobenden Unwettern so wenig Angriffsfläche wie möglich zu bieten, keine Konflikte mit den Elementen anzuzetteln. Außer den stolzen Leuchttürmen und dem Haus Gottes. Die mussten sich trauen, das war ihr Job.

Jetzt kamen sie an der Post vorbei – Dupin hatte bei seinem E-Bike von »Eco« auf »Standard« gewechselt –, rechts hob die Friedhofsmauer an. Die Toten lagen auf Ouessant mitten im Zentrum. Auch Lionel Saux würde hier bald liegen, ging es Dupin durch den Kopf.

Gegenüber vom Friedhof, Dupin fuhr gerade daran vorbei – und erhöhte die Unterstützung auf »Sport« –, befand sich die Bar, die einer der *Sirenen* gehörte. Romy Potin, wenn Dupin sich richtig erinnerte.

Die Steigung entwickelte sich auf den letzten Metern geradezu alpin. Es ging nicht anders: Dupin schaltete in den »Boost« – der Effekt war erstaunlich, er verdiente seinen Namen.

Natürlich mangelte es auf einer kleinen Insel an manchem, so war es eben. Aber an einem mangelte es auf Ouessant nicht – dem Wichtigsten: an Möglichkeiten, Kaffee zu trinken. Dupin hatte bei einem kleinen Spaziergang nach dem langen Treffen mit der Bürgermeisterin gestern gleich ein halbes Dutzend an potenziellen Lieblingscafés ausgemacht. Großartig. Das Gleiche galt für die Restaurants – zumindest den ausgehängten Menükarten nach zu urteilen. Gut zu essen und zu trinken, für einen Bretonen der Inbegriff des glücklichen Lebens, schien auf der Insel eine Selbstverständlichkeit zu sein.

»Verdammt!«

Dupin musste scharf bremsen.

Vor ihm war ein kleiner, in die Jahre gekommener Lieferwagen gefahren, der erste, den er auf der Insel überhaupt gesehen hatte. Der Wagen hatte ohne ersichtlichen Grund angehalten, Dupin wäre fast aufgefahren. Der Fahrer kurbelte das Fenster herunter, er war neben einer Frau zum Stehen gekommen, die eine vollgepackte Einkaufstasche trug.

»Heute ist dein großer Tag, Francine. – Herzlichen Glückwunsch zum Geburtstag. – Sechzig. Nicht schlecht.«

»Das ist lieb. Danke, Pierre.«

Sie lächelte verlegen.

»Also dann.«

Der Lieferwagenfahrer gab Gas. Nicht der Gesprächigste. Aber aufmerksam.

»Grüß Marie«, rief ihm die Frau hinterher, »und sag ihr, dass ich heute Abend dabei bin.«

»Mach ich.«

Schon fuhr der Mann weiter.

Jeder kannte hier jeden, natürlich.

»Hier oben, Chef. – Sie haben es gleich geschafft.«

Dupin fuhr auf Riwal zu, der sein Rad auf dem Platz vor der Kirche abgestellt hatte. Der bescheidene Hauptplatz des Ortes. Mit Bescheidenheit hatte die Kirche wiederum nichts zu tun, im Gegenteil. Das Auffälligste – abgesehen von der schieren Größe – war der quadratische Turm. Auf den man dort, wo er endete, umrandet von einem Balkon, noch einen weiteren Turm gebaut hatte, ein wenig kleiner im Umfang, und darauf einen noch kleineren.

»Napoleon III. persönlich hat sie der Insel geschenkt, Chef. Genauer: den Frauen der Insel. Damit sie auf gottgefällige, fromme Weise beschäftigt waren, während ihre Männer in der Ferne den aufopfernden Dienst in der Kriegsmarine leisteten. Die Frauen sollten bei Gott Trost finden. Die Kirche bietet tausendachthundert Gläubigen Platz, ähnlich große Kirchen stehen eigentlich in Orten mit fünfzigtausend oder mehr Einwohnern.

Auf der Insel lebten damals gut dreitausend Menschen – rund die Hälfte davon Frauen.«

Riwal machte keine Anstalten, das Rad abzuschließen. Er sah Dupins fragenden Blick.

»Auf Ouessant schließt niemand sein Rad ab, Chef. – Ein Fahrraddieb könnte es nicht mal von der Insel schaffen, ohne dass man es bemerken würde. Alles Sperrgut wird an der Hafenmole in kleine Container geladen, auch Fahrräder. Und das geklaute Rad auf einer so kleinen Insel zu fahren, wäre dämlich, man ...«

»Ich verstehe.«

Dupin stellte sein Rad neben das von Riwal.

»Die gewaltige Glocke der Kirche ist übrigens ein Geschenk von Queen Victoria«, Riwal deutete vage nach oben, weit am Kirchturm vorbei eigentlich. »Auch eine verrückte Geschichte: Nach dem Schiffbruch des britischen Dampfers *Drummond Castle* im Jahr 1896 schwemmten die Strömungen tagelang Leichen an die Küste Ouessants. Nur drei der 248 Menschen an Bord überlebten. Die Ouessantins bargen die Leichen, obwohl die Insel in den beständigen Konflikten mit England Ziel häufiger Aggressionen gewesen war, die vielen Männern der Insel das Leben gekostet hatten.«

»Sehr anständig von ihnen«, kommentierte Dupin, der der Tragödie dennoch nur mit halbem Ohr zuhörte. Jetzt und hier ging es um anderes.

Sie betraten die Kirche durch das orange gestrichene Holzportal. Es war 7 Uhr 4, sie waren fast pünktlich. Riwal war noch nicht fertig mit seinen Ausführungen:

»Sie bargen sie *und* bestatteten sie, Chef! Mit einer großen Totenmesse und allem Drum und Dran. Zu der Zeit gab es auf Ouessant zwölf Friedhöfe mit zwölf Kapellen, strategisch gut verteilt, damit man die Leichen nach den regelmäßigen Schiffskatastrophen nicht immer über die gesamte Insel karren musste. Außerdem wollten die Ouessantins den zentralen Friedhof hier für sich selbst reservieren.«

Die ganze Vorstellung war finsterster Horror: eine obskure Insel im tobenden Atlantik, an die unentwegt verwundete, aufgequollene, angefressene Leichen oder Leichenteile Tausender unbekannter Menschen angespült wurden. Ein Bild wie bei Bruegel oder Bosch, man konnte es vor sich sehen, die zahllosen versehrten Körper.

Dupin war nach dem Betreten der Kirche stehen geblieben.

»Die Leichen, die Kreuze um den Hals trugen, bekamen übrigens Einzelgräber in geweihter Erde, wenn die Gräber auch winzig waren. Die, die keine hatten, endeten in Massengräbern am Rande der Friedhöfe. Das schreckliche Schicksal der *Drummond Castle* sorgte im Vereinigten Königreich über Monate für Schlagzeilen, es war eine nationale Katastrophe. Ein britischer Gesandter erstattete Victoria Bericht, wie würdevoll die Ouessantins mit den toten Briten umgingen – und Victoria zeigte sich dankbar. Und so …«

»Riwal!«

Es war wirklich genug.

Dupin blickte sich um.

Von innen wirkte die Kirche noch gewaltiger. Die Größe des geweihten Raums schlug die Schutz suchende Seele unmittelbar in ihren Bann, verstärkt durch eine kunstvolle Düsternis. Die wenigen Kirchenfenster waren schmal. Leuchtete der Himmel wie heute blau, war die Welt draußen voller Licht, ließ die Sonne die farbigen Motive der Fenster grell erstrahlen.

Auf den meisten Fenstern war dieselbe Person zu sehen: Maria. Man konnte es sich gut vorstellen: Die über den Köpfen der Kirchenbesucher dramatisch aufleuchtende Heilige musste auf sie wie eine übernatürliche Erscheinung gewirkt haben. Kirchenbauer waren geschickte Meister der Inszenierung.

Dupin lief den Gang entlang. Riwal direkt hinter ihm.

Die Kirche, in der es um einige Grad kühler war als draußen, war leer. Niemand zu sehen, keine Spur von dem Pfarrer.

Ihre Schritte hallten auf dem glatten dunklen Steinboden wider.

»Wissen Sie, wo sich dieser Schrein für die Kreuze befindet, Riwal?«

Unvermittelt war ein lautes, lang gezogenes, markerschütterndes Knarzen zu hören, einschließlich seines verzerrten Echos, Dupin fuhr zusammen. Lauerte Boutou Bahou einem selbst in der Kirche auf?

»Ich bin hier«, hallte es im nächsten Augenblick durch die Kirche.

Dupin und Riwal konnten niemanden erkennen. Die zahlreichen mächtigen Säulen verdeckten ganze Bereiche, die Seitenschiffe waren von hier ohnehin nicht einzusehen. Spartanische Holzbänke bis vorne zum Altar. Hinter dem schlichten Steinaltar, seltsam, eine weiß getünchte Mauer mit einer Balustrade.

Nichts, nirgendwo. Es war eine Stimme ohne Körper.

»Hier!«

Es klang unwirsch.

»Sind Sie das – die Polizisten?«

»Sind wir.«

Dupin hielt auf den Beichtstuhl zu, den er am Zugang zum rechten Seitenschiff entdeckt hatte. Er war jetzt sicher, dass die Stimme von dort kam.

Eine dunkle, kunstvoll verzierte Holzkabine, zwei Zugänge, der eine mit einem schweren schwarzen Samtvorhang, der andere mit einer niedrigen Holztür ausgestattet, aus der nun ein hochgewachsener, drahtiger Mann heraustrat. Jeans, schwarzes Sweatshirt, ein schmales kluges Gesicht, kurze, glatte Haare. Er hatte einen Schraubenzieher in der Hand.

»Die Bank auf meiner Seite der Kabine – seit Monaten ist sie locker«, erklärte er Dupin und Riwal. »Ich bin bisher nicht dazu gekommen.«

»Bonjour, Monsieur le Curé – Commissaire Georges Dupin, Commissariat de Police Concarneau. Danke, dass Sie sich Zeit für uns nehmen.«

»Gerne.«

So klang es nicht.

»Inspektor Riwal, ebenfalls aus Concarneau«, grüßte Riwal.

»Herzlich willkommen.«

Dupin und Riwal hatten sich um maximale Haltung bemüht. Angemessenheit.

»Bleiben Sie locker, Messieurs! Nicht so steif. Ich bin nur der Stellvertreter Gottes.« Der Pfarrer wies auf die Bank in der ersten Reihe. »Setzen wir uns doch.«

Dupin nickte. Es fühlte sich seltsam an.

Er setzte sich, Riwal ebenfalls. Der Pfarrer stellte sich, die Hände in den Hosentaschen, direkt vor sie. Er schien nicht vorzuhaben, sich zu setzen.

»Es geht um den Ritus, haben Sie gestern am Telefon gesagt. Was wollen Sie wissen?«

Das nannte man direkt.

»Ob Ihnen zu der Sache mit dem Wachskreuz auf Lionel Saux' Kopfkissen etwas einfällt.«

»Nein, spontan erst einmal gar nichts. Aber ich würde es mir gerne einmal ansehen.«

»Gibt es hier in der Kirche Repliken von den Kreuzen?«, wollte Dupin wissen.

Er kam sich ein wenig lächerlich vor, wie bei einem Messebesuch, sie saßen auf unbequemen Bänken und ein Pfarrer stand vor ihnen.

»Nein. Es sind heilige Objekte, auch wenn der Ritus aufgegeben wurde. Es existieren lediglich die Originale von damals. Und die liegen alle wohlbehalten im Mausoleum. – Wenn jetzt jemand ein Kreuz angefertigt hat, das den Originalen ähneln sollte, dann kann das lediglich anhand von historischen Vorlagen geschehen sein. Es gibt ein paar Zeichnungen und zwei Schwarz-Weiß-Fotografien.«

»Und wo befinden die sich?« Dupin hatte sein Notizheft herausgeholt. »Beides, meine ich. Die Zeichnungen und die Fotografien.«

»Die Originale der Zeichnungen liegen wohlbehalten in unserem kleinen Kirchenarchiv, das habe ich gestern extra kontrolliert. Aber die Originale bräuchten sie auch gar nicht, in Broschüren und Büchern über die Insel finden sich exzellente Reproduktionen davon. Die Fotografien sind in zwei kleinen Büchern über den *Proella*-Ritus zu sehen, zudem in einigen theologischen Wälzern über katholische Riten. Sie würden reichen, um eine passable Kopie herzustellen.«

»Und das Mausoleum auf dem Friedhof ist völlig unbeschädigt, da war niemand dran?«

»Kommen Sie!«

Der Pfarrer wies auf eine Tür am Ende des Seitenschiffs.

»Ich zeige es Ihnen. Das Mausoleum habe ich mir gestern selbstverständlich als Erstes angesehen, nachdem Alana mir von dem Fund des Kreuzes erzählt hat. – Da war garantiert niemand dran.«

Was hieße, das Kreuz wäre wirklich eine Replik.

Riwal und Dupin hatten sich simultan erhoben.

»Könnten Sie uns zuvor den Schrein in der Kirche zeigen, Monsieur le Curé?«

Ein guter Punkt von Riwal.

»Da gibt es nicht viel zu sehen, aber gerne.«

Der Pfarrer hatte kehrtgemacht und steuerte auf die andere Seite der Kirche zu, Riwal und Dupin folgten.

Der Pfarrer blieb vor einer der steinernen Säulen stehen.

»Voilà!«

»Das ist er?«, rutschte es Dupin heraus.

»Das ist er. Seien Sie vorsichtig, es ist ein geweihtes Objekt«, sagte der Pfarrer mit strengem Unterton.

Vor allem war es ein kurioses Objekt, länglich, geschwungen, aus schwarz lackiertem Holz, goldumrandet, alles in einem Stück gefertigt. Aus dem Deckel des Schreins ragte ein goldenes Kreuz hervor. Um dieses wie um den gesamten Schrein schlang sich ein geschnitztes goldenes Tuch. Das geweihte Objekt sah aus wie eine Figur. Man konnte die Konturen eines Frauenkörpers einschließlich einer schmalen Taille erkennen, das Tuch wurde zum Umhang.

»Hier wurden die Wachskreuze nach der Nachtwache hingebracht. Während des Gedenkgottesdienstes mussten sie aufrecht darin stehen. – Bei diesem Ritus ist die Einhaltung eines jeden Details von entscheidender Bedeutung – sonst ist er als Ganzes hinfällig.«

Dupin, notorischer Experte für Rituale – wenn auch für die des Lebens und nicht des Todes –, kannte das: Alles musste stimmen. Alles, was wesentlich war für ein Ritual, bedurfte der strengen Wiederholung. Dupin musste nur an seinen Kaffee im *Amiral* morgens vor der Arbeit denken. Zuerst der Kauf seiner Zeitungen, dann sein Stammplatz auf der Terrasse, ein bis zwei *petits cafés* und sein morgendliches Croissant.

»An die Durchführung des eigentlichen Ritus kann deshalb niemand ernsthaft gedacht haben«, fuhr der Pfarrer fort. »Er ist viel zu aufwendig, jedes Detail muss schon von Beginn an korrekt ausgeführt werden.«

»Nämlich?«

Dupin war wirklich neugierig.

»Ein Verwandter des Vermissten muss bei Einbruch der Nacht an die Tür der betroffenen Familie klopfen und beim Öffnen den Satz sagen: ›Heute Nacht wird es eine *Proella* bei dir geben.‹ Dann kommt der Pfarrer mit dem Kreuz zur Nachtwache. Das Kreuz muss aus geweihtem Wachs und von einem Gottesmann mit eigenen Händen geformt sein. Sämtliche anwesenden Familienangehörigen müssen die ganze Nacht über dabei sein, nur Kinder unter sechs sind davon befreit. Das Kreuz, kaum größer als eine Hand, muss auf eine der traditionellen Kopfbedeckungen der Inseltracht gebettet werden, die auf einem weißen Laken über dem Kopfkissen des Vermissten liegt. Daneben eine Fotografie des Vermissten. Als es noch keine Fotografien gab, war es ein persönlicher Gegenstand. Genauso wichtig: eine Schale Weihwasser. – All das fehlte hier ja. Wenn ich es richtig verstehe, lag das Kreuz einfach auf dem Kopfkissen.«

Dupin nickte.

»Ich nehme an, dass das rituelle Prozedere und die meisten seiner Details den Inselbewohnern bekannt sind? Mehr oder weniger?«

»Im Wesentlichen, ja. Jedes Kind hier kennt die Geschichten. Auch wenn der Ritus nicht mehr praktiziert wird.«

»Das heißt«, Dupin sprach eher zu sich selbst, »es kann eigentlich kein ernsthafter Versuch gewesen sein, den Ritus nachzuahmen.«

»Nicht wirklich, nein. Es scheint mir eher ein – Zitat.«

Es klang komisch, aber Dupin wusste, was der Pfarrer meinte.

»Funktionieren kann das Ritual nur in seinem vollständigen Vollzug, bei dem es eben auf jede Kleinigkeit ankommt«, betonte der Pfarrer ein weiteres Mal.

»Die Frage ist nur«, warf Riwal berechtigterweise ein, »warum sich jemand die Mühe macht, ein Replikat dieser alten Wachskreuze herzustellen. Und dann unbefugt das Haus betritt, um es aufs Kopfkissen zu legen.«

So war es.

»Für einen Spaß ist die Sache zu ernst – und zu kompliziert«, fügte der Pfarrer mit düsterem Ton hinzu. Er schwieg eine Weile, dann blickte er Dupin an. »Wollen Sie das Mausoleum noch sehen?«

»Unbedingt«, erwiderte der Kommissar.

Er wollte das Mausoleum selbst in Augenschein nehmen.

»Folgen Sie mir.«

Der Pfarrer steuerte abermals auf die Tür im rechten Seitenschiff zu, die, wenn Dupin es richtig sah, direkt zum Friedhof führen musste.

»Erzählen Sie uns noch etwas über den Sinn dieses erstaunlichen Ritus, Monsieur le Curé. Aus theologischer Sicht.«

Riwal fragte mit dem Habitus des Forschers. Aber es interessierte Dupin genauso.

»Er erfüllte gleich mehrere Funktionen auf einmal, denke ich. – Theologisch gesehen stellt der Ritus in gewisser Weise eine inszenatorische Repräsentation dar, eine Simulation. Für die Menschen aber ging es im Kern um den psychologisch notwendigen Akt eines Abschlusses. Für Angehörige ist es die Hölle, wenn jemand als verschollen gilt. Das weiß man. Sie stürzen in einen Abgrund der Ungewissheit, eine unerträgliche Mischung aus Schmerz, Angst, Verzweiflung auf der einen und Hoffnung und Wunderglauben auf der anderen Seite. Sie hegen völlig unrealistische Fantasien, spinnen märchenhafte Szenarien aus, in denen der Vermisste doch irgendwie überlebt hat – und wiederkehrt, eines Tages zumindest. Sie finden keine Ruhe, verlieren ihr eigenes Leben. Der Ritus beendet das, er schafft eine Zäsur, setzt der Ungewissheit ein Ende.«

Der Mann Gottes verstand sich auf die Seelen und Abgründe der Menschen.

Jetzt holte er einen gewaltigen Schlüsselbund aus seiner Jeanstasche und schloss die Seitentür auf.

»Ein anderes Motiv des Ritus stammt zweifelsfrei aus dem Heidnischen, dem Keltischen. Dem Druidischen.«

Das Thema schien dem Pfarrer nicht zu behagen.

»Der Ritus soll die Seele des Verschollenen auf die Insel zurückbringen und von hier dann in die ›andere Welt‹ befördern.«

Sie betraten den Friedhof. Ein ganzes Meer aus Kreuzen, großen Holz- oder Steinkreuzen, auffällig viele in blendendem Weiß. Der Pfarrer ging nach rechts.

Riwal sah sich zu ergänzenden Ausführungen gezwungen: »Ouessant ist der Ort des Übergangs zwischen den beiden Welten, Chef. – Im stofflichen Sinne des Übergangs zwischen Land und Meer. Vor allem aber im spirituellen Sinne. – Immer schon, seit Urzeiten. Prokopios, ein nach Armorica reisender griechischer Gelehrter, hielt bereits im 6. Jahrhundert fest, welche zentrale Bedeutung Ouessant im keltischen Kosmos einnimmt. Der Insel und ihren Bewohnern obliegt die Aufgabe, die Reise der Seelen auszuführen. Den Transit! Den Weitertransport der Seelen von dieser Welt in die Anderswelt. Prokopios hielt den ganzen Ablauf fest, wie er ihm von den Ouessantins geschildert wurde.«

Dupin würde den Inspektor ausnahmsweise nicht unterbrechen. Er hatte das Gefühl, er täte hier auf der eigensinnigen Insel gut daran, so viel wie möglich über ihre Eigensinnigkeiten zu erfahren.

»Tief in der Nacht, wenn die Inselbewohner schlafen, klopft es dumpf an ihre Türen. Dann werden sie zu ihrem mystischen Dienst gerufen. Das Klopfen versetzt sie augenblicklich in eine Trance, von nun an sind sie wie ferngesteuert. Sie begeben sich zu der kleinen Bucht am Ende des Tals hier in Lampaul, zum Hafen. Dort warten ein paar Dutzend fremdartige Holzbarken auf sie. Leere Boote, kein Mensch ist zu sehen. Trotzdem liegen sie gefährlich tief im Wasser und schaukeln heftig hin und her, als wären sie voller Menschen. Die Seelen der Verstorbenen, zahllose, in jeder der Barken. Die Ouessantins setzen sich an die Riemen und rudern los. Die Boote selbst übernehmen die Navigation. Nach einer Stunde gelangen sie an eine nebelverhangene Küste, an einen endlosen Sandstrand. Vom Land selbst ist nichts zu sehen. In dem Moment, in dem die Boote die Erde berühren, entlädt sich ihre kostbare Fracht. Leise, ätherische Stimmen rufen die Namen der Verstorbenen auf. Dann rudern die Ouessantins zurück, wandeln in ihre Häuser, legen sich hin und schlafen friedlich weiter. – So geschah es und so geschieht es bis heute.«

Riwal war in Höchstform, als *conteur* stand er Sybil Jaouen und anderen professionellen Erzählerinnen und Erzählern in nichts nach.

»Das ist der Zusammenhang, in dem Sie den Ritus sehen müssen, Chef. – Die Seelen der Verschollenen müssen erst einmal gefunden und hergeholt werden, um von hier dann die Überfahrt antreten zu können. Die Bezeichnung *Proella* geht auf zwei bretonische Wörter zurück, die so viel wie ›Rückkehr in die Heimat‹ oder ›Rückkehr an Land‹ bedeuten. *Bro elez.*«

Sie waren inzwischen am Mausoleum angekommen.

»Da wären wir«, sagte der Pfarrer.

Sie standen vor einem Steinhaus aus hellgrauem Granit, dem Urstoff der bretonischen Welt. Vielleicht zwei Meter hoch, ein spitzes bretonisches Dach, auf dem Giebel vorne ein Kreuz, ebenfalls aus Granit, die Konstruktion signalisierte vor allem Wehrhaftigkeit: »Ich bin unzerstörbar. Ich stehe hier für die Ewigkeit. Ich bewahre, was mir anvertraut ist«, schien seine Aura feierlich zu proklamieren. An der Vorderfront eine Einlassung in Form eines Kirchenfensters, darunter, ganz in Silbergrau gestrichen, eine Art Engel mit gewaltigen Flügeln. Eher ein Vogelwesen, fand Dupin.

Er begann, langsam um das Mausoleum herumzulaufen, aufmerksam erfasste er jedes Detail.

An der Rückseite hing eine Plakette ganz in Weiß: »Hier hinterlegen wir die *Proella*-Kreuze zum Gedenken an unsere Leute, die fern der Heimat in Kriegen, Krankheiten und Schiffbrüchen ihr Leben lassen.«

Um das Mausoleum standen Blumen in wilder lila Blüte.

Eine Weile herrschte Schweigen.

Dupin musste zugeben, dass der Ort großen Eindruck auf ihn machte. Das Mausoleum berührte ihn. Es barg Hunderte Kreuze für Hunderte Vermisste. Zudem war es mit fantastischen Geschichten aufgeladen.

»Wie ich schon sagte, es ist völlig unversehrt.«

Der Pfarrer hatte recht. Es sah nicht so aus, als hätte sich hier jemand unbefugt Zutritt verschafft.

»Wo und wie wurden die ...«

Dupins Handy gab sein penetrantes Piepen von sich.

Er warf einen Blick auf die Nummer. – Der Präfekt!

Es konnte nicht wahr sein. Dupin hatte ihm bei dem Telefonat gestern Abend von dem Treffen mit dem Pfarrer erzählt. Er musste sich doch vorstellen können, dass das Gespräch noch andauerte.

Nolwenn hätte ihm sicherlich geraten, es nicht zu tun, wenn er im Affekt war – aber Dupin tat es: Er nahm an. Er musste die Taktik wechseln, und zwar sofort, auf der Stelle, sonst würde es unerträglich.

»Ah, das ist er ja, mein Comm...«

Dupin fiel Locmariaquer jäh ins Wort: »Ich bin gerade im Gespräch mit dem Pfarrer, wie Sie wissen. Anschließend folgen weitere wichtige Ermittlungsgespräche.«

»Gibt es denn schon etwas Neues, meine Schwester hat ...«

»Wie gesagt: *Ich* melde mich, *wenn* es etwas gibt, Monsieur le Préfet. Und nur dann. Ansonsten arbeite ich.«

Schon hatte Dupin aufgelegt.

Es war grotesk. Und würde auch jetzt, nach Dupins – wie er fand – moderater Intervention, vermutlich unverändert immer so weitergehen, er machte sich keine Illusionen.

Aber nun musste er sich konzentrieren.

»Wo und wie«, kam Dupin zu seiner Frage zurück, »wurden die Kreuze hineingelegt, Monsieur le Curé?«

»Hier vorne.« Der Pfarrer deutete auf die silberne Einlassung. »Da war früher eine kleine Holztür. Durch sie hat man die Kreuze hineingelassen. Sie wurde 1962, nach dem Ende des Ritus, mit Beton verschlossen und dann gestrichen.«

»Seitdem ist sie nicht geöffnet worden?«

Dupin ging vor dem Engel in die Hocke, um sich die Einlassung genauer anzusehen.

»Nein.«

»Hier liegen also sämtliche Kreuze, die über all die Jahrhunderte angefertigt wurden?«

Eine wirklich verrückte Vorstellung.

»So ist es.«

»Es müssen Hunderte sein.«

»Es ist wie ein Grab, es geht tief in die Erde. – Eine Grabkammer.«

»Verstehe.« Dupin überlegte. »Seit wann wurde der Ritus praktiziert?«

»Die Annalen sagen, schon immer«, der Pfarrer zuckte mit den Achseln. »Schon in vorchristlicher Zeit. Laut einem antiken Autor schon tausend Jahre vor Christi Geburt. Der Beginn des Brauchs verliert sich im lichtlosen Unbestimmten der Vorzeit.«

»Was passiert mit Wachs nach so langer Zeit? Also im Laufe von zwei, drei Jahrhunderten?«

»Fast nichts. Es ist erstaunlich. – Er hält sich quasi ewig.«

»Warum hat man den Ritus 1962 beendet?«

»Aus zwei Gründen. – Der erste ist, dass es immer einfacher wurde, die verstorbenen Ouessantins auf die Insel zurückzuführen. Zum anderen«, der Pfarrer warf Riwal einen kritischen Blick zu, »handelte es sich im Kern natürlich um heidnische Zauberei, die von der katholischen Kirche zwar geduldet und, äußerlich, in eine christliche Form gebracht wurde, die den oberen Kirchenmännern aber selbstverständlich ein Dorn im Auge war.«

Ihm selbst auch, besagte der Unterton. Es war überall in der Bretagne passiert: Über Tausende Jahre fest verwurzelte keltisch-druidische Vorstellungen, Legenden, Zeremonien, Traditionen waren von den christlichen Missionaren im fünften, sechsten, siebten Jahrhundert übernommen und christlich umgedeutet worden. Sie waren zu mächtig gewesen, um sie abzuschaffen. Es hätte Revolten gegeben. Das bretonische Beharrungsvermögen war grenzenlos. Außerdem, hatten sich die klugen Heiligen gedacht, ließen sich die braven Seelen auf diese Weise noch wirksamer steuern.

»Man muss sich das einmal vorstellen, das winzige Ouessant im widerständigen Ringen mit der geballten Macht der katholischen Kirche, mit den französischen Bischöfen, am Ende natürlich mit dem Vatikan! Die gallischen Ouessantins haben sich eine einzigartige Sonderstellung erkämpft: Hier wurde bis 1962 unter den Auspizien der katholischen Kirche Zauberei praktiziert, ja mehr noch: Die Zauberei wurde von der katholischen Kirche selbst rituell exekutiert, von den offiziellen Männern Gottes! Damit wurde nicht bloß eine theologische Anomalie autorisiert, sondern offene Häresie begangen.«

Riwal kannte sich wirklich aus.

»Ich halte die Darstellung für tendenziös«, bemerkte der Pfarrer, ohne gekränkt zu wirken. »Aber natürlich in der Sache zutreffend.« Jetzt erschien sogar ein Lächeln auf seinen Zügen.

»Eine seltsame Ironie liegt darin«, Riwal fühlte sich ermutigt, fortzufahren, »dass es ein junger Pfarrer der Insel war, für den der Ritus ein letztes Mal ausgeführt wurde. Die Zeitungen haben damals groß darüber berichtet, die Geschichte war zu verrückt. Er hat in einem Sturm ein ertrinkendes Kind gerettet, er selbst aber wurde, nachdem er das Kind auf einem sicheren Felsen absetzen konnte, von einer gewaltigen Welle fortgerissen. Tagelang hat man nach der Leiche gesucht, ohne Erfolg. Also gab es eine *Proella*. – Eine Woche später wurde der Körper angespült, übrigens ungefähr dort, wo Lionel Saux gefunden wurde, also gab es noch ein richtiges Begräbnis. – Der Mann wurde also zweimal beigesetzt. – Es war die letzte *Proella* überhaupt. Die ganze Nation erfuhr von diesem eigentümlichen Ritus und begann Fragen zu stellen – das wurde den Bischöfen zu heikel. Also ...«

»Danke, Riwal«, sagte Dupin und richtete sich an den Pfarrer. »Etwas ganz anderes: Kam Lionel Saux zu Ihnen in die Kirche? Zum Gottesdienst?«

»Leider nicht, nein. Lionel hat sich schon als Jugendlicher von der Kirche abgewandt, obwohl seine Eltern fromme Menschen waren.«

Dem Pfarrer entfuhr ein tiefes Seufzen.

»Ich hatte das Gefühl, dass sein Weg ihn eines Tages zurück in die Kirche führen würde – aber dann kam der Tod.«

Noch ein Seufzer.

»Ich muss mich nun leider verabschieden, meine Herren.«

Der Pfarrer sprach in einem geschäftigen Tonfall.

»Ich muss dringend zu einer letzten Segnung.«

Dupin starrte den Mann an.

»So ist das Leben, Monsieur le Commissaire.«

Der Pfarrer hatte den Blick bemerkt.

»In dem Fall brauchen wir Ihre Hilfe nicht, Monsieur le Commissaire. Eine ganz natürliche Angelegenheit, da reichen meine Dienste, das versichere ich Ihnen. Madame ist fünfundneunzig, altersschwach. – Gestern hat sie zum ersten Mal in ihrem Leben nach einem Arzt rufen lassen, weil ihr seit Wochen fürchterlich schwindelig ist – aber da ist nichts mehr zu machen.«

Dupin starrte den Pfarrer weiterhin an.

»Die alten Ouessantins«, Riwal fühlte sich offenbar zu einer Erläuterung gezwungen, »sind dafür bekannt, immer erst nach einem Arzt zu rufen, wenn es längst zu spät ist, Chef. Ärzte sind ihnen nicht geheuer. Man hat es schon mit der einen oder anderen Aufklärungskampagne versucht – vergeblich. Fünfundsechzig Prozent der Einwohner sind über fünfundsechzig.«

»Aber es gibt einen Inselarzt?«

»Die Insel wird medizinisch über ein System von drei Ärzten aus Brest versorgt. Jeder hat jeweils zehn Tage Bereitschaftsdienst, dann kommt der nächste.«

Anscheinend fand sich niemand, der hier fest praktizieren wollte.

»Wenn die Zeit gekommen ist, ist die Zeit gekommen.« Der Pfarrer zuckte mit den Schultern. »Also dann, au revoir, Messieurs.«

»Au revoir, Monsieur le Curé – und vielen Dank.« Dupins Stimme klang ungewöhnlich folgsam.

Der Pfarrer lief auf das Tor der Friedhofsmauer zu. Direkt gegenüber lag die Bar von Romy Potin. Wenn das kein Zeichen war – und um Zeichen schien es hier auf der Insel ja im Wesentlichen zu gehen.

»Zwei Kaffee und zwei *pains au chocolat,* bitte.« Dupin korrigierte sich eilig: »Nein, warten Sie. Nur ein *pain au chocolat.* – Und ein Croissant.«

So war es besser. Dupin durfte nicht übertreiben, in letzter Zeit hatte er wieder Magenprobleme, ziemlich schlimm bisweilen. »Exzessiver Kaffeekonsum, kein Wunder!«, so Claires kompakte Diagnose, sein knurriger alter Hausarzt würde das Gleiche sagen, eine Konsultation erübrigte sich also. Dupin hatte gestern Nacht – nach dem unsäglichen Gespräch mit dem Präfekten – vergeblich versucht, Claire zu erreichen. Bei ihr in Boston war es fast achtzehn Uhr gewesen. Er hatte keine Lust, einfach eine Nachricht auf dem Anrufbeantworter zu hinterlassen. Textnachrichten waren nicht seine Sache, außerdem müsste er einen halben Roman schreiben, um zu erklären, wo er war und was er hier machte.

»Für mich einen *petit café* und ein Croissant«, orderte Riwal.

Der junge Mann, der die Bestellung aufnahm, nickte minimal und verschwand.

Die Sonne war jetzt aufgegangen, der Himmel erstrahlte in einem tadellosen Blau. In gewisser Weise war Dupin überrascht über das viele Blau, das hier herrschte, zumindest seit gestern –

er hatte bei dem mystischen Ouessant instinktiv an ganz anderes Wetter gedacht.

Romy Potins Bar war ein großartiger Ort, drinnen wie draußen. Dupin hatte sich augenblicklich wohlgefühlt. Auf der schmalen Terrasse standen genau drei Tische, weinrot und aus Metall – das gleiche Weinrot wie die Fensterrahmen und die Tür der Bar –, darum waren je ein paar der obligatorischen weißen Plastikstühle gruppiert, die die ganze Welt überschwemmten und wohl die Menschheit selbst überdauern würden. In der Bar ein langer türkisfarbener Tresen, an dem die Stammgäste standen. Ein paar weiße Tische waren in dem nicht allzu großen Raum verteilt. An den Wänden Fotografien von Musikern, Dupin hatte Miossec und Tiersen erkannt; natürlich, sie waren so etwas wie die musikalischen Schutzheiligen der Insel. Auf einem Foto sah man sie genau hier spielen. Dupin wäre zu gerne dabei gewesen.

Riwal und er hatten den Tisch rechts vor dem Eingang gewählt, die beiden anderen waren besetzt gewesen. Hier draußen saß man mitten im Geschehen des Hauptsträßchens mit seinem geschäftigen Treiben, man sah die Post, den *supermarché*, einige Läden und natürlich bis zur Kirche hoch. Vor allem aber saß man drei, vier Meter von der alten steinernen Friedhofsmauer entfernt und konnte über sie hinweg das Meer der Kreuze sehen und weiter oben das Mausoleum, das sie gerade inspiziert hatten.

Die Terrasse war ein idealer Ort, um die Insel zu spüren und zu studieren – die Menschen, die Ouessantins, das Leben hier, wie es seinen gewöhnlichen Gang ging.

Dupin hatte sein Notizbuch herausgeholt und die Seite mit den sechs Namen aufgeschlagen. Die sechs Personen, zu denen Lionel Saux regelmäßigen Kontakt gehabt hatte.

Sie hatten fast eine Stunde Zeit. Die fünf *Sirenen* würden sie um neun sehen. Jade Quiniou, Locmariaquers Nichte, hatte ein Café vorgeschlagen, Dupin war einverstanden gewesen.

»Ein komischer Typ, dieser Pfarrer, oder?«

Riwal suchte mit seinem Blick Dupins Bestätigung.

»Warum?«

Riwal zögerte.

»Ich weiß nicht. Nur so.«

»Nach den fünf Frauen steht der Schrottplatzbesitzer auf dem Plan, Daniel Destoc.«

»Haben Sie ihn erreicht?«

»Nein.«

Dupin hatte es heute Morgen versucht, direkt nach dem Duschen.

»Wir fahren am besten einfach bei ihm vorbei.« Riwal deutete in Richtung der E-Bikes. »Dann können wir uns auch mal diese Pointe d'Arlan ansehen, wo es wahrscheinlich passiert ist, Chef. – Wo sich auch der Steinkreis befindet.«

Dupins Interesse an steinzeitlichen Inselattraktionen war im Moment eher gering, aber sich die Gegend einmal anzusehen, ergab Sinn. Er hatte schon selbst daran gedacht.

»Gut.«

»Dann sehen Sie auch, wo Jolla wohnt, Chef.«

Riwal lehnte sich zufrieden zurück. Dupin schwieg.

Der Inspektor schien ein Schweigen heute Morgen nicht lange auszuhalten.

»Das mit diesem Kreuz auf Saux' Kopfkissen ist sehr merkwürdig, Chef. – Das taucht alles in ein anderes Licht.«

Riwal machte eine kurze Pause.

»Ich glaube jedenfalls nicht an einen Unfall.«

»Vielleicht wollte ein Inselbewohner auf diese Weise sein Beileid bekunden. – Und traut sich jetzt nicht, es zu sagen, weil es eine polizeiliche Untersuchung gibt.«

»Mit Beileid hatte der Ritus nie etwas zu tun, Chef.«

»Et voilà.«

Der junge Mann mit einem keltischen Tattoo auf dem Handrücken stellte ein Tablett auf den Tisch. Schon war er wieder im Verschwinden begriffen.

»Entschuldigen Sie«, hielt Dupin ihn zurück. »Ist Romy Potin, die Besitzerin der Bar, zufällig da?«

Die blonde Violinistin.

»Soll ich sie holen?«

»Gerne.«

Dupin nahm einen Schluck Kaffee.

»Die Bar hier gilt als der lebendigste Ort der Insel, Chef. Und das so nah bei den Toten.«

Dupin wusste, was Riwal meinte. Hier, in dieser Bar, fand das Leben statt. Und nur ein paar Meter entfernt, auf dem Friedhof, lagen die, die nicht mehr dabei sein konnten. Es wirkte, als sollten sie zumindest zusehen können, wie alles weiterging. Auf heitere Weise vertraut mit dem Tod: Bretonischer konnte es nicht zugehen.

»Haben Sie die Fotos gesehen, Chef? Von Yann Tiersen und Christophe Miossec? Wie sie hier in der Bar spielen?«

»Ja. – Haben Sie mal etwas von diesem Inselarchäologen gehört, Riwal? Mathis Cëvaër, ein Ire. Ihm gehört das *Ty Korn.*«

»Klar, Chef. Der einzige promovierte Kneipenbesitzer der Bretagne. Ab und zu gibt es einen Bericht in *Ouest France* oder *Le Télégramme* über ihn. Ein sehr gebildeter Mann. – Warum?«

»Ich will ihn treffen. Er …«

»Bonjour, Messieurs.« Die Besitzerin war auf der Terrasse erschienen und unterbrach Dupin.

Romy Potin lächelte Dupin an.

Burschikos, nicht bloß wegen der sehr kurzen blonden Haare. Ein kurzer mauvefarbener Rock, eine schlichte Bluse, ein fließender Stoff in einem matten Orange, eine aparte Kombination. Sie wirkte durchtrainiert, wie eine Sportlerin.

»Bonjour, Madame Potin«, lächelte Dupin zurück, »danke, dass Sie sich einen Moment Zeit nehmen.«

»Wir sehen uns ja gleich noch einmal – im Kreise der *Sirenen.*«

»So ist es«, bestätigte Dupin.

»Wir kommen gerade von einem Gespräch mit dem Pfarrer. Es ging unter anderem um das *Proella*-Kreuz, das auf dem Kopfkissen von Lionel Saux lag.«

»Mysteriös, ja.«

»Exakt!«, pflichtete Riwal bei.

»Fällt Ihnen dazu etwas ein, Madame Potin?«

»Warum sich jemand die Mühe macht, so ein Kreuz anzufertigen und in Lionels Haus zu bringen?« Sie runzelte die Stirn.

»Genau.«

»Eine Geste der Pietät? Jemand, der seine Trauer ausdrücken will? Ich weiß es nicht.«

»Lionel Saux hat Sie am Sonntagabend angerufen, Madame Potin, da haben Sie drei Minuten mit ihm telefoniert«, kam Dupin auf den wichtigsten Punkt. »Worum ging es da?«

»Um eine Verabredung. Er hat gefragt, ob wir mal wieder ein Bier zusammen trinken. Das haben wir alle zwei, drei Monate getan.«

»Und haben Sie sich verabredet?«

»Noch nicht. Während der Saison war irre viel los dieses Jahr. Ich war jeden Tag und jede Nacht hier. – Ich habe ihm gesagt, Anfang Oktober, er solle einfach mal hier in der Bar vorbeikommen in den nächsten Wochen, dann würden wir einen Abend ausmachen.«

»Ging es um noch etwas?«

»Nein.«

»Haben Sie …«

»Commissaire! – Commissaire!«

Dupins und Riwals Blicke schossen jäh zur Seite.

Die Bürgermeisterin kam auf die Terrasse zugelaufen. Das Handy in der Hand. Ihre Haare flogen wild umher.

»Noch einer!«

Sie war außer sich. Etwas war passiert.

Dupin und Riwal waren aufgesprungen.

»Noch ein Toter!«

»Was?«, rutschte es Dupin heraus.

»Daniel Destoc! Er wurde eben gefunden. Angeschwemmt. Am äußersten Zipfel des Penn-Arlan-Vorsprungs.«

Sie kam, außer Atem, kurz vor dem Tisch zum Stehen.

»Der Schrottplatzbesitzer?«

Riwal hatte es nicht als Frage gemeint.

»Der Schrottplatzbesitzer – genau der. Der Arzt ist unterwegs. Sybil hat ihn entdeckt, als sie mit dem Hund ihre morgendliche Runde gemacht hat. Sie hat ihn vom Plateau aus nicht identifizieren können, hat nur einen Körper unten auf den Felsen liegen sehen.«

»In welchem Zustand ist die Leiche? Ist er ertrunken? Gibt es Verletzungen?«

Dupin fuhr sich heftig durch die Haare.

»Ich weiß es nicht. Zwei Kolleginnen der Seenotrettung sind vor Ort. An den Felsen, wo er liegt. Da kommt man zu Fuß nicht hin, nur mit dem Boot. Sie waren es, die Daniel erkannt haben. Und festgestellt haben, dass er tot ist. – Sie haben mich eben angerufen. – Mehr weiß ich noch nicht.«

»Wie kann es sein«, auf Riwals Gesicht lag kalter Schrecken, »dass Madame Jaouen *zufällig* dort war?«

Dupin fand, dass es ein Dutzend dringlichere Fragen gab. Aber natürlich war es ein großer Zufall.

»Wie ich Ihnen gerade gesagt habe: Sie macht dort morgens immer ihre Runde mit Ki Briz Braz. – Sie wohnt nicht weit weg.«

Es war nicht der richtige Zeitpunkt, um über Sybil Jaouen nachzudenken.

»Ich will die Leiche sehen, Madame le Maire.«

»Das habe ich mir gedacht. Ondine wird Sie mit dem Boot hinfahren. Vom *Stiff* aus. Da gibt es einen Kai.«

»Und man kommt da wirklich nicht zu Fuß runter?« Dupin war ein guter Kletterer.

»Ausgeschlossen.«

Umgehend hatte die Bürgermeisterin ihr Handy am Ohr.

Dupin hatte sich eigentlich geschworen, bei seiner Mission hier auf der Insel nicht ein einziges Mal in ein Boot zu steigen.

»Könnten Sie uns mit Ihrem Wagen bis zum Kai fahren, Madame?«

Dupin wollte jetzt nicht das Rad nehmen.

»Der steht bei mir zu Hause, ich bin auf der Insel selbst meistens mit dem Fahrrad unterwegs.«

Riwal begann die Straße hochzuspurten, Richtung Kirche.

»Kommen Sie, Chef. – Zu den Fahrrädern.«

Es war absurd. Dupin würde mit einem E-Bike über eine entlegene Insel rasen, um sich dann mit einem winzigen Boot in die gefährlichsten Strömungen des Nordostatlantiks zu begeben. Aber es war egal. Völlig egal. Im nächsten Moment stürmte auch er los, das Frühstück blieb unangerührt stehen.

Dass es innerhalb kürzester Zeit zu zwei tödlichen Unfällen zweier Inselbewohner gekommen sein sollte, war extrem unwahrscheinlich. Eigentlich ausgeschlossen. Was vermutlich bedeutete: Sie hatten es mit Mord zu tun. Genauer: mit zwei Morden.

Das kleine Boot, die *Finis terrae*, verbarg sich hinter dem gewaltigen Betonriegel, den man von einem Vorsprung ins Meer gebaut hatte. Sechzig, siebzig Meter lang, zwanzig, dreißig Meter breit, nackter, verwitterter Beton. Das war der *Port du Stiff*. Bei Flut – wie jetzt – ragte der Beton immer noch viele Meter über dem Meeresspiegel auf. Ein Hinweis darauf, wogegen man sich hier zu schützen hatte. Zum Meer hin wurde die Betonrampe niedriger.

Das Fischerboot aus Holz war blau gestrichen und sah sehr

hübsch aus. Dupin war nicht abergläubisch, aber fragte sich unwillkürlich: War es wirklich eine gute Idee, im Namen eines Bootes das Wort *finis* unterzubringen? Wie auch immer, er hatte keine Wahl. Goulch war mit seiner *Bir* zurück im heimatlichen Concarneau und das Boot des Hafenmeisters war bereits mit dem Inselarzt unterwegs.

»Sie müssen springen, Monsieur!«

Die Fischerin, die sie zu Destocs Leiche bringen würde, hatte die Anweisung so freundlich formuliert, wie es unter den Umständen ging. Offensichtlich hatte sie nicht vor, das Boot mit einem dicken Tau festzumachen. Wie es sich doch eigentlich gehörte. Es schaukelte – zappelte geradezu – an der Betonrampe heftig hin und her. Und auf und ab.

Ondine Morin stand in ihrem schmalen Steuerstand, die Seitentür offen, die eine Hand am riesigen Steuerrad, die andere am Gashebel, der den beeindruckenden Dieselmotor befahl. Dessen grimmig-brummiges Lärmen machte klar, was er an Potenzen in sich barg.

Wahrscheinlich war es gefährlicher, das Boot zu vertäuen, als es so frei flottieren zu lassen. Mal schoss es einen halben Meter hoch, mal fiel es einen Dreiviertelmeter herab. Mal kollidierte es kurz krachend mit der Rampe, mal tat sich ein Abgrund zwischen Boot und Rampe auf.

»Sie müssen springen!«, wiederholte die Fischerin ungeduldig.

Dupin machte einen Satz.

Er landete auf der kleinen freien Fläche im Bug. Durchaus gekonnt. Trotz seiner ansehnlichen Größe und Masse verfügte der Kommissar über eine außergewöhnliche Behändigkeit.

Im nächsten Moment landete Riwal dicht neben ihm. Der Inspektor war geschmeidig wie eine Katze, keine Mauer, kein Zaun war zu hoch, kein Graben zu breit.

Bevor Dupin ein Wort sagen konnte, machte das Boot einen kräftigen Satz. Der Motor hielt, was das markige Brummen versprach.

»Halten Sie sich gut fest, Chef«, instruierte Riwal, der die Reling mit beiden Händen fest im Griff hatte, ansonsten aber ganz entspannt aussah.

Dupin tat es ihm gleich.

Im nächsten Moment verließen sie den Schutz des mächtigen Kais, jetzt begann die Hölle. Dabei war es nicht einmal so, dass das Boot mit meterhohen Wellen zu kämpfen hatte, dafür aber umso mehr mit einer grenzenlosen Unruhe. Die *Finis terrae* schaukelte – bei friedlich blauem Himmel und lauen Temperaturen –, wie Dupin es in seinem gesamten Leben bisher nur ein einziges Mal erlebt hatte: als sie vor einigen Jahren wegen der toten Fischerin ermittelt hatten und auf dem Mer d'Iroise in ein desaströses Unwetter geraten waren.

Er musste sich ablenken.

Dupin blickte zu Ondine Morin im Steuerstand, die ihn kurz freundlich anlächelte. Wobei ihr trotz des Lächelns eine professionelle Konzentration anzusehen war. Sie trug eine lang geschnittene schwarze Outdoorjacke mit vielen Taschen, eine schwarze Hose aus dem gleichen Funktionsmaterial und eine neongelbe Kapuze. Mitte dreißig vielleicht. Dunkelblonde Haare, eine zierliche Frau. Das heftige Chaos des Meeres interessierte sie nicht, sie schien Vollgas zu geben, zumindest hörte und fühlte es sich so an.

Dupin hangelte sich Richtung Steuerstand, in jedem Moment penibel darauf bedacht, beide Hände an der Reling zu halten. Es musste albern aussehen, aber das war egal.

»Danke, dass Sie uns fahren.«

Die junge Frau nickte, ohne sich Dupin zuzuwenden.

Sie manövrierte das Boot ein paar Hundert Meter von der Steilküste entfernt, die aus dieser Perspektive noch eindrucksvoller aussah.

»Ist doch klar.«

»Haben Sie …«

Aus dem Nichts schoss eine Ladung Meerwasser über die

Reling und traf Dupin frontal. Haare, Gesicht, Polo, alles war klitschnass, nur die Hose war verschont geblieben. Der Mund – Dupin hatte ja gerade gesprochen – war voller kaltem Salzwasser. Dupin spuckte es aus und wischte sich mit der Hand über das Gesicht.

»Das Meer hat Sie geküsst, sagt man unter Fischern.« Die junge Frau war immer noch auf das Meer konzentriert. »Sie wollten gerade etwas fragen, glaube ich.«

Dupin besann sich. So war das auf dem Meer.

»Haben Sie irgendeine Idee, was hier auf der Insel vor sich geht? Jetzt sind es zwei Tote.«

Ondine Morin gehörte ebenfalls zu den sechs Personen, mit denen Lionel Saux Kontakt gehabt hatte. Eigentlich war es äußerst praktisch, Dupin hatte ohnehin mit ihr sprechen wollen. Jetzt würde es ihm – hoffentlich – helfen, sich abzulenken.

»Nein. Aber es macht mir Angst.«

Eine ehrliche Auskunft.

»Fürchterliche Angst sogar.«

Ihre Augen verdunkelten sich.

Riwal hatte sich zu ihnen gesellt. Er stand direkt neben Dupin, ihre Schultern berührten sich.

»Das ist so schrecklich. – So etwas hat es hier noch nie gegeben. – Falls es sich um Morde handelt, meine ich. Tragische Unfälle gab es natürlich schon viele.«

»Die beiden Männer waren befreundet, oder?«

»Befreundet ist zu viel gesagt. Beziehungsweise, das waren sie früher einmal. Damals sogar sehr eng. Sie sind in dieselbe Klasse gegangen. Daniel hat damals Gitarre gespielt, selbst Songs geschrieben, ziemlich schöne Songs.«

»Daniel Destoc? Der Tote?«

»Genau. Die beiden haben häufiger zusammen gespielt, in den Kneipen der Insel. – Aber in den letzten zehn Jahren haben sie sich nur noch selten gesehen, soweit ich weiß.«

»Die Bürgermeisterin hat Daniel Destoc auf die Liste der Inselbewohner gesetzt, die engeren Kontakt zu Lionel Saux hatten.«

»›Enger‹ ist relativ. – Lionel hat sich die letzten Jahre immer mehr isoliert. Man kann gar nicht sagen, dass er unglücklich war. Das nicht. – Er hat die Gesellschaft der Menschen einfach immer seltener gesucht.«

»Warum hat sich die Freundschaft von Lionel Saux und Daniel Destoc abgeschwächt?«

»Sie haben sich wegen irgendetwas heftig gestritten. Das war die Phase, in der Lionel besonders viel trank. Und manchmal durchdrehte. Was echt verrückt ist, weil er eigentlich keiner Fliege etwas zuleide tun konnte.«

»Hat er dann aber doch?«

»Ein paar Schlägereien. Einmal in der *Duchesse Anne.* In der Regel sind die Menschen, die auf die Insel kommen, ganz okay, viele sogar sehr nett. Aber ein paar auch nicht. So ein arroganter Pariser hat Lionel in der *Duchesse* abends seinen Platz am Tresen weggenommen, als er kurz draußen telefonieren war. In den Kneipen der Insel ist es im Sommer immer rappelvoll. Der laute Wortwechsel endete mit einem Haken von Lionel. Dem Mann ist aber nichts passiert.«

»Was noch?«

»Einmal hat er sich mit dem Sohn des Supermarktbesitzers gestritten, über Wochen und Monate, keine Ahnung mehr, warum, das ist sicher auch zehn Jahre her. Auf alle Fälle hat Lionel damals dessen Fahrrad die Klippen hinuntergeworfen.«

»Haben Sie vergessen, warum sich Lionel Saux und Daniel Destoc gestritten haben, oder haben Sie es auch damals nicht gewusst?«

Das mit der Ablenkung funktionierte zu Dupins Erstaunen besser als sonst, auch wenn ihm seit dem Verlassen der Hafenmole kalter Schweiß auf der Stirn stand und die Knie bedenklich weich geworden waren. Vielleicht waren es die beiden Unglücke, die Dupins heftige Phobie, auf dem Meer zu sein, in den Hintergrund treten ließen. Wieder hatte er sich dabei erwischt, wie sein Blick unwillkürlich über das Meer wanderte. Was freilich im Fall der Fälle wenig helfen würde – wenn eine 28,6-Meter-Monsterwelle auf einen zuraste. Das Gleiche galt für die außer Rand und Band geratene Orca-Gruppe. Wenn sie es auf sie abgesehen haben sollten und plötzlich aus der Tiefe auftauchten, wäre es zu spät. *Finis …*

»Eine gute Frage.« Die Fischerin dachte nach. »Ich glaube, ich habe es auch damals nicht gewusst. Sie haben sich dann auch wieder vertragen. Nur so eng, wie die Freundschaft davor gewesen war, wurde sie anschließend nicht mehr.«

»Und in der letzten Zeit? Den letzten Jahren? Wie war es da? Haben sie sich häufiger gesehen?«

»Genau weiß ich das natürlich nicht.« Wieder schien sie gewissenhaft nachzudenken. »Vielleicht alle zwei, drei Monate. – Manchmal habe ich es mitbekommen, manchmal sicher auch nicht.«

»Und Sie – wie häufig haben Sie Lionel gesehen?«, wollte Riwal wissen.

»Ungefähr genauso oft. – Auf ein Bier in der Bar am Friedhof. Oder in der *Duchesse.* Ins *Ty Korn* ging Lionel ja nicht mehr.«

»Und wann das letzte Mal?«

»Vor drei, vier Wochen, in Romys Bar. Ein Montagabend. Wir haben viel über Musik gesprochen, er war immer auf dem Laufenden. Folk, Independent, Alternative, Jazz, Keltisches. – Dann ging es um die Fischerei. Er hat sich immer sehr dafür interessiert, wie es läuft. Bei mir und generell – im Kampf gegen die industrielle Fischerei. Auch an diesem Abend. Das Thema hat ihn fürchterlich aufgeregt. Er würde am liebsten einmal eines der großen Fangboote hochgehen lassen, hat er dann immer gesagt. Und dass man grundsätzlich keinen Fisch mehr kaufen dürfe, der mit einem großen Netz gefangen wurde.« Die Fischerin fügte rasch hinzu: »Womit er natürlich recht hat. Mit allem!«

»Auch mit dem Sprengstoff?«, hakte Riwal nach. Dabei

wirkte die Nachfrage ganz unkritisch. Dupin wusste, dass Riwal bei diesem Thema selbst leicht zur Militanz neigte, ganz zu schweigen natürlich von Nolwenn.

»Ich wähle andere Mittel für meinen Kampf.«

»Wirkte Lionel Saux an diesem Abend irgendwie verändert auf Sie?«, machte Dupin weiter. »Ist Ihnen etwas an ihm aufgefallen, Madame Morin?«

»Nein«, sie zögerte, »nur vielleicht, dass ... wie soll ich das sagen? – Dass diese Düsternis in seinem Inneren immer weiter zunahm, ganz allgemein. Zumindest habe ich es so wahrgenommen.«

»Was meinen Sie mit ...«

Ein erneuter Kuss des Meeres. Dieses Mal erwischte es Dupin noch härter als beim ersten Mal. Und auch die Hose. Er musste aussehen, als hätte er voll bekleidet geduscht. Riwal, immer noch direkt neben Dupin stehend, hatte, eigentlich unmöglich, so gut wie nichts abbekommen. Gewissermaßen wirkte es wie ein gezielter Anschlag.

»Die Küsse bringen Glück, sagt man«, versuchte Ondine Morin den Kommissar aufzumuntern.

Dupin beschloss, es einfach zu ignorieren.

»Was meinen Sie mit der Düsternis in ...«

Dupin wurde von seinem Handy unterbrochen.

Eilig holte er es hervor, um es dann noch eiliger wieder wegzustecken. Nachdem er den Anruf des Präfekten weggedrückt hatte.

»Lionel hatte einen Abgrund in sich, immer schon – das meine ich«, beantwortete die Fischerin die Frage, ohne dass Dupin sie erneut stellen musste. »Nicht dramatisch, aber er war da. Seit ich ihn kenne, und das tue ich seit meiner Kindheit. Heutzutage würde man vielleicht von Depressionen sprechen. – Aber das klingt so medizinisch.«

»Hat er an dem Abend – oder davor einmal – von irgendeinem Konflikt erzählt?« Riwal übernahm wieder.

»Nein, aber er kam auf sein ewiges Thema. Dann fluchte er

wie ein Rohrspatz. Er kriegte sich gar nicht mehr ein. – Ich weiß nicht, ob Ihnen schon jemand davon erzählt hat? Es war echt schlimm.«

»Worum geht es?«

»Lionel war wieder einmal der Meinung, dass man einen seiner Songs geklaut hat. Das Thema beschäftigte ihn seit zwanzig Jahren. Immerzu. Obsessiv. Alle möglichen Musiker und Bands sollen ihn bestohlen haben. Eine fixe Idee, wenn er damit anfing, hörte niemand mehr zu, ich auch nicht.«

Sie klang noch jetzt resigniert.

»Ging es ihm um einen konkreten Song an diesem Abend?«

»Ja, aber fragen Sie mich nicht, um welchen. – Wie gesagt, ich habe da immer abgeschaltet. Aber ich ...« Sie stockte.

»Ja?«

»Einen kleinen Konflikt gab es doch. Einen neuen Konflikt, meine ich.«

Dupin hatte den Eindruck, dass die Fischerin sich nicht ganz sicher war, ob sie wirklich davon erzählen wollte.

»Lionel hatte eine neue Idee.« Sie zögerte noch einmal. »Für ein neues Geschäft. Wieder einmal. – Dieses Mal wollte er in die Landwirtschaft. Das ist zurzeit das große Ding auf unserer Insel. Wieder eine umfangreiche Landwirtschaft aufzubauen. Fischer gibt es ja eigentlich keine, außer meinem Mann und mir. Zur Belebung der Wirtschaft und weiteren Stärkung unserer Unabhängigkeit müssen wir die Landwirtschaft in Schwung bringen. Bis in die Sechziger, Siebziger des 20. Jahrhunderts war sie auf der Insel sehr stark entwickelt. Unsere Böden sind richtig gut. Und die klimatischen Verhältnisse sind es auch. Genug Regen und genug Sonne, und einen richtigen Winter kennen wir gar nicht.«

»Und?«

»Lionel wollte Schafe und Ziegen züchten, Milch, Joghurt und Käse herstellen. – Also genau, was Enora macht. Enora Gaëc. Eine der fünf *Sirenen.* Sie und Lionel sind befreundet.«

»Wir kennen Enora Gaëc, Madame«, bestätigte Dupin.

»Enora baut zwar auch Kartoffeln und Gemüse an, am besten läuft es aber mit dem Käse. – Mittlerweile gibt es eine Handvoll Landwirte, die Käse erzeugen. Marie und Thomas produzieren Ziegenkäse, Ziegenmilch und -joghurt. Charlène züchtet Schafe, sie stellt gleich mehrere Käsesorten her. – Langsam wird es ein bisschen viel Käse, verstehen Sie?«

Es konnte nie genug Käse geben, war Dupins Überzeugung, aber natürlich verstand er den Punkt.

»Lionel hat Enora gefragt, ob sie ihm helfen würde, sein Geschäft aufzubauen. Das fand sie, sagen wir mal so, nicht so lustig.«

Ondine Morin berichtete mit unaufgeregter Stimme.

»Gab es Ärger? Richtig Streit?«

»Das ist vielleicht zu viel gesagt, aber Enora hat ihm deutlich gesagt, was sie von seinem Vorhaben hält. Und dass sie ihm sicher nicht helfen wird.«

»Und dann? – Wollte Lionel Saux trotzdem an seinen Plänen festhalten?«

»Das kann ich Ihnen nicht sagen. Ich weiß es nicht.«

Dupin wagte es nicht, eine Hand von der Reling zu nehmen, um sein Notizbuch herauszuholen, aber er war sich ohnehin sicher, dass er den Punkt gleich im Gespräch mit den *Sirenen* nicht vergessen würde.

»Und Daniel Destoc – wie gut kannten Sie ihn, Madame Morin?«, kam Riwal zur nächsten wichtigen Frage.

»Nicht besonders gut. Es ist ja nicht so, dass hier auf der Insel jeder mit jedem befreundet ist. – Aber unser Verhältnis war okay. Ich meine, keiner von uns beiden wäre auf die Idee gekommen, sich mit dem anderen zu verabreden, aber wir hatten auch keine Probleme miteinander. – Er war ein gutmütiger Typ. Das, was man Kumpeltyp nennt. Stammgast in Romys Bar an der Kirche. Gerne schon frühmorgens.«

»Warum haben die brutalen Strömungen die beiden Leichen

eigentlich nicht weit aufs offene Meer gespült? In den Ärmelkanal hinein?« Dupins Blicke waren erneut über das Wasser geschweift. Man hätte sie nie und nimmer gefunden, keine Chance, Saux und Destoc wären auf ewig verschollen gewesen.

»Die Strömungen hier sind brutal, aber vor allem chaotisch. Über alle Maßen. Die Wucht der Gezeiten kollidiert bisweilen mit der Wucht der Strömungen. – Die Ebben ziehen das Wasser mit aller Macht nach Westen, bei Nippebben noch heftiger, die Strömungen dagegen treiben es nach Osten, in den Kanal hinein – alleine dies führt zu unvorstellbaren Verwerfungen der Kräfte. Und wir liegen da mittendrin, müssen Sie sich vorstellen. Hinzu kommen die Bewegungsrichtungen und Amplituden von Wellen und Brandung. Verbunden mit dem entscheidenden Faktor für das Oberflächenwasser, den Winden und Stürmen. In der Regel peitschen sie die Fluten ebenfalls von West nach Ost, aber eben nicht immer. – Das unkalkulierbare Zusammentreffen all dieser Faktoren führt mitunter zu zirkulären Bewegungen auf dem Atlantik.«

Das pure Chaos, fand Dupin.

»Die einfachste Erklärung wäre«, schob die Fischerin nüchtern hinterher, »dass die beiden bei Flut ins Meer gestürzt sind und die Leichen dann zügig auf die Felsen gespült wurden, wo man sie gestern beziehungsweise heute entdeckt hat. Der südöstliche Vorsprung hier ist äußerst einsam.«

»Verstehe.«

Die letzte Erklärung klang wunderbar plausibel.

»So, wir sind fast da«, kündigte die Fischerin an.

Ein Gefühl der Erleichterung stellte sich ein. Dupin blickte zur Küste. Das hohe Inselplateau fiel steil, aber nicht senkrecht ab. Der Granit war extrem hell, zumindest in der kräftigen Sonne. An manchen Stellen zog sich das intensive Grün der Kuppe wie ein rätselhaftes Farbband den gesamten Abgrund hinunter.

Unten im Meer, ein paar Meter vor der Insel, ragten direkt

vor ihnen drei beinahe pyramidenartige Felsen aus dem Wasser, ihre Spitzen knallgelb, voller Flechten. Vor dem mittleren Felsen lag eines der orangefarbenen Schnellboote der Seenotrettung, Dupin kannte sie gut. Es war vor Anker gegangen. Direkt am Felsen war ein kleines rotes Schlauchboot zu sehen, das Beiboot.

Ondine Morin hielt ebenfalls auf den mittleren Felsen zu, mittlerweile mit stark vermindertem Tempo.

»Wir kommen Sie holen!«, hallte es plötzlich über das Meer.

Zwischen den Felsen waren die beiden Seenotretterinnen aufgetaucht. Umgehend kletterte eine der beiden in das Schlauchboot, im nächsten Moment hatte sie den Außenborder gestartet und kam mit rasanter Geschwindigkeit auf sie zu. Dupin wusste, was das hieß: In den wildesten Gewässern des Nordostatlantiks würde er von einer Nussschale in ein Nussschälchen umsteigen.

Ondine Morin hatte nun ebenfalls den Anker geworfen und öffnete die Relingtür. Riwal stand schon bereit, er war selbst stolzer Eigentümer eines kleinen Motorbootes und kannte das Prozedere.

Das Beiboot kam so nah es ging an die *Finis terrae* heran. Beide Boote schaukelten heftig und völlig asynchron.

»Jetzt«, gab die Seenotretterin den Befehl.

Riwal machte einen Satz und landete sicher neben ihr im Boot.

Es war haarsträubend – aber was sollte er tun? Dupin tat es Riwal nach.

Er saß noch nicht ganz, als die Seenotretterin bereits Gas gab und sie zu den Felsen brachte, ein paar kleinere Küsse des Meeres eingeschlossen, die niemand außer Dupin wahrzunehmen schien.

Daniel Destoc war kein großer Mann, aber sichtlich athletisch. Ihn zu überwältigen oder in einem Kampf über eine Klippe zu befördern, wäre gar nicht so einfach gewesen. Der momentane Inselarzt, Docteur Maju, hatte keine Einstiche, Wunden oder gar Schusswunden gefunden, die auf eine Gewalttat hingedeutet hätten. Anders als bei Lionel Saux gab es auch keine Verletzungen, die ein Felsen hätte verursachen können.

Destoc trug einen schwarzen Kapuzenpullover, auf dem bereits leichte Salzlinien zu sehen waren, verwaschene Bluejeans, weiße Sneakers. Der Körper schien unversehrt. Er lag auf dem Bauch, ein Arm unter ihm, einer ausgestreckt; der rechte Fuß hing im Wasser der ansteigenden Flut. Das Gesicht schien mit der rechten Seite auf dem Felsen zu kleben, die längeren Haare klebten durcheinander an seinem Kopf.

Docteur Maju formulierte seine Einschätzung: »Er ist ertrunken. Ganz sicher. Glauben Sie mir, ich habe schon so einige gesehen, die auf diese Art den Tod gefunden haben. Schauen Sie sich mal die Augen an!«

Dupin hätte es nicht erkennen können, aber dafür war der Arzt ja da.

»Lange ist das noch nicht her. Zwei Tage, vielleicht drei. Auf keinen Fall mehr.«

»Und nicht erst einen Tag?«, rutschte es Dupin heraus.

»Mit an Sicherheit grenzender Wahrscheinlichkeit: nein.«

Dupin kannte die Formulierung von vielen Ärzten. Sie waren sich sicher, aber durften es nicht so formulieren, weil es nicht nachgewiesen war.

Wenn die Einschätzung stimmte, hätte es gestern bei seinem Eintreffen auf der Insel – als alle noch dachten, Lionel Saux habe vielleicht nur einen Unfall gehabt – in Wirklichkeit bereits zwei Tote gegeben. Die mutmaßlich keines natürlichen Todes gestorben und auch nicht Opfer zweier Unfälle geworden waren.

»Ist es möglich, dass er direkt hier heruntergestürzt ist?« Dupin warf demonstrativ einen Blick nach oben.

Er spürte einen deutlichen Schwindel, seit er hier auf den Felsen stand. Es war merkwürdig, auf dem Boot hatte er ihn – anders als sonst – nur schwach gespürt.

»Ausgeschlossen. Es fällt nicht senkrecht genug ab, es gibt zu viele Vorsprünge«, der Arzt zeigte auf ein paar Stellen am Abhang. »Da wäre er irgendwo angestoßen oder sogar liegen geblieben. Der Körper würde jedenfalls schwere Verletzungen aufweisen.«

Der Arzt hatte recht, Dupin hätte es sich auch selbst denken können.

»Haben Sie ein Handy bei ihm gefunden?«

»Nein. Wenn er eins bei sich hatte, dann ist es im Meer verloren gegangen.«

»Chef! Da oben!«, rief Riwal. »Schauen Sie!«

Dupin reckte den Kopf hoch, ein Stück nach rechts. Der Inspektor zeigte auf eine bestimmte Stelle.

Eine Person stand oben auf dem Plateau, gefährlich nah am Abgrund. Sie schaute zu ihnen herunter.

Es dauerte nur kurz, dann erkannte Dupin sie. Eindeutig.

»Sybil Jaouen.«

»Die Druidin?«

Riwal wirkte geradezu bestürzt.

»Die Leiterin des Leuchtturmmuseums. Sie hat mich gestern in ihrer roten Ente zum Hotel gefahren.«

Dupin hatte so viel Weltliches und Gewöhnliches wie möglich in den Satz gepackt.

»Was macht sie hier?«

Riwal beruhigte sich nicht.

»Sie war es, die Destoc hier entdeckt hat, erinnern Sie sich?« Dupin sprach mit eindringlicher Stimme. »Wahrscheinlich ist sie einfach neugierig.«

Riwal blieb stumm.

Sybil Jaouen hob die rechte Hand und deutete ein Winken an, wie in Zeitlupe. Dann blieb sie bewegungslos stehen. Mit dem Winken hatte ein lautes Bellen eingesetzt, das die Klippen herunterhallte und sich über dem Meer verlor. Jetzt war neben ihr ein großer schwarzer Hund zu sehen.

»Wenn Sie einverstanden sind, bringen wir die Leiche umgehend nach Brest.«

Die junge Seenotretterin wirkte routiniert. »Wir würden nicht empfehlen, den Körper hier noch länger liegen zu lassen, wir haben heute einen Gezeitenkoeffizienten von 112, da kommt das Wasser noch ein ganzes Stück höher als die letzten beiden Tage. In einer Stunde werden die Felsen vollständig unter Wasser sein.«

Dupin dachte kurz nach.

Die Spurensicherung aus Brest wäre nicht rechtzeitig hier. Außerdem würde es gar nichts bringen. Hier war es nicht passiert, dieser Felsen war auf keinen Fall der Tatort. Destoc war hier bloß angeschwemmt worden. Etwas erfahren würden sie, wenn überhaupt, nur bei der Obduktion der Leiche. Oder bei der Untersuchung der Stelle, wo es passiert war. Wo er ins Meer gestürzt oder herabgestoßen worden war. Obwohl das bisher, streng genommen, immer noch bloße Spekulation war.

»Machen Sie das. Nehmen Sie ihn mit.«

»Was, wenn die beiden zusammen unterwegs gewesen sind? Lionel Saux und Daniel Destoc?« Die junge Seenotretterin sprach schnell und dynamisch. »Wenn sie zusammen auf dem Penn Arlan spazieren waren und an den Rand des Plateaus getreten sind. Um zum Beispiel etwas auf dem Meer zu betrachten? Vielleicht hat sich einfach ein Stück Erde gelöst? So etwas kommt ständig vor. Die heftige Erosion auf der Insel sorgt dafür, dass immer irgendwo etwas abbröckelt, nicht selten über einige Meter. – Dann wären sie beide zugleich ins Meer gestürzt. Ohne Fremdeinwirkung.«

Ein plausibler Gedanke. In Bezug auf die Todeszeitpunkte der beiden könnte es, wenn es stimmte, was der Inselarzt sagte, hinkommen. Für Lionel Saux jedenfalls hatte die Gerichtsmedizinerin in Brest den Eintritt des Todes durch Ertrinken auf die acht Stunden zwischen sechzehn und vierundzwanzig Uhr am Dienstag festgelegt.

»Das wäre aber auch als Mord denkbar. – Dass jemand beide gleichzeitig von der Klippe gestoßen hat«, gab Riwal zu bedenken.

»Sie sollten abwarten, was die Forensik zu Destocs Leiche sagt, Monsieur le Commissaire«, sagte Doktor Maju. »Sie werden den Zeitpunkt seines Todes in Brest genauer bestimmen können als ich.«

Der Arzt hatte sicher recht. Dennoch ließ der Gedanke Dupin keine Ruhe. »Im Augenblick sollten wir …«

Dupin brach ab.

Ihm war etwas eingefallen. Etwas Entscheidendes vielleicht. Er hätte schon früher daran denken müssen. Der Kommissar griff nach seinem Handy. Erstaunlicherweise gab es einen stabilen Empfang.

Riwal, der Arzt und die beiden Seenotretterinnen starrten ihn an.

»Einen Moment bitte!«

Dupin drückte die Nummer, eine der letzten, die er angerufen hatte.

Es dauerte einen Augenblick, bis abgenommen wurde.

»Madame le Maire? Sind Sie es?«

»Am Apparat. Wer …«

»Commissaire Dupin. Wo sind Sie?«

»In der *Mairie*. Hier herrscht helle Aufregung. – Und ich stelle mir die Frage, was mit dem Festival passiert, das heute beginnt. Vor allem, wenn …«

»Wo wohnte Destoc?«

»Im Norden, Nordwesten, nicht weit von seinem Schrottplatz. Er …«

»Hat er sein Haus für gewöhnlich abgeschlossen?«

»Das denke ich nicht.«

In den ländlichen Gebieten der Bretagne schloss niemand sein Haus ab.

»Nehmen Sie Ihr Rad und fahren Sie zu ihm. Auf der Stelle.«

»Aus welchem Grund, wenn ich fragen darf?«

»Sie gehen in sein Schlafzimmer«, Dupin spürte eine leichte Gänsehaut, »und schauen nach, ob ein Wachskreuz auf seinem Kopfkissen liegt.«

»Ich ...« Die Bürgermeisterin stockte. »Ich verstehe.«

»Gut.«

Dupin legte auf.

»Wir müssen sofort zum Hafen zurück«, wies Dupin die Umstehenden an.

»Nein, Sie warten, unbedingt – und zwar Sie alle fünf.«

Dupin sprach mit maximal autoritärer Stimme.

»Ich bin in fünf Minuten bei Ihnen.«

»Eher fünfzehn, Chef«, flüsterte Riwal, der sich bereit machte für den Sprung vom Boot. Gerade waren sie an der Betonrampe in dem etwas ruhigeren Bereich hinter dem mächtigen Kai angekommen.

»In fünf Minuten. – Und wie gesagt, niemand verlässt das Café.«

Dupin beendete das Gespräch. Jade Quiniou, die Nichte des Präfekten, hatte angerufen. Selbstverständlich hatte sich die Nachricht von Daniel Destocs Tod wie ein Lauffeuer auf der Insel verbreitet. Die fünf *Sirenen*, die seit neun Uhr in der *Duchesse Anne* auf Dupin und Riwal warteten, hatten wissen wollen, ob der Kommissar noch käme.

Riwal war bereits sicher gelandet, jetzt sprang Dupin.

»Ich habe gerade mal was gegoogelt, Chef.«

Auf dem Boot hatten Riwal und Dupin jeder für sich an der

Reling gestanden. Dupin hatte nachdenken müssen. Dabei war er abermals »geküsst« worden, heftiger noch als auf der Hinfahrt, dafür nur einmal. Wie zuvor hatte Ondine Morin sie souverän durch das Chaos gesteuert.

»Zu einem von Lionel Saux geäußerten konkreten Plagiatsvorwurf habe ich nichts gefunden. – Was aber interessant ist: Rayanne Ker hat drei von Saux komponierte Lieder eingespielt und gesungen, auf ihrer allerersten CD, *L'origine*. Das wusste ich nicht. Beim Copyright der drei Songs ist für die Musik Lionel Saux vermerkt. Darunter auch einer ihrer großen frühen Hits: *Les Morganezed*. Das Copyright für die Lyrics liegt bei Rayanne Ker, das heißt, der Liedtext stammt von ihr.«

»*Les Morganezed?*«

»Genau.«

Die Meerjungfrauen entwickelten sich zum Leitmotiv dieses Falles, die Bezeichnung »Insel der Meerjungfrauen« war, das stand fest, keine Übertreibung.

Dupin kannte den Song nicht. Claire würde ihn kennen, sie war Fan von Rayanne Ker.

Eilig liefen der Kommissar und der Inspektor die nasse Betonrampe hoch – Dupins Kleidung klebte salzig an seinem Körper, er hasste das Gefühl –, die Fahrräder standen nicht weit vom Kai.

»Bei so was geht es ganz schnell um große Summen, Chef, ich weiß nicht, ob Sie das wissen. Allein *Les Morganezed* wird einige Hunderttausend Euro eingespielt haben.«

»Einige Hunderttausend?«

»Absolut. Wenn Sie so einen richtigen Hit landen, werden Sie reich. So ist das in diesem Geschäft. – Andere schreiben ihr Leben lang die brillantesten Lieder und bleiben stets arm wie Kirchenmäuse.«

Sie erreichten die Fahrräder.

»Also hat Lionel Saux gut verdient mit dem Lied?«

»Wahrscheinlich schon. Aber das hängt natürlich von der Regelung ab, die die beiden getroffen haben. Wir müssen Rayanne Ker fragen.«

Der Himmel wurde von Minute zu Minute blauer. Es würde ein sommerlicher Inseltag werden, hier, mitten im Atlantik. Vaubans extravaganter Doppelleuchtturm erstrahlte in dem überbordenden Licht, als hätte man ihn in der Nacht neu gestrichen. Die mächtige Felswand der Steilküste, die man vom Hafen aus besonders gut bewundern konnte, ragte aus dem Meer wie die prächtige Wehranlage in einem Historienfilm.

Riwal saß als Erster auf dem Rad und trat in die Pedale. Dupin schaltete direkt auf »Boost«, schoss hinterher und hatte bald aufgeholt. Es ging ordentlich bergauf, bis sie das wilde grüne Plateau erreicht hatten. Dupin fröstelte, der Fahrtwind ließ ihn spüren, wie nass er war.

»Und Sie meinen, dass es hier vielleicht um Plagiate gehen könnte?«

Es war ein höchst interessanter Punkt, den Riwal da aufgebracht hatte.

»Das könnte absolut sein, klar, sie …«

Der penetrante Piepton von Dupins Handy.

Die Bürgermeisterin.

Auf diesen Anruf hatte er gewartet.

»Und?«

»Sie – Sie hatten recht, Commissaire«, presste die Bürgermeisterin hervor. »Ein kleines Kreuz aus weißem Wachs. Auf seinem Kopfkissen. – Alles genau wie bei Lionel.«

Unwillkürlich trat Dupin in die Bremse. Eine Trommelbremse offensichtlich, die Wirkung war kolossal. Noch kolossaler war der Lärm. Es hörte sich an, als würde das komplette Rad auseinanderfliegen. Die halbe Insel würde es gehört haben.

»Was ist passiert? Ein Unfall? Sind Sie verletzt?«

Die Nachfrage der Bürgermeisterin klang panisch.

»Fassen Sie nichts an in Monsieur Destocs Haus, Madame

Rigo. Auch das Kreuz nicht. Ich sage der Spurensicherung Bescheid. Ich …«

Dupin dachte kurz nach. Sollte er nicht selbst zuerst zu Destoc?

»Ja?«

»Nein, doch … Ich meine, ich fahre zuerst zur *Duchesse Anne*, Madame Rigo, zu den fünf Frauen, und danach zu Destocs Haus.«

»Gut, ich lasse hier alles, wie es ist, und kehre in die *Mairie* zurück.«

»Es wäre gut, wenn Sie dortbleiben könnten, bis wir kommen.«

»Ich habe einen wichtigen Termin.«

Ein resoluter Ton.

»Wir müssen sichergehen, dass niemand das Haus betritt, bevor die Spurensicherung eintrifft, Madame.«

Riwal hatte gewendet und kam neben Dupin zum Stehen.

»Aber der Termin …«

»Einen Moment, Madame Rigo.«

Dupin drückte die Mute-Taste, dann berichtete er Riwal. Die Neuigkeit war entscheidend.

»Dann steht es fest, denke ich. Wir haben es mit zwei Morden zu tun, nicht mit Unfällen.«

Riwal hatte den Satz mit merkwürdig mechanischer Stimme gesprochen.

»Eigentlich kann nur der Täter das Kreuz auf das Kopfkissen gelegt haben. Derjenige muss deutlich vor uns von Destocs Tod gewusst haben. Sonst weiß doch noch niemand davon.«

Dupins Gedanken rasten.

»Ich will trotzdem zuerst mit den Frauen sprechen.«

»Verstehe – dann los.« Riwal schickte sich an zu wenden.

Auch Dupin trat heftig in die Pedale, abermals im »Boost«-Modus. Er nahm das Gespräch mit der Bürgermeisterin wieder auf.

»Da bin ich wieder. Wir sind«, er warf einen Blick auf die Uhr, »dann so gegen elf, Viertel nach elf bei Ihnen.«

»Gut, ich warte hier.«

Es klang resigniert, aber sie hatte sich offenbar besonnen. Dupin war froh, dass er sie nicht auf ihre Pflichten als Chefin der Landwache hatte hinweisen müssen. Rein formell war er ihr gegenüber während dieses Falles sogar weisungsbefugt; ein Wort, das Dupin hasste.

»Bis gleich also.«

Dupin legte auf und trat in die Pedale. Riwal war schon wieder weit voraus.

Der Inspektor hatte, was die Rasanz der E-Bikes anbelangte, recht gehabt. Der Tacho zeigte hier oben auf dem Plateau bald dreiundvierzig Stundenkilometer an. Es war noch kein Wind zu spüren.

»Was passiert hier auf unserer Insel, Monsieur le Commissaire?«

Céleste Bourvil – die rothaarige Automechanikerin, Taxiunternehmerin, Flötistin und Dudelsackspielerin – gab sich forsch.

»Sagen *Sie* es mir: Was geschieht hier auf der Insel, Mesdames?«

Dupin stand vor dem Tisch, an dem die fünf *Sirenen* und Inspektor Riwal saßen. Die langen bunten Kleider, die die Frauen gestern Abend getragen hatten, waren Jeans, Röcken, T-Shirts, Blusen gewichen. Lediglich Rayanne Ker trug auch heute ein langes, eng anliegendes Kleid, dieses Mal in einem hellen Blau. Die Sonne ließ ihre Haare in einem intensiven Safran strahlen.

»Das ist kompletter Irrsinn alles. – Das ist alles, was ich weiß.«

Céleste Bourvils Feststellung enthielt beides: Trauer und Trotz. Sie blickte in die Runde.

Es war der letzte Tisch auf der Terrasse, es folgten ein paar Meter stoppeliges Grün, dann ging es in die Baie de Lampaul hinunter. Man hatte einen weiten, freien Blick auf den Atlantik, aus der Ferne sah er trügerisch friedlich aus. Der Himmel schickte sein hübschestes Blau ins Rennen, ein perfektes Pastellblau. Rechts lag der Hubschrauberlandeplatz, dahinter die *Mairie,* wo der Kommissar gestern lange mit der Bürgermeisterin gesessen hatte.

Dupin wandte sich an Jade Quiniou: »Warum hatten Sie keinen Kontakt mehr zu Lionel Saux?«

Die Nichte des Präfekten hatte tiefbraune lange Haare, trug ein weißes T-Shirt, das die Schultern beinahe freigab, schwarze Jeans, knallrote Turnschuhe.

»Ehrlich gesagt habe ich es nicht mehr ausgehalten. Ständig dieses Hadern und Zaudern. – Und Lamentieren. Wie ungerecht die Welt ist. Dass das Leben ihn betrogen hat. Ein Jammerlappen.«

Harte Worte, diese Seite von ihr hatte Dupin bei ihrem kurzen gestrigen Gespräch nicht kennengelernt.

»Das ist unfair, Jade, und das weißt du.«

Die burschikos wirkende Romy Potin wies Jade Quiniou zurecht. Dabei hatte sie nicht böse geklungen.

Dupin hatte begonnen, vor dem Tisch auf und ab zu laufen, die Blicke der Frauen folgten ihm. Er hatte sein kleines rotes Notizbuch herausgeholt. Das Gute an der Radfahrt war gewesen, dass Dupin beinahe trocken geworden war. Wobei seine Haare nun wild in alle Richtungen abstanden. Zwei Mal, am Anfang wie am Ende der Fahrt, hatten zwei kleine Ziegen vor Riwal und ihm mitten auf der Straße gestanden; eine schwarz, die andere weiß.

»Es war immer die gleiche Leier«, fuhr Jade Quiniou fort. »Mit seiner Musik, dann später mit dem Pub. Alle waren schuld, dass es nicht geklappt hat, nur er selbst nie. Ich habe ihm das ins Gesicht gesagt, ein paarmal. So bin ich, das ist vielleicht nicht besonders nett, aber ehrlich«, sie zuckte mit den Achseln. »Dann war er eingeschnappt. Ich habe ihm gesagt, ich meine es nicht böse. – Er hat sich irgendwann nicht mehr bei mir gemeldet.«

»Und Sie sich nicht mehr bei ihm?«

»Nein. – Natürlich haben wir uns ab und zu gesehen und dann ein paar Sätze gewechselt. Aber nicht mehr als das. – Ich fand es traurig, irgendwann war es mir dann aber egal.«

Dupin spürte eine leichte Nervosität. Wo blieb eigentlich der Kaffee? Schon bei ihrer Ankunft hatten Riwal und er eine Bestellung aufgegeben.

»Und Ihr Verhältnis zu Daniel Destoc, Madame Quiniou?«, schaltete sich Riwal ein.

»Es gab keines. Kein persönliches, meine ich. Klar trifft man sich, kennt man sich, das geht ja gar nicht anders. – Aber ... wie soll ich sagen? Daniel hat mich nie interessiert. Als Mensch. – Daniel markierte gerne den starken Mann. So ein Typ. – Nicht mein Typ halt.«

Dupin musste aufpassen, dass er nicht schmunzelte, wenn er daran dachte, wie die Gespräche zwischen ihr und ihrem Onkel aussahen, falls sie sich dabei ebenso direkt verhielt. Und das würde sie, daran gab es keinen Zweifel.

»Was soll das genau heißen? Dass er den starken Mann markierte?«, hakte Riwal nach.

»Wie er auftrat. Seine ganze Art. – Sein groteskes Auto. Seine Sprüche. Und das hier auf der Insel! Für wen wollte er sich hier so produzieren? – Eine Karikatur.«

Die letzte Bemerkung hatte hart geklungen. Man spürte, anders als in den Ausführungen zu Lionel Saux, einen Affekt.

»Standen Sie in letzter Zeit vielleicht im Konflikt mit ihm, ist irgendetwas vorgefallen?«, wollte Riwal wissen.

»Nein. – Nie.«

Dupin war mittlerweile vor Enora Gaëc stehen geblieben, der Landwirtin.

»Aber *Sie* – Sie hatten einen handfesten Konflikt mit Lionel Saux. Er hatte vor, Ihnen Konkurrenz zu machen.«

»Ich habe ihn bloß vor einem weiteren Desaster bewahrt.«

Dupin hatte wirklich selten derart lockige Haare gesehen. Auch heute trug sie die Farbe *glaz*, dieses Mal als ärmelloses Top. Dazu eine verwaschene Jeans, dunkelblaue Gummistiefel, robust.

»Was meinen Sie?«

»Dass auch diese Geschäftsidee mit Sicherheit gescheitert wäre. Und er das Geld aus seinen Tantiemen abermals vollständig verloren hätte. Für einen weiteren Käseproduzenten ist der Markt hier auf der Insel zu klein, und für einen erfolgreichen Eintritt in den extrem umkämpften bretonischen oder nationalen Markt reichen die Ressourcen der Insel nicht aus. Aber genau das hatte er selbstredend vor. Das Geschäft ganz groß aufzuziehen. Nur so lohnt es sich richtig, hat er gesagt. Wie Männer meist so denken. Lionel hatte immer nur die ganz großen Ideen – völlig an der Realität vorbei.«

»Wie auch immer, für Sie wäre Lionel Saux ein unmittelbarer Konkurrent gewesen, und er hätte Sie in Schwierigkeiten gebracht.« Riwal brachte es auf den Punkt.

»Es wäre unangenehm gewesen, klar. Aber um mein Geschäft hatte ich keine Angst, das kann ich Ihnen versichern. Ich habe ihm in seinem eigenen Interesse von dem Vorhaben abgeraten.«

Enora Gaëc wirkte völlig souverän.

»Was sind das für Tantiemen, die Sie erwähnt haben?« Dupin kam auf den Punkt zurück, er hatte sich eine Notiz gemacht. Er bewegte sich auf Rayanne Ker zu. »Geht es um die Lieder, die Lionel Saux für Sie geschrieben hat?«

»›Tantiemen‹ ist das falsche Wort«, intervenierte Rayanne Ker, wenn auch unaufgeregt.

»Aber es geht um Honorare für diese Songs?«

»Für die Melodien. – Von fünf meiner früheren Songs, ja. Texte und Arrangements stammen von mir.«

Rayanne Kers Sprechstimme war nicht weniger sanft und wohlklingend, als wenn sie sang, es war unglaublich.

»Für die Melodien hat Lionel von mir Honorare erhalten. Eigentlich hatten wir uns damals, vor zehn Jahren, auf einen einmaligen Betrag geeinigt, pauschal, mit dem alles abgegolten sein sollte. So war es zwischen Lionel und mir vereinbart, auch schriftlich, wenn auch mit keinem umfassenden Vertrag. Als die Songs, vor allem natürlich *Les Morganezed,* ein Erfolg wurden, habe ich ihm zusätzliche Beträge überwiesen, von mir aus, freiwillig. Zwei größere, danach immer mal wieder kleinere Beträge, auch in diesem Jahr. Das meint Enora mit Tantiemen.«

Endlich, da kam er. Der sympathisch rundliche ältere Herr – der Mann der Besitzerin – stellte das Tablett mit dem Kaffee ab. Sofort war er wieder verschwunden.

»Hat Lionel Saux auch für andere Musiker komponiert?«

Dupin trank den ersten *café* in einem einzigen großen Schluck.

»Lionel hat nie für andere komponiert. Auch nicht für mich. Er wollte ja selbst Karriere machen. Wir, die *Sirenen,* haben damals einige Songs von ihm gespielt, als wir anfingen, er wollte uns ja produzieren. Als daraus nichts wurde, als ich nach Irland ging und dort die Gelegenheit bekam, ein Soloalbum zu machen, habe ich gefragt, ob ich drei dieser Melodien dafür nutzen darf. Und auch zwei Melodien für das zweite Album.«

»Und hat er ähnliche Arrangements auch mit anderen Musikern getroffen? Haben auch andere Künstler Melodien von ihm übernommen? Die Musikszene der Insel ist ja groß.«

»Ich weiß von keinem anderen Fall. Es gab Anfragen, auch von Yann, aber Lionel wollte nicht.«

»Yann Tiersen?«, fragte Riwal erstaunt.

Dupin nutzte den Zwischenruf des Inspektors, um rasch den zweiten *café* zu trinken. Dabei schweifte sein Blick über das Meer, hin zu dem großen Felsen. Er merkte, wie er wieder, ohne es zu wollen, die Meeresoberfläche absuchte. Es war lächerlich.

»Ja.«

»Wir alle spielen bei Auftritten ab und zu Songs von Lionel«, sagte Céleste Bourvil. Ihre langen roten Haare sahen aus wie ein wundersames Vlies. »Wir alle fünf, meine ich. Aber das sind nur kleine Liveauftritte. – Enora und ich treten manchmal als Duo auf, zwei, drei Mal im Jahr. Bei Jubiläen, Feiern, Ausstellungseröffnungen hier auf der Insel oder mal in Brest oder Le Conquet. Dann spielen wir auch ein paar von Lionels Songs.«

»Dudelsack und Laute?«, rutschte es Dupin heraus. Es war keine richtige Frage.

»Dudelsack und Laute«, bestätigte Céleste Bourvil, »was haben Sie dagegen?«

»Nichts. Natürlich nicht. Gar nichts«, besänftigte Dupin. »Das ist sicher – höchst interessant.«

Keine ganz gelungene Antwort, musste Dupin zugeben. Doch er war noch immer abgelenkt. Ziemlich genau vor dem Felsblock in der Mitte der Bucht war etwas im Meer zu sehen gewesen. Undeutlich. Hell.

Riwal schaute Dupin fragend an. Entschieden wandte der Kommissar den Blick vom Meer ab.

»Soweit Sie wissen«, Dupin schaute alle fünf Frauen kurz der Reihe nach an, »wurden Lionel Saux also keine Songs geklaut?«

Alle schüttelten den Kopf.

»Er selbst empfand das anscheinend ganz anders. Hat er Ihnen gegenüber je einen konkreten Fall genannt, den Namen einer Musikerin, eines Musikers?«

»Nein«, antwortete Rayanne Ker als Erstes.

»Ich habe ehrlich gesagt nie richtig zugehört, wenn er auf das Thema zu sprechen kam«, resümierte Romy Potin.

»Lionel war ein brillanter Komponist.« Rayanne Ker, der Star, schwärmte, ganz aufrichtig, schien es. »Er hatte die goldene Harfe, so sagen wir in der keltischen Musik.«

Dupin kannte den Ausdruck nicht, fand ihn aber sehr poetisch.

»Außerdem war er selbst ein hervorragender Musiker. Vor allem als Pianist. Aber nicht nur. Und er hatte eine wunderbar brüchige Stimme, wie gemacht für Balladen. – Es wird für immer eine Tragödie bleiben, dass er sein Talent nicht entfalten konnte. Dass er sich selbst im Weg stand.«

»Inwiefern eigentlich genau?«, wollte Dupin wissen.

Eine Pause entstand, Rayanne Ker schien nachzudenken, wie sie es formulieren sollte. Die Landwirtin Enora Gaëc übernahm:

»Es war tragisch. – Er hatte immer sofort riesige Pläne. Er konnte nicht anders. Sobald er eine Idee hatte, musste er sie ganz groß denken. Er hat nie einfach angefangen. Einen ersten Schritt gemacht, geschaut, wie sich etwas entwickelt. – Dann geriet er jedes Mal ins Straucheln. Weil die Pläne zu groß waren für die Realität.«

»Als Lionel uns produzieren wollte, hat er zuerst ein supermodernes, großes Studio einrichten wollen, leistungsfähiger als das von Tiersen. Er wollte es auch an andere Musiker vermieten«, ergänzte Céleste Bourvil. »Er war dann nur noch mit dieser Planung beschäftigt. Und das Projekt wurde immer teurer.«

»Er war schon dabei, über den Aufbau eines nationalen Vertriebsnetzes nachzudenken, über das er seinen Käse verkaufen wollte«, erklärte Enora Gaëc, »inklusive eines Ladens in Paris, bevor er überhaupt die Grundlagen für die Produktion geklärt hatte.«

Langsam bekam Dupin eine Vorstellung.

»Wie ich gesagt habe: ein trauriger Typ«, resümierte Jade Quiniou.

»Wisst ihr eigentlich, wie schrecklich das ist?« Romy Potin wirkte auf einmal aufgebracht. Sie schaute sich in der Runde ihrer Freundinnen um. »Lionel ist tot, ein alter Freund. – Ermordet. Und jetzt Daniel. – Hier bei uns, auf der Insel.«

Noch stand nicht zweifelsfrei fest, dass es sich um Morde handelte. Aber Dupin sagte nichts.

Er trat einen Schritt zurück und fixierte die Frauen nacheinander, durchaus so, dass sie alle es mitbekamen.

»Sie wissen alle von den Kreuzen, nehme ich an.«

»Auch bei Daniel?«, fragte Jade Quiniou.

»Auch bei Monsieur Destoc, ja.«

»Auf dem Kopfkissen?«

»Auf dem Kopfkissen.«

»Das ist wirklich sehr unheimlich.« Romy Potins Blick verfinsterte sich.

»Wie bei einem Serienmörder.« Jade Quiniou, die Nichte des Präfekten, meinte es ernst.

»Aber was soll das? Warum das mit den Kreuzen?« Enora Gaëcs Locken flogen ihr ins Gesicht, sie hatte heftig mit dem Kopf geschüttelt. Angestrahlt von der Sonne, schimmerte ein Rotstich in ihrem Haar auf, den Dupin zuvor nicht bemerkt hatte.

»Wir wissen es noch nicht«, beschied Dupin. »Vielleicht will uns der Täter – oder die Täterin – ja bloß verwirren.«

In aller Seelenruhe fixierte er abermals eine der Musikerinnen nach der anderen.

»Ist es das, was Sie glauben, Monsieur le Commissaire? Wäre das nicht ein wenig aufwendig?«, gab Céleste Bourvil zu bedenken. Die Automechanikerin war in einer ölverschmierten weiten Bluejeans zu dem Treffen gekommen, als hätte sie eben noch unter einem Auto gelegen, darüber ein weites, ausgetragenes schwarzes T-Shirt.

»Ich glaube gar nichts, Madame.«

»Von Ihnen fünf hatte also niemand ein engeres Verhältnis zu Daniel Destoc?«, fragte Riwal.

Dem Inspektor war eine gewisse Ungeduld anzumerken. Sie war auch in Dupin aufgekommen. Sie sollten bald aufbrechen, zu Destocs Haus. Wo die Bürgermeisterin wartete.

»Sicher nicht«, antwortete die Mechanikerin.

»Nein«, bestätigte Enora Gaëc.

Die anderen drei schüttelten mit dem Kopf.

»Inspektor Riwal und ich müssen jetzt weiter«, wandte sich Dupin an die Runde. »Aber wir werden auch noch Einzelgespräche mit Ihnen führen. Nur eine letzte Frage für heute Morgen. – Eine Frage an Sie, Madame Ker: Über welche Summen reden wir bei den Beträgen, die Sie Lionel Saux haben zukommen lassen?«

»Ich kann es Ihnen gar nicht genau sagen. – Das muss ich nachschauen.«

Es war wirklich ein Phänomen, ihre Stimme wärmte einen geradezu mit ihrem samtigen, harmonischen Timbre. Auch deswegen hatte ihre Antwort nicht so gewirkt, als wollte sie der Frage ausweichen.

»Tun Sie das, Madame. Wie gesagt, wir melden uns.«

Dupin fuhr sich durch die Haare.

»Jetzt fällt mir doch noch eine wichtige Frage ein, Mesdames, ich muss sie stellen: Gab es zwischen einer von Ihnen und Lionel Saux oder Daniel Destoc amouröse Beziehungen?«

Jade Quiniou mimte ein Lachen: »Sind Sie verrückt?«

Es entstand eine kurze Stille, dann übernahm Romy Potin das Antworten:

»Mit keiner von uns, nein. Lionel war länger mit einer Frau aus Le Conquet zusammen. Das ist aber vor vier, fünf Jahren zu Ende gegangen, sie hatten dann keinen Kontakt mehr. Seitdem gab es da niemanden mehr, glaube ich. – Und Daniel habe ich nie mit einer Frau gesehen. Aber er fuhr regelmäßig aufs Festland, wegen irgendwelcher Autoshows. Wer weiß?«

»Noch etwas?«, fragte Dupin in die Runde.

Allgemeines Kopfschütteln.

»Auch von mir noch eine letzte Frage, Mesdames«, meldete sich Riwal. »Können Sie uns etwas zu dem Konflikt zwischen dem Besitzer des *Ty Korn,* Mathis Cëvaër, und Lionel Saux sagen?«

Dupin hatte gar nicht mehr daran gedacht, dabei war es ein wichtiger Punkt.

»Das ist nicht kompliziert. Mathis war stinksauer, und zwar zu Recht!«

Jade Quiniou hielt sich auch dieses Mal nicht zurück.

»Er hat mit Lionel gebrochen«, fuhr sie fort. »Er hat ihn nicht mal mehr in seinen Pub gelassen. Was hier auf der Insel eine harte Strafe ist, das *Ty Korn* ist ein zentraler Ort.«

»Hat sich das Verhältnis nach dem Aus von Lionel Saux' Pub dann wieder verbessert?«

»Nein. Für Mathis war Lionel abgeschrieben. Wie bei allem sind Iren auch in ihren Ablehnungen starrköpfig, bei Konflikten haben sie ein Elefantengedächtnis. Wie wir Bretonen.«

Jade Quiniou lächelte. Es hatte etwas Entwaffnendes.

»Gut, Mesdames. Dann danke ich Ihnen fürs Erste.«

Dupin setzte sich in Bewegung.

»Au revoir«, verabschiedete sich auch Riwal.

Ihre Fahrräder standen nur ein paar Meter entfernt am Rand der Terrasse.

»Das waren Robben, Chef. – Ich habe sie auch gesehen.« Der Inspektor hatte den Blick des Kommissars aufs Meer bemerkt.

Dupin antwortete nicht.

Dupin und Riwal hatten Lampaul Richtung Osten hinter sich gelassen – erneut waren sie zwei kleinen Ziegen begegnet, eine schwarz, eine weiß –, als es losging. Ein bunter Wahnsinn, angeführt von zwei alten lavendelfarbenen VW-Bussen voller Menschen, es sah aus, als wäre je eine ganze Fußballmannschaft geladen. Den VWs folgten zwei ausgewachsene Busse, uralt, verbeult und ebenfalls bis auf den letzten Sitz- und Stehplatz besetzt. Ihnen folgte eine Handvoll silberne Vans, die aus den Siebzigern und Achtzigern zu stammen schienen. Die Nachhut bildeten zwei der lavendelfarbenen Vans. Riwal und Dupin mussten rechts ranfahren, die Busse waren eigentlich deutlich zu breit für die kleine Straße.

»Die Fähre mit den Festivalbesuchern ist angekommen«, erklärte Riwal.

»Verdammt!«

Dupin hatte es völlig vergessen – das Festival. Die Fanfaren! Die Bürgermeisterin hatte anscheinend beschlossen, es trotz allem stattfinden zu lassen. Bretonen mochten es gar nicht, sich vom Feiern abbringen zu lassen. Und Touristen auch nicht. Dennoch, Dupin war ganz und gar nicht einverstanden mit der Entscheidung.

»Los, Chef, beeilen Sie sich.« Riwal nahm eilig Fahrt auf. »Schnell! Wir haben nur ganz wenig Zeit.«

Dupin wollte nachfragen, wofür genau, da sah er es selbst: Eine imposante, auf die geringe Breite des Sträßchens gepresste bunte Masse an Menschen kam auf sie zu. Nur noch dreihundert Meter entfernt.

Auch Dupin stieg eifrig in die Pedale.

»Da ist schon Kernonen, da biegen wir ab.« Riwal schrie, ohne sich umzudrehen, und deutete nach links. »Schnell, bevor sie uns überrennen.«

Dupin sah die Abzweigung vor den paar Häusern, bei denen es sich um besagtes Kernonen handeln musste, jeder kleinste Weiler hatte anscheinend einen Namen. Dupin hatte schon gestern festgestellt, dass die Insel auch in dieser Hinsicht anders war als alle anderen bretonischen Inseln: Dort ballten sich die Einwohner in den jeweiligen Hauptörtchen – so wie auf der benachbarten Île-Molène oder der Île de Sein –, auf Ouessant aber verteilten sie sich auf der gesamten Insel. Immer wieder kam man an Weilern mit drei, vier Häusern vorbei und auch an einzelnen, vollkommen allein stehenden Häusern. Vermutlich hatte es mit dem berüchtigten Freiheitsdrang der Ouessantins zu tun.

»Gleich wird eine Armada an Leihrädern folgen, Chef. Die

Verleiher haben am *Port du Stiff* große Stellflächen. Rechts vom Kai.«

Die ersten Räder waren schon zu sehen. Dupin meinte in dem Pulk einen Mann mit einer Pharao-Kopfbedeckung auszumachen. Viele trugen Schottentracht oder altertümliche Anzüge. Haare in Orange, Lila, Pink, Grün. Von irgendwoher aus der überschwänglichen Menge erschallten Trompeten, Posaunen, Hörner.

Es war eine surreale Situation.

Sie schafften es – knapp, aber sie schafften es. Im letzten Moment bogen der Inspektor und der Kommissar in das abgehende Sträßchen.

Noch bevor Dupin Zeit hatte, einen Moment zu verschnaufen, ging der penetrante Ton seines Handys los. Er warf einen Blick auf das Display.

Alana Rigo, die Bürgermeisterin.

»Ja?«

»Wo sind Sie? Sie wollten längst da sein.«

Nicht unfreundlich, aber sehr bestimmt.

»Wir sind fast da.«

Wahrscheinlich würde es sogar stimmen.

»Wir müssen unbedingt über das Festival sprechen, Madame.«

»Müssen wir?«

»Bis gleich.«

»Bis gleich, Monsieur le Commissaire.«

»Es ist tatsächlich nicht mehr sehr weit, Chef.«

Riwal hatte einen Blick auf sein Handy geworfen.

Das Sträßchen wurde schmaler und schmaler, der Belag immer löchriger. Rechts und links undurchdringlich dichtes Buschwerk.

»Wir müssen mit diesem Kneipenbesitzer sprechen, Riwal. Direkt als Nächstes.«

»Er hält sich gerade auf dem Festland auf, Chef. Ich hab mit einem Mitarbeiter des *Ty Korn* telefoniert.«

Für gewöhnlich war es Nolwenn, die so etwas regelte. Die die Verabredungen für die Ermittlungsgespräche traf. Das – und alles andere. Es fühlte sich seltsam an ohne Nolwenn. Sehr seltsam. Er wäre der erste große Fall überhaupt ohne sie. Wie sollte das gehen? Dupin verdrängte das Thema, schon seit gestern, ihm blieb auch gar nichts anderes übrig.

»Wann kommt er zurück?«

»Er hat gesagt, er sei vor dem Wochenende zurück. Er besitzt ein Apartment in Brest. Ich hab ihm eine Nachricht hinterlassen.«

»Okay. – Wir brauchen unbedingt Verstärkung, Riwal.«

Jetzt waren es zwei Morde, und sie hatten nicht den Ansatz einer Spur.

»Unsere Truppe, Chef? Kadeg, Le Menn? Nevou ist ja bei ihrer Schwester auf Korsika.«

»Kadeg und Le Menn, ja! Aber das wird unter Umständen nicht reichen. Wie viele Fähren kommen täglich auf Ouessant an?«

»Ein Boot am Tag, mehr nicht. Le Conquet – Molène – Ouessant, ein Boot hin und zurück. Wenn der Seegang es zulässt. Was im Herbst und Winter ein echtes Problem ist. Zudem gibt es einen winzigen Flugplatz für Kleinflugzeuge.«

»Das heißt, die Fähren fahren nach dem Entladen sofort wieder zurück?«

»Genau.«

»Werden die Passagiere namentlich verzeichnet?«

»Alle. Aus Sicherheitsgründen. Man kauft sein Ticket mit vollem Namen und Adresse. Falls es zu einem Unglück kommen sollte auf See.«

»Das heißt, man könnte sehen, wer die Insel gestern und heute verlassen hat.«

»Klar.«

Sie fuhren um eine enge Kurve.

»Achtung!«

Riwals Ausruf war bestimmt ein paar Hundert Meter weit zu hören.

Im nächsten Moment tat es einen Schlag, ein heftiges Scheppern.

Riwal hatte jäh gebremst, Dupin war auf ihn oder besser gesagt auf sein Schutzblech aufgefahren. Er hatte selbst eine Vollbremsung versucht – erneut hatte der infernalische Lärm angehoben, der sein Trommelfell heute früh schon einmal malträtiert hatte –, aber es war zu spät gewesen.

»Alles okay, Chef?«

»Alles okay.«

Dupin sah, was Riwal zu der Vollbremsung gezwungen hatte. Mitten auf der Straße stand ein Traktor, keine zwei Meter mehr entfernt. Ein Traktor wie in Dupins Kindheit. Knallgrün, rot gestrichene Räder, ein hohes Auspuffrohr, vorne eine riesige Schaufel. Auf der Wiese stand eine Rinderherde. Sicher fünfzig Tiere. Und ebenso viele Menschen. Was war hier los? Die Menschen machten einen unbeschwerten, ausgelassenen Eindruck. Von irgendwoher, nahm Dupin jetzt wahr, kam Musik, die auf der freien Fläche verwehte, fröhliche keltische Fanfaren. Die Rinder – hellbraun, eher klein und sehr hübsch, um die Schnauze und die Augen weiß – scharten sich um einen großen Heuhaufen. Die versammelten Ouessantins schienen so ausgelassen, dass sie Dupin und Riwal nicht bemerkten.

»Aber natürlich!«, brach es aus Riwal heraus. »Heute ist der große Tag, Chef! Gestern war doch der Artikel in *Ouest-France*. Haben Sie ihn nicht gesehen? – Sie sind letzte Woche mit der Fähre hier angekommen.«

»Bitte?«

Dupin verstand kein Wort.

»Die Rinder, sie sind mit der Fähre gekommen.«

Eine dramatische Pause.

»Das ist die öffentliche Fütterung, Chef! Um sie willkommen zu heißen. *Das* Ereignis!«

Riwal jedenfalls war begeistert.

Dupin hatte die Zeitung gelesen, natürlich, auch gestern. Aber das Großereignis der öffentlichen Fütterung auf Ouessant war ihm anscheinend entgangen.

»Die neue Herde. Jersey-Rinder, Chef. Ganz besondere Tiere. Eine autochthone Rasse von der Kanalinsel. Gar nicht so weit von hier. Die Rasse hat sich auf Jersey über viele Hundert Jahre entwickelt. Mit unschlagbaren Vorteilen: exzellentes Fleisch, hohe Milchleistung, extraordinäre Robustheit und ein selten sanftmütiges Temperament. Eine weltweit begehrte Kombination.«

»Verstehe.«

Dupin hatte noch nie von den Jersey-Rindern gehört. Er fand sie einfach sehr hübsch.

Immerhin, schöner als auf Ouessant konnte ein Wiesenzuhause schwerlich sein. Man sah auf das weite Meer, das Gras war saftig grün und es gab Massen davon. Deftiges, leicht gesalzenes Gras.

»Die Bürgermeisterin fördert alles, was die Insel wirtschaftlich belebt, um die Unabhängigkeit zu stärken. Im Moment lebt Ouessant vor allem vom Tourismus, seine Kapazitäten sind jedoch begrenzt, mehr als die zehntausend Besucher, die jährlich kommen, schafft die Insel gar nicht. Da die Fischerei wegen der starken Strömungen keine Möglichkeit ist, unterstützt Madame Rigo insbesondere den Wiederaufbau der Landwirtschaft. Gemüse- und Kartoffelanbau, Viehwirtschaft – darum geht es, Milch, Käse.«

Dupin musste sich immer noch daran gewöhnen, es war zu verrückt: eine Insel im schönsten bretonischen Atlantik, auf der es fast keinen Fischfang gab. Einfach, weil es lebensgefährlich war.

»Ich weiß, Riwal.« Ondine Morin hatte bereits davon gesprochen. »Warum hatte man mit der Landwirtschaft überhaupt aufgehört?«

Wo es doch die einzige Lebensmittelquelle war.

Jemand auf der Wiese sprach laut, überall war ausgelassenes Lachen zu hören. Dupin sah jetzt ein paar Flaschen auf der Wiese stehen. Es war eine richtige kleine Feier im Gange.

»Als der allgemeine Wohlstand und Fortschritt in der Nachkriegszeit erheblich wuchsen und die Insel das erste Mal einen regelmäßigen Fährbetrieb erhielt, dachte man, die Landwirtschaft wäre nun überflüssig – ein fataler Fehler, wie sich herausstellte. Bis dahin hatten die Ouessantins sehr intensiv Landwirtschaft betrieben, seit Menschengedenken, genauer gesagt die Frauen, wie Sie ja wissen.«

Riwal holte Luft. Dupin machte sich auf einen längeren Vortrag gefasst.

»Dabei ist alles vorhanden, hier herrschen ziemlich ideale Bedingungen. Die Topografie, die Tiefe des fruchtbaren Bodens, meist mehr als ein Meter«, fuhr Riwal fort, »eine optimale Regenmenge – nicht zu viel, nicht zu wenig, gut verteilt über das Jahr –, dazu die vielen Quellen, Wasserläufe sowie ein konstanter Grundwasserspiegel zu jeder Jahreszeit. Und vor allem das ganzjährig milde Klima.«

Bei der rauen, schroffen Natur der Insel würde man es nicht vermuten, aber Ouessant war anscheinend eine Art natürliches Gewächshaus.

»Das müssen Sie sich mal vorstellen, Chef. – Vierzig Jahre ist es her, dass Ouessants Böden das letzte Mal Kühe gesehen haben. Nach Schafen und Ziegen nun also endlich auch wieder Kühe. Das wird hier gefeiert, Chef.«

Und Riwal feierte mit.

»Ich vermute mal, das war der Termin, den die Bürgermeisterin meinte.«

»Wir sollten weiter, Riwal. Wir …«

Dupins Handy schrillte.

»Der Präfekt.«

»Gehen Sie lieber kurz dran, Chef. Locmariaquer hat sicherlich von dem zweiten Toten gehört.«

Unwillig ging Dupin ans Telefon.

»Wir sind gerade auf dem Fahrrad, Monsieur le Préfet.« Dupin hielt das Telefon mit der rechten Hand in die Luft. »Sie werden mich nur schlecht verstehen.«

»Auf dem Fahrrad?«

»Es gibt immer noch nichts Neues. Ich melde mich, sobald wir etwas wissen.«

»Meine Schwester …«

»Grüßen Sie sie von mir.«

Dupin legte auf.

»Also weiter, Riwal.«

Dupin trat in die Pedale.

Er fuhr an dem Traktor vorbei, an dem er ein großes handgeschriebenes Schild entdeckte: *Bienvenue!* Der Gruß richtete sich offenbar direkt an die Rinder.

Zum ersten Mal fuhr Dupin voraus. Das Bike fuhr fabelhaft, das musste er zugeben. Schon bald zeigte der Tacho siebenunddreißig Stundenkilometer.

Trotzdem tauchte Riwal mühelos neben ihm auf.

»Jetzt gleich biegen wir noch mal ab, Chef.« Mit diesen Worten enteilte er Dupin. Wie machte er das bloß?

Jetzt holte er auch noch lässig sein Handy aus der Jackentasche. Vermutlich würde er Kadeg anrufen.

Rechter Hand tat sich eine weitere Wiese auf, kleine schwarze Ziegen mit weißem Bauch und gebogenen Hörnern grasten da. Miniaturziegen.

Bald bremste Riwal ab, Dupin tat es ihm gleich. Waren diese rasanten Gefährte einmal richtig in Fahrt, war es gar nicht so leicht, sie zum Stehen zu bringen.

»Hier!«

Riwal bog auf einen gewundenen Pfad ab und fuhr mit völliger Selbstverständlichkeit weiter. Dupin hatte Schwierigkeiten, den Pfad zu erkennen, zu beiden Seiten wuchs dorniges Gestrüpp. Der Boden war extrem uneben und sandig. Riwal flog ungerührt über alle Dellen hinweg, schien die Stöße gar nicht zu bemerken.

Das Gestrüpp wurde flacher, je näher sie dem Meer kamen, nur ab und zu ragte ein hoher Ginster auf. Sie fuhren an einem verfallenen Steinmäuerchen vorbei, die Landschaft wies grelle Grüntöne auf und roch nach Erde, Salz und Jod. Die Luft war frisch und ungemein belebend, das hatte Dupin schon gestern gemerkt, sie erfüllte einen mit Energie. Vielleicht war es auch gar nicht die Luft – sondern die Insel selbst. Eine Energie, die sich gar nicht so leicht lenken ließ, stellte Dupin fest. Sich nicht einfach zum Beispiel in Konzentration überführen ließ, im Gegenteil: Es fühlte sich so an, als strebte sie nach Auflösung. Dupin wusste, es klang mystisch. Aber so war es. Nur brauchte er gerade etwas anderes ganz dringend: Klarheit, und zwar so viel wie möglich. Dupin durfte sich von der Insel nicht kirre machen lassen. Jemand hier hatte zwei Menschen brutal das Leben geraubt. Sie hatten es mit zwei Morden zu tun.

»Achtung!«

Es fühlte sich an wie ein Déjà-vu. Auf Riwals Warnung folgte ein Scheppern. Der Inspektor war abermals abrupt in die Bremse getreten, Dupin ihm abermals aufgefahren, aber auch dieses Mal war nichts passiert.

Jemand stand mitten auf dem grasigen Pfad, drei, vier Meter vor ihnen, halb versteckt hinter einem Ginster. Eine Person und ein Hund. Die Person klein, der Hund groß.

Seltsamerweise brauchte Dupin einen Moment, bis er sie erkannte.

Sybil Jaouen. Sie trug ein langes goldgelbes Kleid – so lang, dass man nicht einmal ihre Schuhe sah – und darüber einen dunkelblauen Umhang. Das kurze Haar wirkte heute noch weißer als gestern, die hellen blaugrünen Augen noch stechender. Sie stützte sich auf ihren Gehstock.

»Bonjour, Madame Jaouen. – Das ist Inspektor Riwal. Commissariat de Police Concarneau.«

»Ein zweites Unheil. Und wieder die Fluten! – Was habe ich Ihnen gesagt?« Sie kümmerte sich nicht um Dupins Worte. »Etwas Ungeheures geht hier vor sich. Eine Finsternis bricht ein – so hell das Licht auch strahlen mag in diesen Tagen. Nirgends verbirgt das Dunkle sich besser als im Grellen.«

Riwal sah aus, als hätte er ein Gespenst gesehen. Er schien zu Stein erstarrt, sämtliche Farbe war aus seinem Gesicht gewichen.

»Was meinen Sie, Madame Jaouen? Worum geht es hier?«

Sybil Jaouen bewegte sich auf sie zu, sie blieb erst kurz vor Riwal stehen.

»Viele Tausend Jahre – viele Tausend Jahre.« Sie sprach wie in Trance. Es folgte eine längere Pause. »Damit hat es zu tun.«

»Was meinen Sie?«, wiederholte Dupin. Er kannte ihr Sprechen in Rätseln von gestern Abend.

»Sie kennen Ki Briz Braz noch nicht.«

Sie wies mit einer knappen Handbewegung auf den Hund, der ihr bis zur Hüfte ging. Eine eigentümliche Mischung, so groß wie ein Bernhardiner, aber glattes pechschwarzes Fell, wie ein Labrador. Auf dem Schwarz ein paar unregelmäßige weiße Flecken.

»*Der gefleckte Hund.* – Seit jeher ist er der Wächter der Quellen der Insel. – Und Sie wissen, was Süßwasser im salzigen Meer bedeutet: Leben.«

»Ein sehr – beeindruckender Hund, Madame.«

Riwal brachte immer noch kein Wort hervor.

»Aber unterschätzen Sie ihn nicht. Er sieht gutmütig aus, doch er spürt, wer Böses im Schilde führt. Dann reißt er.«

Dupin würde nicht nachfragen, was genau sie damit meinte.

»Auf dem Kopfkissen liegt das Kreuz«, wechselte sie in Windeseile das Thema, »wie bei Lionel. – Es ist ein altes Kreuz, glauben Sie mir. Ich habe es in der Hand gehabt.«

»Was meinen Sie mit ›ein altes Kreuz‹?«

»Ein Kreuz von damals. Aus der Zeit des Ritus.«

»Keine Nachbildung, meinen Sie? Ein Original?«

Dupin spürte eine heftige Aufregung.

Sie nickte.

»Haben Sie unsere Rinder gesehen, Messieurs?«

Sie wechselte Themen und Stimmungen so unvermittelt und rasant, wie es sonst nur Dupin tat.

»Sie meinen, dass der Mörder an Originalkreuze von früher gekommen ist, Madame Jaouen?«

»Ich habe es in der Hand gehabt. Ich habe es gesehen. Und vor allem habe ich es gespürt.«

»Sie waren in Daniel Destocs Haus, als das Kreuz bereits dalag?«

»Habe ich Ihnen erzählt, was den neun Druidinnen passiert ist, die einst länger als tausend Jahre über die Insel herrschten? Ihr grausames Schicksal? Nein, habe ich nicht.«

»Kommen Sie gerade von Daniel Destocs Haus, Madame Jaouen?« Genau so würde es sein. »Woher wissen Sie, dass dort ein Kreuz liegt?«

»Er hat sie erbarmungslos verfolgt. Und ewigen Qualen ausgesetzt. Wie Prometheus!«

»Was meinen Sie, Madame Jaouen?«

Dupin gab sich Mühe, den wüsten Gedankensprüngen zu folgen.

Riwal schien immer noch paralysiert, Dupin erinnerte sich nicht, seinen Inspektor je so erlebt zu haben.

»Saint Paul, eigentlich Pol Aurélien, einer der vermaledeiten Sieben – die sieben Mönche, die im fünften und sechsten Jahrhundert von der großen Insel in die Bretagne kamen, um zu missionieren, wie sie es nannten. In Wirklichkeit kam Pol, um die keltische Kultur und das keltische Wissen zu vernichten.«

Ihre Augen blitzten. »Noch fanatischer war er, wenn es um Frauen ging, wie hier bei uns auf Ouessant. Pol ging nicht weit von *Stiff* an Land, auf der Pointe d'Arlan, wo Jolla und die anderen acht Druidinnen lebten. Der uralte Steinkreis, ein Zentrum des keltischen Universums. – Pol rammte ein Kreuz in den heiligen Boden, eine brutale Okkupation. Das Kreuz steht dort heute noch. Anschließend machte er sich auf, die neun Druidinnen zu bekämpfen. Der Kodex der Druidinnen ist streng, damals wie heute. Sie dürfen ihren Zauber nur zum Wohle anderer einsetzen.« Bedauern lag in ihrem Ton. »Sie dürfen keiner Fliege etwas zuleide tun. Also flohen sie. Vom äußersten Osten in den äußersten Westen der Insel, zur Pointe de Pern. Dort versteckten sie sich. Wo heute die Ruine des *Hauses der sieben Winde* steht.«

Dupin war eigentlich ganz und gar nicht in der Stimmung für bretonische Legenden, er wollte zu Destocs Haus und hätte die alte Dame schon längst unterbrochen, wenn er nicht eine seltsame Scheu verspürt hätte. Hinzu kam, dass er noch nicht den blassesten Schimmer hatte, worum es in diesem Fall ging – und ob sich in den wundersamen Geschichten am Ende vielleicht gar ein Hinweis verbarg. Es wäre nicht das erste Mal gewesen.

»Doch der Mönch jagte sie erbarmungslos. Schließlich fand er sie, in die Enge getrieben. Die Druidinnen beschlossen, von der Insel zu fliehen und dafür ein einziges Mal den Kodex zu brechen. Sie stiegen wie Vögel in die Lüfte. Doch Pol entdeckte sie und verwandelte sie in das, was niemals würde fliegen können: in massiven Stein. Er bannte sie zu Figuren mit bizarren Silhouetten, alle neun. Aber das reichte ihm nicht. Er dachte sich eine weitere Grausamkeit aus: Ihre Seele und ihr Herz sollten auf ewig lebendig bleiben, gefangen im Stein, ein endloses Martyrium.«

Sie brach ab, ließ ein paar Atemzüge verstreichen.

»Eineinhalb Jahrtausende währt der Fluch bereits. Man sieht

die neun Steine schon von Weitem, direkt an der Wasserlinie. Wer sie bei Vollmond berührt, fühlt ihre Herzen klopfen, wer sein Ohr an sie legt, hört den Herzschlag.«

»Schrecklich«, hörte Dupin sich sagen.

Riwal stand immer noch regungslos da.

»Wissen Sie, was mit den Neun verloren ging?«

Sybil Jaouens Stimme veränderte sich.

»Alles ging verloren, alles. – Die Essenz des druidischen Wissens. Das Wissen um die Menschen, die Tiere, die Dinge, die Natur, die Erde, die Sonne, den Mond. – Das Wissen um den Kosmos. Dass alles eins ist. *Sie* wussten es. Wie alles miteinander verbunden ist, die heutige Wissenschaft arbeitet sich mühsam wieder dahin. Das Wissen lebte nur in ihnen, nichts davon ist aufgeschrieben worden. Das Geschriebene ist das Tote, das Abgestorbene. Das Wissen selbst muss leben, erzählt werden, immer weitererzählt werden. Stets neuen Ausdruck finden. In allen Gestalten des Erzählens – aber vor allem in der Musik.«

Sie musterte Dupin.

»Jetzt verstehen Sie auch, warum Ouessant die Insel der Musik wurde.«

»Verstehen« war das falsche Wort.

»Die Druidinnen waren die Hüterinnen der ewigen Musik. An ihnen war es, die heiligen Instrumente zu hüten, mit denen die Musik ihren Anfang genommen hatte. Deren Melodien und Klänge die ersten und letzten Geheimnisse offenbaren. Die mythische goldene Harfe und die Urteilchen des Klangs, wie sie heißen. Deren Zusammenspiel das Universum immer wieder neu erschafft, unentwegt.«

Sie setzte ab. Eine Weile herrschte eine sonderbare Stille. Riwal stand weiterhin wie versteinert.

»Wir müssen weiter, Madame Jaouen«, Dupin fiel nichts anderes ein. Und es war die Wahrheit. »Die Bürgermeisterin wartet auf uns.«

»Ich weiß. – Sie haben sie ganz schön warten lassen.«

Dupin seufzte tief. Madame Jaouen war unglaublich.

»Deswegen fahren wir jetzt.« Dupin schwang sich auf den Sattel.

»Inspektor, kommen Sie?« Dupin sprach Riwal direkt und mit lauter Stimme an. Er fing an, sich Sorgen zu machen. »Riwal?«

Immerhin, er nickte.

»Wo ist das Buch?«

Sybil Jaouen fixierte Dupin.

»Welches Buch?«

»*L'essence.*«

Die Fibel der fantastischen Wesen.

»Sie brauchen es zum Überleben«, sagte sie ganz ernst.

»Das Buch ist im Hotel.«

Dupin fühlte sich wie ein Schuljunge.

»Da hilft es Ihnen nicht, aber gut. – Achten Sie zumindest auf Béligou! Ich habe ihn heute Morgen ein paarmal gesehen. Der einäugige schwarze Vogel. Ein einziges Auge in der Mitte, ein fliegender Zyklop.«

Auf Ouessant schien es alles zu geben, was sich eine grenzenlose dunkle Fantasie ausdenken konnte.

»Lassen Sie ihn auf keinen Fall in Ihre Nähe kommen, verscheuchen Sie ihn mit allen Mitteln.« Ihre Augen glühten jetzt förmlich. »Wer immer von seinem Gefieder berührt wird, ist verloren.«

»Ich bin vorsichtig, Madame, seien Sie unbesorgt.«

Dupin reichte es. Nähme er die Geschichten ernst, käme er zu nichts anderem mehr, als permanent ängstlich Ausschau zu halten. Alles Mögliche und vor allem Unmögliche könnte jederzeit über ihn herfallen.

»Und den *Sgrouig?* Bahous unerträglichen Schrei, haben Sie ihn gehört?«

Der Schrei hatte einen eigenen Namen?

»Gestern Nacht gellte er über die ganze Insel.«

»Ich habe geschlafen, Madame«, log Dupin.
»Wie ich Ihnen sagte: Halten Sie sich an die hellen Kräfte, das Licht. An Jolla. Und die *Morganezed*. – Heute ist Vollmondnacht.«
»Das werde ich, Madame. Ich halte mich ans Licht.«
Dupin schwor, das war der seltsamste Satz, den er in seinem ganzen Leben gesprochen hatte.
»Und verlieben Sie sich nicht!«
Ihr Tonfall war unverhohlen rabiat.
Dupin trat in die Pedale.
Riwal folgte, er wirkte wie ferngesteuert.

»Hier wohnte er?«
Dupin meinte weniger das Haus – es war ein schlichtes, aber freundliches kleines Steinhaus – als die atemberaubende Lage. Eine spektakuläre Felsenwelt.
Daniel Destocs Haus stand nur ein paar Schritte vom Abgrund entfernt, Riwal und Dupin hatten sich bis zum Rand gewagt. Zwar erhob sich die Insel hier im Norden nicht so hoch wie im Osten, fiel aber ebenso steil zum Meer ab. Und aus diesem ragte genau gegenüber eine andere Insel hervor.
»Das ist die legendäre Île de Keller, Chef.«
Es waren Riwals erste Worte seit ihrer Begegnung mit Sybil Jaouen. Er schien wieder bei sich, zumindest halbwegs.
»Gibt es um Ouessant herum noch mehr Inseln?«
»Keller ist die einzige größere. Darüber hinaus gibt es natürlich zahllose kleine Felseninseln.«
Wie überall an der heftig zerklüfteten bretonischen Küste.
Ungefähr zweihundert Meter lagen zwischen Ouessant und seiner Nachbarinsel, die ein wenig höher aufragte als das Plateau, auf dem Destocs Haus stand. Dupin schätzte ihre Ausdehnung auf ungefähr einen Kilometer. Ihre Steilküste zeigte

die typischen Grauschichten des bretonischen Granits. Die Kuppe der Insel war merkwürdig eben und leuchtete in einem intensiven Grün. Darüber der endlose blaue Himmel. Ziemlich genau auf der Mitte der Insel erhob sich ein Haus, genauer gesagt: mehrere ineinander verschachtelte Häuser, höher gebaut als die auf Ouessant. Die bei der klaren Sicht heute gut erkennbaren Fensterläden waren geschlossen. Eine Steinmauer umgab den Komplex wie eine Festung und ließ die Insel abweisend wirken, schroffer noch als Ouessant. Irgendwie unheimlich.

»Hier bekommen Sie einen guten Eindruck von der Urgewalt der Strömungen, Chef.«

Riwal deutete auf die Meerespassage zu ihren Füßen.

»Sie sind bis zu zwanzig Stundenkilometer schnell.«

Dupin hatte die Zahl schon gehört, aber sie war abstrakt gewesen – jetzt war sie überwältigend konkret. Dupin hatte so etwas noch nie gesehen. Nicht annähernd. Zwischen den Inseln Ouessant und Keller schoss, es ließ sich nicht anders sagen, ein wilder Fluss hindurch. Von Westen nach Osten. Dupin sah Stromschnellen, heftige Verwirbelungen, Gischtkronen. Es war ein mächtiger, rasanter Strom in einem dunkel schimmernden Königsblau, ein Ton, den das Meer mittlerweile in jeder Himmelsrichtung angenommen hatte. Jetzt erst bemerkte Dupin, wie laut es hier zuging, wie an einem Gebirgsfluss.

»Wohnt da drüben jemand?« Dupin zeigte auf die eigentümlich verschachtelte Häuserburg gegenüber.

»Schon seit ein paar Jahrzehnten nicht mehr. Zu mühsam, zu gefährlich. Die Häuser sind dem Verfall preisgegeben. Irgendwann werden sie nur noch rätselhafte Ruinen sein.«

»Wie sind die Menschen damals auf die Insel gekommen?«

Riwal zeigte nach rechts, zu einer kleinen Bucht.

»Die Bucht dort liegt relativ geschützt, da haben sie die Boote festgemacht, es gibt eine Betonrampe.«

Auch jetzt waren hinter einem Felsvorsprung ein paar kleine Motorboote zu sehen, die an Bojen hin und her zappelten.

»Auf der Rückseite der Insel gibt es eine ähnliche winzige Bucht«, fuhr Riwal fort. »Heute fahren manchmal verwegene Angler zur Insel, aber nur Ansässige, die sich auskennen. In der Passage hier leben kolossale Barsche und Dorsche. Manchmal kommen auch Ornithologen, auf der Île de Keller nisten massenhaft Papageientaucher. Die Insel ist ein Vogelparadies. Wenn der Riesenalk tatsächlich nicht ausgestorben sein sollte – hier hätte er ein ideales Refugium.«

Nicht noch einmal der Riesenalk. Riwal spielte auf einen verworrenen Fall an, der sich vor zwei Jahren in Aber Wrac'h abgespielt hatte. Da war es unter anderem um Vögel und Vogelliebhaber gegangen.

Dupin beobachtete den wilden Strom, Wellen schlugen ineinander, grelle Gischt sprühte empor. Und immer wieder sah es so aus, als würde sich etwas aus dem Wasser erheben. Noch wundersamer aber war, dass er das sphärische Klingen wieder hörte – oder war es gar nicht weg gewesen? Es vermischte sich mit dem Meeresrauschen.

»Wonach suchen Sie, Chef?« Riwal hatte ihn ertappt. »Meerjungfrauen – die *Morganezed?*«

Es klang nicht nach einem Witz.

»Sie haben gesagt, dass die Orcas hier unterwegs sind, oder?« Ein durchsichtiges Manöver, aber etwas Besseres war Dupin nicht eingefallen.

»So nah an die Küste kommt die Gruppe vermutlich nicht. – Aber was Sie in den Gewässern um die Insel herum überall sehen könnten, sind Robben. Und natürlich Delfine. – Was meinen Sie, wie viele von ihnen schon für Meerjungfrauen gehalten wurden.«

»Na endlich! Sie haben sich ordentlich Zeit gelassen.«

Die Bürgermeisterin kam energischen Schrittes auf sie zu. Dupin und Riwal hatten gar nicht bemerkt, dass sich die Haustür geöffnet hatte und Alana Rigo herausgetreten war, kein Wunder bei dem Meereslärmen.

»Es ist fast vierzig Minuten her, dass Sie von der *Duchesse* losgefahren sind!«

»Wir sind Madame Jaouen begegnet.« Dupin trat mit nicht weniger energischem Schritt auf sie zu. »Haben Sie sie ins Haus gelassen? Hat sie das Kreuz angefasst?«

Jegliche Spuren wären verwischt worden. Es war ungeheuerlich.

»Das hätte ich selbstverständlich nicht zugelassen, was denken Sie denn? – Sybil hat es sich nur angesehen.«

»Sie sagte, sie habe es in der Hand gehabt.«

»Ich war dabei, die ganze Zeit. Sie hat es nicht berührt.«

Dupin stürmte ins Haus.

»Madame Jaouen hat ausdrücklich gesagt, sie habe es in der Hand gehabt«, bekräftigte Riwal.

»Sie hat es sicher anders gemeint.«

Dupin ärgerte sich unglaublich über sich selbst. Er hätte sofort herkommen und erst danach die fünf Musikerinnen treffen sollen. Und er hätte die Bürgermeisterin präziser instruieren müssen. Diese Insel machte einen ganz konfus.

»Wo ist das Schlafzimmer?«

»Oben.«

Die Bürgermeisterin deutete auf eine schmale Holztreppe.

Dupin warf rasch einen Blick in den unteren Raum. Küche, Wohnzimmer, Esszimmer in einem, hinter der kleinen Tür neben der Treppe war eine winzige Toilette.

»Das Haus eines Mordopfers gilt prinzipiell als Sperrzone, so lange, bis wir es ausdrücklich wieder freigeben, Madame le Maire«, stellte Riwal klar. »Niemand hat Zutritt – nur die Polizei und die Spurensicherung. Das müssten Sie doch eigentlich wissen.«

»Unter Umständen vermag Sybil Jaouen einen Beitrag zur Aufklärung des Geschehens zu leisten, ich jedenfalls halte es nicht für ausgeschlossen. Mit Sicherheit ist sie die Weiseste von uns. Es wäre dumm, sie nicht hinzuzuziehen.«

Die Bürgermeisterin ließ sich von Riwal nicht einschüchtern. Für gewöhnlich hätte dieser es genauso gesehen, aber er hielt dennoch dagegen:

»Ich denke, wir wissen am besten, wen wir zu unseren Ermittlungen hinzuziehen sollten und wen nicht, Madame.«

Der Raum war einfach eingerichtet. Ein viel zu großer Tisch für die drei Stühle, die um ihn herumstanden, drei unterschiedliche zudem. Eine rote Kommode. Auf dem Tisch alles mögliche Zeug, auch Papiere, ein halbes Dutzend Kaffeetassen. Im Raum verteilt standen noch mehr davon, Daniel Destoc hatte anscheinend ein ganzes Arsenal davon besessen. Sympathisch eigentlich. Auf der kleinen, völlig zugestellten Arbeitsplatte neben dem Herd stand eine ungewöhnlich große Kaffeemaschine. Ein dunkelblaues Sofa, das reichlich abgenutzt aussah – wie alles in diesem Raum –, mit zwei knallroten Kissen. Der Boden aus dunkelroten Steinfliesen schluckte das Licht, das durch die wenigen kleinen Fenster fiel.

Nichts schien ungewöhnlich oder verdächtig.

Dupin ging zur Treppe.

Die Bürgermeisterin und Riwal folgten schweigend.

Oben angekommen, führte eine Tür nach rechts, eine nach links, beide standen weit offen. Dort das Schlafzimmer, hier das Bad, beide Räume mit Schräge. Dupin trat ins Schlafzimmer. Zwei kleine Dachfenster, auf dem Boden breite Holzbohlen. Ein Doppelbett, das dicke Plumeau unordentlich zur Seite geworfen, es sah aus, als hätte Daniel Destoc das Bett gerade verlassen. Das Kopfkissen war aufgeschüttelt worden. Und genau in der Mitte lag das Kreuz.

Weiß, aber viel dünner, als Dupin gedacht hatte, es wirkte geradezu fragil. Ungefähr zehn Zentimeter lang, schätzte er, fünf Zentimeter breit. Es war abgerundet, als hätte man das Wachs mit den Händen gerollt, so wie man Teig rollte.

»Verdammt«, entfuhr es Dupin.

Es war bizarr. Was sollte das alles?

»Dem Kreuz ist meines Erachtens nicht anzusehen, wie alt es ist«, kommentierte Riwal trocken. Er stand Schulter an Schulter mit Dupin, beide ein Stück nach vorne gebeugt. Die Bürgermeisterin auf der anderen Seite des Bettes.

»Frisch sieht das Wachs sicher nicht aus«, hielt sie fest. »Das wurde nicht erst in den letzten Tagen hergestellt, da bin ich mir sicher.«

Dupin sah es ebenfalls.

»Die Spurensicherung wird es uns genauer sagen.«

Dupin würde es bei diesem Satz belassen.

»Sybil jedenfalls sagt, es sei ein altes Kreuz.«

»Woher will sie das wissen?«, fragte Riwal grimmig.

»Sie weiß es.«

»Wie gesagt«, Dupin blieb sachlich, »die Forensik wird uns eine Antwort geben.«

Der Kommissar wandte sich ab. Er wollte sich weiter umsehen. Was ihn daran erinnerte, dass er auch Lionel Saux' Haus noch einmal ausführlich in Augenschein nehmen sollte. Gestern hatte er nur einen oberflächlichen Blick in die Räume geworfen. Aber da war es auch noch kein richtiger Fall gewesen.

»Sie haben nicht zufällig irgendwo ein Handy liegen sehen, Madame le Maire?«

»Das von Daniel?«

»Ja.«

»Nein.«

Dupin hatte weder unten noch hier oben eines entdeckt. Vermutlich war es wirklich im Meer verloren gegangen.

»Ich muss ein paar Anrufe machen«, erklärte Riwal mechanisch und stieg die Treppe hinunter. »Auch wegen der Verbindungsnachweise.«

»Ich ebenfalls«, folgte ihm die Bürgermeisterin auf dem Fuß.

Dupin blieb allein zurück. Ihm war es recht.

In der Ecke neben dem Bett stand ein schmaler Kleiderschrank, in der anderen zwei alte Holzstühle, auf denen sich Berge von Kleidungsstücken stapelten.

Dupin öffnete den Kleiderschrank. Auch er quoll über.

Dann trat er vor eines der beiden Dachfenster. Man schaute unmittelbar auf die surreale vorgelagerte Insel.

Auf der anderen Seite des Raums stand ein dicker schwarzer Ledersessel. Daneben eine Stehlampe. Ein paar Zeitungen, *Ouest-France* vom Samstag letzter Woche. Vier Bücher bildeten einen bescheidenen Stapel.

Auch im Bad war nichts Auffälliges zu erkennen.

Dupin stieg nun ebenfalls die Treppe hinunter, er war vorsichtig, sie war steil.

Unten waren weder Riwal noch die Bürgermeisterin zu sehen, die Tür stand sperrangelweit offen. Er konnte draußen die Hinterräder ihrer E-Bikes sehen, die sie neben der Tür abgestellt hatten.

Oben waren die Wände leer gewesen, hier unten hingen Poster mit Fotos aufgemotzter amerikanischer Pick-ups in schwarzen Lackrahmen. Das mächtige impressionistisch anmutende Ölgemälde an der Natursteinwand über dem Sofa wirkte deplatziert: eine wüste bretonische Meereslandschaft, wahrscheinlich Ouessant.

Dupin begab sich zum Tisch und dem Sammelsurium darauf.

Plötzlich kam Alana Rigo durch die Tür gestürzt:

»Die beiden haben letzte Woche abends in der *Duchesse* zusammen Bier getrunken. Am Donnerstag war das. Sie sind an dem Abend als Letzte gegangen, es waren anscheinend nicht wenige Biere.«

»Wer?«

»Na, Daniel und Lionel. Die Besitzerin hat mich gerade angerufen.«

Das war wirklich interessant. Die beiden Opfer hatten sich wenige Tage vor ihrer mutmaßlichen Ermordung getroffen.

»War sie selbst an dem Abend auch da? Hat sie die Männer gesehen?«

»Ja.«

»Waren sie allein da?«

»Nur die zwei, ja.«

»Hat sie hören können, worüber die beiden gesprochen haben?«

»Nein. Sie hatte zu tun.«

»Und es hat auch niemand anderes etwas davon mitbekommen? Eine Bedienung?«

»Corinne hält es für unwahrscheinlich. – Sie sagt, es hat sich die ganze Zeit niemand zu ihnen gesellt.«

»Mist!«

Natürlich war es möglich, dass es in dem Gespräch um genau die Sache gegangen war, die zu den mutmaßlichen Morden geführt hatte. Aber die Einzigen, die dieses Rätsel lösen könnten, waren tot.

»So wie es aussieht, werden wir nie erfahren, worüber sie gesprochen haben«, resümierte die Bürgermeisterin das Offensichtliche.

Dupin lief schweigend auf und ab.

Es half alles nichts, sie konnten überhaupt nichts daran ändern.

»Ihr Inspektor hat gesagt, dass Unterstützung unterwegs ist.«

»So ist es, Madame le Maire.«

»Ich wäre froh, wenn Sie mich über solche Entwicklungen informieren würden, Monsieur le Commissaire. – Ich weiß gerne, was auf meiner Insel geschieht.«

Dupin nickte.

»Natürlich«, sagte er. Er konnte sie verstehen.

»Was ist mit dem Festival, Madame Rigo? Es kann unmöglich stattfinden.«

»Natürlich nicht. Ich habe die Absage bereits angewiesen.

Das Problem ist nur: Das Boot mit den ersten Bands und Festivalbesuchern, auf dem sich auch ein paar Inselbewohner befanden, war bereits angekommen. Das heißt, ein Teil ist nun auf der Insel.«

»Wir haben sie gesehen.«

»Immerhin haben wir das zweite Boot annullieren können. Eine Sonderfahrt mit noch mehr Bands und Gästen. Sie feiern jetzt auf dem Hafengelände in Le Conquet.«

Vom Feiern ließen sich Bretonen durch nichts und niemandem abhalten, wusste Dupin, eine ernstere Angelegenheit als ein *Fest Noz* gab es fast nicht.

»Was machen Sie mit denen, die schon da sind?«, fragte er.

»Sie werden auf dem Campingplatz in Lampaul übernachten. Morgen früh schicken wir sie mit dem Boot zurück. Zum Grund der Absage haben wir noch nichts Offizielles kommuniziert, aber natürlich wird sich auch bei ihnen schnell herumsprechen, was passiert ist.«

»Machen Sie sich Sorgen wegen der Reaktionen?«

»Dieses Publikum neigt nicht zur Panik. Ich denke eher, sie werden selbst ein Festival organisieren.«

»Was meinen Sie?«

»Na, dass sie heute Abend spontane Sessions abhalten. – Das Beste wäre, Sie hätten den Fall bis heute Abend aufgeklärt, Monsieur le Commissaire. – Was mir allerdings nicht sehr realistisch erscheint.«

Die Bürgermeisterin blickte streng, Dupin würde nicht darauf eingehen.

»War Daniel Destoc am Mittwoch eigentlich noch bei der Arbeit? Ich meine, auf dem Schrottplatz?«

»Das habe ich auch schon versucht herauszufinden. Am Dienstag gegen Mittag auf jeden Fall, da war Sophie Chave auf dem Schrottplatz. Ihre Hotelwirtin, Monsieur le Commissaire. Sie hat einen alten Backofen entsorgt. Ob er auch am Mittwoch da war, konnte ich noch nicht in Erfahrung bringen.«

Die Hilfe der Bürgermeisterin war effektiv, musste Dupin zugeben. Was die Stunden und Tage vor dem Tod der beiden Männer betraf, fehlten sämtliche Anhaltspunkte. Sie ließen sich im Moment nicht einmal ansatzweise rekonstruieren.

»Sagen Sie sofort Bescheid, wenn Sie etwas hören.«

Weitere Informationen könnten auch dabei helfen, den Todeszeitpunkt der Männer einzugrenzen.

Dupin konzentrierte sich erneut auf den Tisch. Dutzende Zeitungen, mehrere Keksschachteln, Schraubenzieher, eine Schachtel mit großen Schrauben, ein kleiner Bücherstapel, ein halbes Dutzend Kaffeepackungen – Kaffee schien in Daniel Destocs Leben eine größere Rolle gespielt zu haben –, eine Sechserpackung Küchenrollen, eine Flasche Spülmittel. Offensichtlich war er nach dem Einkaufen nicht zum Einräumen gekommen.

Dupin beugte sich zur Seite, um die Titel der gestapelten Bücher zu lesen.

Er hielt inne. Das war interessant.

Am Herd hing ein Ofenhandschuh. Dupin streifte ihn über und nahm das oberste Buch.

»*Ziegen halten heute*«, las er vor und legte es neben den Stapel. Dann griff er nach dem zweiten. »Und noch eines zu demselben Thema: *Das ABC der Ziegenhaltung.*«

Er drehte sich zu Madame Rigo.

»Wussten Sie, dass Monsieur Destoc sich für Ziegenhaltung interessiert hat?«

»Das wäre mir neu.«

»Lionel Saux hat es getan, wie wir wissen.«

»In einer, sagen wir, größenwahnsinnigen Weise.«

Dupin blätterte in dem Buch.

»Man kauft sich ja nicht ohne Grund Bücher zur Ziegenzucht.«

Dupin sprach mehr zu sich selbst als zu Alana Rigo.

»Daniel und Viehzucht – das ist lächerlich.«

»Vielleicht wollte er bei Monsieur Saux miteinsteigen? Vielleicht wollten sie das Projekt zusammen aufziehen? – Ich vermute, Sie wissen, dass Enora Gaëc ganz und gar nicht begeistert war von der Idee und dies Lionel Saux unverblümt mitgeteilt hat.«

»Sie glauben doch nicht, dass Enora Lionel oder gar beide Männer aus Angst vor Konkurrenz umgebracht hat? Das ist vollkommen grotesk.«

Dupins Gedanken dazu waren noch ganz vage, natürlich klang die Spekulation im Moment abstrus.

»Lionel war ein Träumer. Alles immer ganz groß, damit brachte er sich stets selbst zu Fall.«

Sie blickte Dupin direkt in die Augen.

»Ihr Termin eben, Madame – war das die öffentliche Fütterung der neuen Rinder?«

Aus irgendeinem Grund interessierte es Dupin.

»Es ist unverzeihlich, dass ich fehlen musste.«

»Sie fördern die Entwicklung der Landwirtschaft mit besonderem Nachdruck, habe ich gehört.«

Dupin blätterte beim Sprechen erneut in dem *ABC der Ziegenhaltung*.

»Unbedingt. Heute brauchen wir sie mehr denn je. Es geht um Unabhängigkeit und Wirtschaft, ja, aber genauso um die Attraktivität der Insel für Jüngere. Und es funktioniert: Alle Betriebe, die in den letzten Jahren neu gegründet wurden, werden von unter Vierzigjährigen geführt. Die meisten sind vom Festland gekommen. So entstehen ganz neue wirtschaftliche Impulse. Nehmen Sie nur einmal das neue Hotel, da, wo Sie wohnen. Sophie verwendet fast nur Erzeugnisse der Insel. Kartoffeln, Gemüse, Käse, Joghurt, Konfitüren. Sie sind besser, frischer und auch billiger als die vom Festland importierten. Solche Hoteliers gäbe es hier sonst gar nicht. Oder nehmen Sie das neue Restaurant *Y'a Skiff.* Sie machen es wie Sophie: fast nur Inselerzeugnisse.«

»War das denn auf der Insel bekannt – dass Lionel Saux in die Viehzucht einsteigen wollte?«

»War es. – Aber richtig ernst genommen hat das eigentlich niemand. – Vor allem nicht die anderen Landwirtinnen und Landwirte.«

Es klang unbeabsichtigt grausam.

»Sie wissen also von keinen weiteren Konflikten, die mit seinen Plänen zu tun hatten?«

»Nein.«

»Hätte Lionel Saux Fördergelder bei der Gemeinde beantragen können?«

»Wahrscheinlich schon. – Darauf hatte er mich bereits angesprochen. Und großspurig einen Businessplan angekündigt. Der dann nie kam.«

»Wie groß sind die landwirtschaftlichen Kapazitäten der Insel? Ich meine, wie viel Landwirtschaft gibt der Boden der Insel her?«

Dupin dachte an die neuen Mitbewohner der Insel, die Herde Jersey-Kühe, der sie eben begegnet waren.

»Da bin ich wieder.« Riwal erschien in der Tür.

»Insgesamt gibt es noch Luft nach oben.« Die Bürgermeisterin ignorierte Riwal. »Im Museum am *Créac'h*-Leuchtturm ist die Liste einer landwirtschaftlichen Inventur aus dem neunzehnten Jahrhundert zu sehen. Jede Familie hielt eigene Tiere, insgesamt 194 Pferde, fünf Bullen, 669 Kühe und Färsen sowie siebenhundert Schweine, 1713 Schafböcke, 4190 Mutterschafe und Lämmer.«

Unfassbar, was die Bürgermeisterin auswendig wusste; sie hatte die Zahlen wie bei einer mündlichen Prüfung in der Schule runtergerattert.

»Und jede Familie, genauer gesagt jede ouessantinische Frau, baute Gemüse an. Über Generationen. Kartoffeln, Bohnen, Erbsen, Kohl und Getreide, hauptsächlich Gerste und Weizen, Gartengemüse sowieso. 781 Hektar gab es an reinem Ackerland. –

Schätzen Sie mal, wie viel Prozent des Inselbodens damals für die Landwirtschaft genutzt wurden?«

Eine rhetorische Frage.

»Zweiundfünfzig Prozent der Insel. – Heute sind es nur noch 0,5 Prozent. Natürlich kommen wir nie wieder auf die zweiundfünfzig, der Großteil der Inselnatur steht mittlerweile unter Schutz, aber doch vielleicht auf über zehn Prozent. Das meine ich mit Luft nach oben.«

»Aber nicht genug Luft für Lionel Saux' Pläne? Wie kann das sein?«

»Sie müssen unterscheiden. – Für die Viehwirtschaft wird viel mehr Fläche benötigt. Und was die Käseproduktion anbelangt, sind wir auf dem Inselmarkt gut versorgt, aber das war gar nicht Enoras Punkt. Sondern dass die Insel – sowohl die absolute als auch die nutzbare Fläche – einfach zu klein ist, um die notwendigen Mengen für einen nationalen Markt produzieren zu können. Ganz anders zum Beispiel als bei den Algen, da könnten wir sogar den Weltmarkt bedienen. Auch die Algenwirtschaft war auf der Insel zum Erliegen gekommen und lebt jetzt wieder auf.«

»Ja?«

Noch interessierte Dupin sich für alles.

»Die Insel liegt im größten Algenfeld Europas, es gibt hier über achthundert Algenarten. Ein gigantisches Potenzial. Eine Gruppe junger Leute hat mit der Kreation von Seifen und Cremes auf der Basis von Algen begonnen. Absolute Wunderprodukte! *NividiSkin.* Die Essenz des Meeres. Schon jetzt werden sie in über vierhundert Apotheken überall in der Bretagne vertrieben.«

Die stolze Bürgermeisterin musterte Dupin.

»Sie sind verheiratet, habe ich gehört.«

Dupin fragte sich, woher sie das wusste.

»Wenn Sie Ihrer Frau eine Freude machen wollen, schenken Sie ihr den *baume tempête* mit Eusaphylane. Den Sturmbalsam. Man spürt förmlich, wie er die Haut beruhigt und regeneriert. Verjüngt!«

Wenn man das Gesicht der Bürgermeisterin sah, glaubte man ihr jedes Wort.

»*NividiSkin* forscht nicht im Labor, sondern in Gummistiefeln direkt am Strand, wie wir hier sagen.«

Der penetrante Ton von Dupins Handy ging los.

Eine Nummer aus Brest. Dupin nahm an.

»Ja?«

»Docteur Arlette Chabou hier.«

Die Gerichtsmedizinerin in Brest. Die einen äußerst kompetenten Eindruck gemacht hatte. Dupin hatte sich schon gestern alle Mühe gegeben, seine heftigen Vorurteile gegenüber diesem speziellen Berufsstand zu zügeln, was ihm, zumindest in seiner Wahrnehmung, einigermaßen gut gelungen war.

»Ich bin so weit durch mit der Obduktion des zweiten Toten.«

»Und?«

Dupin war nach draußen gegangen.

»Ertrunken. Wie der erste. – Eine andere Todesursache schließe ich aus.«

»Keine prämortalen Verletzungen? Keine Hinweise auf einen Kampf? Oder auf einen Sturz?«

»Nein. – Leichte Prellungen am Brustkorb. Vermutlich vom Aufprall auf das Wasser. Aus einer Höhe wie an der Steilküste in Ouessant wirkt Wasser wie Beton. – Höchstwahrscheinlich hat er, wie Lionel Saux, bei dem Aufprall das Bewusstsein verloren.«

Ein sachlicher Tonfall.

»Dazu all die Wellen und brutalen Strömungen um Ouessant herum. Und das Wasser um die Insel herum ist sehr kalt.«

»Und der Todeszeitpunkt? Können Sie ihn schon genauer bestimmen?«

»Vermutlich zwischen Dienstag, einundzwanzig Uhr, und

Mittwoch, neun Uhr. Bei Destoc ist es etwas schwerer einzuschätzen als bei Saux.«

Dupin schwieg.

»Das war's, Monsieur le Commissaire. Mehr hab ich im Moment nicht. – Ich mache jetzt noch ein paar Bluttests und Gewebeproben. Überprüfe, ob ich irgendeine Substanz finde, die da nicht hingehört. Aber darauf gibt es bisher keinerlei Hinweise. Ich würde mich melden. Sonst nicht.«

»Und das Kreuz?«, beeilte sich Dupin. »Gibt es da etwas Neues?«

»Nein. Wir haben uns erst einmal ganz auf die beiden Toten konzentriert.«

»Ich danke Ihnen, Docteur Chabou.«

Schon hatte sie aufgelegt.

Dupin begab sich zurück ins Haus.

Die Bürgermeisterin und Riwal sahen ihn neugierig an. Dupin ignorierte es.

»Also, wo waren wir? Ach ja, hat Lionel Saux je die Absicht geäußert, ins Algengeschäft einzusteigen?«

»Nein. Wie kommen Sie darauf?«

Alana Rigo sah den Kommissar verwundert an. Eine gute Frage. Dupin wusste es selbst nicht mehr.

»Aber gerade ist mir noch eine Sache eingefallen, von der Lionel gesprochen hat. Er wollte durch Rückkreuzungen die ursprünglichen Schaf- und Ziegenarten der Insel wieder aufleben lassen. Vor allem die ganz alte Rasse der Ouessantschafe. Sie haben die Insel einst weltweit berühmt gemacht.«

»Die kleinste Schafrasse der Welt, Chef.«

Ein Riwal-Thema, natürlich.

»Um 1900 gab es davon Massen auf der Insel«, fuhr er fort. »Eine autochthone Art, genau wie die Ziegen und Pferde, die sich in der Isolation der Insel über Jahrhunderte entwickelt haben. Die Schafe waren pechschwarz und gaben eine außergewöhnliche Wolle.« Sein Gesichtsausdruck veränderte sich.

»Und sie schmeckten überaus köstlich. – Als die Insel im 20. Jahrhundert mehr Verbindungen zur Außenwelt knüpfte, begann man, sie auf dem Festland zu verkaufen und dabei irre Preise zu erzielen. Die Chefköche in Paris waren verrückt nach ihnen. Also starben sie fast aus. – Mit den Ziegen war es ähnlich. Auch sie waren übrigens winzig. Die Pferde hießen sogar so: *Arabes miniatures.*«

»Auf Ouessant muss alles klein bleiben, möglichst flach«, bestätigte die Bürgermeisterin schulterzuckend. »Um den Stürmen möglichst wenig Angriffsfläche zu bieten. – Nur so hat man hier eine Chance gegenüber den Elementen.«

Kritisch beäugte sie Dupin.

»Ihre Überlebenschancen jedenfalls wären hier auf Dauer eher gering. Sie sind zu groß.«

Riwal blieb ernst: »Wäre eine Neuzucht der alten Schaf- und Ziegenarten denn realistisch?«

Dupin griff nach dem Buch *Ziegen halten heute.*

»Eine ausgestorbene Art kann man nicht wieder auferstehen lassen«, sagte Alana Rigo. »Aber man kann mitunter ziemlich nahe herankommen. Wozu es allerdings höchst erfahrene Experten braucht«, die Bürgermeisterin deutete auf das Buch in Dupins Händen. »Da reicht eine Einsteigeranleitung ganz sicher nicht. – Auch das war eine typisch größenwahnsinnige Lionel-Idee.«

»Hat er mit irgendetwas Konkretem begonnen? Sich um Land gekümmert? Um eine Infrastruktur?«

»Nein«, antwortete die Bürgermeisterin. »Zumindest wüsste auf der Insel dann niemand davon. Wir sind davon ausgegangen, dass er nach Enoras Intervention von dem Vorhaben abgelassen hat. Aber ausdrücklich hat er auch das niemandem so gesagt.«

»Vielleicht ging es bei dem Treffen mit Daniel Destoc letzte Woche um genau dieses Thema? Es muss ja einen Grund dafür geben, dass Monsieur Destoc sich diese beiden Bücher besorgt hat.« Riwal neigte den Kopf.

Es war höchst spekulativ. Wie alles zurzeit höchst spekulativ war. Vor allem: Selbst wenn es in diesem Fall um Lionel Saux' landwirtschaftliche Ambitionen gehen würde – wie müsste die Sache sich entwickelt haben, dass am Ende zwei Morde standen?

»Wo liegen Enora Gaëcs Felder und Weiden?«, fragte Dupin.

»Im Südosten. Sie besitzt ziemlich viel Land. Ihre Familie ist wohlhabend – für Inselverhältnisse. Ihr gehören auch ein paar Häuser.«

»Das heißt, ihre Felder liegen nicht weit vom Penn-Arlan-Vorsprung und von Saux' Haus entfernt?«

Langsam fand sich Dupin auf der Insel – geografisch zumindest – zurecht.

»Nicht weit – aber auch nicht in unmittelbarer Nähe.«

»Hier!«

Dupin hielt beim Blättern inne.

»Hier ist eine Anstreichung.«

Er legte das Buch auf den Tisch. Riwal und die Bürgermeisterin stellten sich neben ihn.

»Die richtige Weidefläche« lautete die unterstrichene Kapitelüberschrift.

Daneben in Krakelschrift, beinahe unlesbar: »Südosten! – Penn Arlan selbst?«

»Das ist Lionels Schrift«, konstatierte die Bürgermeisterin trocken, »aber eine dumme Idee. Penn Arlan eignet sich kaum als Weideland.«

»Der Südosten aber schon.« Dupin blätterte weiter.

»Aber eben nicht Penn Arlan. Es wäre irre mühsam, in dieser Ödnis Weideflächen anzulegen.«

»Sind Sie sich sicher mit der Schrift, Madame Rigo? Dass die Anmerkungen von Lionel Saux stammen?«

»Bin ich. Er hatte die miserabelste Handschrift, die ich je gesehen habe.«

»Dann ist es immer wahrscheinlicher, dass die beiden Männer über Saux' Idee gesprochen haben«, resümierte Riwal.

Dupin blätterte das Buch bis zum Ende durch.

Es war die einzige Anstreichung, die einzige Notiz. In dem anderen Buch hatte er gar keine gefunden.

»Das macht die Sache noch absurder. Zwei dilettantische Anleitungen, eine einzige Anstreichung und eine Notiz.« Die Bürgermeisterin machte keinen Hehl daraus, was sie von alldem hielt. »Wenn das alles ist, na ja …«

»Wir werden sehen. Die Spurensicherung hat übrigens Saux' Computer und Unterlagen mitgenommen, Madame. Vielleicht findet sich dort ja mehr.«

Riwal wollte auch jetzt nicht einfach klein beigeben. Lionel Saux hatte gleich drei Computer besessen, ein Notebook und zwei große Standcomputer, alle anscheinend extrem leistungsfähig. Und, natürlich, passwortgeschützt. Wenn es Notizen zu dem Projekt gäbe, dann wahrscheinlich dort. Handschriftliche Notizen hatte es in Saux' Haus nicht gegeben, er hatte offenbar alles mit dem Computer gemacht. Nur für das Komponieren hatte er Notenhefte verwendet, es waren einige gefunden worden.

»Wir müssen weiter, Madame le Maire.«

Dupin hatte genug gesehen.

»Haben wir den Haustürschlüssel?«, wandte er sich an die Bürgermeisterin. »Wir müssen abschließen.«

Sie konnten die Bürgermeisterin nicht noch einmal überreden, hier für sie auszuharren.

»Es war nicht abgeschlossen, als ich gekommen bin. Aber der Schlüssel steckt von innen, habe ich gesehen.«

»Die Verstärkung aus Brest müsste bald eintreffen, Chef. Dann können wir zwei Kollegen hier abstellen. Die Spurensicherung kommt übrigens gleich mit, ich habe mit ihnen gesprochen. – Und Kadeg und Le Menn treffen«, Riwal warf einen Blick auf die Uhr, »so in einer Stunde ein, schätze ich.«

»Sehr gut.«

Endlich fühlte sich die Arbeit einigermaßen professionell an.

»Dann wollen wir mal wieder«, Dupin setzte sich in Bewegung.

Die Bürgermeisterin war schon zur Tür unterwegs.

Riwal folgte ihnen.

Sie traten aus dem schummrigen Zwielicht des Hauses in die überbelichtete Welt der Insel. Das grelle Licht hatte etwas Psychedelisches, es machte einen geradezu trunken. Ein einziges Strahlen, auf dem Meer Myriaden gleißender Reflexe. Keine stechend aufscheinende Fläche, sondern einzelne brennende Punkte. Unendlich viele winzige Sonnen.

Das Meer, immer noch königsblau, war von dramatischen weißen Tupfern übersät. Es sah großartig aus. Eine tückische Attraktivität – denn dem Eingeweihten war klar, dass jeder hübsche Tupfer einen tödlichen Felsen unter der Wasseroberfläche anzeigte. Möwen flogen kamikazehafte Manöver, ihr Weiß konkurrierte mit dem der Gischtkronen.

Dupins Blick wanderte unwillkürlich hinüber zur Île de Keller mit ihrer sondersamen Häuserburg. Ein leichter Schauer lief ihm über den Rücken. Die Häuser gäben die perfekte Szenerie für einen Horrorfilm ab. Ihm war bewusst, dass er diesen Gedanken, seit er Ouessant gestern betreten hatte, schon mehrmals gehabt hatte und dass das lächerlich war.

Alana Rigo hatte Dupins Blick bemerkt, ihr entging nichts. Eigentlich eine Eigenschaft, die er mochte.

»Wissen Sie, wo hier auf Ouessant die Babys herkommen, Monsieur le Commissaire?«

»Wie bitte?«

Eine kuriose Frage.

»Von dort, Monsieur le Commissaire. Genau von dort«, fuhr sie fort. »Auf Ouessant nämlich bringt sie kein Storch!«

Es klang verächtlich.

»Betrachten Sie die Felsen der Île de Keller einmal ganz genau! Nehmen Sie sich Zeit.«

Die Bürgermeisterin sprach in einem suggestiven Ton.

Dupin zögerte, dann aber fixierte er ein paar Felsen genau gegenüber. Demonstrativ schwieg er eine ganze Weile.

Jetzt bemerkte er es: Die Felsen sahen aus, als hätte man Hunderte beinahe rechteckige Blöcke verschiedenster Größe zu einer Wand zusammengefügt, manche traten hervor, manche standen zurück. Starrte man nur lang genug, gerieten sie scheinbar in Bewegung.

Dupin wandte sich jäh ab.

»Die Frauen, die ein Kind wollen, kommen in den Vollmondnächten hierher. Alleine. Dann zeigen sich ihnen in den Felsen der Île de Keller die Antlitze der Kinderseelen. Sie huschen hin und her, tauchen hier und dort auf. Die Frauen bleiben eine ganze Nacht und schauen, welches ihr Kind ist. Zu welchem sie eine besondere Beziehung haben. Mit dem ersten Sonnenstrahl müssen sie sich festgelegt haben, anschließend gehen sie wieder nach Hause. Nun beginnt das Warten auf den rechten Moment, um das Kind zu holen. Ebbe und Flut müssen sich exakt die Waage halten, es muss windstill sein, und dennoch darf kein Nebel herrschen, das Meer muss ganz glatt sein. Was bisweilen dauern kann. Aber irgendwann ist es so weit. Dann nehmen sie ein kleines Boot und holen es von der Insel. Es wartet dort auf sie.«

»Ich verstehe.«

Ein ungelenker Kommentar, wusste Dupin, aber etwas anderes war ihm zu dieser Geschichte nicht eingefallen. Außerdem war er abgelenkt gewesen. Saß auf dem Haus dort drüben nicht ein außergewöhnlich großer, geradezu monströser Vogel? Eine besonders große Möwe vielleicht? Allerdings schien das Gefieder eher dunkel. Wie war der bizarre Name dieses schwarzen Zyklopvogels noch einmal, von dem Sybil Jaouen gesprochen hatte? Wovon auch immer die alte Frau erzählte, man glaubte es fortan zu sehen, zu hören, zu spüren …

»Wo steht eigentlich Destocs Auto?« Dupin schüttelte sich.

»Hinter dem Haus. Da habe ich auch mein Rad abgestellt.« Madame Rigo drehte sich abrupt um. »Also dann, bis später.« Sie lief über die Wiese am Haus vorbei. »Wir halten uns gegenseitig auf dem Laufenden.«

»Und Sie sind ganz sicher, dass Madame Jaouen das Kreuz auf keinen Fall in der Hand gehabt hat?«, rief Dupin der Bürgermeisterin nach. Der Punkt ließ ihm keine Ruhe.

Doch Alana Rigo hatte ihn offenbar schon nicht mehr gehört.

Dupin schritt auf die Fahrräder zu.

»Jetzt Rayanne Ker«, Riwal folgte ihm, »ich habe sie angerufen und uns angekündigt. Sie erwartet uns bei sich zu Hause.«

»Gut.« Dupin blieb neben seinem Rad stehen.

Um sie herum im kurzen Gras, es war ihm eben nicht aufgefallen, waren Hunderte winzige Blümchen in Rosa, Lila und Blau zu sehen, auch einzelne weiße. Blühende kleine Miniaturfelder.

»Und danach Lionel Saux' Haus. Heute ausführlich«, ergänzte Dupin. »Wir sollten …«

Dieses Mal war es Riwals Telefon, das den Kommissar unterbrach.

Riwal warf einen Blick aufs Display.

»Kadeg.«

Der Inspektor nahm an.

Dupin wartete.

In der Meerespassage ereignete sich mittlerweile etwas vollkommen Verrücktes: Die Brandung trieb die Wellen in die Passage, wo sie mit den Strömungen kollidierten, die von der anderen Seite kamen. Der Kampf war kolossal, es war ein echtes Spektakel. Wer besiegte wen? Wie Hahnenkämpfe. Einzelne der Brandungswellen trafen die Felsen der beiden Ufer, im nächsten Moment schossen leuchtend weiße Fontänen hoch in den Himmel.

»Also, Kadeg und Le Menn sind eben gelandet. Neben der *Mairie.* Wir treffen uns bei Lionel Saux' Haus. Sie leihen sich schnell noch Fahrräder.«

Es klang fast schon normal.

»Wie weit ist es bis zu Rayanne Kers Haus?«

»Fünf Minuten.«

Dupin setzte sich aufs Rad, Riwal war schon fahrbereit.

»Einen Moment, Riwal.«

Dupin fuhr an Destocs Haus entlang, bis er um die Ecke sehen konnte. Da war es – das »groteske« Auto, wie Céleste Bourvil es genannt hatte. Ein riesiger amerikanischer Pick-up, grünmetallic, die drei Buchstaben des legendären Modells prangten vorne auf dem Kühlergrill: *RAM.*

Die Bezeichnung »groteskes Auto« traf es perfekt. Auf dieser Insel umso mehr.

Dupin fuhr eine großzügige Kurve und dann hinter Riwal her, der nun ebenfalls losgefahren war und auf einen sehr schmalen Pfad entlang der Küste zusteuerte. Anscheinend der Weg zu Rayanne Kers Haus.

Ein zerfurchter, sandiger Pfad voller unvorhersehbarer Kuhlen, so tief bisweilen, dass es gehörige Schläge tat und Dupin den Lenker mit aller Kraft festhalten musste, um nicht zu stürzen. Bald schon ging er dazu über, auf den Pedalen zu stehen. Es musste nach Outdoor-Freizeitspaß aussehen, sicher nicht nach einer Mordermittlung.

Abgesehen von den heftigen Schlägen war Dupin noch nie einen schöneren Weg zu einem Ermittlungsgespräch gefahren, noch nie durch eine berückendere Landschaft. Rechts das Royalblau des Meeres, links das grelle Grün des Landes, über ihm das endlose Pastellblau, das sich im All verlor. Wieder versetzten ihn die intensiv salz- und jodhaltige Luft und das übermäßige Licht in einen Taumel; er musste sich mit aller Macht konzentrieren, um nicht der einlullenden Magie der Insel zu erliegen.

Plötzlich bremste Dupin und kam zum Stehen. Der Pfad hatte um einen aufragenden Felsen geführt. Dahinter tat sich völlig Unerwartetes auf. Eine Sandbucht. Ein echter Strand. Feiner heller Sand, von mächtigen Granitfelsen protegiert, die sich auf beiden Seiten weit ins Meer zogen. Die schmale, lang gezogene Bucht mit ihrem flachen, intensiv türkis schimmernden Wasser hatte etwas Idyllisches, das Dupin bisher nirgends sonst auf der Insel gesehen hatte. Bloß die zerfurchten Felsen brachten das Raue und Wüste in Erinnerung. Ein kleines schneeweißes Motorboot schaukelte weiter draußen an einer Boje, dort, wo es tief genug war, um auch bei Ebbe genügend Wasser unter dem Kiel zu haben. In der Sichtachse des Strandes war ein Leuchtturm zu sehen, elegant, hoch aufragend, schwarz-weiß gestreift. Bilderbuchartig.

Riwal war weitergefahren, er kannte die Insel, zweifelsohne auch diese Überraschung hier.

Jetzt erst bemerkte Dupin etwas weiter rechts ein Haus. Es stand weniger vor den Felsen als *in* den Felsen. Noch genauer: Die Rückwand schien aus den Felsen selbst zu bestehen. Eine Betonrampe der schlicht-robusten Art führte zur Eingangstür. Es musste Rayanne Kers Haus sein, Riwal steuerte auf die Rampe zu.

Es war ein altes Gebäude, schmal und lang gezogen wie die Bucht. Gebaut aus groben hellen Granitblöcken, die den umgebenden Felsen entnommen schienen. Es sah aus, als wäre es selbst ein Stück Natur, als stünde es immer schon hier, seit Menschengedenken. Ein mit gelben, grünen und rostroten Flechten bewachsenes Schieferdach, in dessen Mitte ein riesiges Fenster eingelassen war. Auch im Parterre waren zwei riesengroße Fenster eingebaut worden, zudem eine Schiebetür aus Glas, die auf eine kleine Terrasse führte, etwa zwei mal drei Meter. Die einzige Extravaganz bestand in der Farbe der Terrassenmöbel, ein überaus lebendiges Orange.

Sowohl die dunkelblaue Haustür als auch die Schiebetür zur Terrasse standen offen.

Riwal stellte das Rad am Ende der Rampe ab, Dupin folgte.

»Das ist ihr Haus?« Dupin befand sich immer noch im Bann der Bucht.

»So ist es. Es war das Haus ihrer Eltern. Hier ist sie aufgewachsen. Die letzten sieben Jahre war sie allerdings nur selten da. Jetzt ist es wieder ihr Zuhause.«

Rayanne Ker, die berühmteste bretonische Musikerin, ein veritabler Star.

Dupin blickte sich um. Einsamer ging es nicht. Ringsherum waren keine anderen Häuser zu sehen. Immerhin gab es, wie Dupin jetzt sah, einen schmalen Schotterweg, der auf dem Plateau vor der Bucht endete, dort stand ein kleiner Wagen. Lavendelfarben. Auf der Rampe direkt neben der offenen Haustür ein hellblaues Fahrrad.

Wie musste das gewesen sein, an einem solchen Ort reiner Magie aufzuwachsen? Tag für Tag in dieser Landschaft? Freilich, Dupin machte sich keine Illusionen, würde man den Ort bei Regen und Sturm nicht wiedererkennen, schon bei Flut, wenn der Strand verschwände, wäre der Eindruck ein ganz anderer. Dennoch.

Dupin und Riwal gingen auf die offene Haustür zu.

»Madame Ker? Hallo?«

Riwal rief mit vernehmlicher Stimme. Sie waren vor der Türschwelle stehen geblieben.

»Hier Commissaire Dupin und Inspektor Riwal. – Wir haben eben telefoniert.«

Es gab keine Klingel.

Riwal klopfte gegen die Haustür. Vorsichtig, dann heftiger.

»Hallo? – Hallo? – Madame Ker?«

Nichts.

Sie warteten.

»Madame Ker?« Jetzt rief Dupin.

»Seltsam«, bemerkte Riwal, er begann, sich umzusehen. »Aber sie kann nicht weit sein.«

Vermutlich nicht, die Türen standen sperrangelweit offen.

Dupin hatte sich umgedreht und scannte die Umgebung. Die Landschaft auf dem Inselplateau war flach und leer. Kniehohes Gestrüpp, niedriger Ginster, an manchen Stellen sprengten Felsen den Boden. Hier war ganz sicher niemand. Rayanne Ker könnte höchstens in das Labyrinth der Felsen hinter ihrem Haus verschwunden sein – aber warum?

»Madame Ker – hallo?« Riwal rief hilflos in die Richtung der zerfurchten Steinwelt.

Dupin schaute über den schmalen Streifen Meer in der Bucht, als sein Blick an etwas hängen blieb.

»Da!«

Riwal folgte Dupins ausgestreckter Hand.

Ein paar Hundert Meter vom Strand entfernt war ein Kopf zu sehen, lange helle Haare. Eindeutig.

»Sie schwimmt? Hier?«, rutschte es Dupin heraus.

Es war gar nicht die Temperatur, eher das Empfinden, dass das Meer hier nicht zum Schwimmen geeignet sein konnte. Bevölkert von zahllosen Wesen, ein Massengrab, vor allem eine Hölle chaotischer Wassergewalten und Schauplatz der Elemente.

»Warum denn nicht, Chef? Ist doch wunderbar. – Und Sie sehen ja, wie geschützt das Wasser in der Bucht ist.«

Riwal setzte sich in Bewegung.

»Aber eiskalt.«

»Es hat jetzt, Ende des Sommers, hier in der Bucht sicher sechzehn Grad. Bei Ebbe. An einem solchen Tag.«

Riwal gehörte zu den passionierten Anhängern des in der Bretagne äußerst beliebten keltischen Neujahrsrituals, das darin bestand, den neuen Erdenlauf um die Sonne mit einem Bad im Atlantik zu begrüßen. Verglichen mit der zu dieser Zeit herrschenden Wassertemperatur kämen ihm sechzehn Grad natürlich wie eine Badewanne vor.

Der Inspektor lief tatsächlich geradewegs auf den Strand zu, Dupin zögerte, folgte dann.

Es hatte etwas Wundersames: Obwohl gar keine Schwimmbewegungen zu sehen waren, kam Rayanne Ker mit beachtlicher Geschwindigkeit auf den Strand zu. Als gäbe es unter Wasser einen Antrieb. Ab und zu tauchte sie ganz unter, verschwand für einen kurzen Augenblick.

Bald hatte sie den weichen Sand erreicht.

»Vielleicht«, Dupin blieb stehen, »sollten wir … bei unseren Rädern warten, bis sie sich umgezogen hat.«

»Sie haben recht, Chef.«

Sie hatten gerade kehrtgemacht, als sie sie rufen hörten.

»Warten Sie doch, ich bin sofort da.«

Dupin und Riwal blieben stehen.

Im nächsten Moment stand sie neben ihnen, als wäre sie das Stück geflogen.

»Hier bin ich.«

Rayanne Ker trug einen dunkelgrünen Badeanzug, er glitzerte im Sonnenlicht.

»Danke, dass Sie sich Zeit für uns nehmen, Madame.«

Dupin spürte Verlegenheit. Rayanne Ker schien sich dagegen in keiner Weise unbehaglich zu fühlen. Im Gegenteil, sie wirkte ganz bei sich.

Ihre nassen Haare hatten komischerweise nichts von ihrem Volumen eingebüßt, beinahe so, als wären sie trocken, nur das Safrangelb war einen Ton dunkler als bei dem Treffen in der *Duchesse*.

»Sie interessiert das mit den Songs, hab ich recht?«

Rayanne Ker lächelte freundlich.

»Ich habe meine Assistentin nach den Details gefragt. Sie hat mir schon alles geschickt. Einschließlich einer Kopie der Vereinbarung mit Lionel von damals.«

Sie lief an Dupin und Riwal vorbei, ihre Füße bis zum Knöchel im losen feinen Sand.

»Das und einiges andere interessiert uns, ja«, sagte Dupin.

»Ich habe Lionel damals für jede der fünf Melodien zwanzigtausend Euro gezahlt. Das war viel Geld, die Songs waren ja noch keine Erfolge. Mit den Summen war alles abgegolten. Hunderttausend Euro zusammen. Das waren Songs, die wir schon als *Sous le charme des Sirènes* gespielt haben und die ich dann nach dem Ende der Band für meine ersten beiden Alben aufgenommen habe.«

»Wäre Lionel Saux prozentual beteiligt gewesen, hätte er viel mehr bekommen.«

Riwal kam auf einen interessanten Punkt zu sprechen.

»Niemand hatte wissen können, dass es solche Erfolge werden. Dennoch – genau um das zu würdigen, habe ich ihm ja immer wieder von mir aus Geld überwiesen, freiwillig. Immer wenn ich größere Abrechnungen bekam. Insgesamt 178 000 Euro bis heute, meine Assistentin hat mir die Unterlagen geschickt. Zusätzlich zu den hunderttausend.«

»Wie viel hätte er mit einer branchenüblichen prozentualen Beteiligung verdient?«, insistierte Riwal.

Sie erreichten die Betonrampe, die zu Kers Haus führte.

»Das lässt sich nicht so einfach sagen. Es ist unterschiedlich. Junge, unbekannte Künstler erhalten extrem geringfügige Beteiligungen, drei, vier Prozent, große Stars dagegen mitunter substanzielle, bis zu fünfzig Prozent. Lionel selbst war es, der die pauschale Vergütung wollte. Meine Managerin, die ich in Dublin hatte, war dagegen. Er war völlig unbekannt. Ich war völlig unbekannt.

»Wie viel Umsatz haben Sie alleine mit *Les Morganezed* eingespielt?«

Riwal ließ nicht locker.

»Das habe ich auch noch mal in Erfahrung gebracht. – Rund 1,4 Millionen.«

Das war eine sehr ansehnliche Summe, Dupin hatte keine Vorstellung gehabt.

»Und wo waren Sie zwischen Dienstagnachmittag und Mittwochmorgen, Madame Ker? Das ist der Zeitraum, in dem Lionel Saux und Daniel Destoc ums Leben gekommen sind.«

Das nannte man mit der Tür ins Haus fallen. Für gewöhnlich operierte Riwal feinfühliger.

»Setzen wir uns auf die Terrasse. – Wenn Sie mögen?«

Ohne eine Antwort abzuwarten, lief Rayanne Ker über den schmalen Betonsteg am Haus entlang bis zur Terrasse.

»Möchten Sie einen Kaffee? Ich brauche unbedingt einen Kaffee.«

Ein sympathischer Satz.

»Sehr gerne.«

Dupin hatte reflexhaft geantwortet.

»Danke, nein«, lehnte Riwal ab. »Ich hatte …«

»Ich war hier. Den ganzen Tag. Und in der Nacht. – Schwimmen und schreiben, darum geht es mir.«

Die Auskunft kam ganz ruhig.

»Zumindest ein Wasser für Sie, Monsieur?«, wandte sie sich an Riwal.

»Nein, danke. – Kann das jemand bezeugen?«

Rayanne Ker verschwand im Haus, Riwals Frage blieb unbeantwortet.

»Kein Alibi also«, konstatierte er. Es klang beleidigt, aber Riwal fing sich im nächsten Augenblick wieder. »Das mit dem Klauen von Songs und Melodien ist ein großes Thema, Chef.« Er beugte sich zu Dupin. »In der Musikindustrie gibt es ständig Klagen. Manchmal geht es auch nur um ein Motiv, ein Riff, den Ansatz einer Melodie. Da wird dann über Jahre prozessiert und es geht um viele Millionen. Und natürlich um die Reputation. Das kann ganze Karrieren beenden.«

»Aber Lionel Saux hat doch nie Rayanne Ker, sondern immer nur andere verdächtigt«, überlegte Dupin laut.

Bisher wussten sie nichts Konkretes, und niemand von Lionel Saux' Bekannten hatte das Thema je ernst genommen. Ermittlungen im Zusammenhang mit Eigenbrötlern waren immer äußerst undankbar. Niemand wusste etwas, weil sie sich niemandem wirklich anvertraut hatten. In diesem Fall hatten sie es gleich mit zwei Einzelgängern zu tun, schien es.

»Das behaupten die anderen *Sirenen.*« Riwal sprach mit gesenkter Stimme. »Die fünf könnten zusammenhalten, unter einer Decke stecken. Vielleicht sind sie viel enger miteinander, als sie uns gegenüber den Anschein erwecken wollen.«

»Angenommen, es ginge um Plagiate – wie wäre Daniel Destoc in diese Sache involviert gewesen?«

Dupin verstand, dass es bei dem Thema um hohe Summen und ganze Karrieren ging, hinreichende Motive also – aber nur für Lionel Saux.

»Vielleicht sind sich die beiden Männer in der letzten Zeit ja wieder nähergekommen, dafür spräche der gemeinsame Abend in der Kneipe letzte Woche. Saux könnte Destoc von einem konkreten Plagiat erzählt haben. Und Rayanne Ker oder eine der anderen *Sirenen* hat davon erfahren. Sodass Destoc ebenfalls beseitigt werden musste.«

Es war luftige Spekulation, aber ein plausibles Szenario, musste Dupin zugeben. Und man konnte es sich in allen möglichen Varianten denken.

»Oder Destoc war ein Zeuge. Vielleicht war er dabei, als Saux die Klippen hinuntergestoßen wurde. – Auch das wäre ein Motiv.«

Ja, das wäre es.

»Da bin ich wieder.«

Rayanne Ker war mit einem kleinen Holztablett in den Händen zurückgekehrt. Sie trug immer noch den Badeanzug, der beim Trocknen noch mehr zu schimmern und zu glitzern schien.

Sie stellte das Tablett auf den Tisch. Der Kaffee.

»Schwimmen Sie gerne? Ich meine, häufig? Hier, in der Bucht?«

Ungelenke Fragen, wusste Dupin. Er griff zu dem Tässchen.

»Für mein Leben gern. – Überall, immer, wenn es geht.«

Es folgte ein Lächeln, ein zauberhaftes Lächeln, musste Dupin zugeben.

»Hier bei mir sowieso. Jeden Tag. Das ist mein Element. Ich brauche es. Wie die Musik, das Schreiben, das Singen.«

Dupin hatte während ihrer Antwort seinen *café* getrunken. Erstaunlich: Es wirkte nicht einmal kitschig, wenn Rayanne Ker solche Sätze sprach.

»Warum sind Sie nach Ouessant zurückgekehrt, Madame? Und warum jetzt?«

Die Musikerin setzte sich. Streckte wie in Zeitlupe die Beine aus. Sehr lange Beine. Wobei sie in keiner Weise posierte oder kokettierte. Es schien alles vollkommen natürlich, als spielte es für sie keine Rolle, ob sie in einem Kleid oder im Badeanzug vor ihnen saß. Sie war vollendete Natürlichkeit, es war beeindruckend.

»Ich komme von hier, wissen Sie? – Von der Insel. Ich bin eine Ouessantine. – Die Insel ist ein Teil von mir, und ich bin ein Teil von ihr. Ich habe es in der Fremde immer mehr gespürt, so wunderbar die Zeit war, so wunderbar die Orte waren, wo ich mich aufgehalten habe. Zunächst Dublin, dann die Keel-Bay bei Dooagh. Ich habe es sehr gemocht, aber die Sehnsucht nach Ouessant wurde immer stärker.«

Sie legte den Kopf zur Seite, ihr Blick wanderte zum Meer.

»Eine Zeit lang vermag man in der Fremde mehr zu wachsen als zu Hause, deswegen muss man gehen – dann aber beginnt man zu schrumpfen.«

Die letzten Sätze hätten aus einem Song stammen können. Dupin verstand, was sie meinte. Auf eine Weise zumindest.

»Meine Eltern sind beide vor drei Jahren gestorben, da habe ich begonnen, das Haus hier umzubauen. Im Mai habe ich dann ein Haus bei Porz Men gekauft, auf dem Vorsprung im Nordwesten, da richte ich mir gerade mein Studio ein. Zehn Minuten mit dem Rad von hier. Nahe dem *Phare du Créac'h.*«

Sie blickte zum Leuchtturm – in dessen Nähe die Neun in Stein gebannt worden waren, wenn Dupin sich richtig erinnerte. Er hatte sein kleines rotes Clairefontaine herausgeholt und sich ein paar Notizen gemacht.

»Sind Sie bereits vollständig umgezogen?«

»Ich habe das Haus in der Keel-Bay Anfang August verkauft, einschließlich aller Möbel darin. Ich hatte ohnehin viel zu viel Zeug.«

»Und seit wann genau sind Sie wieder auf der Insel?«

»Seit genau drei Wochen. – Und jeden Tag noch froher, es zu sein. – Mein Zuhause.«

Erneut wanderte ihr Blick über die Bucht, dann weit aufs Meer hinaus, wo er sich verlor. Ein stiller Zauber lag auf ihrem Gesicht.

»Wann haben Sie die beiden Männer das letzte Mal gesehen? Lionel Saux, Daniel Destoc?«

Riwal kam zum Konkreten zurück.

Rayanne Ker schien sich mit der Frage nicht unwohl zu fühlen.

»Lionel am Montag. Er wohnte ja in Lampaul, ich war im Supermarkt und bin bei ihm vorbei. Er saß am Computer. Hat an einer Melodie gefeilt.«

Diesen Besuch hatte sie eben bei dem Treffen in der *Duchesse Anne* nicht erwähnt. Aber da hatten sie die Frage auch nicht gestellt.

»Wie lange sind Sie geblieben? Worüber haben Sie gesprochen?«

»Eine halbe Stunde vielleicht, nicht länger. Es war spontan. Ich mag dieses Haus so, vollkommen schief. Wie in einem Märchen. Als Kind habe ich mich vor der Geschichte des Hauses schrecklich gefürchtet.«

»Welche Geschichte?«, rutschte es Dupin unvorsichtigerweise heraus.

»Die Geschichte eines verschwundenen Liebespaars. Vom Anfang des 20. Jahrhunderts. Eine wahre Geschichte.«

Mit diesen Worten begannen viele Märchen.

»Commissaire Dupin hat gefragt, worüber Sie und Lionel Saux gesprochen haben.«

»Natürlich, ja«, sie lächelte, »über dies und das. Zum Beispiel über seine neue Fassung unseres Liedes. Des Ouessant-Liedes.«

»Komponierte er immer noch?«

»Oh ja. Wenn auch nur für sich selbst, als eine Art kreative Tüftelei. – Er hat eine fantastische technische Ausstattung in seinem Anbau.«

Dupin hatte gestern kurz einen Blick in den Anbau geworfen.

»Lionel Saux hat eine neue Version des Ouessant-Liedes geschrieben?«

Das Thema schien Riwal zu interessieren.

»Nur die Musik, die Melodie. Er sitzt schon lange daran, mehrere Jahre. Wir fanden immer, dass der Text so unendlich schön ist. Aber die Musik – sie ist plumpe keltische Folklore. Eine echte Stampferei. – Sie haben es ja gestern Abend gehört«, richtete sie sich an Dupin.

Eine Stampferei, die der Bevölkerung offenbar dennoch großen Spaß bereitete, sogar der weißhaarigen Insel-Druidin.

»Lionel war fast fertig, er hat mir vorgespielt, was er schon hatte. Fabelhaft. Einfach fantastisch. Er konnte so, so gut sein, unglaublich. Wie gesagt: die goldene Harfe. – Ich habe ihm gesagt, er soll es doch jetzt, auf dem Festival, spielen. Oder wir alle zusammen. Wie früher.«

Auch davon hatte sie vorhin nichts erzählt.

»Und?«

»Er wollte davon nichts wissen. Auftritte haben ihn nicht mehr interessiert. – Er hatte wohl schon Enora und Céleste gesagt, dass sie es spielen könnten, wenn es eines Tages ganz fertig wäre und wenn sie es wollten.«

Dudelsack und Laute. Dupin verkniff sich einen Kommentar.

»Er wollte es mir schicken, wenn es fertig ist.« Sie zögerte kurz. »Nicht, damit ich es spiele, einfach so, weil es mich natürlich interessiert. Und er wollte wissen, wie ich es finde.«

»Hat er von Daniel Destoc gesprochen?«, wechselte Dupin das Thema. »Vielleicht davon, dass sie sich in letzter Zeit häufiger gesehen haben? Etwas zusammen vorhatten?«

»Nein, der Name fiel nicht mal.«

»Hat er Ihnen von seinem Käseprojekt erzählt?«

»Nein. Kein Wort.«

»Haben Enora Gaëc und Céleste Bourvil als Duo je etwas veröffentlicht?« Riwal kam auf die Musik zurück.

»Nein. Bisher nicht. Ich …«

Dupins Handy. Das laute, nervende Piepsen.

Er warf schnell einen Blick auf das Display.

Der Präfekt. Dupin drückte den Anruf weg.

»Sie wollten noch etwas sagen, Madame Ker.«

»Nur, dass ich immer …«

Jetzt war es Riwals Handy, das klingelte.

Dupin wusste, was geschah. Riwal anscheinend ebenfalls.

Riwal holte das Handy hervor, aber statt anzunehmen, wie Dupin vermutet hatte, drückte auch er den Präfekten weg.

»Fahren Sie fort, Madame«, signalisierte er Rayanne Ker.

»Ich wollte nur sagen, dass ich immer auf sie einrede, es doch zu tun. Einmal ein Album aufzunehmen. Sie sind so gut.«

»Die beiden verdienen also kein Geld mit den Liedern von Lionel Saux, die sie spielen?«

»Sie bekommen Geld für ihre Auftritte. Allerdings nur sehr,

sehr wenig. Für einen Abend vielleicht dreihundert, vierhundert Euro, mehr nicht. An so einem Abend spielen sie meistens auch ein paar seiner Songs. Und das war total okay für ihn.«

»Findet man Songs der beiden auf einer Streaming-Plattform?«

»Nein. Nur bei YouTube. Und auch da nur ein paar wenige. Vielleicht auch einen von Lionel, das weiß ich nicht. Geld kriegen sie da jedenfalls keines.«

»Hat Lionel Saux Ihnen von einer Sorge, einer Angst, einem Streit erzählt?«

Sie hatten sich am Montagabend noch gesehen. Das war einen Tag vor seinem Tod.

»Überhaupt nicht. Er war wie immer.«

»Und Daniel Destoc – wann haben Sie ihn das letzte Mal gesehen, Madame Ker?«, fragte Dupin.

»Er war Sonntagabend in Romys Bar. Es war brechend voll. Er hat ein Bier getrunken. Stand nahe an der Tür. Hat mal mit diesem, mal mit jenem ein Wort gesprochen, war aber alleine da, glaube ich. Länger mal mit Céleste, fällt mir ein. Fragen Sie sie mal.«

Das würde er. Dupin schrieb es sich auf. Céleste Bourvil, die Dudelsackspielerin, hatte es jedenfalls eben bei dem Treffen in der *Duchesse* nicht erwähnt.

»Aber Sie selbst haben nicht mit ihm gesprochen?«

»Nein.«

»Diese Kreuze, *Proella*-Kreuze, haben Sie, seit Sie zurück auf der Insel sind …«, wie sollte Dupin es sagen, »… etwas über sie gehört? Waren die Kreuze irgendwo einmal Thema?«

Zum ersten Mal wirkte sie erstaunt.

»Wie meinen Sie das? Schon vor den beiden Vorfällen jetzt?«

Dupin wusste, dass er sich ungeschickt ausgedrückt hatte.

»Genau.«

»Nein.« Sie verstummte kurz. »Aber warum hätten sie ein

Thema sein sollen? Dieses Ritual wird jetzt seit über sechzig Jahren nicht mehr praktiziert. Nur die *conteuses* der Insel erzählen noch davon.«

»Und warum hat sie jemand auf die Kopfkissen der Toten gelegt?«

»Ich weiß es nicht. – Meinen Sie, es war der Mörder?«

»Oder die Mörderin«, präzisierte Riwal. »Das wissen wir noch nicht. Aber es ist sehr wahrscheinlich.« Riwal erhob sich, einigermaßen abrupt. »Dann vielen Dank, Madame Ker. Sie haben uns sehr geholfen. – Wir müssen weiter.«

Riwal hatte es plötzlich eilig. Aber er hatte recht, sie mussten wirklich weiter.

»Eine Frage noch, Madame Ker.« Dupin stand auch auf. »Lionel Saux und Sie«, er zögerte, sprach dann aber entschieden weiter, »waren Sie einmal zusammen? Ein Paar?«

Dupin hatte schon ein paarmal so ein Gefühl gehabt. Wenn sie über seine Lieder sprach. Er hatte die Frage vorhin schon in der *Duchesse* im Kreis aller *Sirenen* gestellt, dennoch, vielleicht hatte sie es da nicht sagen wollen, vielleicht wussten die anderen es nicht und sie wollte es dabei belassen.

»Einen Sommer lang.« Ihre Stimme war so sanft und entspannt, wie sie es schon die ganze Zeit gewesen war. »In dem Jahr, bevor ich gegangen bin.«

Jetzt erhob auch sie sich, ganz langsam. Sie schien auch mit diesem Thema keine Schwierigkeiten zu haben.

»Ist es am Ende kompliziert gewesen? Gab es Streit, haben Sie sich überworfen?«

Dupin bemühte sich um Feingefühl.

»Nein, gar nicht. Es war einfach vorbei. Ich wollte nicht mehr.«

Das waren zwei verschiedene Aussagen.

»Und Lionel Saux wollte noch.«

»Ja. Aber er hat es akzeptiert.«

»War es der Grund, warum sie die Insel verlassen haben?«

»Nein. Diese Idee hatte sich schon länger in mir entwickelt.«

»Bei Ihren Besuchen auf der Insel in den letzten Jahren und jetzt, seit Sie wieder da sind – hatten Sie das Gefühl, dass Lionel Saux Ihnen noch zugeneigt war? Dass er Interesse hatte, diese Beziehung wiederaufzunehmen?«

»Nein. Das war vorbei. Aber wir waren«, eine kleine Pause, »dadurch natürlich auf eine besondere Weise verbunden, auch wenn wir nicht viel miteinander zu tun hatten.«

»Lionel Saux wollte also nicht wieder mit Ihnen zusammenkommen?«

Dupin merkte, dass seine Frage ein wenig so klang, als könnte er sich das gar nicht vorstellen.

»Er hat es mir nicht zu verstehen gegeben, nein. – Mehr kann ich Ihnen nicht sagen.«

Diese Antwort klang ein wenig anders als die erste.

»Warum haben Sie davon bei unserem Treffen in der *Duchesse* nichts gesagt?«, wollte Riwal wissen. »Wir hatten Sie alle ausdrücklich gefragt.«

»Es war nur ein Sommer. Etwas Schwebendes.«

Dupin konnte sich so ungefähr vorstellen, was sie meinte.

»Gut – dann auch von mir aus vielen Dank, Madame Ker«, sagte er.

»Sehr gerne. – Au revoir, Messieurs.«

»Au revoir. Wir melden uns sicher noch einmal bei Ihnen.«

Riwal lief vor, den Betonsteg vor dem Haus entlang, bis zu den Fahrrädern, Dupin folgte ihm.

Schweigend schoben sie die Räder, bis sie das Plateau erreicht hatten, dann radelten sie los.

Dupin warf einen Blick zurück. Unwillkürlich hielt er noch einmal an.

Auch Rayanne Ker hatte die Terrasse verlassen, sie war aber nicht ins Haus gegangen, sondern begab sich zurück zum Strand. Dupin sah, wie sie nahe der hohen Felsen bis zur Hüfte ins Wasser ging und dann mit einem grazilen Kopfsprung abtauchte.

Dupin wartete.

Vergebens suchte er die Oberfläche ab. Sie musste doch irgendwo wieder auftauchen.

Dupin hielt noch eine Weile Ausschau. Immer noch nichts.

Wo war sie bloß?

Der Kommissar schüttelte sich.

Sie war ganz sicher nicht ertrunken, sagte er sich, sie hatte einen langen Tauchzug gemacht, das tat er auch immer ganz am Anfang, wenn er schwimmen ging. Mit dem Kopf unter Wasser zu sein, war die beste Methode, sich möglichst schnell an das kalte Wasser zu gewöhnen.

Er hatte ihren Kopf zwischen den Felsen einfach nicht gesehen.

»Alles okay, Chef?« Riwal war zurückgekommen.

»Alles okay, Riwal.«

»Finden Sie das nicht seltsam? Ein Musik-Star, eine wunderschöne, mysteriöse Frau, kommt nach acht Jahren zurück auf die Insel – und schon sterben zwei Männer. – Haben Sie nicht *Die Frau aus dem Meer* gesehen? Die Serie mit Laetitia Casta?«

»Nein.«

Dupin verehrte Laetitia Casta.

»Ein klassisches Sirenen-Setting, Chef. Sie sind Todesdämonen. Das hat mit den *Morganezed* rein gar nichts zu tun!«

Riwal wartete nicht auf eine Antwort, er drehte um und radelte los.

Eine Zeit lang hatte Dupin das sphärische Klingen nicht mehr gehört, vielleicht hatte er es auch einfach nicht wahrgenommen. Jetzt war es wieder da.

Was war das?

In den winzigen Ort Lampaul zu kommen, fühlte sich an wie eine Rückkehr in die Zivilisation. Vor allem aber wie die Rückkehr aus der Anderswelt in die gewöhnliche Welt. In die Welt der Menschen, mit ihren täglichen Angelegenheiten.

Auf dem Platz vor der großen Kirche herrschte ein buntes Treiben. Der Platz mit seinen umliegenden Sträßchen wirkte wie ein eigener kleiner Kosmos. Ein Tabac-Presse-Laden, wie Dupin ihn liebte, vollgestopft bis in den letzten Winkel, eine veritable kleine Buchhandlung zugleich; ein Lebensmittelladen, *L'Île en Vrac,* in dem die inseleigenen Erzeugnisse verkauft wurden; eine originelle Kunstgalerie; ein wunderbares Lädchen – winzig, wie alles auf der Insel –, das köstlich aussehende Sandwiches anbot. Auf der Ecke der Grande Rue, der Hauptstraße, lag das *Ty Korn,* wo sie gleich vorbeiwollten, der Pub des Archäologen. Oberhalb des Platzes befand sich das Restaurant, von dem die Bürgermeisterin gesprochen hatte – *Y'a Skiff* –, mit einem schönen Garten. Auf dem Platz selbst standen ein paar Tische und Stühle, die zu dem kleinen Sandwichladen gehörten. Neben der Kirche ging es steil die Straße hinunter, am Friedhof, der Post, dem Supermarkt und Romy Potins Bar vorbei.

Am Ende der Straße lag Lionel Saux' Haus. Es sah uralt aus, gebaut aus hellem Granit, gekrönt von einem traditionellen Schieferdach. Rechts und links der Tür jeweils ein Fenster, in der ersten Etage noch mal vier. Die einst blaue Farbe der Fensterläden war fast vollkommen abgeblättert. Und tatsächlich, wenn man genau hinsah: Das Haus war schief. Seltsam, dass Dupin es erst jetzt bemerkte, nachdem Rayanne Ker davon gesprochen hatte. Wobei lediglich die Vorderfront betroffen war, die Hausseiten rechts und links standen tadellos gerade. Die Krümmung der Fassade zog sich nach innen, ihren Extrempunkt fand sie zwischen der ersten und zweiten Etage. Richtung Dach wölbte es sich wieder nach außen. Als hätte ein wütender Riese dem Haus einen ordentlichen Haken verpasst, genau in die Mitte.

Dupin hatte keine Ahnung, wie es überhaupt zu einer solchen Krümmung kommen konnte, es war massiver Stein. Selbst der heftigste Sturm hätte das nicht bewirken können. Oder doch? Die Monsterwellen? Bis zur Bucht waren es keine hundert Meter, das Haus befand sich beinahe auf Meeresniveau.

Riwal hatte auf der Fahrt nach Lampaul ein noch halsbrecherischeres Tempo vorgelegt als zuvor, hatte dabei zwei Telefonate geführt und war scharf einer schwarzen und einer weißen Ziege ausgewichen. Dupin hatte, im höchsten Gang und im »Boost«-Modus, Mühe gehabt, mitzuhalten. Sie hatten für die Strecke unter zehn Minuten gebraucht und die Fahrräder direkt vor Lionel Saux' Haus stehen lassen, wo Le Menn und Kadeg sie erwartet hatten.

Im Haus hatten Riwal und er den beiden Kollegen den Stand der Dinge zusammengefasst, es war schnell gegangen. Kadeg hatte berichtet, dass sich das Team der Spurensicherung bereits in Daniel Destocs Haus aufhielt. Wenn sie dort fertig wären, kämen sie noch einmal hierher, zu Lionel Saux' Haus. Und auch die beiden Teams mit je zwei Polizisten, die bis auf Weiteres in den Häusern der Opfer Wache halten sollten, waren eingetroffen.

»Da wären also die Viehzucht-Konkurrenz-Sache, die Plagiatssache, untergeordneter, denke ich, die amouröse Sache«, resümierte Kadeg. »Und natürlich die *Proella*-Kreuz-Sache, was auch immer es damit auf sich hat.«

Geschmeidige Sprache war prinzipiell nicht Kadegs Ding, nie gewesen, und Sprachticks hatte er ständig und immer neue – aber die Unart, an alles das Wort »Sache« zu hängen, gehörte zu den nervtötendsten, mit denen der zweite Inspektor seine Umwelt je traktiert hatte. Seit Wochen fanden im Kommissariat nur noch »Sachen« statt. Nolwenn meinte, er hätte es sich von einer schlechten Krimiserie abgeguckt. Kadeg trug seinen Einsatzrucksack, ein Daypack in Tarnfarben, der nicht nur alles enthielt, was man für die alltägliche Polizeiarbeit brauchte, sondern auch ein Überleben in der Wildnis ermöglichte. Kadeg, wie meist in Funktionshose und Funktionsshirt, hatte sich seit geraumer Zeit ein wenig zum »Prepper« entwickelt, schon bevor das Phänomen einen Namen bekommen hatte, in den letzten Jahren hatte es sich aber noch verschlimmert. Was unter anderem daran lag, dass er nach seiner überaus stattlichen Erbschaft im vorletzten Jahr – der Fall in Aber Wrac'h mit seiner Tante – nun die Mittel besaß, grenzenlos in die neuesten Techniken und Technologien zu investieren. Ansonsten, das musste man ihm zugutehalten, hatte Kadeg seinen Lebensstil nur geringfügig verändert, er hatte sich wenig verführbar gezeigt.

»Die Landwirtin soll die beiden Männer aus Angst vor Konkurrenz auf dem Schaf- und Ziegenkäsemarkt die Klippen hinuntergestürzt haben? Klingt nach Quatsch, ehrlich gesagt«, stellte Le Menn in ihrer zugespitzten direkten Art fest.

»Wir sollten dennoch überprüfen, ob sich hier im Haus irgendetwas zu Saux' Plänen finden lässt.« Dupin hatte von den beiden Büchern in Destocs Haus berichtet.

Sie standen in der Küche, um einen alten runden Holztisch herum. Moderne blaugrüne Stühle, ein schöner alter Eichenboden, es sah aus, als wäre er vor nicht allzu langer Zeit neu abgeschliffen worden. An der Decke perfekt verteilte Strahler, die ein angenehmes Licht in das alte Haus brachten. Auf dem Tisch diverse Zeitschriften zum Thema Musik, Instrumente und Tontechnik.

Alles machte einen ganz anderen Eindruck als bei Daniel Destoc. Saux hatte einen Sinn für Ästhetik. Und eindeutig mehr Geld. Nichts war angeberisch, aber auch nichts billig.

Kadeg hatte aus seinem Rucksack vier Paar dünne Stoffhandschuhe herausgeholt und sie gönnerhaft verteilt.

»Ich mag die Musik von Enora Gaëc und Céleste Bourvil«, bekannte Le Menn.

»Ich habe die beiden schon zwei Mal bei einem Auftritt gesehen.«

»Laute und Dudelsack?«, entfuhr es Dupin.

»Ja – das passt perfekt zusammen. – Außerdem singen sie beide ganz fabelhaft.«

»Sind sie richtig gut?«, fragte Riwal.

»Fantastisch. – Sie sind in den letzten Jahren immer jazziger geworden. Sie zeigen, welch enorme Inspiration die keltische Musik für den modernen Jazz ist. Es ist ein Jammer, dass sie nicht häufiger auftreten, und mehr noch, dass sie noch nie ein Album aufgenommen haben. Die beiden haben riesiges Potenzial. – Aber das haben alle fünf.«

Le Menn schien sich wirklich auszukennen, Dupin hatte nicht gewusst, dass sie es mit einer Expertin zu tun hatten.

»Dann sind die beiden als Duo in der Szene richtig bekannt?«

Dupin wollte es präzise einschätzen können.

»Unbedingt. Auch wenn sie sich rarmachen.«

Dupin musste sagen, dass sie überaus bescheiden auftraten.

»Vorletztes Jahr hatten sie ein großes Interview in *Ouest-France.* Da haben sie erklärt, dass sie einfach keine Zeit für mehr haben. Céleste Bourvil hat ihren Job als Automechanikerin und Taxiunternehmerin. – Enora Gaëc hat ihren landwirtschaftlichen Betrieb, ein extrem harter Job. Außerdem hat sie anscheinend literarische Ambitionen, damals arbeitete sie an einem Roman, hat sie erzählt.«

»Wie kommt das eigentlich, dass Musik hier so eine große Sache ist? Dass so viele außergewöhnliche Musiker hier zu Hause beziehungsweise mit der Insel verbunden sind? – Jenseits der mystischen Begründungen, meine ich.«

Die ihm Sybil Jaouen ja schon dargelegt hatte. Dupin hatte es sich schon die ganze Zeit gefragt. Und immer mehr, je mehr er erfuhr. Es war wirklich erstaunlich.

»Da gibt es nichts jenseits davon, Chef. – Am Ende liegt dort die Antwort. Alles hängt mit der Mystik der Insel zusammen. An einem gewissen Punkt sind sie ein und dasselbe: Mystik und Musik. Die Mystik, der Umgang mit dem Mysteriösen, bringt die Musik unmittelbar hervor.«

Riwal hatte die Sätze wie ein naturwissenschaftliches Faktum formuliert. Und genau so meinte er es.

»Das ist auch das, was die Anthropologie mittlerweile sagt. Alles begann damit, dass die Vorfahren des modernen Menschen Naturlaute, Tierlaute nachahmten. Laut, rhythmisch. Daraus entwickelten sich das Sprechen und die ersten Sprachen. Aus Lautgesängen, einer archaischen Stimm-Musik. Die Menschen besangen in aufwendigen Riten das Mysteriöse. *Das* ist der Ursprung aller menschlichen Kommunikation, Chef. Die Instrumente kamen später, Knochenflöten und Schwirrplättchen. Und mit ihnen dann die ganze Musik.«

Dupin hatte in seinem Leben noch nie etwas von »Schwirrplättchen« gehört.

»Handtellergroße und nach vorn spitz zulaufende Plättchen aus Horn an einer Kordel, die geschwungen werden und so einen windähnlichen Klang erzeugen. Übrigens«, Riwal blickte Dupin vielsagend an, »äußerst beruhigend, Chef, stark meditativ, man gerät in eine Art Trance. Forscher haben sie nachgebaut. Es existieren Funde von 20 000 vor Christus, aus Höhlen in den Pyrenäen, bei uns in Frankreich. Und«, eine dramaturgische Pause, »man hat die Plättchen auch in Carnac gefunden.«

Selbstredend waren sie auch in der Bretagne gefunden worden. Es konnte ja gar nicht anders sein. Die Bretagne spielte schließlich beim Ursprung von allem eine entscheidende Rolle, auch in der Musik, der Kultur und der Menschheit überhaupt.

»Ethnografische Belege aus Kulturen Papua-Neuguineas oder Australiens belegen, dass es sich bei den Schwirrplättchen höchstwahrscheinlich um sakrale Objekte handelte, mit denen die Stimmen der Ahnen reproduziert werden sollten. Nach den Schwirrplättchen und den ersten Flöten aus Knochen erfand der Mensch die Harfe. Aus Holz und gespanntem Tierdarm gefertigt. In Mesopotamien und im alten Ägypten waren Harfen richtig populär. Aber eben auch in den steinzeitlichen

Kulturen von Stonehenge, Carnac – und auf Ouessant. – Wie auch immer: Die gesamte Musik entstammt rituellen Kontexten, sagt die Musikarchäologie. Auch hier auf der Insel.«

Riwal war fertig mit seinem Vortrag.

»Und was soll das mit den beiden Morden zu tun haben?« Kadeg machte eine wegwerfende Handbewegung und steuerte auf die offen stehende Tür Richtung Esszimmer zu.

»Musikinstrumente könnten durch Handel und Verkehr schon extrem früh nach Ouessant gelangt sein«, überging Riwal Kadegs Frage. »So könnte sich hier bereits in der Steinzeit eine musikalische Szene entwickelt haben. Dazu kann uns der Archäologe vielleicht etwas sagen, Chef.«

Riwal schien noch etwas hinzufügen zu wollen.

»Man darf nie vergessen, dass Ouessant in der Antike ein echter Hotspot war. Die Insel war für sämtliche antike Kulturen eine zentrale Station auf ihren Handelsrouten vom Mittelmeer bis nach England, Irland, Deutschland und Skandinavien. Immer ging es über Ouessant! Für die Ägypter, Phönizier, Griechen, auch für die Römer und später die Wikinger.«

Riwal eilte durch die Jahrhunderte, eine seiner Spezialitäten.

»Bis zum frühen Mittelalter war hier die Hölle los, auf der Insel lebten über fünftausend Menschen. Die Schiffe konnten frisches Wasser und Nahrung laden, ohne Umwege fahren zu müssen.«

Er gönnte sich eine ganz kurze Pause zum Atmen.

»Für die Römer hatte Ouessant übrigens eine entscheidende strategische Bedeutung bei dem Versuch, Britannien zu erobern. Von hier aus stießen sie über den Kanal. Die Eroberung gelang bekanntermaßen ja nur zum kleinsten Teil.«

Im letzten Satz hatte Stolz mitgeschwungen, als hätte Riwal – der kühne Gallier – selbst mitgekämpft gegen die imperialistischen Gelüste Roms.

Es war eine verrückte Vorstellung: dass diese entlegene Insel einst ein heftig bevölkerter Ort gewesen war.

»Apropos strategische Bedeutung, Chef: Die USA verdanken ihre Unabhängigkeit Ouessant! 1778 haben wir Franzosen aufseiten der jungen, freiheitsliebenden Amerikaner gegen die Engländer gekämpft. Die erste Schlacht wurde von Ouessant aus geschlagen. Von hier aus nämlich griff die französische Marine die englische Flotte an, die über den Atlantik setzen wollte, und schwächte sie entscheidend, bevor es überhaupt losging. Ohne Ouessant würden die USA noch immer zu England gehören!«

In Riwals Stimme lag blankes Entsetzen.

Dupin, Riwal und Le Menn waren Kadeg ins Wohn- und Esszimmer gefolgt. Von außen war in keiner Weise zu erahnen, wie geräumig das Haus war. Listig täuschte es über seine wahren Dimensionen hinweg, Dupin war schon gestern bei der ersten kurzen Inspektion überrascht gewesen. Nach hintenraus war es irgendwann großzügig ausgebaut worden, an das Wohnzimmer schloss sich Richtung Garten Saux' Musikstudio an. Durch große gläserne Schiebetüren gelangte man vom Studio auf die Terrasse.

»Ich denke, es liegt an den *Morganezed*. Dass die Insel so viel mit Musik zu tun hat.«

Le Menn kam auf Dupins Frage zurück, nicht weniger mystisch allerdings als Riwal. Sie stand auf ihre typische Art da, selbstbewusst, ein wenig breitbeinig, was zu den breiten Schultern der ehemaligen Leistungsschwimmerin passte.

»Musik und Gesang gehören zum Wesen einer Meerjungfrau. – Und die Ouessantins wachsen mit diesem Gesang auf. Sie hören ihn ständig, er ist ihnen vertraut wie das Tosen des Meeres und das Heulen des Windes. Natürlich liegt einem die Musik dann im Blut.«

In der Bretagne gab es keine Trennung zwischen der Natur und dem Fantastischen.

»Am besten«, fügte Le Menn hinzu, »erklärt es sich aber durch die Verbindungen zwischen den *Morganezed* und einzelnen Inselmännern – auch wenn es diese Verbindungen nur ganz selten gab und die Männer sie noch seltener überlebten. Durch ihre Nachkommen gelangte die übernatürliche musikalische Gabe der *Morganezed* dann unter die Menschen, die Inselbewohner.«

»Ein wichtiger Aspekt«, stimmte Riwal zufrieden zu.

»Diese ganze Meerjungfrauen-Sache ist doch reiner Humbug!«, protestierte Kadeg umso heftiger. »Wir sollten uns auf die Ermittlungsarbeit konzentrieren!«

Demonstrativ widmete er sich dem Sammelsurium auf dem Esstisch. Dupin hatte es gestern schon einmal überflogen. Auch hier lagen Stapel von Musikzeitschriften. Zudem alle möglichen Kabel, teils gehörten sie zu dem Notebook, das auf dem Tisch gestanden hatte und sich nun, wie die anderen Computer von Lionel Saux, in Rennes bei den Experten befand.

»Und nicht zu vergessen«, Riwal schien noch etwas einzufallen, »die neun Druidinnen. Auch für sie spielte Musik eine zentrale Rolle. – Was uns unmittelbar zur Natur führt. Zu den Elementen, mit denen man hier auf Ouessant so intensiv in Kontakt steht. Wenn es stimmt, dass die Ursprünge der Musik in der Nachahmung von Naturlauten liegen, kommt man nämlich noch zu einer ganz anderen Antwort auf Ihre Frage, Chef.«

Riwal versuchte, es spannend zu machen.

»Denken Sie an Yann Tiersen. Auf seinem Album *Eusa* hören wir die Elemente auf Ouessant, Yann Tiersen hat das Meeresrauschen, den Wind, den Sturm einfangen.«

Dupin wusste, wovon Riwal sprach. Claire, auch ein großer Yann-Tiersen-Fan, hatte ihm das Album vorgespielt.

»Tiersen lässt uns verstehen, dass die reinen Naturklänge selbst schon Musik sind, wenn man nur genau hinhört. *Eusa* – ›die Insel‹ auf Bretonisch – schafft es, mittels minimaler musikalischer Mittel eine maximale emotionale Wirkung zu entfachen. Tiersen ist ein Meister der …«

»Ein großer Meister, ganz unbedingt.« Jetzt intervenierte

Dupin. Es ging nicht anders, sie kamen völlig vom Thema ab. »Aber jetzt sollten wir uns das Studio ansehen. – Vielleicht gibt es auch eine Art Musikarchiv.«

»Bestimmt, Chef, aber ganz sicher digital. Ich habe den IT-Experten schon Bescheid gegeben, dass wir insbesondere an den Kompositionen Interesse haben, vor allem an den älteren.«

Riwal war augenblicklich zurück im Ermittlungsmodus.

»Mithilfe neuer künstlicher Intelligenz wie ChatGPT-4 kann man musikalische Plagiate viel einfacher erkennen. Ein Problem bleibt freilich bestehen: Was ist legitime Inspiration, die es immer gab und aus der jede Kunst besteht, was ist Zitat oder Hommage – und was ist schlicht und einfach Plagiat? Keine leichte Frage, Chef.«

»Da gibt es die dreistesten Fälle«, warf Le Menn ein. »Aber die Musikindustrie ist ohnehin ein Desaster.«

»Sie meinen, wenn wir Saux' Kompositionen haben, kann eine intelligente Software sie mit veröffentlichten Songs abgleichen, Riwal?«

Dupin war vor Saux' imposanter Musikanlage direkt hinter dem Durchgang zum Wohnzimmer stehen geblieben. Die alte Schule, natürlich. Separater Vorverstärker, Endstufe, CD-Spieler, alles von NAD. Thorens-Plattenspieler. Ein deckenhohes CD- und Plattenregal.

»Klar, Chef. Solche Programme existieren seit den frühen 2000er-Jahren, mittlerweile arbeiten sie immer genauer.«

Dupin sah sich die CDs und Platten im Regal an. Keltische Gruppen vor allem, er kannte keine einzige.

»Hier!« Kadeg hielt ein Heft in die Luft. »Eine Komposition, an der Lionel Saux anscheinend gerade gearbeitet hat.«

Ein DIN-A4-Heft, ein unscheinbares Grau.

Kadeg legte es auf den Tisch und schlug es auf.

Dupin, Riwal und Le Menn scharten sich um den zweiten Inspektor.

Ein Notenheft. Von dem nur wenige Seiten benutzt worden

waren. Noten waren allerdings keine zu sehen. Es schien sich um einen Songtext zu handeln. Ein Song auf Bretonisch. Ohne Titel. Es war dieselbe markant-krakelige Schrift wie in dem Ziegenzucht-Buch aus Destocs Haus.

Kadeg blätterte ein paarmal hin und her.

Auf der ersten Seite des Heftes schien der Text einmal in Gänze aufgeschrieben worden zu sein, auf den folgenden nur strophenweise. In großer Schrift und mit viel freiem Raum. Unter, neben und über einzelnen der Wörter standen andere Wörter. Als hätte Saux den Text redigiert. In noch miserablerer Klaue, aber immerhin auf Französisch.

Dupin meinte einmal »Feld«, einmal »unter« oder »unten« und »Meer« lesen zu können.

»Weiß jemand, was …«

»Das ist das alte, berühmte Ouessant-Lied«, beantwortete Riwal Dupins Frage, bevor er diese ganz gestellt hatte. »Beziehungsweise der Text davon. – Rayanne Ker hat doch eben erzählt, dass Lionel Saux es neu schreiben wollte.«

»Aber doch nur die Musik, die Melodie, dachte ich.«

»Nur die Melodie, ja. Aber dazu musste er vielleicht den Text noch einmal genau studieren.«

Le Menn und Kadeg schauten Riwal und Dupin fragend an. Riwal erklärte es.

»Von einer neuen Melodie ist hier nichts zu sehen«, sagte Kadeg ein wenig patzig.

»Hier nicht. Nein. Vielleicht findet sich etwas auf den Computern.«

»Das Original ist etwas stampfig«, stellte Le Menn fest.

Das Wort, das auch Rayanne Ker benutzt hatte.

Dupin nahm das Heft und blätterte es selbst noch einmal durch.

Der Rest war leer.

»Der Text stammt aus dem achtzehnten Jahrhundert«, begann Riwal, »er …«

»Ich sehe mich mal in Saux' Studio um«, unterbrach Dupin. Er hatte keinen Nerv für weitere Ausführungen. Das Studio nahm den gesamten hinteren Teil des Hauses Richtung Garten ein.

»Kadeg und Le Menn, Sie machen hier weiter«, wies Dupin an, »Riwal, Sie kommen mit mir.«

Eventuell würde er Riwals Expertise brauchen.

»Alles da, Chef. Ein perfekt ausgestattetes Studio. Uilleann Pipes, der ursprüngliche irische Dudelsack; Highland Pipes, der schottische Dudelsack; eine Concertina, eine Art Akkordeon«, Riwals Augen leuchteten, »und sehen Sie hier, die Bodhrán, eine Rahmentrommel; eine Tin Whistle, eine Irish Flute, eine Geige … und dort eine keltische Harfe mit der typisch gebogenen Säule. Wir könnten hier ein komplettes keltisches Stück einspielen.«

Eine aberwitzige Vorstellung.

Dupin war als Kind schon an der Blockflöte gescheitert. Er liebte Musik, ja, er hörte sie gerne und viel, aber selbst spielen – nein. Er war furchtbar unmusikalisch. Seine Mutter hatte ihn zu Schulzeiten mit Klavier und Geige traktiert, ein aristokratisches Muss, die strenge Lehrerin war derart an ihm verzweifelt, dass sie seine Mutter bekniet hatte, der Folter ein sofortiges Ende zu setzen.

»Diese Harfe hier ist ein absolutes Meisterwerk. Eine Erard, im Rahmen signiert. Aus der Mitte des neunzehnten Jahrhunderts. – Die beiden vorderen Füße haben die Gestalt einer Meerjungfrau, haben Sie gesehen?«

Hatte Dupin bisher nicht.

Riwal war begeistert. Er stellte sich in die Mitte des Raums und drehte sich einmal im Kreis, wie ein Kind. Die Instrumente waren einzeln auf großen, naturbelassenen Granitsteinen aufgebaut. So als sollten sie mit der Kraft des uralten Gesteins aufgeladen werden. Alle vier Wände waren mit Schaumstoff verkleidet, allerdings nicht schwarz oder grau, wie man es aus Tonstudios kannte, sondern in *glaz,* der einzigartigen bretonischen Farbe des Meeres.

Richtung Eingang stand ein Flügel, vor der Panoramafensterfront, durch die man in das Tal sah, die große Harfe, sicher eineinhalb Meter hoch. Beim Spielen weilte der Blick auf der wilden, sich selbst überlassenen Natur des Gartens, es musste wunderbar sein.

Der lang gezogene rechteckige Raum war eine Mischung aus meditativer Reduktion und technischem Chaos, dicke, schwere Kabel liefen zu den zwei schmalen Tischen, auf denen die beiden Computer gestanden hatten, große iMacs. Vier Standleuchten aus Edelstahl, wie auf einem Filmset. Sechs identische Boxen, weiß, hüfthoch, drei auf der einen, drei auf der anderen Seite, ausgerichtet auf den Schreibtisch in der Mitte. Kein Stuhl, sondern ein runder Hocker mit Rollen in knalligem Orange. Die Wand mit der Eingangstür war bis zur Decke mit hellen Eichenregalen zugebaut, die mit Büchern, Zeitschriften, Ordnern vollgestopft waren.

»Gut, dann schauen wir mal, was wir hier haben.«

Riwal stand vor den Regalen und nahm einen der Ordner heraus.

Dupin war an die Glastüren getreten. Schon auf dem Fahrrad eben hatte er gespürt, dass ihm schwindelig war. Seitdem war es schlimmer geworden – kein Schwindel nur im Kopf, der ganze Körper war betroffen. Mit ihm tönte das sphärische Klingen noch lauter.

Er schaute über die Terrasse und den Garten ins Tal. Eine Wiese, hohe Bäume, Lärchen, Eichen, in den Bäumen ein Vogel, ein Bachlauf. Es sah friedlich aus, aber unspektakulär.

Dupin riss sich zusammen. Er sollte sich wie Riwal um die Ordner kümmern.

»Ein strukturierter Mensch, dieser Lionel Saux. – Das hier sind Aufzeichnungen aus seinem Musikstudium, Chef. Alles akkurat abgeheftet. – Übrigens war er an der *University of Limerick*, ein hoch angesehener Studiengang für keltische Musik. Eine echte Institution. Wussten Sie, dass auch er eine Zeit lang in Irland gelebt hat?«

»Nein.«

Das war neu, aber tief waren sie in Saux' Vergangenheit ohnehin noch nicht eingedrungen.

Dupin griff nun selbst zu einem der Ordner.

»Das Universitätsprogramm ist mit der legendären *Irish World Academy of Music and Dance* verbunden. Die Studenten lernen dort sämtliche keltischen Instrumente, aber auch das Kulturelle, Historische, Gesellschaftliche spielen eine wichtige Rolle. Sie wissen, bei uns Kelten ist Musik nicht einfach Musik.«

Dupin wusste es. In der Bretagne war nichts einfach nur das, was es war.

»Musik ist Leben – und Leben ist Musik. Und nicht bloß ein netter Zusatz zum Leben.«

Auch solche Sätze kannte Dupin. Und hatte sich die letzten zwölf Jahre davon überzeugen können, dass sie keine leere Formel waren, sondern lebendigste Wahrheit.

In dem Ordner, den er herausgeholt hatte, befanden sich abgeheftete CD-Kataloge eines keltischen Musiklabels. *Ar Mor Braz.* »Das große Meer«. Der Atlantik.

»Aber sie waren nicht gleichzeitig in Irland, oder? Lionel Saux und Rayanne Ker?«

»Warum?«

Dupin wusste selbst nicht genau, worauf er mit der Frage abzielte.

Riwal blätterte weiter.

»Also nach diesen Aufzeichnungen hier nicht. Die Notizen zu den Vorlesungen sind alle datiert. Sie sind zehn und …«,

Riwal blätterte noch einmal, »… elf Jahre alt. Aber wir fragen Rayanne Ker einfach. – Die Harfe scheint damals Lionel Saux' Lieblingsinstrument gewesen zu sein, er hatte gleich mehrere Kurse belegt. – Ein in unserer Gegenwart völlig missverstandenes Instrument.«

Riwal schien damit ganz und gar nicht einverstanden.

»Die Pariser Akademie hat sie letztes Jahr deswegen zum Instrument des Jahres gekürt, Chef. In Irland ziert sie immer schon das nationale Wappen, zudem ungezählte irische Firmenlogos, denken Sie an *Guinness*. Vor allem natürlich die Ein-Euro-Münze.«

»Und sie ist Rayanne Kers Instrument«, fügte Dupin hinzu. »Sie …«

Dupin brach ab. Er lief mit dem Ordner in der Hand zurück zur Glastür. Dieser Vogel im Baum eben. War er nicht seltsam groß gewesen? Viel zu groß? Setzten sich Möwen auf Bäume? Nur Möwen hatten diese Größe. Dupin erinnerte sich nicht, je eine Möwe auf einem Baum gesehen zu haben. Außerdem war er sich sicher, dass der Vogel keinesfalls weiß gewesen war. Er war dunkel gewesen, eindeutig.

»Ist was, Chef?«

Der Vogel war weg.

Dupin öffnete die Terrassentür, trat hinaus, sah sich um und kam in den Raum zurück. Er ließ die Tür offen stehen, die Luft drinnen war ein wenig stickig.

»Alles okay, Riwal.«

Er ging zum Regal zurück.

Riwal war in seinen Ordner vertieft.

»›So oft‹«, der Inspektor las etwas vor, die Stimme theatralisch tief, »›der böse Geist von Gott über Saul kam, nahm David die Harfe und spielte darauf mit seiner Hand. So wurde es Saul leichter und es ward besser mit ihm und der böse Geist wich von ihm.‹ – Erkennen Sie es, Chef?«

»Nein.«

»Altes Testament. Saux hat es bei einer Vorlesung mitgeschrieben. Der Hirtenjunge David, später dann König David, spielt auf der Kinnor, der israelischen Harfe. – Aus Mitteleuropa war die Harfe nach dem Ende der Hochkulturen und der Verdrängung der Kelten übrigens für eine ganze Weile verschwunden. Erst im Mittelalter haben wir Kelten sie zurückgebracht, von Irland, Schottland, der Isle of Man, Cornwall und der Bretagne aus. – Auf dem legendären irischen Máedóc-Schrein aus dem Jahre 1000 findet sich die älteste bekannte Darstellung einer irischen Harfe. Die ältesten erhaltenen Harfen stammen aus dem vierzehnten Jahrhundert und sind in Argyll, im Südwesten Schottlands, gefertigt worden. – Waren Sie schon mal in der Bibliothek des *Trinity College* in Dublin, Chef?«

»Nein.«

Auch im nächsten Ordner, den sich Dupin ansah, waren Kataloge abgeheftet, dieses Mal von einem Secondhand-Musikversand.

»Im Eingang steht dort die *Harp of Brian Boru,* quasi als magische Wächterin. – Und im schottischen Nationalmuseum in Edinburgh, waren Sie da einmal?«

»Ja.«

Es war sicher fünfundzwanzig Jahre her, aber da war er tatsächlich einmal gewesen.

»Dort kann man die Königin-Mary-Harfe und die Lamont-Harfe bestaunen. – Zusammen nennt man sie ›die magischen Drei‹. – Es ist ein Skandal, dass Europa das Keltische als Folklore abtut.«

Dupin schwante Übles, Riwal steuerte geradewegs auf das heikelste aller Themen zu. Und tatsächlich:

»Zuerst wurde die zentrale Kultur Europas vernichtet und verdrängt und wir Kelten mussten bis an die äußersten westlichen Ränder des Kontinents fliehen. Dann, nachdem die Barbaren eingefallen waren und alles zunichtegemacht hatten, gaben wir Europa einen großen Teil seiner verlorenen Identität zurück – und wofür? Der entscheidende keltische Beitrag zur europäischen Kultur wird heute komplett ignoriert. Auch und gerade für die Moderne!«

»Sie haben völlig recht, Riwal. Ein Skandal!«

Dupin wusste, dass bei dem Thema selbst eine noch so resolute Unterbrechung bloß eine weitere ausschweifende Empörung des Inspektors verursachen würde. Das Beste in solchen Situationen war nachdrückliche Zustimmung.

»Na gut«, beruhigte sich der Inspektor tatsächlich. »Also weiter.«

Dupin war bereits drei Ordner weiter, die allesamt noch mehr Kataloge enthalten hatten. Warum, fragte er sich, hatte ein so ordentlicher Mensch die Ordner zwar so akkurat geführt, aber von außen nicht beschriftet?

»Die moderne Konzertharfe wurde erst Anfang des 19. Jahrhunderts entwickelt, ein irre komplexes Instrument, es besteht aus bis zu zweitausendfünfhundert Einzelteilen.«

Das war es wohl, was Riwal mit »also weiter« gemeint hatte.

»Wagner, Mahler und Debussy ließen sie umfassend zum Einsatz kommen. Es ist also völliger Quatsch, die Harfe nur mit der Vormoderne zu assoziieren.«

Riwal ärgerte sich, als wäre es Dupins Schuld.

»Meerjungfrauen spielen Harfe, oder?«

Riwal blickte Dupin fragend an.

Dupin konnte selbst nicht fassen, was er da gerade gefragt hatte.

»So ist es. Überhaupt werden heutzutage Frauen mit der Harfe assoziiert. Engelsgleiche Wesen mit langem Haar, die den filigranen Saiten sphärische Melodien entlocken, berührend und entrückend … Was auf die adelige Pariser Salonkultur des achtzehnten Jahrhunderts zurückgeht. – Man muss wirklich sagen«, Riwal echauffierte sich aufs Neue, »dass die gängigen Harfenklischees dem Instrument ungemein geschadet haben. Dabei ist es das Instrument von Dagda, dem keltischen

Gott. Dem Herrscher über das göttliche Volk der Thúata de Danann, die an den steilen Küsten und in den tiefen Wäldern der grünen Insel lebten, Wesen mit goldenem Haar und leuchtenden blaugrünen Augen, die über außergewöhnliche Kräfte verfügten. Vor allem aber waren sie mächtige Krieger. Der Speer des Lugh verfehlte nie sein Ziel, dem Lichtschwert Nuadas vermochte niemand etwas entgegenzusetzen. Wussten Sie, dass George Lucas sich die Idee des Lichtschwertes für *Star Wars* hier abgeguckt hat?«

»Nein.«

Dupin war beim nächsten Ordner. Es war unglaublich. Das Archivieren war offenbar Saux' Leidenschaft gewesen. Der Ordner enthielt Schulhefte. Ein Internat in Brest offensichtlich. Dupin wäre nie auf die Idee gekommen, Schulhefte aufzubewahren.

»Dem keltischen Glauben zufolge gab es zwei Quellen des Lebens: den Kessel des Dagda, ein Bronzekessel voller Nahrung, welcher niemals leer wurde, und Uaithne, die göttliche Harfe, deren Klänge die Welt erschaffen haben. Gefertigt aus dem Holz der magischen Eiche, überreich verziert mit Gold und Juwelen. Nur einer, Dagda selbst, durfte sie spielen – oder zum Spielen bringen, denn eigentlich spielte sie sich selbst. Ihr entflossen die ersten Melodien, sie ist der Anfang aller Musik, sagt man.«

Dupin stellte den Ordner zurück. Er holte den nächsten aus dem Regal.

Plötzlich hörten sie ein lautes Geräusch.

»Was war das?« Riwal war heftig zusammengefahren, Dupin nicht weniger. Sie starrten zur Terrassentür. Das Geräusch war von draußen gekommen.

»Das war ein Schrei, oder? Ein sonderbarer Schrei.« Riwals Stimme war brüchig.

Es hatte sich tatsächlich so angehört.

Dupin lief zur Terrassentür, Riwal folgte.

Sie traten in den Garten.

Es war nichts zu sehen. Kein Vogel, aber auch nichts anderes.

»Das war ein Tier, Chef.«

»Vielleicht eine Katze. Die machen die unwahrscheinlichsten Geräusche.«

Auch wenn es stimmte, sprach Dupin ohne rechte Überzeugung.

»Nein. – Das war der gleiche Schrei wie letzte Nacht. – Ein Schwein, glauben Sie es mir.«

Riwal hatte es mit Grabesstimme gesagt.

Auf der Insel wurden Schweine gehalten. Vielleicht auch hier im Tal?

»Gehen wir zurück an die Arbeit.« Dupin sprach mit so fester Stimme wie möglich.

Riwal atmete tief ein, schüttelte sich kurz. Dieses Mal schloss Dupin die Tür. Nur vorsichtshalber.

Sie kehrten zum Regal zurück.

Simultan griffen beide nach dem nächsten Ordner.

Das Schwindelgefühl, merkte Dupin, war noch stärker geworden.

Er hatte es nun mit Bestellungen und Rechnungen von Musikequipment zu tun. Er blätterte und stellte den Ordner zurück.

Riwal war ausnahmsweise verstummt und studierte Lionel Saux' abgeheftetes Leben.

Dupins nächster Ordner enthielt abermals ordentlich abgelegte Rechnungen, dieses Mal von Musikinstrumenten.

»19 716,92 Euro?«

Dupin hatte es laut ausgerufen.

»Wofür, Chef?«

»Die Harfe. Nur die Harfe.«

Riwal war nicht überrascht.

»Wie gesagt: eine Erard, im Rahmen signiert. Der berühmteste Instrumentenbauer des neunzehnten Jahrhunderts.«

Genau so stand es auf der Rechnung: »1840. Im Rahmen signiert: ›Erard‹. Maße: Höhe 178 cm, Breite 54 cm, Tiefe 91 cm. Vergoldete Akzente, auf vier kurzen Füßen stehend, die vorderen beiden in Form von Sirenen.«

»Da hat sich Saux wirklich ein ganz feines …«

Riwal hielt inne.

»Das ist äußerst interessant.«

Er schwieg eine Weile, las, dann blätterte er weiter.

»Was gibt es, Riwal?«

Der Inspektor las wieder, blätterte dann noch einmal weiter.

»Wahnsinn! Hier, Chef! – Schauen Sie mal.«

Dupin versuchte, mit hineinzuschauen.

Riwal legte den Ordner auf den leeren Tisch in der Mitte des Raums.

»Korrespondenzen von Lionel Saux mit einem Anwalt in Paris. Eine große Kanzlei offenbar, im Sechsten. Es geht um Plagiatsvorwürfe. Gegen mehrere Musiker.«

»Gegen wen?«

»Musiker und Gruppen aus der keltischen Szene, soweit ich das sehe. Unbekannt, zumindest mir. Bisher habe ich keinen berühmten Namen entdeckt.«

»Von den *Sirenen* ist keine dabei? Rayanne Ker vielleicht?«

Riwal blätterte weiter.

»Auf den ersten Blick nicht, nein. Aber ich gehe den Hefter gleich noch einmal ganz genau durch. Es sind«, er blätterte bis zum Ende, »vielleicht fünfzehn Fälle, würde ich sagen. Chronologisch abgeheftet. Die erste Korrespondenz stammt von 2014. Die letzte ist sechs Monate alt.«

Dupin begann selbst in dem Ordner zu blättern.

»Hieraus lässt sich nicht schließen, wie die Angelegenheiten ausgegangen sind«, kommentierte Riwal, »ob es zu Prozessen kam und wie die verlaufen sind.«

Das mit den Plagiaten war offenbar ein viel wichtigerer Aspekt als gedacht.

»Es ist immer derselbe Anwalt aus Paris. Hier steht auch eine Telefonnummer.« Dupin holte sein Handy hervor. »Ich rufe ihn an.«

»Jetzt direkt?«

Anstatt zu antworten, lief Dupin zur Terrassentür, trat hinaus und ging weiter in den Garten.

Es war die erste heiße Spur – vielleicht. Natürlich wäre unklar, was Daniel Destoc damit zu tun hätte. Dennoch.

Das Freizeichen.

»*Cabinet Delafoé,* bonjour, wie kann ich Ihnen helfen?«

Eine helle Frauenstimme.

»Georges Dupin. Ich würde gerne Monsieur Lambau sprechen.«

Dupin ging von der Terrasse auf die Wiese.

»Er ist zwar im Haus, aber gerade in einer Sitzung.«

Das unentrinnbare Schicksal aller arbeitenden Menschen weltweit, egal in welcher Branche oder in welcher Position. Sitzungen, eine nach der anderen. Dupin kannte es noch aus Paris, es hatte immer mehr zugenommen. Und trug kuriose Früchte: Irgendwann hatte es zusätzliche Sitzungen gegeben, in denen es über Monate darum ging, die Anzahl der Sitzungen zu reduzieren – woraufhin die Kollegen erst recht Probleme bekamen und deshalb in »Zeitmanagement-Seminare« geschickt wurden, die am Ende auch nichts anderes waren als neue Sitzungen …

»Worum geht es denn? Vielleicht kann ich Ihnen ja auch helfen.«

»Commissaire Georges Dupin – ich ermittle in zwei Mordfällen. Würden Sie Monsieur Lambau bitte kurz aus seiner Sitzung holen, Madame?«

Er hätte gleich so beginnen sollen.

»Oh. Aber natürlich, Monsieur le Commissaire, einen Augenblick bitte. Ich stelle Sie dann zu ihm durch. Bitte bleiben Sie in der Leitung.«

Dupin lief vom Garten auf die Wiese im wilden Teil des Tals.

Er durchquerte eine Ansammlung von Hexenkrallen, eine verrückte Pflanze, die Claire so mochte. Weiße Blüten, die jeweils aus Dutzenden weißen Krallenfingern bestanden.

»Monsieur le Commissaire?«

Eine Männerstimme.

»Commissaire Dupin, Commissariat de Police Concarneau, ich ermittle in zwei Mordfällen auf der Île d'Ouessant. Einer der Toten ist Ihr Klient Lionel Saux.«

»Monsieur Saux?«

»So ist es.«

»Das ist ja fürchterlich. Was ist passiert?«

»Das versuchen wir gerade herauszufinden. Deswegen rufe ich an. Sie haben ihn bei seinen Plagiatsvorwürfen beraten.«

»Das habe ich.«

»Erzählen Sie mir davon.«

»Es geht insgesamt um«, eine Pause, »ich denke, um ein Dutzend Klagen, die er anstrengen wollte. In drei Fällen ist es tatsächlich zu Prozessen gekommen. Die alle mit einem Vergleich endeten.«

»Und die anderen Fälle?«

»Bei den meisten anderen habe ich Monsieur Saux von der Einreichung einer Klage abhalten können. Zwei Klagen hat das Gericht abgewiesen, weil die Faktenlage zu diffus war.«

»Mich interessieren insbesondere fünf Musikerinnen – ob sie in einen oder mehrere der Fälle involviert waren. Enora Gaëc, Céleste Bourvil, Romy Potin, Jade Quiniou, Rayanne Ker.«

»*Die* Rayanne Ker?«

»Genau.«

Dupin kam an zwei Bäumen vorbei, die ineinander verwachsen waren, trichterförmige pinkrote Blüten mit einer merkwürdig exotischen Form. In dem einen Baum hatte vorhin der große Vogel gesessen – wenn er ihn sich nicht eingebildet hatte.

»Nein. Die Musiker, um die es ging, sind ehrlich gesagt alle nicht so bekannt. Und«, er zögerte, »wie soll ich das sagen …«

»Sprechen Sie einfach weiter.«

»Monsieur Saux hat … Nein, besser so: Ich will gar nicht bestreiten, dass Monsieur Saux' Verdacht in einigen Fällen einen Grad Substanz hatte, in dreien ganz bestimmt, aber er hat auch sehr übertrieben damit. Mit der Angst, meine ich, dass andere ihm Melodien oder auch Themen und Motive geklaut haben könnten. Was ich ihm offen gesagt habe. – Um es so auszudrücken: Die allermeisten Fälle waren äußerst schwammig.«

Die Aussagen des Anwalts entsprachen der Darstellung der fünf Musikerinnen und der Bürgermeisterin.

»Und diese Vergleiche? Da muss es doch auch für das Gericht eine gewisse Evidenz gegeben haben.«

War es ausschließlich Paranoia oder war doch etwas dran? Das war die Frage.

»Allerdings. – In einem Fall ging es um einen ganzen Refrain, die Melodie eines Refrains. Da war es auch nach meinem Dafürhalten offenkundig. – Das war der letzte Fall, der Prozess war Anfang des Jahres. Ein junger Musiker hat die Melodie aus einer Komposition von Monsieur Saux aus dem Jahre 2010 übernommen, die Saux damals auf Konzerten gespielt hat. Der fragliche Musiker hat nachweislich mindestens zwei dieser Auftritte besucht. Vor zwei Jahren hat er dann seinen Song mit dem geklauten Refrain veröffentlicht. Ein Hit ist er nicht geworden, aber auch kein Misserfolg. Die Einigung belief sich auf zwölftausend Euro.«

Dupin wartete. Eine Hecke aus wilden Tamarisken versperrte den Weg, es gab kein Durchkommen.

»Wie heißt er?«

»E. Enec, nur das E. als Vorname. Er lebt und arbeitet mittlerweile auf der Isle of Man. Er ist Feuerwehrmann, verheiratet und hat fünf Kinder. Musik ist nur sein Hobby, er veröffentlicht ausschließlich auf Streaming-Plattformen.«

»Und die anderen beiden Vergleiche?«

»Sieben und acht Jahre her. Und alles viel weniger, sagen wir, valide. Die Einigungen beliefen sich einmal auf tausend, einmal auf zweitausend Euro.«

»Und das war es?«

»Das …«

»Chef!«

Riwal kam herbeigestürzt.

»Wir müssen sofort zur Kirche.«

»Was ist passiert?«

Dupin hatte das Handy vom Ohr genommen.

»Sybil Jaouen und der Pfarrer! Es geht um die *Proella*-Kreuze.«

»Ich … einen Moment, Riwal.«

Dupin wandte sich an den Anwalt:

»Haben Sie vielen Dank, Monsieur Lambau, ich muss mich verabschieden. Ein Notfall. Au revoir.«

»Au revoir, Mons…«

Dupin hatte aufgelegt.

»Es gibt einen unterirdischen Gang unter dem Friedhof«, fuhr Riwal atemlos fort, »von der Kirche aus. Bis zum Mausoleum. Er wurde nicht mehr benutzt und war seit über einem halben Jahrhundert zugesperrt. Jetzt hat der Pfarrer bemerkt, dass das Schloss aufgebrochen wurde, wohl ganz frisch. Er ist aber nicht reingegangen …«

»Ein Geheimgang zu dem Mausoleum, in dem die Kreuze liegen?«

Es wurde immer mysteriöser.

»Exakt, er …«

»Wurden Kreuze aus dem Mausoleum gestohlen?«

Dupin war in einen Laufschritt verfallen.

»Das wissen wir noch nicht. Sie waren noch nicht drin. Der Pfarrer hat sich sofort gemeldet, als er das mit dem aufgebrochenen Vorhängeschloss festgestellt hat. Erst vor einer Minute.«

»Bei unserem Gespräch hat er nichts von einem unterirdischen Gang erwähnt.«

Es war ungeheuerlich.

»Wahrscheinlich fällt der Tunnel für ihn unter die legitimen Geheimnisse der Kirche.«

Sie liefen über die Terrasse durch das Musikstudio Richtung Haustür.

»Und was hat Sybil Jaouen mit der Sache zu tun?«, wollte Dupin wissen. Es war verflixt: Was immer geschah, sie war in irgendeiner Weise dabei.

»Es war ihre Idee, sie hat den Pfarrer aufgefordert, nach dem Gang zu schauen.«

»Verstehe.«

Dupin konnte es sich gut vorstellen, es passte perfekt.

In der Küche trafen sie auf Kadeg und Le Menn.

»Le Menn, Sie kommen mit! – Kadeg, Sie gehen die restlichen Ordner durch – und warten auf die beiden Kollegen, die sich hier postieren sollen.«

Dupin wollte auf Nummer sicher gehen, hier auf der Insel war alles möglich.

Es war ein Katzensprung.

Das Sträßchen hoch, an Romy Potins Bar vorbei, wo sie am Morgen gesessen hatten. Es kam Dupin vor, als wäre es Tage her.

Der Kommissar lief voraus, gefolgt von Le Menn und Riwal. Die drei Polizisten stürmten in die Kirche von Lampaul.

Sybil Jaouen und der Pfarrer erwarteten sie neben dem Altar.

Die alte Dame hatte sich inzwischen umgezogen, das gelbe Kleid war einem schwarzen gewichen, aber auch dieses: lang und weit. Das weiße Haar wirkte im Kontrast zum Schwarz des Kleides und im Zwielicht der Kirche noch weißer, die hellblaugrünen Augen leuchteten.

»Ich habe es Ihnen gesagt«, begrüßte sie die drei. »Es sind die Kreuze von damals.«

Ihre Stimme klang unheimlich.

»Wenn ich es richtig verstehe«, Dupin war außer Atem zum Stehen gekommen, »hat noch niemand den Gang betreten. Das heißt, wir wissen es noch nicht.«

»So naiv können Sie doch nicht sein«, strafte ihn Sybil Jaouen ab.

»Wir schauen es uns umgehend an, Madame Jaouen.«

»Hier entlang«, wies der Pfarrer sie an, er hielt eine Taschenlampe in der Hand.

Ohne weitere Umstände marschierte er auf eine geschickt versteckte Tür am rechten Ende der Kirche zu. Sie führte in ein kleines Zimmer, offenbar ein Rückzugsort für die Geistlichen. Ein spartanischer Sessel, ein spartanischer Schreibtisch. Und eine schlichte hölzerne Wendeltreppe, die nach unten führte.

»War der Raum hier abgeschlossen?«, wollte Riwal wissen.

»Das ist er nie.« Der Pfarrer ging zur Wendeltreppe und begann den Abstieg in die Unterwelt. Der Abstand zwischen den Stufen war groß, sodass jeder Schritt einem Kletterakt gleichkam. Seltsamerweise hatte Sybil Jaouen genau jetzt keinen Stock dabei – sie schien jedoch auch gar keinen zu brauchen.

Sie stieg direkt hinter dem Pfarrer hinab, dann folgten Le Menn und Riwal. Dupin als Letztes. Er hasste Kellerräume, er hoffte, es bliebe eine kurze Episode, in seinem letzten Fall hatte er es besonders ausgiebig mit unterirdischen Labyrinthen zu tun bekommen. Er spürte schon jetzt, wie sein Schwindel weiter zunahm.

Unten angekommen, standen sie vor einer uralt wirkenden Holztür, die ohrenbetäubend knarrte und knarzte, als der Pfarrer sie öffnete. Als Nächstes empfing sie ein abscheulicher Gestank. Moder, Staub, aber auch Verwesung, etwas Beißendes.

Eine dunkle Welt. Eine einzige funzelige Glühbirne gab

schwaches Licht. Der Boden nackte, platt getretene Erde. Mehrere alte, verrostete Kerzenständer, ein paar Kirchenbänke, mehr gab es hier nicht. Dupin sah, dass zwei unbehaglich schmale Gänge von dem Raum abzweigten, keinen Meter breit, nicht mehr als eins sechzig, eins siebzig hoch.

»Früher suchten die Menschen hier bei den mächtigen Stürmen Schutz. Es ist der einzige Kellerraum der Insel«, erklärte der Pfarrer. »Der Gang hier«, er wies auf die erste der beiden Abzweigungen, »führt zu einer Kammer, die einst als Vorratsraum benutzt wurde.«

»Also als großzügiger Weinkeller für die Pfarrer«, kommentierte Sybil Jaouen trocken und steuerte geradewegs auf den zweiten Gang zu, der Pfarrer beeilte sich, hinterherzukommen.

»Halt!«, instruierte Dupin.

Auch hier war der Boden nackte Erde. Sie schien hart wie Stein, dennoch, vielleicht gab es zumindest Ansätze von Spuren.

»Die Spurensicherung muss sich den Gang erst ansehen, solange geht da außer uns niemand rein«, assistierte Riwal.

»Geben Sie mir bitte mal die Taschenlampe, Monsieur le Curé«, sagte Dupin.

»Ich komme mit«, protestierte der Pfarrer. »Es ist schließlich meine Kirche.«

»Und ich ebenfalls«, Sybil Jaouens Tonfall war sehr bestimmt. »Stellen Sie sich nicht so an! Der Pfarrer und ich waren eben schon am Ende des Gangs. Wir haben das mit dem Schloss doch erst entdeckt.«

»Sie warten genau hier! Meine Kollegin Le Menn wird Ihnen dabei Gesellschaft leisten. – Inspektor Riwal kommt mit mir.«

Sybil Jaouen hatte erhebliche Mühe, sich einen weiteren Kommentar zu verkneifen, erstaunlicherweise aber gelang es ihr.

»Also, die Taschenlampe.« Dupin hielt dem Pfarrer die Hand entgegen, der diesmal umstandslos Folge leistete.

»Und der Gang führt nur zum Mausoleum?«

»Ja, nur dorthin«, bestätigte der Pfarrer.

»Warum brauchte man einen unterirdischen Gang zum Mausoleum?«

»Ich bedaure«, der Pfarrer fühlte sich unwohl, »aber leider kann ich Ihnen diese Frage nicht beantworten. Das sind streng geschützte Kircheninterna.«

»Haben Sie sich nicht so, Monsieur le Curé, wir wissen doch alle Bescheid«, erklärte Sybil Jaouen. »Die Kreuze wurden bis zum Ende des neunzehnten Jahrhunderts systematisch recycelt. Und das ist nur allzu verständlich, es ging gar nicht anders. Seit eh und je wurde auf Ouessant alles recycelt, die Insel war die meiste Zeit des Jahres isoliert, und jeder Import war gefährlich, aufwendig und teuer. Dennoch, alles, was die Insel nicht selbst hervorbrachte, das allermeiste also, musste vom Festland geholt werden. – Folglich benutzte man alles, so oft es ging. Holz, Stoffe, Eisen, was auch immer.«

»Das heißt«, konkretisierte Le Menn, »dass nur einmal eine gewisse Anzahl an Kreuzen hergestellt wurde, die dann immer wieder neu für den Ritus genutzt wurden?«

Madame Jaouen nickte: »Am Ende der Zeremonie wurden die Kreuze in das Mausoleum gebracht. Über diesen Gang hier holte man sie dann wieder heraus, um sie aufs Neue verwenden zu können.«

»Aber nur bis 1897. Ab dann wurden tatsächlich immer neue Kreuze aus geheiligtem Wachs angefertigt«, beeilte sich der Pfarrer hinzuzufügen. »Und auch davor wurden hin und wieder neue hergestellt. Wenn es mal wieder Wachs gab. Sie sehen, es …«

»Schnee von gestern, lassen Sie den ungläubigen Kommissar jetzt nachsehen«, drängte Sybil Jaouen.

»Und Sie waren wirklich noch nie hinter der Tür?«, wollte Dupin vom Pfarrer wissen.

»Nein. – Niemand seit 1962.«

»Na gut.«

Dupin bewegte sich auf den Eingang zu, die angeknipste Taschenlampe nach vorne gerichtet. Riwal folgte mit einem gewissen Abstand. Sie mussten den Kopf einziehen, Dupin zudem ein wenig in die Hocke gehen. Die Enge war unerträglich. Dupins Beklemmung nahm noch einmal zu.

Nach ein paar Metern stießen sie auf eine schwere dunkle Holztür.

Dupin hielt den Lichtkegel der Taschenlampe auf die Mitte der Tür.

Da war es, das beschädigte, offene Vorhängeschloss. Es hatte wahrscheinlich nicht viel gebraucht, es aufzubrechen, das Schloss wirkte simpel und alt.

»Sehen Sie das Schloss?«, schrie der Pfarrer von hinten.

»Ja«, antwortete Riwal.

Der Inspektor klang angespannt.

Dupin hatte sich bereits auf der Wendeltreppe die Tatorthandschuhe übergestreift, die Kadeg mitgebracht hatte. Riwal tat es ihm jetzt gleich.

Vorsichtig entfernte Dupin das Schloss und reichte es Riwal, der es in eine Plastiktüte steckte.

Behutsam drückte Dupin die schwere Tür auf. Der Gestank, der ihnen entgegenkam, übertraf den aus dem Vorraum bei Weitem, unerträglich.

Dupin schüttelte sich, dann schritt er nach vorn und atmete reflexhaft ein paarmal tief ein und aus, trotz des bestialischen Gestanks. Zu seinem heftigen Schwindel kam nun Übelkeit hinzu.

Nach einigen Metern führte der Gang in einen kleinen, quadratischen, aber hohen Raum. Sehr hoch. Die Decke stockdunkel wie alles hier unten.

Dupin leuchtete nach oben. Eine schwer verwitterte Holzverkleidung war zu sehen. Wahrscheinlich befanden sie sich direkt unter dem Mausoleum. Die Taschenlampe war stattlich, aber ihr Licht nicht stark genug. Vielleicht waren auch einfach die Batterien schwach.

»Da, Chef! Eine Leiter.«

Dupin hatte sie nicht bemerkt.

An der Wand stand eine alte Holzleiter, die bis zu einer Luke an der langen Seite der Holzdecke führte, dort war sie angelegt. Man würde gerade so durch die Öffnung kommen.

»So sind sie früher hoch ins Mausoleum. Um die Kreuze zu holen. Simpel, aber es funktioniert.«

Dupin leuchtete den Raum aus, in dem sie sich befanden. Er war, bis auf die Leiter, vollkommen leer.

Aus irgendeinem Grund war Dupin enttäuscht, er wusste selbst nicht, warum, was er erwartet hatte.

»Die Luft ist miserabel, Chef, wir sollten uns beeilen. Wir wollen im Moment ja nur wissen, ob die beiden Kreuze wirklich von hier stammen.«

Riwal hatte recht. Konzentration, Fokus.

Riwal bewegte sich auf die Leiter zu.

»Wir sollten eines mitnehmen, das wir dann untersuchen lassen und mit den anderen vergleichen können.«

Der Inspektor machte sich bereit.

»Ich klettere, Riwal.« Dupin schritt selbst auf die Leiter zu.

»Ich bin ein Stück leichter, Chef, ich meine, wer weiß, ob die Leiter hält.«

Eine rein sachliche Erwägung.

»Ich mache es, Riwal.«

Dupin trug die Verantwortung, er ging das Risiko ein.

Riwal wusste, dass es sinnlos war zu diskutieren, er stellte sich neben die Leiter und hielt sie mit beiden Händen fest.

Schon stand Dupin auf der ersten Sprosse. Er wartete. Sie schien zu halten. Die rechte Hand an der Leiter, in der linken die Taschenlampe. Er würde sie oben brauchen.

Dupin versuchte die zweite Sprosse.

Auch sie hielt. Er wurde mutiger, kletterte schneller.

Die Leiter knarzte laut unter dem Gewicht des Kommissars, ansonsten passierte nichts.

Bald hatte Dupin die letzte Sprosse erreicht. Er war schweißgebadet, jede Bewegung fiel ihm mittlerweile schwer. Der Taumel in seinem Kopf hatte den ganzen Körper erreicht.

Vorsichtig steckte er den Kopf durch die Luke, dann die Schultern, dann den Oberkörper.

Es war genau, wie sie es sich gedacht hatten. Er war ins Innere des Mausoleums vorgedrungen. Er versuchte, ein Niesen zu unterdrücken, die Staubschicht auf dem Holz war im Laufe der Jahrzehnte auf mehrere Zentimeter angewachsen, es sah aus wie Pulverschnee.

Langsam leuchtete er mit der Taschenlampe die kleine Kammer aus. Decke, Wände, Boden. Man sah Fußspuren im Staub, wild verwischt. Von der Luke ausgehend. Es war eindeutig: Jemand war hier gewesen, und zwar erst kürzlich.

Dann sah er sie. Ganz vorne in der Kammer. Es war ein bizarrer Anblick. Ein Berg von Kreuzen. Die filigranen *Proella*-Kreuze. Ein paar Dutzend, schätzte Dupin.

Langsam kletterte Dupin ganz durch die Öffnung, stellte sich hin. Er musste den Kopf nur ein wenig einziehen.

Im Licht der Taschenlampe, das beständig schwächer zu werden schien, hatte die Szene etwas Gespenstisches. Die Kreuze, handgefertigt – rund, ungleichmäßig –, nahmen sich wie kleine Menschenfiguren aus. Stilisierte lädierte Körper. Körper eines Martyriums. Dupin konnte spüren, wie ihm ein leiser Schauer über den Rücken lief. In diesen Kreuzen, hatten die Menschen geglaubt, sei die Seele der in der Ferne Verstorbenen heimgeholt worden.

»Und, Chef?«

Dupin zuckte zusammen.

Seine Knie waren weich geworden, er merkte, dass er kurz davor gewesen war, ohnmächtig zu werden. Es würde sicher auch an der fürchterlichen Luft hier liegen, abgesehen vom bestialischen Gestank fehlte es an Sauerstoff.

»Alles okay, Riwal. – Die Kreuze sind da. Hier hätte sich jeder bedienen können. – Und es gibt Fußspuren.«

»Gut, Chef. Dann kommen Sie wieder runter.«

Dupin ging in die Hocke, wobei er aufpassen musste, nicht umzukippen, so wackelig war er auf den Beinen. Er griff eines der Kreuze vom Rand des Berges.

»Ich nehme eins mit, Riwal.«

Jede Bewegung fiel ihm schwer.

»Ausgezeichnet.«

Dupin war dabei, sich von den Kreuzen abzuwenden, als ihm etwas auffiel. Zwei kreisrunde Abdrücke. Dreißig, vierzig Zentimeter im Durchmesser. Kreisrunde Löcher im Staub, völlig sauber.

Sie sahen aus wie Abdrücke von zwei Eimern oder anderen runden Gefäßen.

»Hier – hier ist etwas, Riwal.« Dupin leuchtete direkt auf die Stelle. Das Licht der Taschenlampe schwächelte jetzt akut.

»Was, Chef? Was sehen Sie?« Riwal war die Aufregung anzuhören.

»Zwei Abdrücke. Rund. Hier stand etwas. Bis vor Kurzem.«

»Was könnte das gewesen sein?«

»Ich …« Dupin brach ab. Auf einmal ging es nicht mehr.

»Chef, was ist los?«

In Riwals Stimme lag Panik.

»Ich komme hoch zu Ihnen.«

»Ich komme runter … Mir ist nur etwas komisch, Riwal.«

»Langsam, ganz, ganz langsam, Chef.«

Dupin musste äußerste Kräfte einsetzen, um sich auf jede Sprosse zu konzentrieren. Raum und Zeit begannen sich zu dehnen wie ein zu weicher Kuchenteig. Was dagegen härter, schärfer wurde, war das sphärische Klingen in seinem Kopf.

Dupin spürte irgendwann etwas an seinen Knöcheln.

Es wurde dunkler und dunkler.

»Die Taschenlampe gibt den Geist auf, Chef. Ich habe Ihre Füße. Keine Panik. Wir haben noch die Handylampen.«

Dupin hörte die Worte, ihr Sinn schien neblig. Die verrückten Klänge hallten jetzt gewaltig. Es war alles egal, er musste immer nur die nächste Sprosse schaffen.

Die Taschenlampe entglitt seiner Hand, er hörte einen dumpfen Aufschlag.

»Sie machen das sehr gut, Chef, ja, sehr gut. Sie haben es gleich geschafft.«

Dupin merkte, wie Riwal ihn an der Hüfte hielt, dann an der Schulter.

»Noch eine Sprosse – das ist die letzte.«

Dupin riss sich noch einmal zusammen.

»Geschafft, Chef«, stützte ihn Riwal. »Und jetzt raus hier!«

Im nächsten Moment lotste er Dupin in Richtung Ausgang.

»Le Menn!« Riwal rief ins Dunkel des Gangs. »Ich brauche Hilfe, schnell! Der Chef verliert das Bewusstsein.«

»Ich komme.«

Im nächsten Moment war Le Menn zur Stelle.

»Ich stütze ihn von vorne, Sie von hinten«, befahl Riwal.

Sofort ging es weiter.

Der Inspektor und die Polizistin, Dupin in der Mitte, streiften hart an den Wänden des Gangs entlang. Keuchend erreichten sie den Kellerraum.

»Was hat er?« In der Stimme des Pfarrers lag nackte Angst.

»Ich vermute mal, zu wenig Sauerstoff. – Hoffentlich nur das.«

»Das ist nicht gut.« Sybil Jaouen sprach seltsam mechanisch.

»Er sollte schnell an die frische Luft kommen.« Der Pfarrer eilte zur Tür, hinter der die Wendeltreppe nach oben führte.

Sie schafften es. Die Wendeltreppe hoch, durch die Kirche, bis ins Freie.

Sie legten Dupin auf eine der Bänke vor der Kirche. Am Rande des kleinen Hauptplatzes.

»Danke.« Dupin versuchte, tief ein- und auszuatmen.

Die Luft half, das Licht half.

Er kam wieder zu sich. Von irgendwoher war Musik zu hören. Blasinstrumente. – Oder spielten die auch nur in seinem Kopf?

»Es geht schon besser.«

Der Pfarrer, Sybil Jaouen, Le Menn und Riwal standen um ihn herum. Sie starrten ihn an. Und nicht nur sie, natürlich hatte die Szene auf dem Dorfplatz Aufmerksamkeit erregt. Dupin fühlte sich äußerst unbehaglich, er hasste so etwas. »Mir ist eingefallen, dass Sie heute fast nichts gegessen haben, Chef.« Riwal runzelte die Stirn. »Das ist überhaupt nicht gut.«

»Verdammt.« Es war ein leises Fluchen gewesen. Riwal hatte recht. Er hatte es vollkommen vergessen. Dupin warf einen Blick auf die Uhr. Es war 18 Uhr 17.

»Das zusammen mit der miserablen Luft, Ihrer Aversion gegen Keller und dem Sog des Mysteriösen hier auf der Insel, das alles …«

»Es geht mir schon besser, Riwal.«

Es stimmte, wenn auch nur teilweise.

Dupin richtete sich auf. Atmete ein weiteres Mal tief ein und aus. Die Übung, die Claire ihm gezeigt hatte. Für brenzlige Situationen, »höllisch effektiv«, hatte sie gesagt. Tief einatmen, fünf Sekunden Luft anhalten, tief ausatmen, fünf Sekunden warten bis zum nächsten Einatmen. Das Ganze fünf Mal. Ihm fiel ein, dass er es gleich noch einmal bei Claire versuchen wollte – und dass sie es gar nicht bei ihm versucht hatte. Sie hatte gestern nur kurz geschrieben, dass sie gut gelandet sei und sich melden würde.

»Was haben Sie da unten gesehen?«

Sybil Jaouens Augen funkelten merkwürdig.

»Jemand war in der Kammer des Mausoleums. Und hat etwas entfernt«, Dupin sprach langsam, »auf dem Boden sind zwei kreisrunde Abdrücke. Überall ist zentimeterhoher Staub. – Die Abdrücke sind völlig sauber. Ein Durchmesser von dreißig, vierzig Zentimetern.« Eine Pause. Das Reden war anstrengend. »Da hat bis vor Kurzem etwas gestanden.«

»Sie meinen, dass die Person, die die Kreuze geholt hat, noch etwas mitgenommen hat?« Auch die prinzipiell coole Le Menn wirkte aufgeregt. »Zwei runde Behältnisse?«

»Oder ist es umgekehrt«, raunte Riwal geheimnisvoll, »und der Person ging es vor allem um die Behältnisse?« Er richtete sich an den Pfarrer und Sybil Jaouen: »Was für Gegenstände oder Gefäße könnten das gewesen sein? Und wenn es Gefäße waren, was enthalten sie?«

»Da kommt sehr vieles infrage.« Sybil Jaouen sprach wie ein Orakel. »Auf der Insel wimmelt es von verborgenen Mysterien, versteckten heiligen Gegenständen aus der Vorzeit, der Antike und dem Mittelalter.«

»Vermutlich handelt es sich einfach um zwei Behältnisse für die Kreuze.« Dem Pfarrer war spürbar unwohl bei dem Thema. »Eimer. Mit denen die Pfarrer die Kreuze aus dem Mausoleum gebracht haben, sie werden sie ja nicht immer einzeln geholt haben.«

Es klang plausibel.

»Und die Person, die jetzt in die Kammer eingedrungen ist, hat es genauso gemacht. So würde sich alles erklären.«

Auch das war nicht unplausibel.

»Die Frage bliebe: Was soll das überhaupt mit den Kreuzen?« Dupin sprach eher zu sich selbst. »Warum legt der Mörder diese Kreuze auf die Kopfkissen seiner Opfer? – Warum betreibt er einen solchen Aufwand, um an die Kreuze zu kommen? Ein zusätzliches Risiko für ihn.«

So gewendet lag alles weiterhin im Dunkeln.

»Oder es ging ihm gar nicht um die Kreuze.« Riwal sprach unverändert raunend.

»Wir werden hier alles erst einmal von der Spurensicherung untersuchen lassen.« Le Menn hatte die Fassung zurückgewonnen.

Dupin versuchte aufzustehen. Es gelang, wenn auch ungelenk.

»Vielen Dank für Ihre Hilfe«, wandte er sich an den Pfarrer und Sybil Jaouen, »wir setzen unsere Ermittlungen jetzt fort.«

Solche gestelzten Sätze waren eigentlich nicht Dupins Art.

»Ich bitte Sie, den Zugang zum Raum mit der Wendeltreppe abzuschließen«, richtete sich Dupin an den Pfarrer. »Er ist bis auf Weiteres gesperrt. Für alle, auch für Sie. – Ist das der einzige Zugang zum Kellergewölbe?«

Eine wichtige Frage.

»Ja.«

»Sicher? Kein weiterer verborgener Gang?«

»Sicher.«

»Gut. Wir werden einen Kollegen schicken, der die Tür bewacht.«

Dupin fiel etwas ein.

»Wer weiß eigentlich von dem Gang?«

»Eigentlich niemand. Außer uns Pfarrern.«

»Blödsinn. – Die ganze Insel weiß es«, widersprach Sybil Jaouen. »Zumindest die alten Ouessantins. Die echten. Sie wissen es alle.«

Dupin nickte. »Ich verstehe.« Er fixierte sie. »Was denken Sie«, Dupin sprach mit durchdringender Stimme, »was sich in solchen Gefäßen befinden könnte, Madame Jaouen?«

Im Augenblick schien das mit den Gefäßen am plausibelsten.

»Es wird sich zeigen.«

Ein unheimlicher Satz. Als spräche sie von einem Wesen. *Es wird sich zeigen …*

»Also dann – Madame Jaouen, Monsieur le Curé, au revoir.«

Sybil Jaouen drehte sich wortlos um und lief die Straße entlang, die aus Lampaul herausführte. – Wo war eigentlich ihr Hund?

»Au revoir.« Der Pfarrer kratzte sich am Ohr und ging zurück in die Kirche.

Dupin tat einen behutsamen Schritt. Und noch einen. Er fühlte sich stabiler, stellte er erleichtert fest. Nur der Terror in seinen Ohren wollte nicht aufhören: das sphärische Klingen. Hatte er einen Tinnitus bekommen, war es das? Eine furchtbare Vorstellung. Wäre Claire doch nur erreichbar, er könnte sie fragen. Sie würde es einschätzen können.

Riwal und Le Menn blieben vorsichtshalber an seiner Seite.

»Rufen Sie Kadeg an. Wir müssen uns besprechen«, instruierte Dupin. »Und etwas essen.«

»Also, ich wiederhole: Monsieur, Sie nehmen vorab – sofort – neun *Legris*-Austern und einen Korb Baguette, dazu, auch sofort, zwei *petits cafés*. – Als Vorspeise den Schafskäse von der Insel mit Lauch und Zwiebeln, danach geräucherten Tintenfisch mit Grenaille-Kartoffeln, anschließend den *tomme de vache lait cru*, auch von Ouessant, und zuletzt das *tartelette aux gariguette* mit Erdbeeren von der Insel.«

Die ausgesprochen freundliche blonde Kellnerin des Restaurants *Le Roc'h Ar Mor* lächelte Dupin an.

Der Kommissar war zufrieden. Sie hatte sich alles perfekt gemerkt, eine beneidenswerte Gabe.

»Ich würde sagen, da hat jemand Hunger. Und will die ganze Insel durchprobieren. Das entspricht natürlich ganz und gar der Idee unserer Karte: Sie die Essenzen unserer Insel schmecken zu lassen.«

Dupin nickte brav. Ihm fiel ein, dass er doch noch etwas vergessen hatte: »Und ein kleines Glas Muscadet. Zu den Austern bitte.« Dupin zögerte, dann korrigierte er sich: »Ein normales Glas bitte. Und sehr kalt.«

»Gerne.«

Riwal und Le Menn entschieden sich für den *lieu jaune* mit Guanciale, Buchweizenklößen und Gemüse der Saison und ebenfalls für ein Glas Muscadet. Auch der *lieu jaune* war, wie der Tintenfisch, heute in den frühen Morgenstunden von Ondine Morin vor der Insel gefangen worden, hatte die Bedienung stolz erzählt. Kadeg hielt sich an die *poitrine de cochon* aus den Monts d'Arrée, Schweinebraten, der in *bière ambrée* geschmort wurde, einem auf der Insel gebrauten bernsteinfarbenen Bier. Dazu nahm er ein Glas Pinot noir.

Auf die Erdbeeren als Dessert hatten sich alle gemeinsam geeinigt.

Sie saßen an einem roten Tisch, der auf dem verwitterten Beton eines Sträßchens stand, das direkt zum Meer hinunterführte. Zwei Stühle mohnrot wie der Tisch, zwei sonnengelb.

»Pure *gariguette!* Die größte Delikatesse der Erdbeerwelt – hier in ihrer Vollendung als Ouessant-*gariguette*«, schwärmte die Bedienung des *Le Roc'h Ar Mor.* »Eine Geschmackssensation. Ich verspreche Ihnen: So viel Erdbeere haben Sie noch in keiner Erdbeere geschmeckt. Im Vergleich zu denen aus Ouessant können Sie die aus Plougastel vergessen!«

Eine in der Bretagne geradezu blasphemische Bemerkung. Plougastel an der Nordküste galt als Mekka der Erdbeerkunst. Aus Amerika stammend, bauten Bretonen die Erdbeere seit dem achtzehnten Jahrhundert an, rasch war die Bretagne das größte Anbaugebiet Frankreichs geworden, was ihr den überaus poetischen Titel »Königreich der Erdbeere« eingebracht hatte.

Die Bedienung verschwand mit einem verzückten Ausdruck auf dem Gesicht.

Dupin erinnerte sich nicht, schon einmal in seinem Leben solchen Hunger gehabt zu haben. Ein katastrophaler Hunger, der Körper, Seele, Geist in Mitleidenschaft zog.

Er wandte sich an Kadeg, der ihm gegenübersaß.

»Wie steht es mit der Spurensicherung?«

»Das Team müsste bald mit Destocs Haus durch sein – dann kommt Saux' Haus, dann werden das Mausoleum und das Kellergewölbe untersucht.«

Das würde dauern.

»Wir tauschen die Reihenfolge, Kadeg. Zuerst das Mausoleum und der Raum darunter – dann Saux' Haus.«

»Wie Sie meinen, Monsieur le Commissaire.«

Kadeg konnte nicht anders, er klang beleidigt.

Le Menn lehnte sich zurück.

Ab und an wehten einzelne Fetzen Musik vom Dorfzentrum herüber, irgendwo spielten Fanfaren auf.

»Die Erklärung des Pfarrers, dass es sich um Behältnisse für die Kreuze gehandelt haben könnte, kommt mir naheliegend vor. Wenn die Kreuze wiederverwendet wurden, mussten sie in bestimmten Abständen aus dem Mausoleum transportiert werden. Wahrscheinlich haben sie dann immer gleich mehrere geholt.«

Der Gedanke war logisch.

»Aber warum sollte die Person, die ins Mausoleum eingedrungen ist, gleich zwei Eimer voller Kreuze mitnehmen?«, hielt Riwal entgegen. »Dann müssten wir mit einer ganzen Mordserie rechnen.«

Ein guter Punkt.

»Und warum sollte man die Kreuze in derart auffälligen Behältnissen mitnehmen?«, argumentierte Riwal weiter. »Man müsste damit durch die ganze Kirche und über den Dorfplatz. Es wäre doch viel unauffälliger, die zwei Kreuze bei sich zu tragen, in einer Jackentasche zum Beispiel.«

Das war sicher richtig.

»Et voilà! Für den besonders hungrigen Herrn schon mal die Austern – dazu«, die Bedienung beäugte Dupin, »der Baguette-Korb. – Und hier die beiden *petits cafés.*«

Die Bedienung stellte das Tablett, auf dem auch die vier Weingläser Platz fanden, unmittelbar vor dem Kommissar ab.

»Wir beeilen uns mit dem Rest.«

Schon war sie wieder verschwunden.

Dupin stürzte sich auf die Austern. Und das Baguette. Aber auch Riwal, Le Menn und Kadeg griffen zum Brot. Und zu den äußerst großzügig gefüllten beschlagenen Weingläsern.

Nach der Hälfte der Austern, dem Baguette und dem geleerten Glas Muscadet spürte Dupin, wie eine erste Entspannung einsetzte. Er lehnte sich zurück. Beschäftigte sich in nun vermindertem Tempo mit den restlichen Austern.

Unmittelbar vor ihnen präsentierte sich die Baie de Lampaul in geheimnisvollem Ultramarin. An beiden Seiten die zerklüfteten, lang gezogenen Landzungen. Flache, wilde Landschaften, aus denen vor allem im Süden einzelne rätselhafte pyramidenförmige Hügel herausragten, im Norden hohe, bizarre Steinskulpturen. Von der Natur platzierte Menhire.

In der Mitte sah man den erratischen Felsblock, der Palast der *Morganezed*. Zu dem, wie von einem Zauber gelenkt, nach einer gewissen Zeit die Blicke wanderten, ob man wollte oder nicht. Egal, wohin man zuvor gesehen hatte, bald hefteten sich die Augen wieder auf den Felsen. Wie ein optischer Magnet. Die, wenn man genau hinsah, kegelartige Form des Felsens suggerierte die wahre Dimension des Palastes. War schon die Spitze gewaltig, musste alles unter Wasser unglaublich groß sein. Auch wenn die ärmliche menschliche Wahrnehmung sich täuschen ließ und Stein statt Edelstein sah, Gewöhnliches statt Außergewöhnliches, so konnte die Fantasie das Wunderbare doch vor dem geistigen Auge erscheinen lassen.

»Wieder auf der Suche nach den *Morganezed*, Chef? Heute Abend ist es so weit. Da könnten Sie Glück haben! Bei Vollmond herrscht hier in der Bucht ein buntes Treiben.«

Riwal klang keineswegs ironisch.

»Aber denken Sie an die Warnung! Nicht verlieben!«

Auch der Nachsatz hatte nicht wie ein Witz geklungen. Dupin ignorierte die Bemerkung und die fragenden Blicke von Le Menn und Kadeg. Er war mit der vorletzten Auster beschäftigt, liebevoll hatte er ein paar Tropfen Vinaigrette daraufgeträufelt und sie mit der kleinen Gabel, einem Dreizack, von der Schale gelöst. Der Glücksmoment stand bevor: sie zusammen mit dem Meerwasser aus der Schale zu schlürfen.

Die medizinische Wirkung der Austern wurde immer spürbarer, es war phänomenal. Wie Ambrosia, die Nahrung der Götter, schenkten sie Kraft, Energie, Leben.

»Vielleicht ist das die alles entscheidende Frage: Was befindet sich in den beiden Behältnissen?«, kehrte Riwal zum Thema zurück.

»Wenn es überhaupt Behältnisse sind.« Kadeg blickte skeptisch drein.

»Um was sollte es sich sonst handeln? – Kreisrunde Abdrücke, Durchmesser dreißig, vierzig Zentimeter?«

»Was weiß ich? – Irgendwelche Gegenstände, die einen runden Boden haben. Lampen. Ventilatoren. Nur als Beispiel.«

»Warum sollten die Pfarrer in der heiligen Kammer des Mausoleums Lampen oder Ventilatoren abstellen? – Was immer sich da oben im Mausoleum befand, sollte nicht gefunden werden. Es sollte unter allen Umständen verborgen bleiben«, schlussfolgerte Riwal dunkel. Der Inspektor rutschte auf seinem Stuhl hin und her, er schien sich unwohl zu fühlen.

Dupin schlürfte die letzte Auster, trank den letzten Schluck Wein.

Eine Weile blieben alle stumm. Das Postkartenblau des Himmels sah aus, als hätte jemand an einem Farbregler die Intensität bis zum Maximum hochgezogen. Es mutete völlig künstlich an – aber, Dupin kannte es zu gut, genau das war in der Bretagne eben ganz natürlich.

»Ich habe mit dem Anwalt telefoniert, der Lionel Saux bei

seinen Plagiatsvorwürfen vertreten hat«, kam Dupin auf ein mit Sicherheit ganz diesseitiges Sujet.

Er referierte das Gespräch mit knappen Worten.

»Ich knöpfe mir diesen Enec einmal vor, den Feuerwehrmann von der Isle of Man«, reklamierte Kadeg. »Vielleicht hat er die Insel ja in den letzten Tagen verlassen, um auf eine Reise zu gehen.«

Das war genau die richtige Aufgabe für Kadeg.

Dupin hatte sein rotes Notizheft herausgeholt.

»Und Sie haken noch mal bei den Kollegen in Rennes wegen den Computern und den Musikdateien nach«, wandte Dupin sich an Riwal. »Mich würde auch interessieren, ob es weitere Lieder von Rayanne Ker gibt, die Ähnlichkeiten zu denen von Lionel Saux aufweisen.«

Riwal starrte den Kommissar verblüfft an.

»Sie denken, Rayanne Ker hat bei Lionel Saux abgekupfert?«

»Ich denke gar nichts. Ich will es bloß ausschließen können.«

»Wie ist sie eigentlich so?« Le Menns Augen blitzten. »Beim nächsten Gespräch mit ihr will ich unbedingt dabei sein.«

»Sehr nett.« Dupin hatte schneller geantwortet, als er gewollt hatte. Eine wenig professionelle Antwort. »Sehr kooperativ«, präzisierte er.

»Arbeitet sie an einem neuen Album?«

»Darum ging es bei unserem Gespräch nicht«, antwortete Riwal.

»Sie hat sich vor ein paar Wochen von ihrem Lebensgefährten getrennt, sie waren vier Jahre zusammen.«

»Woher wissen Sie das?«, wollte Dupin wissen.

»Aus der letzten *Paris Match*. Es heißt, sie hat aber schon eine neue Liebschaft, stand da. Hat sie etwas gesagt?«

»Auch darum ging es nicht.« Riwal wirkte jetzt patzig.

»Wie ist ihr Haus eingerichtet? Was für ein Stil?«

»Wir saßen draußen, auf der Terrasse.«

»Rayanne Ker hat sich schon immer sehr geheimnisvoll gegeben.«

So vage die Aussage auch war, Dupin konnte sich gut vorstellen, was Le Menn damit meinte.

»Vor ein paar Jahren habe ich gelesen, dass sie schwanger sein soll. Hat sie jetzt ein Kind – oder nicht?«

»Das war ein Ermittlungsgespräch!« Riwal klang jetzt beinahe harsch. »Wir haben …«

»Und schon geht es weiter«, unterbrach ihn die Bedienung. »Also, für den Monsieur mit dem titanischen Hunger den cremigen Ziegenkäse von Marie und Thomas, wir servieren ihn auf in Butter und Honig geschmortem Lauch und Zwiebeln, alles von der Insel, versteht sich. – Und für alle anderen: Ondines *lieu jaune* aus unseren wilden Gewässern und das Schwein aus den nahen Bergen«, sie wies mit dem Kopf unbestimmt Richtung Festland.

»Für mich noch ein Glas Muscadet bitte.«

Nur dieses eine noch. Das erste hatte derart gutgetan, Dupin fühlte sich rundum erfrischt. Es ging, wie bei den Austern, um den medizinischen Effekt.

»Ich schließe mich an«, nickte Riwal.

»Ich ebenfalls«, sagte Le Menn. Nur Kadeg beließ es bei einem Glas.

»Sehr gerne.«

»Na dann«, Dupin blickte in die Runde, als die Bedienung den Tisch verlassen hatte, »bon appétit!«

Es klang beinahe wie ein Befehl.

Für eine Weile herrschte genüssliche Stille.

»Köstlich – absolut köstlich, vermutlich der beste *lieu jaune*, den ich je gegessen habe«, schwärmte Riwal, »so fest, so zart, so schmackhaft, zauberhaft. Die Strömungen hier verlangen den großen Fischen alles ab, das zahlt sich im Geschmack natürlich aus.«

Eine urfranzösische Betrachtungsweise der Natur: schmackhaft oder nicht?

Riwal war jedenfalls begeistert, das stand fest. Dupin ebenso.

Die Kombination aus dem säuerlich-salzigen Ziegenkäse und dem Süßlichen der geschmorten Zwiebel-Lauch-Mischung war ein Gedicht. Das zweite Glas Muscadet, das die Bedienung umgehend gebracht hatte, war mindestens so gut wie das erste gewesen.

Le Menn, Riwal und Kadeg waren noch mit ihren Tellern beschäftigt.

Sie sollten sich gut organisieren, wenn sie heute noch alles schaffen wollten, was sie sich vorgenommen hatten. Sie mussten dringend vorwärtskommen mit den Ermittlungen.

»Wir sollten jetzt gleich einzeln mit den anderen vier *Sirenen* sprechen. – Und …«

Dupin hielt inne.

Er hatte etwas gesehen. Eindeutig. Er war sich ganz sicher. Etwas Sonnengelbes, in der Bucht, gar nicht so weit vom Ufer entfernt war es aufgetaucht. Aber nur für eine Sekunde, dann war es wieder weg gewesen.

»Ist was, Chef?«

Dupin starrte auf die Stelle auf der Meeresoberfläche.

Nichts.

War es doch nur Einbildung gewesen?

»Wie gesagt, Chef, heute könnte es sogar sein, dass Sie …«

»Was ist mit dem irischen Kneipenbesitzer, hat er sich bei Ihnen gemeldet?«

»Bisher noch nicht. – Ich wollte mal im *Ty Korn* vorbeifahren und fragen, ob sie was wissen.«

»Das machen wir gleich auf dem Weg. Ich würde ihn wirklich gerne sprechen. Mittlerweile müsste er doch wieder da sein.«

»Wir sollten als Erstes zu dieser Landwirtin.« Kadeg hatte ein großes Stück Schweinebraten auf der Gabel. »Enora Gaëc. Da lag immerhin ein handfester Konflikt vor – diese Konkurrenz-Sache.«

»Gut«, bestätigte Dupin. Riwal und er hatten zwar bereits

mit ihr darüber gesprochen, aber nicht sehr ausführlich und nur im Kreise der *Sirenen*.

»Dann sollten wir im Anschluss am besten mit Céleste Bourvil sprechen, der Zweiten aus dem Duo«, schlug Le Menn vor.

Die Automechanikerin.

»Und dringend mit Locmariaquers Nichte. Der Präfekt hat mich extra noch einmal angerufen. Seine Schwester ist in tiefer Sorge um ihre Tochter. Der Präfekt hat mich gebeten, persönlich ein Auge auf Jade Quiniou zu haben.« Kadeg plusterte sich auf.

Locmariaquer liebte es, Kadeg für seinen Zwecke einzuspannen. Er wusste, dass dieser sich geschmeichelt fühlte.

»Er erwartet übrigens dringend Ihren Anruf, Monsieur le Com…«

»Ja, Kadeg, danke.«

»Ich habe sämtliche Adressen und Kontaktdaten von den Musikerinnen, Chef.« Riwal holte sein Handy heraus.

»Essen Sie in Ruhe zu Ende, Riwal.«

Der Inspektor wirkte erleichtert. Dupin sprach in eigenem Interesse, sein Hauptgang würde noch kommen.

Dupin fixierte den Himmel über ihnen. Etwas Seltsames ging vor sich. Er hatte es eben schon bemerkt.

Begonnen hatte es im Westen. Vor ein paar Minuten war das kitschige Blau am Horizont dort seltsam stumpf geworden, anschließend gar ein wenig gräulich. Als hätte man einen leichten Graufilter vorgeschoben. Dieser war dann vorgerückt, langsam, aber beständig. Mit Wolken hatte das Geschehen nichts zu tun, ebenso wenig mit klassischem Dunst oder Meeresnebel, den Dupin nach über einem Jahrzehnt in der Bretagne längst gut kannte. Ein ganz und gar merkwürdiger Vorgang, der Spuk hatte jetzt bereits über die Hälfte des Himmels eingenommen.

»Und hier kommt auch schon der geräucherte Tintenfisch, Monsieur.« Die Bedienung brachte Dupins Hauptgang.

»Wunderbar.«

Der Anblick, der Duft, alles. Dupin lief das Wasser im Munde zusammen.

Mittlerweile war das Grau am Himmel im Begriff, das Blau restlos auszulöschen. Schon bald wäre nicht einmal mehr die zarteste Spur davon zu sehen. Es machte den Eindruck, als spielte sich das Geschehen weit oben in den allerhöchsten Schichten der Atmosphäre ab, wo sie fließend ins Weltall überging. Es war bizarr. Dupin hatte so etwas noch nie gesehen.

Er nahm den letzten Bissen Tintenfisch, die anderen waren längst fertig.

»Jetzt aber.« Riwal erhob sich, das Handy schon in der Hand. »Ich kümmere mich um unsere Termine.«

»Ich komme mit.« Le Menn stand ebenfalls auf.

Sie hatten gerade den Tisch verlassen, da erschien die Kellnerin, das Tablett erneut schwer beladen. Dieses Mal mit vier Erdbeertellern und der Käseplatte.

»Noch einen *café*, bitte«, orderte Dupin.

»Und Sie?«

Kadeg nickte.

»Für meine beiden Kollegen sicher auch«, fügte Dupin hinzu.

Riwal und Le Menn standen am Wasser und telefonierten. Dupin machte ein Zeichen, dass der Nachtisch gekommen war. Riwal signalisierte, dass er verstanden hatte.

Der Insel-*tomme* war köstlich. Ganz offensichtlich war es auch unter rein kulinarischen Aspekten eine exzellente Idee, die Landwirtschaft auf der Insel wiederzubeleben. Dupin konnte die Unternehmung nur unterstützen.

Die Lebensgeister waren zurück. Nur das sphärische Klingen in Dupins Ohren war dummerweise noch immer nicht verschwunden.

»Also – wir haben verdeutlicht, wie dringend es ist«, Riwal und Le Menn kamen zurück an den Tisch, »die Reihenfolge ist wie gewünscht: Enora Gaëc, dann Céleste Bourvil, anschließend Jade Quiniou, zuletzt Romy Potin. Wir treffen alle jeweils bei ihnen zu Hause. – Das wird eine richtige Inselrundfahrt.«

»Und hier die *cafés* für alle.« Die Bedienung stellte die vier Tässchen ab, zudem einen Plastikteller mit der Rechnung.

Dupin aß nur noch schnell ein paar Erdbeeren, trank den *café* in einem Schluck, dann erhob er sich. »Also gut, dann mal los. Kadeg, Sie kümmern sich um den Musiker auf der Isle of Man und treiben die Spurensicherung an. Ich will es sofort wissen, wenn sie im Mausoleum oder im Keller darunter etwas finden. Ich möchte, dass Sie dabei sind und alles genauestens im Blick haben.«

Das war Kadegs Stärke.

»Ich will zudem wissen, ob es sich bei unseren beiden Kreuzen definitiv um alte Exemplare handelt.«

Dupin hatte seine Brieftasche herausgeholt, er legte ein paar Scheine auf den Teller.

»Riwal, Sie machen den IT-Experten Dampf wegen dem Musik-Archiv von Lionel Saux. Und kommen mit mir und Le Menn.«

Dupin lief schnellen Schrittes den asphaltierten Weg hoch. Sie hatten ihre Fahrräder am Eingang des Restaurants abgestellt.

»Acht Fish and Chips für Tisch zwölf.«

Die Bedienung, vielleicht sechzig Jahre alt, eine robuste Erscheinung, rief quer durch den Raum Richtung Tresen. Der Mann dahinter nickte seiner Kollegin routiniert zu und gab die Bestellung an die Küche weiter.

»Und acht Pints«, kam es noch hinterher.

Ohne Zweifel waren acht *Guinness* gemeint, ein Schild an der irisch grünen Eingangstür versprach den Ausschank des Biers.

Es ging hoch her im *Ty Korn*, draußen auf der kleinen Terrasse, mehr noch aber hier drinnen, der Laden brummte. Eine keltische Band spielte, sprich: Zwei Frauen und ein Mann um die fünfzig saßen mit ihren Instrumenten an einem der Tische, mitten im Gemenge. Bodhrán, Geige, Laute. Schnelle, schwungvolle, ausgelassene Musik, die die Menschen äußerst fröhlich stimmte. Von schwermütiger, trauriger oder ängstlicher Stimmung konnte hier keine Rede sein. Davon, dass auf der Insel in den letzten Tagen zwei Männer ermordet worden waren, war im *Ty Korn* nichts zu spüren. Bretonen gaben sich in solchen Situationen allgemein nicht einsam dem Schmerz oder der Furcht hin, die Ouessantins sicher noch weniger. Dupin hatte es gestern Abend bereits auf dem spontanen »Konzert für Lionel« erlebt. Man begegnete dem Tod offensiv, dabei kein bisschen weniger empathisch mit den Hinterbliebenen, kein bisschen weniger pietätvoll gegenüber den Verstorbenen.

»Wir suchen Monsieur Cëvaër«, richtete sich Dupin an die Bedienung. »Ist er schon aus Brest zurück?«

Es war so laut, dass er fast schreien musste.

Le Menn und Riwal warteten draußen.

»Eigentlich schon. Er taucht sicher jeden Moment hier auf. – Irgendwann kommt er immer.«

Die Bedienung huschte geschwind zwischen den Tischen umher, Dupin folgte notgedrungen.

»Was heißt das?«

»Wenn er sagt, er kommt vor dem Wochenende, dann kommt er vor dem Wochenende.«

»Noch drei Pints, Yozek«, wurde ihr von dem Tisch zugerufen, den sie gerade passierte, man kannte sich.

»Drei! Für Tisch sieben«, lautete die durch den Raum geschriene prompte Anweisung Richtung Bar, unterstützt von drei hochgehaltenen Fingern. Wieder das minimale Nicken des Mannes hinter dem Tresen.

»Wir versuchen seit heute Mittag, ihn zu erreichen.«

»Das kennen wir.«

»Was meinen Sie?«

»Mathis hat zwar ein Handy, aber er hasst es. Meistens lässt er es zu Hause oder hier in der Kneipe liegen.« Sie blieb stehen und musterte Dupin, sie schien zum ersten Mal wirklich Notiz von ihm zu nehmen.

»Seit wann ist er in Brest?«

»Seit Dienstag, denke ich. Montagabend war er noch hier.« Sie hielt kurz inne. »Wer sind Sie eigentlich?«

»Commissaire Georges Dupin, Commissariat de Police Concarneau. Wissen Sie, was er auf dem Festland gemacht hat?«

Schon hatte sie sich erneut in Bewegung gesetzt und nahm den letzten Tisch am Ende des Raums in Visier, an dem es besonders lustig zuging.

»Keinen blassen Schimmer. Freunde treffen, angeln, mit Lieferanten sprechen, so was. Er ist immer mal wieder für ein paar Tage dort.«

Sie hatte den letzten Tisch erreicht und sprach über die Schulter.

»Er war mal Archäologe, wissen Sie das? Ire *und* Archäologe.«

So betont klang es kurios.

»Wie erreichen Sie ihn, wenn es etwas Dringendes gibt?«

»Es gibt nie etwas Dringendes.«

»Noch eine Runde für uns alle«, lautete die Bestellung an dem großen runden Tisch, Dupin wusste, was folgte.

»Acht Pints!«, schrie sie an Dupins Ohr vorbei, dieses Mal besonders laut.

Hier waren die Fish and Chips serviert worden, Dupin sah riesige Teller mit köstlichen Kabeljaustücken in gebackenem

Teig, dazu Pommes frites in kleinen Stahlkörben und – das Wichtigste, fand er – ein ansehnliches Schälchen Remoulade. Dupin hatte gerade gegessen, und zwar nicht wenig, dennoch lief ihm das Wasser im Mund zusammen.

»Es geht um die Mordermittlungen, Madame, wir müssen Monsieur Cëvaër dringend sprechen.«

Dupin hatte den Tonfall gewechselt.

Sie blieb abermals stehen.

»Es ist ernst, ja?«

»Ganz genau, Madame.«

Sie zog die Schultern hoch.

»Ich kann Ihnen trotzdem nicht helfen.«

Ein lautes Klingeln war zu hören. Dreimal hintereinander. Das Signal aus der Küche, vermutete Dupin.

Schon lief sie los.

Es war müßig.

»Madame, einen Moment«, stoppte Dupin sie, bevor sie hinter der Bar verschwand.

Mit erstauntem Blick drehte sie sich um.

»Sobald Monsieur Cëvaër hier auftaucht, sagen Sie ihm, dass er sich umgehend bei mir melden soll.«

Dupin wartete keine Reaktion ab, er machte auf der Stelle kehrt.

So ging das alles nicht.

»Unglaublich!«

Dupin erreichte Riwal und Le Menn, die an den Rädern warteten.

Er berichtete kurz.

»Wir werden heute ja noch das eine oder andere Mal hier vorbeikommen, Chef, dann haken wir wieder nach. Jetzt erst mal nach Kernoaz!«, kommentierte Riwal trocken und stieg auf sein Rad. Schon flog er förmlich davon.

Le Menn und Dupin folgten.

Sie ließen Lampaul hinter sich, dieses Mal über das Sträßchen Richtung Südosten, wo Enora Gaëc lebte. Riwal fuhr frohgemut voraus, permanent telefonierend, ab und an hörte Dupin ein paar Wortfetzen, auch wenn er der Letzte in der Kolonne war.

Es war Viertel nach acht. Das seltsame Himmelsphänomen hatte sich weiter intensiviert. Eigentlich musste sich die Sonne noch am Himmel befinden, zu sehen war allerdings nichts, so dicht war das Grau geworden – und noch eine Stufe dunkler als eben.

Die Luft war wunderbar lau geblieben, immer noch ging kein Hauch.

»Das ist schon Pen Ar Lan«, sagte Riwal, »das Örtchen, das so heißt wie der Inselvorsprung, es schreibt sich aber anders. Es ist nicht mehr weit. Kernoaz ist der nächste Weiler.« Riwal hatte seine Telefonate offenbar beendet.

Mit »Weiler« waren im Fall von Pen Ar Lan immerhin ein Dutzend Häuser gemeint. Noch war das Sträßchen asphaltiert, auch wenn es immer schmaler wurde. Dafür hatte sich die Landschaft dramatisch verändert, auf ganz unerwartete Weise. Bäume säumten den Weg, nicht hoch, aber immerhin, ein Wäldchen, mit struppigen Büschen und riesigen Farnen, es ging in eine sanfte Senke hinunter. Das bisschen Schutz vor der Wucht der Elemente schien zu reichen, um die Natur ihre Möglichkeiten entfalten zu lassen. Dupin meinte gar, Feigenbäume gesehen zu haben, auch wenn sie – inseltypisch – niedrig waren. Dennoch: Verglichen mit allen anderen Orten der Insel, die er bisher kannte, gedieh hier eine geradezu üppige Vegetation. Und vor allem: Es lag etwas Mildes in der Stimmung der Landschaft. Einmal glaubte er wieder, einen großen Vogel gesehen zu haben. Diesmal in einem der Feigenbäume. Beim zweiten

Blick war er dann, wie auch im Garten von Lionel Saux, verschwunden gewesen.

Rechts führte eine kleine Straße in Richtung Meer, das ganz nah sein musste, zumindest konnte man die Brandung hören. Sie verlor sich in dem dichten Grün. Ein wildromantischer Bach floss durch ein dunkles Bett dem Meer entgegen, von hohem Schilf und Farnen gesäumt.

Ob hier die Anderswelt begann?

Bald ging es wieder ein Stück hinauf, sie verließen die Senke. Jetzt hörte der Asphalt auf, das Sträßchen wurde sandig und steinig.

Mit einem Mal traten Riwal und dann Le Menn auf die Bremse, Dupin musste schnell reagieren, um nicht auf Le Menn aufzufahren. Sie blieben mitten auf dem Weg stehen und beugten sich über Riwals Handy.

»Kernoaz!«

Riwal deutete auf die Häuseransammlung vor ihnen. Dupin sah vier Häuser.

»Straßen gibt es hier keine, also auch keine Straßennamen. – Es ist das Haus ganz im Süden. Das letzte.«

Schon saß Riwal wieder im Sattel und radelte auf die Häuser zu. Vor ihm liefen zwei kleine Ziegen entlang. Eine schwarz, eine weiß, es war unglaublich. Wie viele dieser ungleichen Paare gab es auf Ouessant? Es konnten unmöglich immer dieselben sein.

Alles war nun wieder flach, Bäume waren keine zu sehen. Eine kultivierte Welt war aus dem Nichts erschienen. Sie gehörte der Landwirtschaft. Wiesen, Felder, Weiden, schützende alte Steinmäuerchen. Es roch nach frischer, schwerer, fruchtbarer Erde. Das schien eine Spezialität der Insel zu sein: abrupt die Landschaften und Stimmungen zu wechseln. Lampaul war weit, weit weg, so das Gefühl; man hatte viele Welten durchquert, um bis nach Kernoaz zu gelangen.

»Hier im Süden war früher alles voller Moore, deswegen sind die Böden so außerordentlich reichhaltig«, erklärte Riwal, als sie an einem Artischockenfeld vorbeifuhren. Dann hatten sie das letzte Grundstück erreicht und bremsten.

Sie stiegen von ihren Rädern.

Steinmäuerchen umgrenzten das Grundstück, ein weiß getünchtes Steinhaus mit zwei Etagen, mehrere Schuppen und Verschläge, zudem eine große Scheune aus Stein.

Es gab nur einen einzigen Zutritt zu der kleinen Idylle: durch ein knallrot gestrichenes halbhohes Holzgatter, vor dem zwei Fahrräder standen. Ein großes, ein kleines – ein Kinderrad. Beides E-Bikes. Riwal öffnete das laut knarrende Tor. Es ersparte Enora Gaëc die Klingel.

Dupin sah Ziegen, Schafe, zwei Hunde, Katzen, Hühner und ein paar Gänse in einem Gehege, das um einen kleinen Teich herum angelegt war. Eine Bauernhofidylle. Ein alter Traktor – Dupin wusste, Traktoren wurden mindestens so alt wie Menschen. Er kannte die agrarische Welt von seinen Großeltern im Jura. Er wusste, welch hartes Brot die Landwirtschaft war. Seine Großeltern waren selbst Bauern gewesen und hätten es gerne gesehen, wenn ihr Sohn, Dupins Vater, den Hof übernommen hätte. Der aber hatte partout Polizist werden wollen, zudem hatte es ihn in die große weite Welt gezogen. Und zu einer Frau, die in allem und jedem das Gegenteil einer Bäuerin war – Dupins bourgeoise Mutter Anna. Aber auch nach der Hochzeit mit ihr hatte Dupins Vater seine Herkunft nie verleugnet, im Gegenteil, er hatte immer stolz davon erzählt. Bis heute ließ alles Bäuerliche Dupin ein bisschen sentimental werden.

Riwal steuerte auf das trotz des grauen Himmels weiß aufleuchtende Wohnhaus zu, irgendeine Frequenz des Sonnenlichts schien doch durchzudringen.

»Hier! – Wir sind hier!«, erschallte es laut.

Allerdings nicht vom Wohnhaus her, sondern von dem Verschlag ganz am Ende des Grundstücks, Richtung Meer.

Sie entdeckten Enora Gaëc. Aber nicht nur sie. Céleste Bourvil war auch da.

Die beiden Frauen standen direkt neben dem lang gezogenen Verschlag, die Tür stand offen.

»Eigentlich wollten wir sie alleine sprechen. Sie hat am Telefon nichts von Besuch erwähnt.« Riwal war verärgert.

»Das ist schon in Ordnung, Riwal«, beruhigte ihn Dupin.

Sie liefen über die Wiese auf die beiden Frauen zu.

Dupins Handy gab das nervtötende Piepen von sich.

Es war Kadeg.

»Ja?«

»Sind Sie es, Monsieur le …«

»Kadeg!«

»Ich habe mit dem Feuerwehrmann auf der Isle of Man telefoniert.«

Kadeg klang eingeschnappt.

»Ja?«

»Diese Vergleichs-Sache. Das Plagiat, der Refrain. Dieser E. Enec …«

»Was hat das Telefonat ergeben, Kadeg?«

»Sie hatten Dienstag und Mittwoch das große Feuerwehrfest der Insel. Enec war die ganze Zeit dabei. Tag und Nacht. Dafür gibt es Hunderte Zeugen. – Er hätte also nicht unbemerkt eine Reise nach Ouessant unternehmen können. Zu dem Rechtsstreit hat er nur gesagt, Lionel Saux sei paranoid gewesen.«

»Verstehe. Noch etwas?«

»Er scheidet als Verdächtiger aus, denke ich.«

»Noch etwas?«

»Der Präfekt hat gerade …«

»Bis später, Kadeg.«

Dupin legte auf.

Enora Gaëc und Céleste Bourvil machten immer noch keine Anstalten, ihnen entgegenzukommen.

Bald sahen sie den Grund: Unter dem Vordach des Verschlags lag eine Ziege, die offenbar kurz davor war, ein Junges zu bekommen. Sie lag auf der Seite, auf einem dicken Haufen Stroh, den Kopf nach oben gestreckt, ihr Bauch dick und rund. Die Ziege schien gefasst.

»Bonsoir, Mesdames.« Dupin erreichte die beiden Frauen als Erstes.

»Es kann jeden Moment losgehen«, sagte Enora Gaëc anstelle einer Begrüßung. Sie klang aufgeregt. »Céleste hilft mir immer bei den Geburten.«

Dupin hatte bereits häufiger Ermittlungsgespräche im landwirtschaftlichen Umfeld geführt – überhaupt in ungewöhnlichen Situationen –, während der Geburt eines Tieres allerdings noch nie. Fremd war es ihm nicht, als Kind hatte er auf dem Hof seiner Großeltern etliche Tiergeburten erlebt, seine Großmutter war eine wahre Hebamme gewesen, dennoch.

»Ihnen ist sicher bewusst, dass Sie zu den akut verdächtigen Personen gehören«, kam Riwal ohne Umschweife zur Sache. »Folglich müssen wir wissen, wo Sie sich von Dienstagnachmittag bis Mittwochfrüh aufgehalten haben?«

»Nur, weil wir die beiden Männer kannten?«, entgegnete Céleste Bourvil. »Dann wären ja alle achthundertfünfzig Einwohner der Insel verdächtig.«

Ihre langen roten Haare glänzten. Statt der ölverschmierten Jeans vom Morgen trug sie jetzt einen abgetragenen jeansblauen Overall. Dazu lange schwarze Gummihandschuhe bis über die Ellenbogen. Kuriose kniehohe Gummistiefel mit mädchenhaften Meermotiven, Muscheln, Seesterne, Fische, Meerjungfrauen.

»Sie verdanken Lionel Saux ziemlich viel – Sie beide«, legte Riwal nach, »als Duo spielen Sie regelmäßig seine Songs. Ohne Tantiemen dafür zu entrichten. – Vielleicht wurden einige Ihrer eigenen Songs ja auch von ihm inspiriert.« Riwal wandte sich an Enora Gaëc: »Und Sie hatten einen handfesten Konflikt mit Lionel Saux. Unter Umständen hätte er Ihr Geschäft ruiniert.«

»Jedes einzelne Wort ist absurd, Monsieur«, die Automechanikerin blieb ruhig, aber ihr Tonfall war scharf, »schon deswegen, weil wir kein Geld verdienen mit unserer Musik, auch nicht mit Lionels Songs. Das Musikmachen ist unser Hobby, mehr nicht.«

»Wir wissen, dass Sie Honorare für Ihre Auftritte erhalten, zumindest für manche. Auch wenn sie gering sind«, widersprach Le Menn.

»Sehr gering. Und bloß ein paarmal im Jahr«, stellte die Landwirtin klar. Sie trug Jeans, ein ärmelloses schwarzes Top mit dünnen Trägern und die gleichen langen Handschuhe wie die Automechanikerin. Schwarze Gummistiefel bis zu den Knien. »Lionel wusste, dass wir manchmal einzelne seiner Songs spielen, wenn wir live auftreten. Es war damit einverstanden, das war nie ein Problem.«

»Hatten Sie einen schriftlichen Vertrag?«, insistierte Riwal.

Enora Gaëc schüttelte ihre schwarzen Locken. »Das war kein Thema. – Lionel hat nie darum gebeten.«

»Sie haben eine ganz falsche Vorstellung von uns, von der Insel.« Céleste Bourvil blickte in den Himmel, während sie sprach. »Von unserer Gemeinschaft hier, dem Leben.«

»Ich habe Lionel als Freundin beraten – und keine Konkurrenz befürchtet. Denn das waren wir: Freunde.« Der Blick der Landwirtin lag beständig auf der Ziege, sie schien jede ihrer Regungen genauestens zu beobachten. Noch wirkte das Tier ruhig.

»Wir wissen, dass Sie Daniel Destoc am Sonntagabend in der Bar von Romy Potin gesehen und mit ihm gesprochen haben.« Dupin fixierte Céleste Bourvil. »Worum ging es?«

Sie schien keinesfalls irritiert. »Um die Verschrottung eines meiner Autos. – Es ist zwanzig Jahre alt.«

»Worum noch?«

»Nur …«

Ein fürchterliches Geräusch unterbrach Céleste Bourvil. Ein lautes, hohes, schreiendes Quietschen, das klang, als würde etwas zu Tode gequält.

Dupin und Riwal waren heftig zusammengezuckt. Sie hatten Le Menn und Kadeg nichts von Boutou Bahou erzählt.

»Keine Sorge, das war nur Argan.« Enora Gaëc deutete auf die Wiese jenseits eines Mäuerchens. »Eines meiner Schweine. Ganz schlimm. Der quietscht wegen nichts, als würde man ihn abstechen.«

Dupin und Riwal sahen sich einen Moment fassungslos an, dann riss sich Dupin zusammen: »Was wollten Sie sagen, Madame Bourvil?«

»Dass es nur darum ging, in unserem Gespräch. Nur um die Verschrottung des Wagens.«

»Und warum haben Sie uns bisher nichts von diesem Gespräch erzählt, Madame Bourvil?« Riwal klang streng.

»Weil es unerheblich ist.«

»Sie haben uns auch nicht erzählt, dass Daniel Destoc bei Lionel Saux' Viehzuchtprojekt dabei war – warum nicht?«

Riwal überspitzte – ob Saux wirklich »dabei« gewesen war, wussten sie noch nicht – dennoch, das Vorgehen des Inspektors war richtig. Sie mussten Unruhe schaffen, anders kämen sie nicht weiter.

»Daniels Familie gehörten einige sehr gut gelegene Parzellen hier auf der Insel, die er alle geerbt hat. Auch hier, im fruchtbaren Südosten, und in der Mitte der Insel. Darunter ein für die Insel ungewöhnliches Grundstück, direkt vor dem Penn-Arlan-Vorsprung. Das hätte Lionel gerne gehabt. Und auch die anderen Parzellen.«

»Das heißt also, Sie wussten tatsächlich von der beabsichtigten Kooperation der beiden Mordopfer und haben uns auch davon heute früh kein Wort gesagt?«

Riwal machte konsequent weiter.

»Wir bräuchten Tage, wenn wir alles erzählen würden, was uns eventuell einfallen könnte.« Enora Gaëc sprach ruhig, aber bestimmt. »Ich sage es Ihnen noch einmal: Dieses ganze Projekt war völlig unrealistisch, daran hätte sich auch durch Daniels Beteiligung nichts geändert. Selbst wenn Lionel alle Parzellen von Daniel bekommen hätte, für seine hochtrabenden Pläne hätte auch das nicht gereicht. – Es lohnt sich überhaupt nicht, darüber zu sprechen.«

»Was geschieht zurzeit auf Monsieur Destocs Feldern? Liegen sie brach?«, wollte Le Menn wissen.

»Ich nutze den Boden. Für eine kleine Pacht. Daniel brauchte die Felder ja nicht. Von Anfang an, seit ich meinen Betrieb vor sechs Jahren gegründet habe.«

Die Ziege stieß auf einmal ein lautes, hohes Fiepen aus, dann legte sie den Kopf aufs Stroh.

»In ein paar Minuten ist es so weit«, stellte Enora Gaëc fest.

»Verstehe ich das richtig?« Riwal kam hörbar echauffiert zum letzten Punkt zurück. »Sie nutzen die Felder von Daniel Destoc, die Lionel Saux gerne gehabt hätte?«

Dupin verstand Riwals Reaktion. Es waren erneut höchst relevante Informationen, die zurückgehalten worden waren.

»So ist es.«

»Dann haben Lionel Saux und Sie um diese Böden konkurriert, und Ihr Eigeninteresse bei der freundschaftlichen Beratung, wie Sie es nennen, war noch viel erheblicher, als Sie uns bisher haben glauben lassen.«

Riwal kannte kein Halten.

»Einen Konflikt hätte es nur gegeben, wenn Lionel wirklich die Entscheidung getroffen hätte, seine Pläne in die Tat umzusetzen. Und an dem Punkt war er noch lange nicht. Im Gegenteil, er hat von dem Projekt immer mehr Abstand genommen, eben auch aufgrund meiner Einschätzung.«

Irgendwie hörte sich alles mit jedem Gespräch ein bisschen anders an.

»Sie wollen sagen, dass er sich bereits gegen das Projekt entschieden hatte?«

»Eigentlich schon.«

»Hat er das auch anderen gegenüber so gesagt?«

»Das weiß ich nicht.«

Enora Gaëc kniete sich neben die Ziege und legte ihr die Hand auf den unteren Bauch. Man sah, dass sie genau wusste, was sie tat.

Auch Céleste Bourvil kniete sich nun hin.

Dupin begann, sich ein wenig unwohl zu fühlen. Es war eine äußerst intime Situation.

Céleste Bourvil hob den Kopf und ihr Blick wanderte über die Wiese neben dem Wohnhaus.

Plötzlich sah Dupin ein kleines Mädchen. Es musste eben noch im Haus gewesen sein, sie hätten es sonst bemerkt.

Céleste Bourvil machte dem Mädchen ein Zeichen.

»Warum haben Sie uns heute früh nicht gesagt, dass Lionel Saux' Plagiatsverdacht so weit ging, dass er einen Anwalt engagiert hat?«, kam Riwal auf das andere relevante Thema zu sprechen. »So wie Sie es uns erzählt haben, klang es eher nach einem Tick, einer Spinnerei.«

»Das war es ja auch«, erwiderte Céleste Bourvil, die wie Enora Gaëc begonnen hatte, der Ziege von oben nach unten über den Bauch zu streichen. Es wirkte beinahe rituell. »Das war eine echte Obsession. Eine kleine Paranoia! Der Beweis ist doch, dass bei keinem der Fälle etwas herausgekommen ist.«

»Das stimmt nicht, Madame Bourvil, und das wissen Sie«, korrigierte Riwal. »Es ist zu einem gerichtlich angewiesenen Vergleich gekommen.«

»Aber das war es auch. – Und dieser eine Fall war völlig unerheblich. Ein Amateurmusiker von der Isle of Man, von dem man weder davor noch danach je wieder etwas gehört hat.«

»Außerdem ist es ganz selbstverständlich, dass man sich in

unserer Szene gegenseitig musikalisch inspiriert«, ergänzte Enora Gaëc.

Das Mädchen stand jetzt neben ihnen. Es war ungefähr sieben, acht Jahre alt, schätzte Dupin.

»Bonjour«, grüßte die Kleine artig.

Sie hatte lange blonde Zöpfe, wie einem Astrid-Lindgren-Buch entsprungen, trug Jeans und ein lila T-Shirt, beides voller Flecken, Erde. Sie schien auf dem Bauernhof mit anzupacken, das hatte Dupin als kleiner Junge auch getan und er hatte es geliebt.

»Es ist gleich so weit. Du kannst uns helfen, wenn du möchtest.«

Céleste Bourvil sah keine Notwendigkeit, das Mädchen vorzustellen. War es ihre Tochter? Niemand hatte ein Kind erwähnt. Aber sie hatten auch nicht danach gefragt.

»Wissen Sie, was sich in den beiden runden Behältern in der Kammer des Mausoleums befindet?«

Der Themenwechsel war abrupt.

»Sie sind durch den geheimen Gang ins Mausoleum?«

Auf Céleste Bourvils Gesicht war ein überraschter Ausdruck zu sehen.

Enora Gaëc hielt ihren Blick auf die Ziege fixiert.

»Was wird in diesen Gefäßen aufbewahrt?«

Dupin ging die Frage nicht aus dem Sinn.

Der Unterleib der Ziege zuckte ein paarmal heftig.

Das Mädchen begann der Ziege in der gleichen Weise über den Bauch zu streichen, wie die beiden Frauen es eben getan hatten, es wirkte nicht weniger routiniert. Dupin erinnerte sich plötzlich, dass seine Großmutter es genauso gemacht hatte.

»Was für Gefäße? Wovon sprechen Sie?«

Céleste Bourvil schaute Dupin fragend an.

»Von zwei Behältnissen mit rundem Boden, die in der Kammer des Mausoleums standen.«

»Davon weiß ich nichts«, stellte Enora Gaëc in ruhigem Ton fest.

»Ich auch nicht. Und wenn Sie sagen ›standen‹, heißt das, dass sie jetzt weg sind?«

»Sie wurden gestohlen. Jemand hat die Tür zu dem Geheimgang aufgebrochen und die Gefäße gestohlen.«

»Wie gesagt, wir wissen davon nichts.«

»Aber Sie wissen, dass die *Proella*-Kreuze mehr als einmal verwendet wurden?«

Die beiden jungen Frauen schwiegen eine Weile, dann antwortete Céleste Bourvil.

»Die alteingesessenen Inselfamilien wissen es alle.« Ihre Stimme hatte bei dem Satz etwas Gravitätisches angenommen.

»Sie meinen, es sind alte Kreuze?« Céleste Bourvil schien bewegt. »Ich meine, die Kreuze, die man auf den Kopfkissen der beiden gefunden hat? Originalkreuze von damals?«

»Höchstwahrscheinlich.«

»Wer von diesen alten Familien könnte wissen, was sich in den beiden Gefäßen befindet?«

Es war eine entscheidende Frage, die Le Menn stellte.

»Wenn wir beide noch nie davon gehört haben«, Enora Gaëc blickte ernst, »dann glaube ich auch nicht, dass andere es wissen.«

Der Bauch der Ziege zuckte ein weiteres Mal heftig. Man sah Bewegungen im Inneren des Körpers.

»Es geht los«, stellte Enora Gaëc ruhig fest.

»Dann verabschieden wir uns, Mesdames«, hörte Dupin sich schleunigst sagen.

Er wollte die Ziege nicht weiter stören.

»Aber davor«, intervenierte Riwal energisch, »sagen Sie uns noch, wo Sie sich von Dienstagnachmittag bis Mittwochfrüh aufgehalten haben, Madame Gaëc, Madame Bourvil.«

Riwal hatte recht. Die Frage war unbeantwortet geblieben.

»Ich hier auf dem Hof. Alleine.«

»Und ich in meiner Werkstatt. Das war ein regulärer Werktag.«

Es klang wie: »Was denken Sie denn?«

»Alleine?«

»Bis siebzehn Uhr mit meiner Mitarbeiterin. Dann alleine.«

»Und bis wie viel Uhr haben Sie in der Garage gearbeitet?«

»Bis ungefähr neunzehn Uhr, dann bin ich zu Osmine«, sie drehte ihren Kopf andeutungsweise zu dem Mädchen, »und habe gekocht. – Und in der Nacht haben wir geschlafen. Ab sieben Uhr morgens gab es die normale Routine: Frühstück, fertig machen, Schule.«

»Ihre Tochter?«, fragte Dupin.

»Ja.«

Céleste Bourvil zog die ellenbogenlangen Handschuhe nach. Es war das endgültige Zeichen zum Aufbruch.

»Dann bis bald. Wir melden uns.« Dupin verabschiedete sich.

Schon liefen die drei zurück zum großen roten Gatter.

»Die beiden Frauen sind mir nicht geheuer.«

Riwal runzelte die Stirn. Sie standen neben ihren Fahrrädern.

Dupin lag auf der Zunge, dass Riwal bei diesem Fall nichts und niemand geheuer zu sein schien. Es war offensichtlich, dass die Insel Riwal überstrapazierte. Dupin hätte es nicht für möglich gehalten, dass es für seinen Inspektor überhaupt zu viel an Obskurem und Mysteriösem geben konnte. Zu viel von der Anderswelt. Für gewöhnlich war das sein Element. Hier jedoch baute er geradezu eine Abwehrhaltung auf.

»Wussten Sie von dem Kind, Riwal?«

»Nein.«

»Und die anderen, haben sie Kinder?«

»Nur Romy Potin. Drei. Drei Mädchen.«

»Nur Mädchen? Die *Sirenen* haben nur Mädchen?«

Eine kuriose Frage, wusste Dupin.

»Es sind ja nur zwei Frauen, die Kinder haben, Chef.«

»Und es gibt das Gerücht um Rayanne Kers Schwangerschaft«, fügte Le Menn hinzu. Der Satz hing ein wenig bezugslos in der Luft.

»Auf jeden Fall haben die fünf gewichtige Informationen zurückgehalten.« Riwals Stimme war grimmig.

Dupin stieg auf sein Rad.

»Weiter!«

»Wir haben noch ein bisschen Zeit, Chef. – Jade Quiniou kann erst um Viertel vor zwölf. Sie hat heute Abend zwei Führungen. Eine in Lampaul – gerade jetzt –, die andere dann beim *Phare du Créac'h.*«

»Worum geht es bei der Führung in Lampaul?«

»Die Sagen, Legenden und Mythen der Insel. Bei der zweiten Führung, die um 22 Uhr 45 beginnt, geht es um die ›Freundschaft der Inselleuchttürme‹. Jade Quiniou bietet sie zwischen März und November jeden Freitag an.«

»Dann treffen wir zuerst Romy Potin und dann Jade Quiniou.«

»Romy Potin hat erst nach Mitternacht Zeit. Heute ist die Hölle los in der Bar. Sie haben es im *Ty Korn* gesehen, Chef. Das Festival ist abgesagt, aber ein Teil der Menschen ist ja da. Die trösten sich jetzt in den Inselkneipen.«

Nach Trübsinn hatte es im *Ty Korn* ganz und gar nicht ausgesehen

»Wie weit ist es bis zu diesem Cromlec'h, Riwal?«

»Dem Steinkreis?«

Riwal tat nicht bloß verwundert.

»Genau.«

»Nicht mal zehn Minuten mit dem Rad.«

»Die Gegend, wo die beiden Männer höchstwahrscheinlich ins Meer gestoßen worden sind?«, wollte Le Menn wissen.

»Genau, ja«, bestätigte Riwal.

Dupin hatte sich den Vorsprung schon die ganze Zeit ansehen wollen.

»Also, wo müssen wir lang?«

»Von hier runter nach Pen Ar Lan und dort auf den Pfad, der direkt an der Küste entlangführt«, instruierte Riwal.

Wie immer fuhr Riwal voraus. Dahinter Le Menn, Dupin folgte als Letzter.

Zunächst ging es den Weg zurück, den sie gekommen waren, danach am wildromantischen Bach entlang zum Meer hinunter.

Mit einem Mal gab das kühn sprießende Grün unerwartet den Blick frei. Eine kleine Bucht erschien. Ein feiner sichelförmiger Sandstrand, flaches türkises Wasser. Bei Weitem nicht so imposant wie bei Rayanne Kers Haus, dennoch ausgesprochen hübsch. Das Gurgeln des Baches wurde mehr und mehr vom Rauschen des Meeres verschluckt, wie der Bach selbst am Ende seines Weges vom Atlantik.

Bevor man den Strand erreicht hatte, führte links ein winziger Pfad hoch.

Eine Weile stieg der Pfad steil an, sie mussten mit den E-Bikes das östliche Plateau der Insel erklimmen. Dann hatten sie den Übergang zum Penn-Arlan-Vorsprung erreicht, er war keine hundert Meter breit, das Meer kam an beiden Seiten ganz nahe. Viel fehlte nicht und Penn Arlan wäre eine Insel.

Dupin verlangsamte, ließ sich zurückfallen.

Die Landschaft war flach und rau, abrupt endete alle höhere Vegetation. So abrupt, als wäre hier ein Bann gesprochen worden, der sie verhinderte. Übrig blieb wirres Gestrüpp, das höchstens bis zu den Knien ging. Dafür in wilder Mischung. Borstiges Inselgras, rosa Grasnelken, flacher Ginster, Heidekraut. Das eigentümliche Himmelsphänomen neutralisierte sogar den Sonnenuntergang. Es hatte eine neue, gigantische Eroberung gemacht: Es hatte den Atlantik gekapert. Das Meer, in jeder Himmelsrichtung stumpf und farblos, war nun vom Himmel nicht mehr zu unterscheiden. Lediglich die Insel, die Landmasse, setzte sich noch immer deutlich ab von dem raumgreifenden Grau. Man wäre jedoch nicht verwundert gewesen, wenn es sie als Nächstes geschluckt hätte.

Der unebene Pfad, über den sie fuhren, führte schon bald nahe an den Abgrund heran. Das Gestrüpp samt Inselgras zog sich bis zum Abgrund hin. Dort würde man sicher keine Abdrücke finden, noch dazu, wenn sich alles bereits vor drei Tagen abgespielt hatte.

Riwal und Le Menn waren bestimmt zweihundert Meter vor ihm, Le Menn hatte jetzt das Telefon am Ohr. Der Weg entfernte sich mal ein Stück vom Abhang, dann näherte er sich ihm wieder. Vielleicht fünf, sechs Kilometer entfernt sah man die Île-Molène liegen, zumindest ein bisschen davon, die Kirche, die Leuchttürme, die Lichter einiger Häuser. Neben Molène Dutzende andere Inseln und Inselchen. Das berühmte Archipel, das sich wie an einer Perlenkette aufgezogen beinahe bis zum Festland zog, von dem heute Abend nicht die Spur zu sehen war. Heute schien fraglich, ob es überhaupt ein Festland gab.

Le Menn und Riwal, die selbst auf diesem abenteuerlichen Pfad ein sportliches Tempo vorlegten, waren nun in Richtung des Inselinneren abgebogen. Von dem Steinkreis war immer noch weit und breit nichts zu sehen.

Bald kam Dupin an alten, weitgehend zerfallenen Steinmäuerchen vorbei, die kleine Parzellen umgaben. War auch hier einst Landwirtschaft betrieben worden? Es war schwer vorstellbar. Vielleicht vor Hunderten Jahren, in der Blütezeit der Insel.

Dupin sah, wie Riwal und Le Menn von ihren Rädern abstiegen.

Hatten sie etwas entdeckt?

Er beschleunigte.

Dann, er hatte sie beinahe erreicht, sah er ihn. – Den Steinkreis.

Dupin stellte sein Rad ab.

»Das ist er, Chef. – Der legendäre Cromlec'h von Ouessant.«

Riwal präsentierte ihn mit Stolz in der Stimme, als hätte er ihn selbst geschaffen.

»Hier ist Jollas Reich! Und nicht nur ihres. Es ist die magische Stätte der neun Druidinnen. Und nicht nur von ihnen. Von allen Druidinnen und Druiden der Insel. Hier haben sie gewirkt. Es ist ihr Kreis. In ihm waren sie direkt mit den Elementen verbunden. In ihm haben sie ihre naturgöttliche Musik gespielt.«

Dupin nickte stumm.

»Die Stätte ist rund siebentausend Jahre alt«, fuhr Riwal ungebremst fort, »der älteste Steinkreis, den wir in Europa kennen, und der einzige, der dem Mond gewidmet ist und nicht der Sonne. Die Anordnung der Steine diente unter anderem zur Berechnung der Mondphasen sowie der Konstellationen von Sonne, Mond und Erde. So konnte man die großen Schwankungen der Gezeiten vorhersagen, sprich: die Springfluten und vor allem die Nippebben, die besonders viel und besonders reichhaltige Nahrung bedeuteten. Denken Sie nur an die vielen Muschelarten und Schalentiere, schon damals Spezialitäten. Das ist der Ursprung aller Naturwissenschaften: Es ging um mehr, um besseres – vor allem schmackhafteres – Essen.«

Zweifelsfrei eine urfranzösische Betrachtungsweise.

Riwal und Le Menn waren mit einigem Abstand vor dem Steinkreis stehen geblieben.

»Neunzehn Steine, Chef. Beziehungsweise die Überreste, die noch von den mächtigen Steinen übrig sind.«

Allzu viel war es nicht. Mit den Kolossen von Carnac oder Stonehenge konnten sie nicht mithalten, keiner der Steine war höher als einen Meter. Ihre auratische Kraft aber, musste Dupin zugeben, hatte nicht gelitten, die Wirkung war enorm.

»Der Cromlec'h wurde im Mittelalter von christlichen Missionaren zur Plünderung freigegeben, die Menschen haben sich die Steine zum Bau ihrer Häuser geholt. – Eine unentschuldbare Blasphemie! Der Kreis hier ist wie gesagt älter als der von Stonehenge. Kein Wunder – die neolithische Besiedlung Englands erfolgte über die Bretagne!«

Natürlich.

»Zu Beginn der Jungsteinzeit machten sich frühe Bauernvölker aus dem Nahen Osten auf den langen Weg nach Westen. Sie kamen aus kargen, felsigen Gegenden, über Jahrhunderte waren sie dort zu virtuosen Steinmetzen geworden. Steine standen im Zentrum der Kultur. Entlang der Küsten und der Donau gelangten sie nach Europa. Bis zum Ende der Welt – in die Bretagne. Bis Ouessant. Weiter ging es nicht. Von hier aus wanderten sie dann um 4000 vor Christus nach Norden. Nach England. – Von hier, von Ouessant aus!«

Es war in der Tat zutiefst beeindruckend, fand Dupin. Er stand an einem siebentausend Jahre alten Monument des menschlichen Geistes, einer rätselhaften Mitteilung aus einer fernen, dunklen Vergangenheit.

»Aber sie gingen nicht bloß nach England, sondern auch in die Gegenden, die dann später Wales und Westschottland hießen. Auch dort haben sie Steinkreise errichtet. Der größte und bedeutendste war Waun Mawn in den Preseli Hills bei Pembrokeshire, die unseren Monts d'Arrée auf verblüffende Weise ähneln. Über hundertzehn Meter Durchmesser hatte der Kreis. Erst langsam besiedelten die Menschen auch den Osten der Britischen Inseln. Sie entdeckten, dass das Klima dort milder war. Eines Tages dann verlegten sie den Kreis nach Stonehenge. Sämtliche Blausteine des äußeren Rings in Stonehenge stammen von Waun Mawn. Das heißt, das berühmte Stonehenge ist bloß recycelt – wussten Sie das, Chef?«

»Nein.«

»So ist es aber, er …«

Riwal hielt jäh inne.

»Tun Sie das nicht, Chef!«

Dupin zuckte zusammen. Er war in den Steinkreis getreten.

»Das darf man nicht, Chef.«

Der Inspektor war erbleicht, er hatte Mühe, die Fassung zu wahren.

»Zumindest nicht unvorbereitet. – Das ist der magische Zirkel.«

»Und?«

»Sie sollten Riwal unbedingt ernst nehmen!«, insistierte nun sogar Le Menn.

Wenn es hart auf hart kam, stand auch sie aufseiten der bretonischen Orthodoxie.

»Was soll denn schon passieren?«

Dupin ging auf den Stein genau in der Mitte des Steinkreises zu.

»Das wollen Sie gar nicht wissen, Chef!«

In der Stimme des Inspektors lag Panik.

Dupin blieb vor dem zentralen Stein stehen. Eine seltsame Form, seine Spitze schien bearbeitet, rechts fehlte ein Stück, sodass es zwei gerade, scharfe lange Steinkanten gab, eine, die auf die Insel wies, die andere zeigte in den Himmel. Der gesamte Stein war von Flechten bewachsen, hier waren sie strahlend weiß, wie Gandalfs Bart in *Der Herr der Ringe*, auch er ein keltischer Zauberer, eine Verkörperung von Merlin.

Dupin berührte den Stein, wenn auch nur kurz.

»Nein! Chef! Nein!«, hörte Dupin den Inspektor in seinem Rücken, er klang nun regelrecht verzweifelt.

»Nichts passiert«, er drehte sich zu Riwal.

Riwal und Le Menn starrten ihn an, als würde gleich etwas Ungeheuerliches geschehen.

Dupin ignorierte es. Er schaute sich um.

»Das Kreuz da – ist es das, von dem Madame Jaouen gesprochen hat?«

Er deutete auf ein grellweißes Steinkreuz direkt am Abhang. Vielleicht zweihundert Meter entfernt.

»Ja«, bestätigte Riwal. »Das ist es. Das Kreuz von Saint Pol. – Hier hat er die Insel betreten, hier hat er seine fanatische Verfolgung der Neun begonnen.«

Riwal sprach so dringlich, als wäre es eben erst passiert.

Erst jetzt – es war durch das wuchernde flache Gestrüpp nicht leicht zu sehen – erkannte Dupin die gesamte Struktur der Anlage. Um den Cromlec'h herum gab es noch einen Kreis – ganz grün, das Inselgras hatte ihn fest eingenommen. Und um diesen verlief ein Graben, also ein weiterer Kreis. Vier schmale Erdstege führten über den Graben. Die Ausrichtung der Stege folgte offenbar den vier Himmelsrichtungen. Die Jungsteinzeitler waren geniale Astronomen gewesen – Claire hatte ihm das bei einem Ausflug nach Carnac ausführlich erklärt –, die Steine und Erdstege waren präzise ausgerichtet worden.

Dupin hatte begonnen, sich langsam um die eigene Achse zu drehen.

Nicht nur der Mittelstein, jeder einzelne der Steine war übersät von Flechten, anders als das weiße Zentrum schimmerten sie jedoch in den verschiedensten Farben: rot, gelb, orange, grün, gar bläulich. Hinter jedem einzelnen der Steine war das endlose Meer zu sehen.

Das Verrückteste: Die Steine wirkten ungleich massiver, größer, höher, als sie real waren. Man spürte die Giganten, die sie einmal gewesen waren. Der ganze Ort war gewaltig, musste man sagen. Es war ein Ort, der dem Imaginären, dem Magischen und Mystischen eine vollkommene Bühne bot. Nichts störte, lenkte ab. Hier, spürte man, konnte alles erscheinen. Alles geschehen.

»Wie fühlen Sie sich, Chef? Was spüren Sie?«

Riwal schien immer noch zutiefst besorgt.

»Bitte?«

Dupin war in Gedanken.

Er löste sich und bewegte sich zum Rand des Kreises, in die Richtung, in der das Kreuz stand. Riwal und Le Menn hielten unverändert eine Art Sicherheitsabstand.

»Geht es Ihnen gut, Chef? Wie fühlen Sie sich, seit Sie den Kreis betreten haben?«

»Sehr gut.«

»Was haben Sie empfunden? In welche Richtung ging die Wirkung?«

»Keine Wirkung, Riwal.«

Es war eine glatte Lüge. Auch wenn er es nicht wahrhaben wollte – Dupin hatte tatsächlich etwas gespürt. Ziemlich heftig sogar. Physisch. Vor allem in den Armen und Beinen. Vielleicht sogar überall im Körper. Er hatte, vielleicht beschrieb es das am besten, das Blut in seinen Adern zirkulieren und pulsieren gefühlt. Eine ihn durchfließende, durchströmende lebendige Kraft. Er wusste, dass es schrecklich esoterisch klang, und natürlich würde er niemandem davon erzählen. Und wahrscheinlich hatte er es auch nur empfunden, weil ihm Riwal und Le Menn die magische Kraft des Ortes suggeriert hatten, die unbewusst wirkenden autosuggestiven Kräfte des Menschen waren immens.

Was Dupin auch bemerkt hatte: Das sphärische Klingen in seinen Ohren war verschwunden. Zum ersten Mal seit gestern, seit es aufgekommen war. Oder bildete er sich auch das nur ein?

Er verließ den Steinkreis, ging auf dem Erdsteg Richtung Süden, Richtung Meer. In diesem Abschnitt war der Graben – von Gestrüpp und Gras überwuchert – sicher eineinhalb Meter tief. An manchen Stellen war er auch eingestürzt und heftig erodiert. Hier und dort war frisch aufgeworfene Erde zu sehen.

»Gibt es hier Hasen, Kaninchen?«

Riwal und Le Menn hatten sich – sie waren in einem großen Bogen um den Steinkreis herumgegangen – zu Dupin gesellt.

»Wildkaninchen, Massen davon. Sie waren früher eine willkommene Abwechslung auf dem monotonen Speiseplan der Insulaner, deswegen hat man sie hier angesiedelt. Sie …«

Dupins Handy, das sich hier draußen besonders bizarr anhörte, unterbrach Riwal.

Die Nummer der Bürgermeisterin. Dupin nahm an.

»Monsieur le Commissaire?«

»Ja?«

»Hier Alana Rigo.«

Ihre Stimme klang seltsam angespannt.

»Ich höre.«

»Mathis Cëvaër. – Er wurde in der Baie de Toull Auroz angeschwemmt. Das …«

»Was?«, rief Dupin.

Riwal und Le Menn waren zusammengezuckt.

»Sie haben richtig gehört. Mathis Cëvaër. Tot. – Die Bucht, in der er angeschwemmt wurde, liegt unweit von seinem Haus auf dem Cap bei *Le Stiff*.«

»War er nicht in Brest?«

»Sieht nicht so aus. – Sybil hat ihn von oben auf einem Felsen im Wasser liegen sehen. Vom Küstenweg aus. Sie …«

»Sybil Jaouen?«

Das durfte alles nicht wahr sein.

»Genau. – Sybil Jaouen«, bestätigte die Bürgermeisterin.

»Was ist passiert?«, fragte Le Menn aufgeregt.

»Ist etwas mit Sybil Jaouen?«

Riwal war auf der falschen Fährte.

»Einen Moment, Madame Rigo.« Dupin nahm das Telefon kurz vom Ohr. »Mathis Cëvaërs Leiche wurde eben gefunden. Angeschwemmt.« Dupin konnte es nicht fassen.

»Wahnsinn«, entfuhr es Riwal. Passender konnte man es nicht ausdrücken.

»Da bin ich wieder, Madame Rigo.«

»Ich bin auf dem Weg zum Hafen.« Die Bürgermeisterin klang außer Atem.

Dupin bewegte sich eilig zu den Fahrrädern zurück, Riwal und Le Menn folgten.

»Wer ist bei der Leiche?«

»Die beiden Seenotretterinnen von heute Morgen. Sie sind sofort los, nachdem Sybils Anruf kam.«

»Und es ist ganz sicher Mathis Cëvaër?«

»Zweifelsfrei.«

»Ertrunken?«

»Auf den ersten Blick sieht es wohl so aus. Der Körper zeigt offenbar Verletzungen, wie bei Lionel. Von einem Sturz wahrscheinlich. – Ich denke mal, das war ebenfalls kein Unfall.«

»Können die beiden Seenotretterinnen sagen, wie lange er schon da liegt? Wann er ertrunken ist?«

»Davon haben sie nichts gesagt. Sie sind gerade erst bei der Leiche angekommen.«

Dupin, Le Menn und Riwal hatten ihre Räder erreicht.

Dupin verstummte einen Moment. Das war Irrsinn. Alles. – Was ging hier vor sich? Es entwickelte sich zu einem wahren Albtraum.

»So ein Scheiß«, murmelte er.

»Das können Sie wohl laut sagen«, stimmte die Bürgermeisterin zu.

»Wir kommen sofort, Madame Rigo, wir …«

Dupin brach ab. Er dachte nach. Streng genommen wäre es überflüssig, noch einmal in ein Boot zu steigen und sich den toten Mathis Cëvaër auf einem Felsen anzusehen. Es war sicher nicht der Tatort. Und auch wie er dort jetzt auf dem Felsen lag, sagte nichts aus. Es würde reichen, wenn sie die Leiche am Kai des *Port du Stiff* in Augenschein nahmen.

»Würden Sie mir die Nummer der beiden Seenotretterinnen schicken, Madame Rigo? Umgehend?«

»Natürlich.«

»Wie kann das sein, dass es wieder Madame Jaouen ist, die die Leiche findet? – Das ist doch äußerst unwahrscheinlich.«

»Mich verwundert es kein bisschen. Sie spürt so etwas, glauben Sie mir. So ist es.«

»Sie hat gespürt, dass es noch einen weiteren Toten gibt? Im Meer? Und auch noch, wo er angeschwemmt wurde?«

»Sie werden fast immer im Osten angeschwemmt. Und so groß ist die Insel ja nicht, man kann den östlichen Küstenabschnitt oben auf dem Plateau gut ablaufen.«

»Aber wie sollte sie ...«

Dupin brach ab.

»Wir sehen uns am Hafen, Madame Rigo.«

»Gut, bis gleich, Monsieur le Commissaire.«

Schon hatte sie aufgelegt.

»Dann war Cëvaër gar nicht in Brest?«

Man konnte Riwal ansehen, wie er nachdachte.

»Vielleicht ja schon. – Aber vielleicht auch nicht. Wir werden es herausfinden.«

»Das ist alles furchtbar.«

Sogar Le Menn wirkte angegriffen.

»Und geradezu aberwitzig!«, ergänzte Riwal. »Drei Tote – drei Morde – drei Männer. Wir ...«

»Wo liegt das Haus von Mathis Cëvaër?«, unterbrach ihn Dupin. »Kennen Sie die Adresse?«

Schon saß er auf dem Rad.

Die Wahrscheinlichkeit, dass es sich bei Mathis Cëvaërs Sturz um einen Unfall handelte, ging nun tatsächlich gegen null.

»Nicht weit vom *Phare du Stiff*. Aber Sie wollten doch zum ...«

»Wie weit ist das von hier?«

Dupins Handy zeigte den Eingang einer Nachricht an. Die Nummer der Seenotretterinnen.

»Zehn Minuten mit dem Rad. Aber …«

»Wegen dem Kreuz.« Dieses Mal war es Le Menn, die Riwal mit der Erklärung ins Wort fiel. Im nächsten Moment saß sie ebenfalls im Sattel.

»Natürlich«, fiel der Groschen bei Riwal. »Sie wollen wissen, ob bei Cëvaër auch ein Kreuz auf dem Kopfkissen liegt.«

»Was hieße: Es wäre vermutlich ein und derselbe Täter«, pointierte Le Menn.

Dupin tippte auf seinem Handy.

»Wir fahren kurz zu Cëvaërs Haus und erst danach zum Hafen«, wies er Le Menn und Riwal an. »Riwal, rufen Sie die Seenotretterinnen an und sagen Sie ihnen, dass sie den Toten auf den Kai bringen sollen. Wir kommen, so schnell es geht. – Ich hab Ihnen gerade die Nummer geschickt.«

»Okay. Soll ich Jade Quiniou und Romy Potin für heute absagen?«

»Auf keinen Fall. Sagen Sie nur, dass es etwas später wird. – Und, Le Menn«, fuhr Dupin mit den Instruktionen fort, »bestellen Sie den diensthabenden Inselarzt nach Stiff. Er soll sich auf der Stelle aufmachen. Wir brauchen schnellstmöglich eine belastbare Auskunft über den Todeszeitpunkt. Und natürlich über die Todesart.«

»Wird gemacht.«

»Und sorgen Sie dafür, dass die Leiche danach unverzüglich nach Brest in die Gerichtsmedizin kommt. Helikopter, Polizeischnellboot, wie auch immer.«

»Alles klar.«

»Und, Riwal – informieren Sie Kadeg. – Er soll das mit der Spurensicherung koordinieren. Sie müssen sich sofort Cëvaërs Haus ansehen. Das Team soll sich aufteilen. Ich weiß, das mögen sie nicht, aber es geht nicht anders. – Und auch ein Polizist muss in Cëvaërs Haus postiert werden.«

Dupin wartete keine Bestätigung ab, er schaltete in den »Boost« und trat so kräftig in die Pedale, wie es ging. Le Menn und Riwal taten es ihm gleich. Dummerweise, bemerkte Dupin, war das sphärische Klingen in seinen Ohren zurück. So laut und drängend wie zuvor. Er war so froh gewesen, es los zu sein. Wahrscheinlich war es wirklich ein Tinnitus.

Der holprige Pfad erlaubte keine Überholmanöver, in dem Moment aber, in dem sie das Sträßchen erreichten, scherten Le Menn und Riwal aus und überholten Dupin mit aufreizender Mühelosigkeit. Wie auf ein geheimes Kommando griffen alle drei simultan nach ihren Handys. Sie hatten dringende Telefonate zu führen.

Dupin fand die Nummer sofort.

Dann dauerte es etwas, bis die andere Seite annahm.

»Ja?«

Ein äußerst skeptischer Tonfall.

»Sie wissen mehr, als Sie mir bisher gesagt haben, Madame. Also – was geht hier auf der Insel vor sich?«

Eine Weile blieb es still in der Leitung.

»Ich kann es Ihnen nicht sagen.«

»Ich …« Dupin hatte unwirsch »Ich glaube Ihnen nicht« entgegnen wollen. Aber ehrlich gesagt war er sich keinesfalls sicher. »Wie konnten Sie wissen, dass es noch einen Toten gibt, noch ein Opfer? Warum sind Sie genau dorthin gegangen? Zu dieser Bucht?«

Mehrere Fragen auf einmal zu stellen, war immer eine schlechte Methode. Es sei denn, man wollte das Gegenüber durcheinanderbringen und überrumpeln.

»Ich wusste, dass noch mehr im Dunkeln liegt. Ich wusste, dass Ankou noch unterwegs ist.«

Die bretonische Gestalt des Todes.

»Warum, Madame, woher wussten Sie das?«

Die Frage musste völlig hilflos wirken.

»Ich wusste es einfach.«

»Und wen es dieses Mal getroffen hat, wussten Sie das ebenfalls?«

»Nein.«

»Sie hatten keine Ahnung?«

»Nein.«

»Vielleicht haben Sie versucht, Mathis Cëvaër zu erreichen? Und es ist Ihnen nicht gelungen, sodass eine Befürchtung aufkam?«

»Nein.«

Dupin lief mit einem Mal ein leichter Schauer über den Rücken.

Sybil Jaouen wartete geduldig, Dupin war eine Weile stumm geblieben. Schweigen, hatte er schon zuvor bemerkt, machte ihr nichts aus.

»Und wie kamen Sie dazu, genau dort, in dieser Bucht, zu suchen?«

»Sie landen immer irgendwo dort. Im Osten. Ich bin von *Le Stiff* den Küstenpfad entlanggegangen. Oben auf dem Plateau. Mit Ki Briz Braz. Meinem Hund«, fügte sie hinzu.

Sie erreichten einen Weiler. Der Inspektor bog jetzt auf ein Sträßchen direkt nach Norden ab. Le Menn und Dupin folgten.

Wieder schwieg Dupin eine Weile. Zugleich hatte er das dringliche Gefühl, dass es sehr wohl etwas zu fragen gäbe. Dass er in gewisser Weise nur noch nicht die richtige Frage gefunden hatte. Wie bei antiken Orakeln. Nur eine einzige ganz bestimmte Frage, eine ganz bestimmte Formulierung der Frage, brachte eine Antwort. Wahrscheinlich hatte ihn die mystische Aura der Insel längst infiziert.

»Glauben Sie, es hat mit Lionel Saux' Musik zu tun? Seinen Liedern? Seinen Kompositionen? Das, was hier vor sich geht?«

Jetzt war es Sybil Jaouen, die schwieg.

»Ist das eine Antwort, Madame Jaouen? Ihr Schweigen?«

»Nein.«

»Geht es um das landwirtschaftliche Projekt von Lionel Saux? Die Viehzucht, die Ziegen, die Schafe? Um die Weiden von Destoc, die Saux haben wollte?«

Sybil Jaouen blieb abermals stumm. Dupin hatte es nicht anders erwartet.

Das Dumme war: Sie hatten es jetzt mit drei Morden zu tun, aber der Stand der Ermittlungen war kümmerlich. Dupin selbst fühlte sich kümmerlich. Dass er in seiner Verzweiflung dabei war, eine *conteuse* und – wenn man Riwal glaubte – Druidin ernsthaft nach ihren »Ahnungen« zu befragen, machte die Sache nicht besser. Dupin glaubte nicht an Ahnungen, definitiv nicht. Aber wie konnte man sonst die Tatsache erklären, dass Sybil Jaouen die beiden Toten gesucht und gefunden hatte, von denen niemand gewusst hatte, dass sie überhaupt tot waren?

»Geht es um die fünf *Sirenen?* Irgendetwas mit den Musikerinnen?«

Dupins Frage klang nicht bloß mysteriös, sondern dramatisch mysteriös. Es war einfach lächerlich.

Er wartete dennoch.

Aber auch jetzt kam keine Antwort.

Sie fuhren durch fruchtbare Felder und saftige Wiesen, das Sträßchen stieg nun an.

»Geht es um etwas zwischen den Musikerinnen und den drei Männern?«

Wieder nichts.

»Oder geht es bloß um einzelne von ihnen? Eine einzige?«

Schweigen.

So käme er nicht weiter.

»Die *Sirenen,* das bestimmt«, hörte er Sybil Jaouen auf einmal sagen. »Oh ja. – So viel Licht – und so viel Schatten.«

»Was meinen Sie damit, Madame Jaouen? Dass es um die *Sirenen* geht? Um eine von ihnen?«

Madame Jaouen verstummte abermals.

»Es wäre wichtig für mich, zumindest das zu wissen, Madame. Wenn Sie dazu ein … Gefühl haben, sagen Sie es mir bitte.«

»Gefühl« war ein gutes Wort. Besser jedenfalls als »Ahnung«.

Dennoch blieb es bei ihrem Schweigen. Dupin wartete noch eine ganze Weile, dann gab er auf. »Wenn Ihnen noch etwas einfällt, Madame, melden Sie sich bitte. Was immer es auch ist.«

»Alles, was Sie sehen, täuscht. Nichts ist, wie es scheint.«

Es wirkte beinahe so, als seien die Sätze eine Reaktion auf Dupins Aufforderung. »Was meinen Sie, Madame?«

»Ich melde mich, Monsieur. – Ich habe in den letzten Stunden übrigens schon ein paar von ihnen gesehen. – Also, ich sage es Ihnen ein letztes Mal: Verlieben Sie sich nicht.«

Dann hatte sie aufgelegt.

Sie näherten sich dem Leuchtturm. Es war nicht mehr weit zu Cëvaërs Haus.

Sie hatten den altehrwürdigen *Stiff* erreicht. Und waren mit unvermindertem Tempo geradewegs an ihm vorbeigefahren. Aus dem asphaltierten Sträßchen war hinter dem Leuchtturm ein steiniger Pfad geworden.

Schon bald war Schluss, weiter ging es nicht. Riwal und Le Menn kamen zum Stehen. Hier endete alles, der Pfad, die Insel. Hier demonstrierte die Steilküste ihre ganze Wucht. Es war vermutlich der höchste Punkt der Insel.

Die Sonne musste bereits untergegangen sein. Das eigentümliche Grau hatte verhindert, dass die Welt davon etwas mitbekommen hatte. Wie konnte das sein? Im Westen dümpelte der Himmel genauso dumpf vor sich hin wie im Osten, man sah nicht den geringsten Unterschied. Dupin konnte sich nicht erinnern, so etwas in der Bretagne überhaupt schon einmal erlebt zu haben.

Auch der Wind schien gebannt, gestern Abend hatte ihm der Kornog noch kräftig um die Ohren gepfiffen, jetzt war kein Hauch zu spüren.

Riwal und Le Menn hatten die Räder bereits abgestellt, als Dupin sie erreichte.

Er konnte weit und breit kein Haus entdecken. Auf dem gesamten Vorsprung nicht.

»Was machen wir hier, Riwal?«

»Da vorne, Chef.«

Riwal wies direkt auf den Abgrund vor ihnen. Zu sehen war von hier aus nur das unverwüstliche Inselgras, dann, siebzig Meter tiefer, das Meer.

Schon liefen Riwal und Le Menn los, Dupin folgte ihnen.

Als er die beiden erreichte, sah er es: Anders als es eben den Anschein gemacht hatte, fiel die Insel hier nicht senkrecht ab. Unter einem schroffen Felsabsatz stand ein Haus. Das Panorama war betörend. Man schwebte förmlich über dem Meer.

Zuerst sah man nur das Dach, dann, nachdem sie vorsichtig die steile Wiese hinabgestiegen waren, die Wände. Leuchtend weiß gestrichen.

Es war ein kleines Haus, aber die Kühnheit der Lage war gewaltig. Wer kam auf die Idee, hier ein Haus zu bauen? Aber natürlich passte es zu der Insel und den Menschen – ihrem unabhängigen Geist, ihrem individuellen Freiheitsdrang. Um die Stärke und Schönheit der Elemente ging es bei einem Haus in dieser Lage. Man würde beim Blick aus den Fenstern nur eins sehen, hören, fühlen: das wilde Meer.

»Das ist Monsieur Cëvaërs Haus?«

»Ja. Er wohnt hier, seit er auf die Insel gekommen ist.«

Sie hatten das Haus fast erreicht.

»Eine gute Nachricht, Chef.«

Das Ergebnis von Riwals Telefonaten. Dupin war neugierig.

»Da ist doch dieser neue Kollege in Rennes, im IT-Team. Dieser Achtzehnjährige, der …«

»Und?«

Riwal hatte schon ein paarmal von diesem jungen Genie erzählt.

»Er operiert mit einer professionellen Variante von *PassFab 4WinKey*, damit kommt man fast überall rein, lediglich einzelne, besonders trickreiche Zwei-Faktor-Sicherungen wie bei dem Handy kann das Programm nicht knacken, aber die …«

»Riwal!«

»Er hat sich in die Computer von Lionel Saux gehackt. Und hat die Musikdateien gefunden. Saux hat seit fünfzehn Jahren dieselbe Musiksoftware benutzt. Das heißt, dass dort wahrscheinlich alles liegt, was er je komponiert hat. Seine vollständige Bibliothek. Zumindest, falls er digital dieselbe Ordnung an den Tag gelegt hat wie in der realen Welt.«

»Wir kommen an alles ran, was sich auf seinen Computern befindet?«

»Ja. – Sie beginnen gerade, seine Kompositionen und Melodien durch die *Rewind*-Software laufen zu lassen. Sie wurde vom renommierten *Fraunhofer-Institut* entwickelt, sie …«

»Riwal!«

Sie waren vor der Haustür angekommen.

Neben dem Eingang standen drei ambitioniert aussehende Angeln, Profi-Equipment. Zwei Fenster an dieser Seite des Hauses. Die Tür und die Fensterläden in Himmelblau gestrichen. Das Dach aus dem obligatorischen Schiefer, in der Mitte ein Erker mit einem kleinen Fenster.

»Die Algorithmen des Programms erkennen jedes kleinste Plagiat!«

»Sehr gut. Noch andere Neuigkeiten?«

»Kadeg hat alles mit der Spurensicherung organisiert, sie müssten auch bald hier eintreffen.«

»Sehr gut.«

»Das war es fürs Erste.«

Dupin öffnete die Tür.

Niemand hätte lange rätseln müssen, was für ein Landsmann hier lebte: Grün allenthalben, das irische Kleeblattgrün. Die Tischdecke war grün-weiß-orange gestreift. Ein grünes

Sofa in der gegenüberliegenden Ecke. An den Wänden hier und dort irische Wimpel oder Wappen. Ein leidenschaftlicher Patriot.

Linker Hand befand sich eine moderne Küchenzeile mit Oberschränken, der Esstisch mit acht Holzstühlen stand direkt daneben, ziemlich genau in der Mitte des Raums. Rechts, im Wohnbereich, waren zwei weitere Fenster, von denen aus man das Meer sah, das Sofa war nicht groß, der Fernseher gegenüber dafür umso größer. An der Wand stand ein Bücherregal, das bis zur Decke reichte.

Alles wirkte ausgesprochen ordentlich, wenn auch nicht sehr belebt.

Dupin warf nur einen kurzen Blick in den Raum und ging dann zur Treppe, die direkt rechts vom Eingang zur Dachetage führte. Riwal und Le Menn folgten dicht hinter ihm. Anspannung lag in der Luft.

Oben waren drei Zimmer, alle Türen standen offen, rechts das kleine Schlafzimmer, links ein sehr kleines Arbeitszimmer, in der Mitte ein winziges Bad.

Dupin hatte das Schlafzimmer noch nicht betreten, als er es sah. Auf dem Kopfkissen. Genau wie bei Saux und Destoc.

Ein *Proella*-Kreuz. Ebenfalls höchstwahrscheinlich ein Original.

Dupin lief ein leichter Schauer über den Rücken.

»So ein Scheiß«, er raufte sich die Haare.

Eigentlich war es keine Überraschung, er hatte es nicht anders erwartet, dennoch.

»Das kann nicht wahr sein!«

Riwal starrte entgeistert auf das Kopfkissen. Le Menn, die neben dem Inspektor auf der anderen Seite des Bettes stand, ebenfalls. Das Bett war gemacht, das grün bezogene Plumeau ordentlich aufgeschlagen.

»Das ist der gespenstischste Fall, mit dem wir es je zu tun hatten, Chef«, presste Riwal hervor.

»Gespenstisch« war zwar nicht das Wort, das Dupin gewählt hätte, aber es schien ihm passend. Es musste der Mörder gewesen sein, der es hier platziert hatte.

»Ich denke …«, begann Le Menn, die im nächsten Moment von ihrem Handy unterbrochen wurde. »Ich bin gleich zurück«, sagte sie und verschwand. Man hörte ihre Schritte auf der Treppe.

»Das ist doch grotesk, Chef. – Warum der Aufwand? Wenn jemand die drei Männer umbringen wollte, warum bricht er dafür extra in das Mausoleum ein, stiehlt die uralten Kreuze, dringt nach der Tat in die Häuser seiner Opfer ein und legt sie auf ihre Kopfkissen? – Was soll das?«

»Vielleicht soll es einfach nur Verwirrung stiften.«

Dupin sprach wie nebenbei. Er hatte begonnen, sich in dem Zimmer umzusehen.

»Ein riesiger Aufwand, nur um Verwirrung zu stiften.«

Auch wenn Riwal recht hatte, die Frage nach der Bedeutung der Kreuze brachte sie im Moment nicht weiter. Lediglich dass hier eines lag, war von Belang. Die Forensik würde es genauestens untersuchen. Auch wenn sie an den beiden anderen Kreuzen bisher keinerlei Spuren gefunden hatten.

»Ich schau mir mal das Arbeitszimmer an«, verkündete Riwal.

»Tun Sie das.«

Auf dem winzigen Nachttisch befanden sich ein abenteuerlich hoher Turm Bücher und eine Brille. Auch beim flüchtigen Blick in das Arbeitszimmer hatte Dupin ein Bücherregal gesehen.

Von den Büchern abgesehen, enthielt auch das Schlafzimmer wenige persönliche Gegenstände. Dennoch war es ein gemütlicher Raum. Ein Einbauschrank aus Holz, zwei Fenster in der Dachschräge, die, wie zu erwarten gewesen war, einen sagenhaften Blick boten. An den Wänden Schwarz-Weiß-Fotos spektakulärer Landschaften in simplen Holzrahmen. Fotos der Insel, erkannte Dupin. Auf mehreren war eine Ausgrabungsstätte zu erkennen. Davor drei Frauen, drei Männer, der Mode nach zu urteilen vielleicht Achtziger-, Neunzigerjahre. Dupin stand eine Weile vor den Fotos. Cëvaërs Vergangenheit als Archäologe, bevor er der Kneipier der Insel geworden war. So konnte es gehen, wenn man dem Leben folgte, seinen plötzlichen Möglichkeiten, Momenten.

Dupin kannte das, das Zuhause eines Toten erzeugte eine Stimmung grundlegender Melancholie.

Er wandte sich von den Fotos ab.

Cëvaër hatte das Bett so hingestellt, dass er durch das eine der beiden Fenster direkt auf das Meer sah. Er würde es nicht mehr sehen. Nie mehr.

Plötzlich zuckte Dupin zusammen. Etwas war aufgetaucht. Im Meer. Etwas Rundliches. Eindeutig. Ein Kopf. Der Kopf einer Robbe? Die runde Schnauze eines Delfins? Oder von einem der Orcas?

Dupin schüttelte sich, fixierte die Stelle.

Jetzt war es weg.

Er blieb regungslos stehen. Wartete. Vergeblich. Vielleicht war es doch nur eine Welle gewesen.

Dupin schüttelte sich noch mal, dann machte er weiter.

Unter den Büchern auf dem Nachttisch waren drei Bände von Joseph Conrad, seit seiner Jugend einer von Dupins bevorzugten Autoren. Sogar Dupins liebstes Buch *Zwischen Land und See* war dabei. Niemand schrieb so über das Meer, sein Wesen, seine Schönheit wie Conrad – aber eben auch über das Dunkle, das Verschlingende, das Zerstörende. Seit seiner Kindheit hatte Dupin Angst davor, sich mit einem Boot auf das Wasser zu begeben, doch nach dem Meer selbst hatte er schon immer eine unstillbare Sehnsucht empfunden.

Er betrachtete die Bücher, sie waren alle in derselben Ausrichtung gestapelt. Ganz unten lagen die *Dubliner,* ein Buch, das den Iren heilig war, zu Recht, Dupin liebte es, liebte James Joyce. Auch bei den anderen Bänden handelte es sich um große

Klassiker, wenn auch keine Iren, wild durch die Epochen: de Maupassant, Zola, Hemingway. Aber auch de Cervantes, *Don Quichotte.* Alle sahen gelesen aus.

Dupin erschrak. Sein Handy war losgegangen, das unerträgliche Piepsen wirkte hier noch lauter, noch penetranter.

Es war Kadeg. Sofort nahm er an.

»Was gibt es?«

»Monsieur le Commiss...«

»Kadeg! – Was ist los?«

»Die Kollegen der Spurensicherung waren gerade in der Kammer des Mausoleums. Sie haben die beiden runden Abdrücke untersucht und dabei kleine Partikel gefunden. Darunter zwei annähernd fingernagelgroße Stücke.«

»Was für Partikel?«

Eine weitere Unart: Immer, wenn es darauf ankam, musste man Kadeg alles aus der Nase ziehen.

»Stark porös, sehr alt wahrscheinlich. Kaolonit – vermuten sie. Mit Anteilen an Quarzsand, Feldspat, Glimmer.«

»Was soll das heißen? Worum handelt es sich?«

»Keramik, vermuten sie. Ich habe die Anweisung gegeben, alles sofort in ein Labor bringen zu lassen, und extra ein Polizeiboot geordert.«

»Alte Keramikteilchen?«

Dupin wusste selbst nicht so recht, was ihn daran so verwunderte. Eigentlich bestätigte es nur, was sie vermutet hatten: dass da zwei Gefäße gestanden hatten. Und woraus sollten sie sonst sein, wenn sie alt waren? Zumal in der Bretagne, einer Hochburg der Keramik.

»Noch etwas, Kadeg?«

»Der exakte Durchmesser beträgt siebenunddreißig Zentimeter. – Ansonsten nichts Relevantes. Ich habe auch das mit der Aufteilung des Spurensicherungsteams gemanagt, allerdings wird es noch etwas dauern, bis Cëvaërs Haus dran ist. Aber ich habe schon einen der Polizisten aus Brest losgeschickt, um das Haus zu bewachen, er müsste gleich bei Ihnen eintreffen.«

»Sehr gut.«

»Übrigens habe ich noch weitere Verstärkung angefordert. Jetzt, angesichts des Serienmörders.«

»Das ist Blödsinn, Kadeg. Das ist kein Serienmörder.«

»Im Netz nennen sie ihn den ›Ritualmörder von Ouessant‹.«

»Im Netz grassiert der allergrößte Unsinn, Kadeg, das wissen Sie.«

Das fehlte gerade noch. Ein Ritualmörder. Das würde die Boulevardpresse in ganz Frankreich interessieren, die Social-Media-Kanäle sowieso. Ouessant war die perfekte Kulisse für jede noch so fantastische Gruselgeschichte.

»Drei Opfer, denen der Mörder nach seiner Tat ein Kreuz aus einem uralten Ritus aufs Kopfkiss…«

»Wann kommt weitere Verstärkung?«

»Sie sind bereits unterwegs. Noch einmal vier Leute.«

»Gut gemacht.«

Dupin war beeindruckt, so schnell ging so etwas sonst nur, wenn Nolwenn die Strippen zog.

»Ich habe beim Präfekten persönlich vorgesprochen, immerhin geht es um die Sicherheit seiner Nichte, er …«

Dupin hätte es sich denken können.

»Sie haben den Präfekten angerufen?«

»Auf Ihren Rückruf wartet er ja vergebens. Er …«

»Melden Sie sich, wenn es etwas Neues gibt, Kadeg.«

Dupin hatte aufgelegt. Er hatte gespürt, wie sein Blutdruck hochgeschnellt war. Aber jede Auseinandersetzung darüber wäre sinnlos. Kadeg war Kadeg. Und: Er schirmte ihn immerhin wirkungsvoll vor dem Präfekten ab.

»Chef, Chef!«

Riwal rief aus dem Nebenzimmer.

»Ich habe etwas Interessantes gefunden, glaube ich.«

Dupin hatte gerade vorgehabt, sich den Kleiderschrank anzusehen.

»Ich komme.«

Er ging an der Treppe vorbei in das Arbeitszimmer, das aus einer großen Schreibtischplatte auf zwei Böcken und Bücherregalen bestand. Und einem Fenster im Erker. Auch von hier war der Blick spektakulär, das Meer war zu sehen und schroffe Felsen.

»Hier!«

Riwal hatte seine Schutzhandschuhe an, in der Hand ein einzelnes Blatt. DIN A4.

»Das lag in dem Stapel Papiere.« Riwal deutete auf eine Ablage, die auf der rechten Ecke des Schreibtischs stand.

»Ansonsten sind es nur Arztrechnungen.«

Riwal legte das Blatt auf die Platte.

»Erkennen Sie es, Chef? Das ist eine Kopie.«

Die Kopie eines Notenblattes.

»Das Ouessant-Lied! Mit Lionel Saux' Kommentaren. Saux wollte doch eine neue Melodie schreiben. Wir haben das Original bei ihm auf dem Küchentisch gefunden.«

Das war es. Natürlich. Das Blatt, auf dem Saux einzelne Worte des Originaltextes mit Bemerkungen versehen hatte.

»Und? Was meinen Sie, was das bedeutet?«

Lionel Saux' Blatt mit dem Liedtext bei einem der anderen Opfer zu finden, war bemerkenswert, unbedingt – aber inwiefern? Das war die entscheidende Frage.

»Vielleicht hat er Cëvaër wegen irgendetwas um Rat gefragt? Archäologen sind ja irgendwie auch Historiker«, improvisierte Dupin.

»Einen Rat wofür? Den Text? – Wir wissen doch, dass die beiden keine Freunde waren. Cëvaër hat ihm doch sogar ein Lokalverbot ausgesprochen.«

Dass er ihm einen Rat gegeben hatte, ihm überhaupt bei irgendwas geholfen hatte, war in der Tat unwahrscheinlich.

»Trotzdem. – Wie kommt Cëvaër an eine Kopie dieses Blattes? Aus welchem Grund hatte er sie?«

Riwal wirkte aufgeregt.

»Vielleicht haben mehrere Leute eine Kopie, nicht nur er.«

Das war keine Antwort auf die Frage, wusste Dupin.

»Was es doch in gewisser Weise noch mysteriöser machen würde«, schloss Riwal mit finsterer Miene. »Lionel Saux wollte nur die Melodie neu schreiben, nicht den Text. Der Text ist uralt und wunderschön. Das stand nie zur Debatte, denke ich. Warum sollte er den umschreiben?«

»Vielleicht hat er sich Notizen zu einzelnen Formulierungen oder Wörtern des alten Textes gemacht, weil sie ihn besonders inspiriert haben? Für die neue Melodie, meine ich.« Dupins Blick blieb auf die Kopie des Notenblattes geheftet.

»Ich weiß nicht, ich denke …«

Sein Handy klingelte mitten in Riwals Satz hinein.

Diesmal war es die Bürgermeisterin.

»Ja?«, nahm Dupin umgehend an.

»Der Inselarzt vermutet, dass Cëvaër schon zwei, drei Tage tot ist. Ungefähr so lange wie die anderen.«

»Bitte?«

Dupin stand kerzengerade.

»Möglicherweise sind die drei Männer alle am selben Abend oder in derselben Nacht gestorben. Am Dienstag.«

Es wäre verrückt. Völlig verrückt.

»Ist sich der Arzt sicher?«

»Er hat die Leiche natürlich nur oberflächlich untersuchen können. Aber Docteur Maju ist kompetent – und äußerst erfahren. Er hat schon so einiges erlebt.«

So hatte auch Dupin ihn eingeschätzt: als jemanden, der wusste, wovon er sprach.

»Glauben Sie mir, er kennt sich aus mit Toten im Meer.«

»Wir kommen sofort, Madame Rigo. – Sagen Sie Docteur Maju, er soll auf uns warten.«

»Gut. – Bis gleich.«

Sie hatte schneller aufgelegt als Dupin.

»Der Arzt«, kam Dupin Riwals Nachfrage zuvor, »hält es für möglich, dass auch Cëvaër am Dienstagabend gestorben ist – genau wie Saux und Destoc. Das hieße, Cëvaër ist, anders als er es vorhatte, gar nicht nach Brest gefahren.«

»Und der Mörder wäre an diesem Abend ganz schön beschäftigt gewesen. – Oder«, Riwals Miene verfinsterte sich, »die drei Männer haben sich zur selben Zeit am selben Ort aufgehalten.«

Theoretisch wäre das denkbar, aber es war reine Spekulation.

»Die sicherste Aussage haben wir zu Lionel Saux' Todeszeitpunkt.« Dupin versuchte, sich alles noch einmal genau vor Augen zu führen. »Bei Destoc und Cëvaër bestehen noch Unschärfen. Nach der Schätzung der Gerichtsmedizinerin in Brest könnte der Schrottplatzbesitzer auch am frühen Mittwochmorgen gestorben sein. Mathis Cëvaër ja vielleicht noch später.«

»Die Frage ist auch, warum sie sich alle drei kampflos in den Tod hätten stürzen lassen sollen. Bei Saux und Destoc gibt es keinerlei Hinweise darauf, dass sie sich gewehrt haben – wie es bei Cëvaër ist, werden wir noch sehen.« Riwal schien laut nachzudenken. »Vielleicht hat es sich kurz nacheinander abgespielt. Cëvaër könnte durchaus hier, direkt bei sich zu Hause, in den Abgrund gestoßen worden sein. Von der Terrasse, neben der Eingangstür. Saux und Destoc hingegen sind aus irgendeinem Grund an die Ostseite der Insel gekommen. Vielleicht zu einem Treffen mit ihrem Mörder – oder ihrer Mörderin.«

»Oder«, Dupin zuckte mit den Schultern, »sie hatten etwas an der Ostküste der Insel zu tun, wovon der Mörder wusste. Und er ist zu ihnen gekommen.«

»Sie meinen, sie sind bei etwas überrascht worden? – Vielleicht haben sie etwas gesucht?«

»Wir müssen los, Riwal.«

Das Spekulieren war müßig.

Dupin stürmte aus dem Zimmer, Richtung Treppe, Riwal folgte ihm ansatzlos.

Vor dem Haus stießen sie auf Le Menn, die telefonierte.

»Ich rufe dich gleich zurück, Lorena.«

Schon hatte Le Menn aufgelegt.

Dupin brachte sie rasch auf den Stand der Dinge.

Dann eilte er den steilen Hügel hinauf.

»Kommen Sie!«

Die Verletzungen waren schwerer, als Dupin es sich vorgestellt hatte.

Cëvaër musste mehrmals an einem Felsen aufgeschlagen sein, bevor er ins Wasser gestürzt war.

Dupin war in die Hocke gegangen. Cëvaërs lädierter Körper lag auf der ins Hafenbecken abfallenden Betonrampe, ziemlich genau dort, wo Dupin und Riwal heute Morgen in Ondines Boot gesprungen waren.

Mittlerweile war es fast ganz dunkel. Der Kai wurde von mächtigen Scheinwerfern angestrahlt.

»Die Verletzungen sehen dramatisch aus, waren aber nicht letal. Er ist ertrunken«, stellte der Inselarzt sachlich fest. Riwal, Le Menn und Alana Rigo standen um die Leiche herum. »Ich sehe zudem keine Anzeichen für einen Kampf, die Verletzungen sind sicher nicht in einem Handgemenge entstanden.«

Genau wie bei Lionel Saux und Daniel Destoc.

Dupin erhob sich langsam.

»Das Polizeischnellboot, das Cëvaërs Leiche nach Brest bringt, müsste jeden Augenblick eintreffen«, sagte Le Menn, die eben noch telefoniert hatte.

»Sehr gut.«

Dupin wandte sich von der Leiche ab. Die Toten erzählten in diesem Fall nicht viel.

Er richtete sich an die Bürgermeisterin:

»Wir erhalten weitere polizeiliche Verstärkung.«

Dupin weihte sie mit knappen Worten ein. Der Arzt löste sich aus der Gruppe, ging ein paar Meter die Rampe zum Kai hoch und begann zu telefonieren.

»Und wie war das mit den Fähren?«, wollte Dupin von der Bürgermeisterin wissen. »Es kommen keine neuen Besucher mehr, oder?«

»Keine Festivalbesucher und keine Touristen, nein. Aber natürlich kann ich den Inselbewohnern nicht verbieten, sich frei zu bewegen. Wenn sie die Insel verlassen wollen, haben sie das Recht dazu. Wir können kein Freiluftgefängnis aus Ouessant machen. – Genauso wie ich den Inselbewohnern, die sich woanders aufhalten, nicht die Rückkehr verbieten kann.«

Dupin würde am liebsten alles abriegeln. Aber natürlich ging das nicht.

»Mit dem morgigen Boot werden ebenfalls ein paar Journalisten kommen. Von *Ouest-France* und *Le Télégramme*. Sie hatten mich schon gestern um eine Stellungnahme gebeten. Die ich ihnen nicht gegeben habe. – Natürlich laufen seit dem Fund der zweiten Leiche alle Telefone bei uns in der *Mairie* heiß. – ›Der Ritualmörder versetzt die Insel in Angst und Schrecken‹, so lauten die Schlagzeilen. Sie haben übrigens nach Ihnen gefragt.«

Das hatte gerade noch gefehlt. Emsige Pressevertreter, die Dupin verfolgten.

»Könnten Sie das Fährunternehmen nicht anweisen …«

Dupin brach ab. Es war eine unmögliche Idee.

»Sie wissen, dass ich das nicht kann. Und nie tun würde.« Ein nachdrücklicher Tonfall.

»Madame le Maire«, Riwal zog die Augenbrauen hoch, »haben Sie gewusst, dass Lionel Saux sich wegen der von ihm erhobenen Plagiatsvorwürfe einen renommierten Anwalt in Paris genommen hatte?«

»Das habe ich irgendwann mal gehört, es aber nicht ernst genommen. – Niemand hat das ernst genommen.«

»Sie hätten es uns dennoch sagen sollen«, hielt Riwal fest. »Und dass Monsieur Destoc Weiden besaß, die er an Enora Gaëc verpachtet hat und die auch Lionel Saux gerne für sein Viehzuchtprojekt gehabt hätte, ebenfalls. Das sind wichtige Informationen, die Sie uns vorenthalten haben.«

»Wie ich sagte«, die Bürgermeisterin blieb ungerührt, »das Projekt war ein einziges Wolkenkuckucksheim.«

»Wussten Sie, dass Lionel Saux dabei war, das Ouessant-Lied umzuschreiben? Ihm eine neue Melodie zu geben?«

Riwal brachte alles zur Sprache, was sie umtrieb. Völlig zu Recht, die Bürgermeisterin war ohne Zweifel eine der am besten informierten Personen der Insel. Absolut zuverlässig bisher, höchst kompetent.

»Lionel hasste die Melodie des Liedes geradezu, immer schon. Den ›Stampfrhythmus‹. – Ich finde sie sehr fröhlich, muss ich sagen.«

»Er hat den bretonischen Text in ein Notenheft geschrieben und dabei einzelne Wörter kommentiert. Fällt Ihnen etwas dazu ein?«

»Nein.«

»Eine Kopie dieses Notenblattes mit dem gesamten Text und Lionel Saux' Notizen haben wir im Arbeitszimmer von Monsieur Cëvaër gefunden.«

»Die beiden haben sich eigentlich gar nicht gut verstanden. Komisch.«

»Ja, komisch«, bestätigte Riwal.

»Ist das von Bedeutung für den Fall?«

»Wir werden sehen.«

»Was vermuten Sie denn?«

»Noch gar nichts«, bekannte Riwal.

»Wird momentan eigentlich jemand auf der Insel vermisst, Madame Rigo?« Le Menn sprach mit ihrer typisch forschen Stimme.

»Warum?« Die Bürgermeisterin musterte die junge Polizistin.

»Um abschätzen zu können, ob jetzt Schluss ist – oder ob vielleicht noch mehr Männer ins Meer geworfen wurden.«

Die Bürgermeisterin schüttelte den Kopf. »Nein, ich weiß von keinen Vermisstenfällen.«

»Die beiden runden Abdrücke in der Kammer des Mausoleums stammen wahrscheinlich von zwei alten Keramikbehältnissen – sagt Ihnen das etwas?«

»Nein, Monsieur le Commissaire. Dazu sollten Sie den Pfarrer befragen, vielleicht fällt dem etwas ein.«

»Gab es hier auf der Insel irgendwann einmal eine eigene Keramikproduktion?«, wollte Riwal wissen.

»Nein, nie, soweit ich weiß. – Wollen Sie die Felsen sehen, auf denen Mathis angeschwemmt worden ist? Von der Insel aus, meine ich. Sybil könnte sie Ihnen zeigen.«

»Vielleicht morgen, danke, Madame Rigo.«

Jetzt würde ohnehin nicht mehr viel zu sehen sein.

»Wir müssen uns verabschieden. Wir sind noch verabredet.«

»Können Sie etwas zum Stand der Ermittlungen sagen, Monsieur le Commissaire?« Die Bürgermeisterin sprach mit einem Mal in einem offiziellen Habitus. »Haben Sie eine Spur, eine Theorie, einen Verdächtigen?«

»Nein, Madame.«

Dupin setzte sich in Bewegung, Le Menn und Riwal folgten.

»Also, au revoir, Madame. Bis bald.«

Die Bürgermeisterin griff umgehend nach ihrem Handy.

Riwal wandte sich an den Kommissar, sie waren bei ihren Fahrrädern angekommen.

»Jade Quiniou ist jetzt unterwegs zum *Phare du Créac'h*, Chef. Sie erwartet uns dort.« Riwal schien alles fest im Griff zu haben. »Bis dorthin ist es eine ganz schöne Strecke. Zwanzig, fünfundzwanzig Minuten, schätze ich. Wir fahren vom Südosten in den äußersten Nordwesten.«

Dupin war in seinem gesamten Leben noch nie an einem Tag so viel Rad gefahren. E-Bike hin oder her, er spürte es in seinen Beinen.

Schon bald radelten sie die Hauptstraße hoch, die vom Hafen auf das Plateau und von dort geradewegs nach Lampaul führte.

Wieder standen für alle drei Anrufe an. Und Riwal musste Kadeg à jour bringen.

Dupin suchte die Nummer des Pfarrers.

»Ja?«

»Bonsoir, Monsieur le Curé.« Dupin fiel ein, dass er den Namen des Mannes gar nicht kannte. »Hier Commissaire Dupin.«

»Ich habe es schon gehört – abscheulich. Mathis Cëvaër. – Und wieder eines der Kreuze.«

»Abscheulich, ja, aber ich rufe wegen etwas anderem an.«

»Nämlich?«

»Vermutlich handelt es sich bei den Objekten, die aus dem Mausoleum entwendet wurden, um alte Keramikgefäße, man hat entsprechende Spuren gefunden. Gibt es in der Kirche Gefäße dieser Art?«

»Keramik?«

»Genau.«

»Wir haben einige runde Keramikgefäße in der Kirche, ja. Zum Beispiel für das Weihwasser. Zwei Stück. Relativ flach, wie hohe Teller. – Dann mehrere Behältnisse für die Eucharistie, die Oblaten. – Und natürlich Blumenvasen.«

»Fallen Ihnen irgendwelche Keramikgefäße ein, die früher zu speziellen Zwecken verwendet wurden? In rituellen Kontexten? Zur Aufbewahrung von irgendetwas?«

»Nein. Aber ich denke noch einmal nach. Und gehe morgen früh in Ruhe durch die Kirche. Vielleicht sehe ich noch etwas.«

»Machen Sie das! Vielen Dank für Ihre Hilfe, Monsieur le Curé.«

»Gerne, Monsieur le Commissaire!«

»Bis morgen.«

Schon hatte Dupin das Gespräch beendet.

Wie immer radelte er ein ganzes Stück hinter Le Menn und Riwal.

Erst kurz vor Lampaul ging es rechts ab, sie fuhren auf den oberen Teil der »Hummerschere«. An seinem Ende thronte der Leuchtturm *Le Créac'h.*

»Verdammt!«

Dupin bremste jäh. Etwas blendete ihn massiv.

Es dauerte einen Moment, ehe er begriff, was vor sich ging.

Der Mond. Es war Vollmond.

Er war über dem Meer im Osten aufgegangen. Er wirkte gewaltig.

Was war aus der rätselhaften grauen Sphäre geworden, die alles zwischen Himmel und Erde eingenommen hatte?

Der Himmel war nun wieder klar. Überall flimmerte es wie wild, Myriaden von Sternen flackerten grell. Ein verrücktes Pulsieren aus der Tiefe. Genau über Dupin schwebte das breite Sternenband der Milchstraße. So hell, so plastisch, wie er es noch nie gesehen hatte.

Was hatte das Grau vertrieben? Der Wind war es nicht gewesen, immer noch ging kein Lüftchen. Obwohl, wer wusste schon, was weit oben geschah, in den obersten Luftschichten.

Dupin setzte sich wieder in Bewegung.

Von Le Menn und Riwal war nichts mehr zu sehen.

Dafür sah man jetzt umso mehr von der flachen, felsigen Landschaft. Natürlich kam das Licht des Mondes dem der Sonne nicht gleich, die Helligkeit war dennoch erstaunlich.

Dupin hielt noch einmal nach Riwal und Le Menn Ausschau. Nichts.

Was nicht weiter schlimm war, er würde den Weg finden. Der

Leuchtturm selbst wies den Weg. Es war noch ein Stück, aber er war schon deutlich zu sehen. Ein gewaltiger Lichtstrahl, ein flacher Winkel, rein weißes Licht.

Dupin konnte sein Ziel nicht verfehlen.

»Was sagen Sie, Chef? Nicht schlecht, oder?«

Riwal meinte den Leuchtturm.

»Erst recht bei Vollmond!«

Dupin klappte den überaus soliden Ständer seines Rads aus, der wirkte, als wäre er für ein Motorrad konzipiert worden; das E-Bike wog so einiges, es brauchte einen festen Stand.

Auch *Le Créac'h* war viel mehr als ein einzelner Leuchtturm, genau wie *Le Stiff* handelte es sich um ein großes Ensemble. Die Gebäude bildeten ein großes U um den Leuchtturm herum, von weiß getünchten Mauern umgeben. Im Zentrum natürlich *Le Créac'h* selbst, in klassischer Gestalt: ein hoher, dünner Turm, schwarz-weiß gestreift. Eine jugendstilartige Glaskuppel. Eine überaus elegante Erscheinung, die in einem verrückten Kontrast stand zu der rauen Wildheit der Natur. Er war umringt von herrschaftlichen Häusern, zweistöckig, verzierte Fassaden, im Stil des ausgehenden neunzehnten Jahrhunderts. In Paris entworfen, Dupin war sich sicher. Man sah dem Bauwerk den Stolz und das Pathos an, das technischer Fortschritt damals noch mit sich brachte.

Sie durchschritten das große Tor, das auf das Gelände führte.

»Vierundfünfzig Meter hoch, bereits 1888 elektrifiziert, seitdem ist er der lichtstärkste Leuchtturm Europas, Chef. Mit seinen sechzig Kilometern Tragweite gehört er überhaupt zu den lichtstärksten der Welt. – Das müssen Sie sich vorstellen: sechzig Kilometer! Das ist beinahe die Hälfte vom Eingang des Ärmelkanals. Können Sie sich vorstellen, wie viele

Menschen dieser technischen Meisterleistung ihr Leben verdanken?«

»Wo treffen wir Jade Quiniou?«

Das Gelände war menschenleer. Niemand war zu sehen. Die Gebäude waren dunkel, nur die Fenster des Turms waren beleuchtet.

Erst jetzt entdeckte Dupin zwei kleine, alte Vans neben einem der Gebäude, ebenfalls verlassen und dunkel.

»Ich denke, sie sind schon da, Chef, sie …«

»Hallo!«

Eine laute Stimme aus dem Nichts.

»Hier! – Hier oben.«

Alle Blicke schnellten Richtung Himmel.

Unterhalb der Glaskuppel befand sich eine Aussichtsplattform, die den Turm komplett umrundete.

Sie sahen eine Gruppe von Menschen, in ihrer Mitte Jade Quiniou, die zu ihnen herunterwinkte.

»Kommen Sie hoch.«

Bevor Dupin widersprechen konnte, war sie von der Brüstung verschwunden.

Riwal schritt umstandslos auf die Leuchtturmtür zu, Le Menn folgte.

»Na gut«, resignierte Dupin.

Auch von innen präsentierte sich *Le Créac'h* als Bilderbuchleuchtturm. Eine sich spiralförmig nach oben windende Wendeltreppe, dunkle Steinstufen, ein Holzgeländer mit gusseisernen Verstrebungen.

Es war wie immer bei Leuchttürmen – genau wie bei Sprungtürmen in Schwimmbädern –, von unten sah es gar nicht so hoch aus. Was sich dann von oben, schon auf dem Weg dorthin, ganz anders ausnahm.

Etwa auf halber Höhe kam ihnen eine Gruppe Menschen entgegen, sicher ein Dutzend. Vorneweg, Dupin erkannte sie sofort, Ondine Morin, die Fischerin.

»Bonsoir, Madame Morin«, grüßte Dupin. Heute Abend trug sie ein grünes T-Shirt, Jeans, einen Rucksack.

»Monsieur le Commissaire, Inspektor«, sie nickte ihnen zu. »Und endlich eine Polizistin, sehr gut! Salut«, begrüßte sie Le Menn.

»Finde ich auch«, erwiderte Le Menn trocken. »Salut.«

»Ich habe Jades Gruppe übernommen für den Rest der Leuchtturmtour«, erklärte Ondine Morin. »Aufgrund der«, sie zögerte kurz, »besonderen Lage hatten wir sie ohnehin zusammengelegt. – Jade wartet oben, soll ich Ihnen sagen.«

Sie lächelte ihr warmes Lächeln.

»Vielen Dank, Madame«, erwiderte Riwal höflich.

Die Fischerin war – wie Riwal, Le Menn und Dupin auch – an den äußersten Rand der Wendeltreppe getreten, die Menschen drängten sich an ihnen vorbei.

»Gibt es irgendetwas, was Ihnen zu diesem dritten Mord einfällt, Madame?«

Dupin hatte die Stimme gesenkt, er wollte keine Unruhe entstehen lassen.

»Nein. – Ich mochte Mathis sehr. Er war ein besonderer Mensch.«

»Ist Ihnen seit heute Morgen noch irgendeine Idee gekommen, worum es bei alldem gehen könnte?«

Dupin hatte eben schon daran gedacht, noch einmal mit Ondine zu sprechen, sie gehörte zu den zentralen Personen der Insel.

»Ich habe natürlich darüber nachgedacht. Mathis' Tod verändert etwas an dem Fall, finde ich. Es gibt ihm einen anderen Schwerpunkt. Verstehen Sie, was ich meine? Es verändert den Kreis an Menschen, um die es geht. Lionel und Daniel, das passte irgendwie noch zusammen, auch wenn sie nicht die besten Freunde waren. Aber Mathis? Der passt überhaupt nicht zu den beiden.«

Dupin verstand gut, was sie meinte. Es war ein entscheidendes Problem ihrer Ermittlungen.

»Und was könnte eine Schnittmenge sein?«

»Ich weiß es eben nicht. Zwischen Mathis und Lionel war es vorbei, nachdem Lionel den Pub eröffnet hatte, das ist Ihnen ja bekannt. Daran hat sich für Mathis auch nichts geändert, als Lionel den Pub wieder schließen musste. Und Daniel und Mathis – außer dass Daniel regelmäßiger Gast im *Ty Korn* war wie wir alle, fällt mir nichts ein. Ich weiß von keiner persönlichen Verbindung der beiden Männer. Mathis war ein sehr belesener, sehr gebildeter Mann. Und obwohl er ein wirklich leidenschaftlicher Gastronom war, war er eigentlich introvertiert. Ein verrückter Kontrast. Er ist viel spazieren gegangen. Oder angeln. Viel für sich allein. – Wenn er nicht in der Kneipe war. Mitten im Trubel.«

»Hat er sich eigentlich noch mit der Archäologie beschäftigt? In irgendeiner Weise?«

»Nicht dass ich wüsste. Früher natürlich schon, deswegen ist er ja auf die Insel gekommen. Wegen des Steinkreises. Und einer Siedlung aus römischer Zeit.«

»Wissen Sie eigentlich etwas von Lionel Saux' Projekt, der Ouessant-Hymne eine neue Melodie zu geben?«

Es mochte etwas Verzweifeltes haben, wie sie mit ihren ermittlerischen Miniaturansätzen bei den wichtigsten Personen der Insel hausieren gingen, aber – der Zufall war mitunter der beste Ermittler.

»Das wissen alle, glaube ich. Lionel hat schon lange davon gesprochen. Dass er daran saß, meine ich. Sie wissen ja: Lionel hatte gerne große Ideen. – Zuletzt hieß es, er habe tatsächlich etwas komponiert.«

»Es sind anscheinend Kopien eines seiner Notenblätter im Umlauf. Allerdings hat er dort nur den Text notiert und einzelne Wörter mit Kommentaren versehen – sagt Ihnen das etwas?«

»Nein, gar nichts. Ich hoffe nicht, dass er den Text verändern wollte. Er ist wunderschön. Er erzählt von einem Spaziergang über die Insel. Zu besonderen Plätzen. Und von den Wesen dort.«

Dupin fragte nicht nach. Am Ende wäre noch Boutou Bahou gemeint. Oder der schwarze Zyklopvogel.

»Es geht um konkrete, reale Orte der Insel?«, fragte Riwal.

»Ja. Alle Orte, die im Lied vorkommen, gibt es wirklich.«

»Haben Sie«, meldete sich Le Menn zu Wort, »irgendwann einmal von den Gerüchten um eine Schwangerschaft von Rayanne Ker gehört?«

Le Menn schien das Thema keine Ruhe zu lassen.

Ondine Morin blickte verwundert.

»Nein. Nie. – Aber Rayanne hatte die Insel ja auch für eine lange Zeit verlassen.«

»Aus dem *Proella*-Mausoleum wurden zwei Keramikgefäße mit runden Böden entwendet. – Haben Sie eine Idee, um welche Gefäße es sich da gehandelt haben könnte?«, fragte Dupin.

»Aus dem Mausoleum?« Sie schaute Dupin erstaunt an. – »Das können ja eigentlich nur Gefäße mit Kreuzen gewesen sein. – Sind das etwa wirklich alte *Proella*-Kreuze gewesen, die auf den Kopfkissen von Lionel und Daniel lagen?«

»So sieht es aus.«

»Ich muss leider weiter«, entschuldigte sich die Fischerin, »die Gruppe wird sonst ungeduldig.« Sie lächelte.

»Vielen Dank, Madame Morin. – Und sicher bis bald.«

»Bis bald.« Sie nickte ihnen zu und setzte ihren Abstieg über die steilen Stufen fort.

Riwal, Le Menn und Dupin begannen ihre letzte Etappe auf dem Weg nach oben.

Gab es eigentlich eine Anderswelt der Anderswelt?, fragte sich Dupin.

Woran kein Zweifel bestand: Wenn Ouessant ein Teil der Anderswelt war, dann war das, was sich ihnen hier offenbarte, genau das: die Anderswelt der Anderswelt. Denn nur so wirkte die vom surrealen Mondlicht bestrahlte und dadurch wesentlich verwandelte Insellandschaft von hier oben. Le Menn, Riwal und Dupin waren an das Geländer der Aussichtsplattform getreten und gebannt stehen geblieben.

Bizarre, schroff aufragende Felsformationen, zahllose riesige Menhire machten diesen letzten, westlichsten Ausläufer der Insel aus, an dem Dupin auch bei Tageslicht noch nicht gewesen war. Jetzt kamen zur ohnehin fantastischen Landschaft die mysteriös anmutenden langen Mondschatten hinzu. Das Meer war eine schwarze, matt golden schimmernde Fläche, von hier oben wirkte es restlos ruhig, alles Wilde war getilgt.

»Da sind Sie ja. Das hat ganz schön gedauert.«

Jade Quiniou trat zu ihnen, sie schien telefoniert zu haben, hielt das Handy noch in der Hand. Ihre dunklen Haare schimmerten ein wenig im Mondlicht, sie trug eine modische leichte Daunenjacke in hellem Grün und eine ebenfalls grüne Hose.

»Für solche Strecken wäre ein Auto sinnvoll, bei dringenden Mordermittlungen ganz besonders.« Sie versuchte zu lächeln.

Ihre Bemerkung erinnerte Dupin daran, dass er eigentlich genauso empfand, auch wenn er sich an das Rad gewöhnt hatte.

»Wo waren Sie zwischen Dienstagnachmittag und Mittwochfrüh, Madame Quiniou?«, fiel Riwal mit der Tür ins Haus.

Jade Quinious Ausdruck wurde ernst. Aber vor allem traurig.

»Das mit Mathis ist so schrecklich. So, so schrecklich.«

Ihre Züge waren jetzt versteinert.

»Das ist es, Madame«, bestätigte Dupin.

»Man erzählt sich, dass die drei vielleicht in derselben Nacht ins Meer gestürzt sind.«

»Wer erzählt das?« Riwal wirkte beinahe pikiert.

»Je entlegener die Gegend, desto rascher verbreiten sich die Neuigkeiten.«

»Also, wo waren Sie?«, beharrte der Inspektor.

Jade Quiniou begab sich zur Brüstung. Sie stützte sich mit den Ellenbogen auf das Geländer.

»Ich war bis ungefähr 17 Uhr 30 in der *Mairie,* dann bin ich nach Hause gegangen. Ich wohne nicht weit von Ihrem Hotel, von Sophie entfernt.« Sie blickte zu Dupin und Riwal. »Ich habe Sie gestern Nacht im Hotelgarten am Meer stehen sehen.«

Dupin hatte nicht bemerkt, dass sie beobachtet worden waren.

»Und zu Hause, waren Sie dort den ganzen Abend allein? Haben Sie zufällig telefoniert?«, fasste Riwal abermals nach.

Jade Quiniou schwieg eine Weile. Sie wirkte sichtlich mitgenommen. Ihr Blick schien vom Mond gebannt, der sich jetzt bereits ein ganzes Stück vom Meer entfernt hatte.

»Heute Nacht ist eine dieser Nächte, das wissen Sie, oder?«

Sie sprach nun ganz leise.

»Sie meinen den Vollmond und die *Morganezed?*«, fragte Dupin.

»Heute Nacht sind sie überall. – Behalten Sie die Meeresoberfläche genau im Auge. Es ist fast unmöglich, keine zu sehen.«

»Ob Sie alleine zu Hause waren, war meine Frage«, insistierte Riwal.

»War ich. Kein Ehemann, kein Liebhaber, keine Freundin. Obwohl ich meine Freundinnen häufig sehe, die meisten kennen Sie ja. Aber Dienstag nicht, nein. Von Dienstagabend bis Mittwochfrüh war ich ganz allein. Und habe auch nicht telefoniert.«

Sie klang beinahe beschwingt.

»Was haben Sie an dem Abend gemacht, Madame Quiniou?«, Riwal gab keine Ruhe.

»Ich habe mir eine lange Led-Zeppelin-Dokumentation im Fernsehen angesehen. – Und habe gekocht. Tintenfisch, nur mit Fleur de Sel und Piment d'Espelette. Scharf angebraten. Den hatte ich mir in der Mittagspause bei Ondine geholt.«

Sie hielt inne. Dupin hatte begonnen, das Meer mit den Augen abzusuchen, es war absurd.

»Ach ja, einen Begleiter hatte ich doch noch an dem Abend: eine Flasche sehr kalten Quincy. – Kurz: Ich habe keinerlei Alibi. Was aus Ihrer Sicht bedeutet: Ich hätte die drei ohne Probleme ins Meer stürzen können.«

»Woran haben Sie an jenem Tag in der *Mairie* gearbeitet?«, wollte Le Menn wissen.

»An der Festivalplanung für nächstes Jahr. Es ging um die Festlegung der definitiven Daten. – Für alle drei Musikfestivals.«

»Wie sah Ihr Verhältnis zu Mathis Cëvaër aus, Madame?«, schaltete sich jetzt auch Dupin ein. Was sie von Lionel Saux und Daniel Destoc hielt, hatte sie ihnen am Morgen bereits erzählt.

»Ich habe Mathis verehrt. Wir haben wunderbare Gespräche geführt. – Über Literatur, Theater, Malerei. Und über Musik natürlich. Jede Art von Musik. Keltisch, Rock, Klassik, Jazz. Im *Ty Korn* hat er eine gigantische CD-Sammlung. Da läuft immer nur die beste Musik. – Geschichte war sein Steckenpferd, die Archäologie nur eine Methode, um ihren Geheimnissen auf die Spur zu kommen. Vielleicht war ich immer etwas verliebt in ihn, das kann schon sein. – Er war kein gut aussehender Mann. Das nicht. Dennoch.«

Dupin schwieg. Sie schien noch nicht fertig zu sein.

»Mathis hatte so einen guten Humor«, fuhr Jade Quiniou fort. »Rabenschwarz, großartig. Und was wirklich verrückt war: Auf der einen Seite war er extrem gesellig, auf der anderen liebte er die Einsamkeit.«

Dupin fand es gar nicht so verrückt. Verrückt war, dass er schon wieder die Meeresoberfläche absuchte.

»Ich bin manchmal mit Mathis zum Angeln gegangen.«

Ein warmes Lächeln erschien auf ihrem Gesicht, das dennoch voller Trauer war.

»Dann waren Sie also richtig befreundet?«

Nach über einem Jahrzehnt Bretagne wusste Dupin: Wer zusammen angeln ging, war befreundet.

»Ja.«

»Und die anderen *Sire* … – Ich meine, war noch jemand von den *Sirenen* mit Mathis Cëvaër befreundet?«

»Ich denke schon, aber auf eine andere Art. Nicht so intensiv. – Und Rayanne war lange weg.«

Es klang wehmütig – alles, was sie sagte.

»Ich liebe das Angeln. Die Kontemplation. Zu hören, wie die Wellen gegen die Klippen schlagen. Ich nehme beim Angeln auch die Geräusche auf, stundenlang. Ich experimentiere mit Rhythmen.«

»Wo genau haben Sie zusammen geangelt?«, wollte Riwal wissen.

»Die großen Barsche und *lieus jaunes* lieben die Passage zwischen Ouessant und der Île de Keller. Das Wasser sprudelt dort vor Sauerstoff. – Meist sind wir dahin.«

»Sie zeichnen die Geräusche der Wellen auf?«, fragte Riwal nach.

»Ich habe ein kleines Studio.«

»Schreiben Sie selbst Songs?«, schaltete sich Le Menn nun ein.

»Ich forsche. Ich befasse mich mit rhythmischen Klängen. Mit dem geheimnisvollen Übergang von Lärm, Lauten und Geräuschen hin zur Musik – von der Aleatorik, dem Zufälligen, hin zum Rhythmus, hin zum musikalischen Code. Oder anders gesagt: hin zur Intelligenz, zur Kultur. – Dafür ist Ouessant ein perfekter Experimentierraum. Hier verdichtet sich alles.«

Sie lächelte.

»Sie wissen ja: wir *Morganezed* und die Musik …«

Hatte Jade Quiniou bemerkt, dass Dupins Blicke suchend über das Meer geschweift waren? Demonstrativ drehte er den Kopf weg. Dabei hatte er gerade etwas gesehen. Das Mondlicht hatte etwas aufleuchten lassen in der dunklen Meermasse.

»Und das machen Sie … einfach nur für sich?« Riwal klang beeindruckt.

»Es ist ein Projekt von mir am *Musée d'Archéologie Nationale* bei Paris, im Bereich *Origines de la Musique.*«

»In Saint-Germain-en-Laye?«

Jade Quiniou nickte.

»Eindrucksvoll«, rutschte es Riwal raus. »Aber keine Kompositionen?«

Dupin verstand, Riwal ging es um die Plagiate.

»Keine Kompositionen, nein. Forschung, Wissenschaft, wenn Sie so wollen.«

»Und als Bodhrán-Spielerin? Spielen Sie noch in anderen Bands? Auf Festivals? Wie häufig treten Sie auf?«

»Nur sehr selten. Zwei, drei Mal im Jahr. Wenn es sich ergibt, mit Freundinnen.«

»Mit dem Duo?«

»Auch das. Aber noch seltener.«

»Wann haben Sie Mathis Cëvaër das letzte Mal gesehen?«, kam Dupin auf die Freundschaft der beiden zurück.

»Letzte Woche. Da waren wir endlich mal wieder zusammen angeln, wir haben es den ganzen Sommer über nicht geschafft. Bei der Île de Keller. Mathis hat einen riesigen *lieu jaune* gefangen«, sie stockte, »den letzten seines Lebens. Es war ein ganz schöner Kampf, den an Land zu bringen.«

»Hat ihn irgendetwas besonders beschäftigt? Beunruhigt? Ist Ihnen etwas aufgefallen?«

»Nein. Mathis ruhte in sich. Wie immer.«

»Er schien ihnen völlig unverändert?«

»Absolut.«

Jade Quiniou löste sich vom Geländer.

»Kommen Sie, wir gehen einmal um die Insel.«

Dupin brauchte einen Moment, um zu verstehen, was sie meinte: die Plattform. Schon lief sie vor, ohne die Antwort der drei Polizisten abzuwarten.

Die Nacht nahm dem Meer seine Endlosigkeit. Der Horizont war zu einem dunkelgrauen Balken geworden, der einem seltsam nah vorkam. Er wirkte wie ein Rahmen, der aus dem Meer ein schmales, langes Becken werden ließ und vom Mond großzügig angeleuchtet wurde.

»In der Kammer des Mausoleums scheinen zwei alte Keramikgefäße gestanden zu haben.« Dupin wollte vorankommen. »Sie sind von dort verschwunden. – Sie wissen nicht zufällig, worum es sich dabei handeln könnte, Madame Quiniou?«

Sie bewegten sich so langsam auf der Plattform vorwärts, dass Dupin aufpassen musste, Jade Quiniou nicht auf die Fersen zu treten.

»Vermutlich wurden in ihnen die *Proella*-Kreuze aufbewahrt – was sonst?«

Die gleiche spontane Antwort, wie sie Ondine Morin gegeben hatte.

»Ich habe allerdings noch nie etwas von solchen Gefäßen gehört«, fuhr Jade Quiniou fort. »In dem geheimen Gang soll seit einem halben Jahrhundert niemand mehr gewesen sein. Bis vor ein paar Tagen. Sybil hat mir alles erzählt.«

»Bitte?«

Das durfte nicht wahr sein.

»Sybil Jaouen hat Ihnen von … unserer Exkursion erzählt?«, entfuhr es Dupin.

Enora Gaëc und Céleste Bourvil hatten nichts davon gewusst. Oder die beiden hatten ihnen etwas vorgespielt.

»Wir sind Freundinnen.«

»Freundinnen? – Sie und Sybil Jaouen?«

Riwal klang so ungläubig wie besorgt.

»Gute Freundinnen, ja.«

Alle Menschen hatten zahlreiche Facetten – aber Jade Quiniou hatte offenbar ganz besonders viele.

»Da vorne wohnt Romy. – Das *Haus der sieben Winde*. So heißt es.«

Sie zeigte auf den äußersten Zipfel der »Hummerschere«, vielleicht dreihundert Meter, mehr war es von hier aus nicht mehr.

Das Haus der Potins war gut zu erkennen, es war hell erleuchtet. Und das einzige auf dem ganzen Kap.

»Bis vor ein paar Jahren war es eine Ruine. Romy hat es mit ihrem Mann zusammen wiederhergerichtet, unglaublich.«

»Was macht ihr Mann? Beruflich, meine ich.«

»Er ist Dokumentarfilmer, sogar ziemlich bekannt. Zurzeit ist er auf Grönland unterwegs. Auf dem gigantischen Eisschild, der die Welt überfluten wird – weil wir Menschen ihn zum Schmelzen bringen.«

Ein grimmiger Tonfall.

»Und wie kriegt Romy Potin das alles alleine hin? Die drei Kinder, die Bar?«

»Wir Ouessantines sind es seit Jahrhunderten gewohnt, dass die Männer weg sind.«

»Und praktisch?«

»Romy hat ein Au-pair-Mädchen, das ihr hilft.«

»Wussten Sie«, wechselte Dupin das Thema, »dass Lionel Saux Monsieur Destoc bei seinem Landwirtschaftsprojekt beteiligen wollte?« Dupin spitzte bewusst zu, eigentlich konnten sie das so natürlich nicht sagen. »Dass er Monsieur Destocs Land haben wollte, das zurzeit an Enora Gaëc verpachtet ist?«

»Das mit Daniel habe ich gehört, ja. Dass er eventuell mit einsteigen wollte. Aber das war wohl noch sehr vage.«

»Warum haben Sie heute Morgen nichts davon gesagt?«

Keine Antwort.

»Ging das auf Lionel Saux zurück? War es seine Idee, Daniel Destoc zu beteiligen?«

»Keine Ahnung. – Sie kennen meine Meinung zu den beiden Männern. Wobei sie echt verschiedene Fälle sind, Daniel war einfach … ein trauriger Witz.«

Es klang hart.

»Was wissen Sie über Lionel Saux' musikalische Umarbeitung des Ouessant-Liedes?«

»Er hatte wieder einmal Großes vor, ich weiß. Die neue Hymne, für alle Ewigkeit. – Er saß seit zehn Jahren daran, glaube ich. Ach Quatsch. Viel länger.«

Jetzt klang sie eher traurig als sarkastisch.

»Das Lied, der Text, die Musik sind über dreihundert Jahre alt. Die Musik ist sehr simpel, ja, aber wir Ouessantins lieben es, Sie haben es gestern Abend ja selbst gesehen! Aber Lionel wollte es eleganter.«

»Und warum sind auf der Insel Kopien eines Notenblattes von Lionel Saux mit dem Text des Lieds im Umlauf?«

»Da bin ich überfragt.«

»Er hat den Text der Hymne in ein Notenheft geschrieben und einzelne Wörter kommentiert. Davon haben wir bei Mathis Cëvaër eine Kopie gefunden.«

Jade Quiniou ließ sich Zeit mit einer Antwort, dann aber kam sie resolut:

»Davon weiß ich nichts. – Kein blasser Schimmer. Was für eine Bedeutung sollte das für die Morde haben?«

»Vielleicht keine«, erklärte Dupin freimütig. »Vielleicht aber doch. Wir werden es herausfinden.«

»Der Mond ist unfassbar groß heute Nacht.«

Jade Quinious Stimme wirkte mit einem Mal verwandelt. Weich, melodisch, schwebend. Sie hatte beide Ellenbogen auf das Geländer gestützt.

»Im Wesentlichen eine Täuschung«, stellte Riwal unbarmherzig klar. »Die man tatsächlich ›Mondtäuschung‹ nennt. Das Verrückte ist, dass die Wissenschaft zwar sicher weiß, dass es sich um eine Täuschung handelt, bis heute aber nicht erklären kann, wie sie zustande kommt.«

»Ist das nicht der Supermond?« Le Menn schien sich unvorsichtigerweise auf eine Diskussion einlassen zu wollen.

»›Supermond‹ nennt man ihn an den Tagen, an denen der

Mond der Erde auf seiner elliptischen Bahn wirklich ein Stück näher kommt als sonst. Ein überaus simples Phänomen, das mit der Mondtäuschung rein gar nichts zu tun hat.«

Sätze, die Dupin an Claire erinnerten.

Le Menns Handy klingelte infernalisch laut.

Sie warf einen Blick aufs Display.

»Da muss ich ran.«

Sie entfernte sich in die entgegengesetzte Richtung. Le Menn war in der gesamten Unterredung mit Jade Quiniou seltsam zurückhaltend gewesen, sie hatte so gut wie nichts gesagt, das war eigentlich gar nicht ihre Art.

»Das dort hinten«, Jade Quiniou zeigte auf ein kleines Lichtergewimmel in westlicher Ferne, »das ist Lampaul.«

Viel war nicht zu sehen.

»Das hier ist mein Lieblingsleuchtturm, müssen Sie wissen.« Jade Quiniou fuhr mit ihrer Hand liebevoll über das schmiedeeiserne Geländer, als würde sie es streicheln.

»Natürlich mag ich alle fünf, aber *Le Créac'h* mag ich am liebsten. Schon als kleines Kind habe ich sein Licht in mein Kinderzimmer fallen sehen. Noch in den schlimmsten Stürmen. Er war immer da. Ich war mir sicher, dass mich seine Strahlen beschützen, dass es mir gut gehen würde, solange er sie mir schickte.«

Dupin verstand sie gut.

»Wussten Sie, dass die Leuchttürme von Ouessant eine eigene, verschworene Gemeinschaft bilden? *Le Stiff* und *Le Créac'h* hier auf der Insel, *Nividic, Kéréon* und *La Jument* auf dem Meer. Von jedem aus sieht man das Licht der anderen.«

Jetzt kam die Erzählerin in ihr durch. Sie lief ein paar Schritte weiter.

»Dahinten sehen Sie *Le Stiffs* Strahlen!«

Jade Quiniou zeigte in den Himmel. Es dauerte nicht lange, da erschien es, das Leuchten.

»Und«, sie drehte sich abrupt um, »da die Strahlen von *Nividic.*«

Drei rote Lichtdome erschienen.

»Im Süden dann *Kéréon.*« Sie eilte ein Stück weiter. »Er leitet die Schiffer sicher durch die riffgespickte Passage zwischen Molène und uns.«

Riwal nickte wissend.

»›Leuchtturmballett‹ nennen wir es, wenn die Strahlen der fünf sich spielend kreuzen.« Jade Quiniou lächelte. »Sie leben. Sie haben Seelen, die Leuchttürme. Seelen, Persönlichkeiten und Gefühle. Wie wir Menschen. Es gibt eine Erzählung über *La Jument:* Ein junges, hübsches Ding, ein anmutiges, zartes Türmchen, zu dem der Name – ›die Stute‹ – wenig passt. Wir nennen es nur ›Seepferdchen‹.«

Ganz sicher ein poetischerer Name als »Stute«. Wobei man wissen musste, dass Pferde in der Bretagne einst so heilig gewesen waren wie Kühe in Indien. »Alle haben sie um die junge Schönheit geworben. Zunächst der alte *Stiff,* der mehr erlebt, gesehen, gehört hatte als alle anderen. Er hatte sich unsterblich in die junge *Jument* verliebt. Sie aber sah ihn eher wie einen Großvater, eine alte, ehrwürdige Autorität. Zudem, fand sie, sei er von zu kleiner Statur.«

Jade Quinious Stimme veränderte sich, sie erhielt einen beinahe feenhaften Klang.

»Sie brachte den alten *Stiff* dazu, ihr Nacht für Nacht Geschichten zu erzählen, denn das liebte sie. Wunderbare, fantastische Geschichten von Ouessant. All die Fabeln, Legenden, Mythen. *Le Stiff* ist der faszinierendste Erzähler von allen. – Aber auch er hier«, wieder fuhr sie geradezu zärtlich über das Geländer der Brüstung, »entflammte für die attraktive *Jument.* Er stand hier auf seiner Landzunge bereit, hielt heimlich Ausschau nach ihr. Und natürlich ließen seine Pracht und Kraft *Jument* nicht unbeeindruckt, und auch sein Weltruhm imponierte ihr. Sie fand aber, mit seinen weiß-schwarzen Streifen sehe er aus wie ein entflohener Sträfling. ›Glauben Sie wirklich, dass ich mich in einen Verbrecher verlieben könnte?‹, lachte sie.

Womit sie *Le Créac'h* tief verletzte, sodass er für immer etwas von seinem Licht verlor.« Sie seufzte. »Auch *Kéréon* versuchte sein Glück bei ihr. ›Diese *Jument* ist wie für mich gemacht‹, sagte sich der schicke Palast der Meere, der mächtige Wächter der Passage. ›Ich lebe in der brodelnden Hölle, ich kenne keine Angst. Ich werde das junge Ding dressieren, das Fohlen aus Granit!‹ *Kéréon* ist, sagen wir es mal so, nicht gerade der Bescheidenste.«

Hatte Dupin eben noch Schwierigkeiten gehabt, sich Jade Quiniou als *conteuse* vorzustellen, waren die Zweifel nun echter Anerkennung gewichen.

»*Jument* fand seine Arroganz abstoßend, sie ließ ihn abblitzen. Und fand ihren Gefährten schließlich ganz woanders. Nur einer sollte es sein: der große *Phare d'Eckmühl* von Penmarc'h. Sie hatte ihn im Sonnenuntergang entdeckt und war ihm mit dem ersten Strahl erlegen – seiner olympischen Größe, seinem fein geschnittenen Oberkörper und vor allem seinem kleinen deutschen Akzent. Von nun an flogen ihre zärtlichen Flüstereien Nacht für Nacht mit Myriaden von Strahlen hin und her. – Ihre Liebe hat gehalten, bis heute sind sie ein Paar. Aus ihrer strahlenden Verbindung entstand *Nividic,* die seitdem ganz in der Nähe ihrer Mutter steht.«

Jade Quiniou war offenbar am Ende der Erzählung angelangt.

Die Liebesgeschichte der Leuchttürme war merkwürdig, vor allem, weil ihr eine Moral fehlte.

Dupin sah, dass sie die niedrige Tür erreicht hatten, sie hatten den Turm einmal umrundet. Dupin spürte plötzlich eine tiefe Erschöpfung.

Riwal schien auch müde, zumindest hatte er keinen Ton mehr gesagt. Le Menn war nirgends zu sehen, vielleicht war sie bereits runtergegangen.

»Wir verabschieden uns, wir haben noch eine Verabredung mit Madame Potin«, beendete Dupin das Gespräch. »Herzlichen Dank, Madame Quiniou. Das war sehr aufschlussreich.«

»Sehr gerne.«

Sie hatten tatsächlich einiges erfahren, wenn auch nichts, das zur unmittelbaren Klärung des Falls beigetragen hätte.

Dupin und Riwal gingen auf die Tür zu.

Jade Quiniou folgte mit einigem Abstand.

»That would be great. Thank you.«

Le Menn stand neben ihrem Fahrrad. Sie telefonierte auf Englisch. Und wirkte höchst engagiert, kein bisschen müde. Im Gegensatz zu Dupin.

Es war 0 Uhr 15.

»Ich habe Romy Potin eine SMS geschrieben, Chef. Dass wir jetzt kommen«, sagte Riwal.

»Gut.«

Trotz Müdigkeit, es musste sein.

Dupin erklomm sein Rad, das Fahren würde sicher guttun, ihn wieder beleben, zumindest etwas. Hoffentlich.

Keridreux, Parluc'hen, Caraës, Kerc'here, Mez Ar Reun, sie passierten die Weiler auf dem nordwestlichen Kap. Alle trugen sie Namen, selbst wenn es nur zwei, drei Häuser waren. Die meisten davon lagen im Dunkeln, ihre Bewohner längst im Bett. Der riesige Mond stand hoch am Himmel. Das flache Gestrüpp schimmerte fahl silbern, die Straße bleich gräulich, dabei sonderbar hell. Man sah sie Hunderte Meter voraus. Wie eine sich windende Schlange auf dunklem Boden.

Bald erreichten sie die ersten Häuser von Lampaul, dann ging es runter, Richtung Zentrum, Richtung Tal. Sie kamen am *Ty Korn* vorbei. Dunkel, leer und verschlossen, kein Mensch zu sehen. Eben noch, vor ein paar Stunden, war es hier ausgelassen zugegangen. Dupin hatte das Gefühl, er wäre gerade eben erst hineingegangen, um die Bedienung nach dem Besitzer der Kneipe zu fragen. Da war Mathis Cëvaër schon mindestens zwei Tage tot gewesen. Es war ein furchtbares Gefühl.

Sie passierten die Kirche, deren Turm den Eindruck machte, sich dem Vollmond entgegenstrecken zu wollen. Rechts der Tabac-Presse-Laden, dann das Sträßchen steil hinunter, ein kleines Stück nur, und rechter Hand, gegenüber dem Friedhof und dem Mausoleum, lag Romy Potins Bar.

Die Tür stand offen, aus dem Inneren erscholl laute Musik. Durch die hell erleuchteten Fenster sah man es: Hier war noch längst nicht Schluss. Ein paar Dutzend Menschen saßen oder standen eng beisammen in dem nicht allzu großen Raum, an einem der Tische vier Musiker, die schnelle, heitere keltische Rhythmen spielten. Es war verrückt, dachte Dupin, all das eine halbe Stunde nach Mitternacht auf einem entlegenen, kargen kleinen Granitfelsen im Atlantik, umgeben von Meerjungfrauen, Robben, Delfinen, Orcas, liebenden Leuchttürmen, den Elementen ausgeliefert. Einem Granitfelsen, auf dem Dunkles vor sich ging in diesen Tagen.

Kaum dass sie die Räder an der Seite der Terrasse abgestellt hatten, erschien Romy Potin in der Tür. Nicht, weil sie auf sie gewartet hatte, schien es, eher weil sie frische Luft hatte schnappen wollen. Sie hielt, bemerkte Dupin, ein Handy in der Hand.

Das trägerlose weiße Top ließ ihre trainierten Arme frei, dazu trug sie Bluejeans. Die kurzen, sehr blonden Haare waren heute Abend nach hinten gegelt. Knallrote Espadrilles, hinten platt getreten, sie sahen nagelneu aus. Drei Kinder hatte sie, wie Dupin wusste – dabei hatte sie selbst noch etwas Jugendliches.

»Bonsoir«, nickte sie Dupin, Riwal und Le Menn zu, als sie die Terrasse betraten.

»Bonsoir, Madame«, grüßte Dupin.

»Am besten, wir setzen uns hier draußen auf die Terrasse«,

sie deutete auf die Tische neben sich, »drinnen versteht man sein eigenes Wort nicht.«

»Gerne.«

Statt jedoch auf einen der Tische zuzugehen, verschwand sie ohne Erklärung in der Bar.

Riwal, Dupin und Le Menn schauten sich einen Moment unschlüssig an, dann setzten sie sich. Dupin wählte denselben Tisch, an dem Riwal und er schon am Morgen gesessen hatten.

Ein paar Minuten später kam Romy Potin zurück. Auf dem großen Tablett, das sie trug, eine dickbauchige Flasche, eine große Wasserkaraffe und vier Gläser.

»*Pastis de l'Île d'Ouessant*«, sie wies auf das blaue Etikett, nachdem sie das Tablett abgestellt hatte.

»Den machen Freunde von mir, hier in Lampaul. Wunderbar. Man schmeckt die ganze Insel, die Kräuter kommen alle von hier: Thymian, Salbei, Beifuß, Bohnenkraut. Außerdem Fenchel und, ganz ungewöhnlich, Pferdeeppichsamen. Sie arbeiten mit echtem französischem Anis – nicht diesem chinesischen Sternanis. – An Spätsommerabenden wie diesem gibt es nichts Besseres.«

Es gab vieles, fand Dupin, das zu Sommerabenden passte, aber er würde nicht widersprechen. Ein guter Pastis gehörte absolut dazu.

»Man muss ihn kalt genießen.« Sie deutete auf die Eiswürfel in der Wasserkaraffe. »Pastis schenkt man sich am besten selbst ein. Die einen mögen ihn schwächer, die anderen stärker.« Sie nahm die Flasche in die Hand und goss sich ein. Sie mochte ihn offenbar stärker, viel Wasser würde nicht mehr in das Glas passen. »Nach so einem Tag tut eine kleine Betäubung gut.«

Romy Potin war die erste der fünf Frauen, der man unmittelbar anmerkte, wie mitgenommen sie war. Aber natürlich hieß weder das eine noch das andere am Ende etwas. Dupin hatte die kaltblütigsten Mörder warmherzigstes Mitleid bekunden hören. Und unschuldige Personen von großer Gefühlskälte erlebt, die sie auf der Stelle zu Verdächtigen machte.

»Wie alt sind Ihre Kinder, Madame Potin?«, begann Le Menn das Gespräch.

Dupin und Riwal gossen sich Pastis ein. Auch nicht unbedingt weniger als Romy Potin.

Diese warf Le Menn einen überraschten Blick zu.

»Zwei, vier und sieben.«

»Ihre älteste Tochter ist also sieben Jahre alt?«

»Merline, ja.«

»In der Klinik in Brest zur Welt gebracht?«

»Nein, hier auf der Insel. Ich mag keine Kliniken.«

Dupin und Riwal blickten nicht weniger erstaunt als Romy Potin. Worauf wollte Le Menn hinaus?

»Verstehe. Hat der diensthabende Inselarzt die Entbindung vorgenommen?«

»Nein, eine befreundete Hebamme aus Le Conquet. Zu diesen wechselnden Ärzten kann man kein Vertrauen aufbauen.«

»Verstehe.«

Eine Weile herrschte Schweigen. Le Menn goss sich nun ebenfalls Pastis ein. Sie würde ihnen bestimmt nach dem Gespräch mit Romy Potin erklären, was es mit ihren Fragen auf sich hatte, jetzt schien sie es jedenfalls nicht tun zu wollen.

»In der Kammer des Mausoleums standen zwei Gefäße mit runden Böden, die in den letzten Tagen verschwunden sind«, fragte nun Dupin. »Haben Sie eine Idee, was das für Gefäße gewesen sein könnten, Madame Potin?«

»Für die *Proella*-Kreuze, nehme ich an.«

Die erwartbare Antwort.

Dupin hatte rasch einen großen Schluck genommen. Es war wunderbar, wie der eiskalte Anisschnaps die Kehle hinunterlief. Man schmeckte die Kräuteraromen, die für Pastis ungewöhnlich waren.

»Könnte es noch etwas anderes gewesen sein?«, setzte Dupin nach.

Seinen Fragen fehlte alle Energie.

Romy Potin trank nun selbst einen großen Schluck. Und einen zweiten. Sie schien über etwas nachzudenken.

»Zwei Gefäße, sagen Sie?«

»Mit einem Bodendurchmesser von ungefähr sechsunddreißig Zentimetern, aus Keramik. Alter Keramik«, präzisierte Riwal.

»*Daou kilik*, wie in dem Lied. *Zwei Gefäße.*«

Romy Potin trank einen weiteren Schluck.

»In dem Ouessant-Lied, meinen Sie?«

»Genau.«

»Das stimmt, da …«

Brüsk unterbrach Dupins Handy das Gespräch.

Kadeg.

Dupin nahm an. Er blieb sitzen. Er war zu erschöpft, um aufzustehen.

»Hier Dupin, Kadeg. Was gibt es?«

Der zweite Inspektor schien einen Moment irritiert.

»Die Spezialisten haben sich zu dem Wachs und der Keramik gemeldet.«

»Und?«

Es war zum Verrücktwerden, warum musste man immer nachfragen?

»Das Wachs der beiden untersuchten Kreuze ist mit Sicherheit über hundert Jahre alt. – Die Keramikproben noch älter, die Forensik vermutet rund dreihundert Jahre.«

»Noch etwas, Kadeg?«

»Nein. – Ich komme jetzt zu Ihnen rüber. Sind Sie noch in Romy Potins Bar?«

Riwal musste unterwegs mit Kadeg telefoniert haben.

»Sind wir.«

Dupin legte auf und brachte die anderen auf den neusten

Stand. Dass Romy Potin dabeisaß, war ihm momentan egal. Riwal goss sich bereits einen zweiten Pastis ein.

»Das mit den Kreuzen war ja schon klar«, kommentierte Le Menn trocken. »Und dass die Keramikgefäße so alt sind, ist auch nicht gerade überraschend. Der Ritus wird ja seit dem Mittelalter praktiziert.«

Le Menn formulierte nur, was Dupin sich selbst gerade gedacht hatte. Auch sie schenkte sich nun einen zweiten Pastis ein.

»Sie haben noch überhaupt keine Ahnung, worum es geht, habe ich recht?« Romy Potin blickte aufmerksam in die Runde.

»Sind Sie auch manchmal mit Mathis Cëvaër angeln gegangen?«, entgegnete Dupin.

»Wie Jade?« Sie schmunzelte. »Nein. Aber ich mochte ihn sehr. Ein ganz besonderer Mensch.«

»Wissen Sie von irgendwelchen Konflikten, die er hatte? Irgendetwas?«

Der Pastis sedierte schnell und wunderbar. In Dupins Kopf breitete sich ein angenehmer Nebel aus, wie in dem Glas, wenn man das eiskalte Wasser auf den Pastis goss.

»Ich glaube nicht, dass Mathis je einen Konflikt mit irgendjemandem hatte – außer mit Lionel eben, wegen dem Pub. Das hat er ihm wirklich übel genommen. Mathis war ein außerordentlich harmonischer Mensch.«

»Noch mal zu dem Ouessant-Lied, Madame Potin.« Selbstverständlich hatte Riwal seinen Lieblingspunkt nicht vergessen. »Haben Sie eine Idee, warum Mathis Cëvaër eine Kopie eines Notenblatts besaß, auf dem Lionel Saux den Text des Lieds notiert und einzelne Wörter kommentiert hat?«

Die Frage war ein wenig umständlich formuliert, man merkte auch Riwal die Müdigkeit an.

Dupin goss sich etwas Wasser nach. Der Pastis war doch etwas stark geraten.

»Davon weiß ich nichts. Aber dass sich etwas von Lionel bei Mathis befindet, ist komisch.«

»Haben Sie«, setzte Riwal nach, »schon einmal etwas von der neuen Melodie gehört, die Monsieur Saux für das Ouessant-Lied geschrieben hat?«

»Nein. Ich weiß nicht mal, ob er überhaupt schon fertig war – wie weit er wirklich war, er saß ja schon lange daran.«

»Na gut«, resignierte Riwal, es wirkte ein wenig theatralisch. »Dann noch diese Frage, Madame: Wo waren Sie am Dienstag? Ab ungefähr sechzehn Uhr? Bis Mittwoch am frühen Morgen.«

Romy Potin trank noch einen Schluck Pastis.

»Bis achtzehn Uhr war ich hier – dann drei Stunden zu Hause bei den Kindern. Dann wieder hier.«

»Und zu Hause, wer hat Sie da gesehen? Ich meine: Wer könnte bezeugen, dass Sie in diesen drei Stunden das Haus nicht verlassen haben?«

Jetzt merkte man Riwal nicht nur die Müdigkeit, sondern auch den Pastis an.

»Mein Au-pair-Mädchen hat mich um achtzehn Uhr kommen und um einundzwanzig Uhr wieder gehen sehen. Sie ist jeden Tag von dreizehn bis achtzehn Uhr und noch einmal von einundzwanzig Uhr bis ein Uhr bei den Kindern. – Zu Hause war ich mit meinen Kindern alleine.«

»Das heißt, außer Ihren Kindern kann niemand Ihre Anwesenheit zwischen achtzehn und einundzwanzig Uhr bestätigen.«

»Genau. – Und die Großen sind gegen sieben noch mal zu Freunden. Meine Kinder sind sehr selbstständig.«

»Heißt das, dass …«

»Da bin ich!«

Kadeg. Er war wie aus dem Nichts erschienen.

»Was gibt es Neues?«

Der zweite Inspektor blickte sich in der Runde um.

»Wir wollten gerade gehen, Kadeg.« Dupin erhob sich. An Romy Potin gerichtet sagte er: »Vielen Dank, Madame.«

Aufzustehen, ohne die Balance zu verlieren, und dabei keinen allzu ungeschickten Eindruck zu machen, war gar nicht einfach gewesen.

»Ich hoffe inständig, dass Sie den Fall bald aufklären. Das ist alles fürchterlich.«

Romy Potin war nicht das Geringste von dem starken Pastis anzumerken.

»Dann bis morgen«, verabschiedete sich Dupin.

Romy Potin nickte freundlich und verschwand in die Bar. Sie ließ die Tür offen stehen.

Es war Viertel nach eins.

Le Menn, Riwal und Dupin hatten die Räder nebeneinanderher bis zu Lionel Saux' Haus geschoben, wo Kadegs Rad stand. Und auch danach hatten die vier sich nicht dazu durchringen können, den Berg hochzufahren – und deshalb weiter geschoben.

Unterwegs hatte Kadeg erzählt, dass die Spurensicherung die Arbeit in den Häusern der drei Männer abgeschlossen hatte, ohne etwas Auffälliges zu finden. Kadeg machte einen ermatteten Eindruck.

Selbst Le Menn wirkte jetzt erschöpft.

Sie waren mittlerweile oben auf dem Plateau angekommen, man konnte das Hotel bereits sehen.

»Wir treffen uns morgen früh um sieben im Frühstücksraum.«

Dupin hatte sechs sagen wollen. Beim Aussprechen des Satzes war sieben daraus geworden, seine eigene Müdigkeit hatte es im letzten Augenblick korrigiert.

Er hatte ehrlich gesagt noch keinen Plan für den kommenden Tag. Was sicher auch daran lag, dass er im Augenblick zu jeder Planung außerstande war. Der Pastis war stärker gewesen als er. Dupin war schon froh, einigermaßen zusammenhängende Sätze hinzubekommen. Und sich auf seinem Fahrrad abstützen zu können. Das Schlimmste war, dass das laute sphärische Klingen in seinen Ohren mittlerweile nahezu orchestrale Züge angenommen hatte.

»Aber morgen früh müssen Sie ordentlich frühstücken, Chef. Nicht, dass Ihnen wieder …«

Der laute Ton von Dupins Handy fiel ihm ins Wort.

Dupin blieb stehen und holte es aus der Hosentasche.

»Nolwenn!«

Er konnte es nicht glauben, eigentlich musste sie sich mitten im atlantischen Nichts befinden.

In Windeseile nahm er an.

»Nolwenn?!«

»Monsieur le Commissaire!«

Die Verbindung war miserabel. Ein heftiges Rauschen, Knacksen und Dröhnen.

»Was muss ich da hören, Monsieur le Commissaire?«

»Ja, drei Morde auf Ouessant, Nolwenn, wir …«

»Ich habe eben mit meiner Mutter telefoniert. Mit einem Satellitentelefon. Sie hat heute Geburtstag und hat es mir erzählt. – Was geht da auf der Insel vor sich, Monsieur le Commissaire?«

»Wir wissen es noch nicht, wir …«

»Wir sind bisher sehr gut vorangekommen, Neptun meint es gut mit uns.«

Sie schien zuweilen nicht oder nur teilweise zu hören, was Dupin sagte. Auf jeden Fall erheblich zeitversetzt.

»Wir sind nur noch siebzig Seemeilen von Saint-Barthélemy entfernt, ich denke, wir laufen in rund vier Stunden in Gustavia ein.«

»Wir haben hier alles im Griff, Nolwenn. Wir …«

»Sobald wir da sind, bin ich dabei, natürlich. Ich lege dann sofort los.«

»Sie müssen nicht …«

»Ich rufe an, sobald wir mit den Mobilfunktelefonen Empfang haben. Diese Satellitendinger sind Mist.«

»Das müssen Sie wirklich nicht …«

»Haben Sie denn schon eine Theorie?«

Dupin wartete einen Moment. Er sprach laut und überdeutlich: »Nein, ich habe noch keine Theorie, Nolwenn.«

Er setzte ab. Der Satz sollte erst mal durchgehen. Was dieses Mal anscheinend funktionierte.

»Nicht einmal einen Ihrer berühmten Geistesblitze? Sie sind doch schon über vierundzwanzig Stunden auf der Insel. Das zieht sich ja dieses Mal ganz schön. – Meine Mutter sagte, dass Le Menn, Kadeg und Riwal bei Ihnen sind. Immerhin.«

»Ja, wir sind gerade …«

»Ich kann Ihnen nur raten, sich gut zu stellen mit der großen Insel-Druidin. Sybil Jaouen. Sie weiß alles. – Hören Sie? Sybil Jaouen!«

»Wir sind«, wie sollte er es sagen, »wir sind stetig im Gespräch mit ihr, Nolwenn. Sie …«

»Und nehmen Sie ernst, was sie sagt. Egal, was Sie davon halten.«

Wahrscheinlich hatte Dupin in seinem gesamten Leben noch keine abenteuerlichere Anweisung erhalten.

»Sie wissen, dass Ihr Verstand Ihnen mitunter im Weg steht. Es könnte entscheidend sein. Also versprechen Sie mir, dass Sie nichts, was sie sagt, als abstrus abtun.«

»Seien Sie unbesorgt, Nolwenn.«

»Sie wissen, wie man im Bretonischen sagt: ›Schweine werden nicht mit Wasser gemästet.‹«

Er würde nicht nachfragen, was sie mit dem Sprichwort sagen wollte.

»Wir haben hier wirklich alles im Griff, wir …«

»Wenn ich ehrlich bin, bin ich äußerst besorgt, Monsieur le Commissaire. Ob das gut geht, Sie und Ouessant?«

»Es besteht absolut kein Grund …«

»Ich melde mich wieder, sobald ich kann. – Ich lege jetzt auf, Monsieur le Commissaire, der Empfang ist einfach zu schlecht.«

Schon war sie weg.

Dupin bemerkte, wie ihn Le Menn, Riwal und Kadeg fragend ansahen.

»Ein katastrophaler Empfang. Nolwenn hat so gut wie nichts verstehen können. – Ihre Mutter hat ihr von den Ereignissen hier erzählt. – Sie sind nicht mehr weit von Saint-Barthélemy entfernt. Wenn sie angekommen ist, meldet sie sich.«

»Was hat sie noch gesagt?«, wollte Riwal wissen.

»Das war es schon.«

»Und mit wem sind wir stetig im Gespräch?«

Dupin warf Riwal einen unwilligen Blick zu.

»Ich muss ins Bett.«

Es war die reine Wahrheit.

DER DRITTE TAG

Um sechs Uhr klingelte der Wecker.

Immerhin, anders als in der letzten Nacht hatte Dupin bis dahin durchgeschlafen. Wie bewusstlos war er um Viertel vor zwei ins Bett gefallen und auf der Stelle weg gewesen. Dupin hatte wild geträumt. Unfassbar wild. Wie noch nie in seinem Leben, war er sich sicher. Und es war nicht bloß ein einzelner Traum gewesen, nein, ein ganzes Traumfeuerwerk. Ein Traum nach dem anderen war über ihn gekommen, ineinander verschlungen, einer dramatischer und fantastischer als der vorherige.

Der Wecker hatte ihn erlöst. Allerdings war mit dem Wachwerden der Faden gerissen, der das Bewusstsein nach dem Aufwachen mit dem gerade verlassenen Traumreich verband. Sprich: Dupin erinnerte sich an nichts. Nur an den Affekt, das Übermaß an Schrecken. Es fühlte sich äußerst sonderbar an, als hätte man mehrere im Innersten aufwühlende Filme hintereinander gesehen.

Dupin öffnete die Augen. Es war stockdunkel. Auch draußen. Der Mond schien schon wieder untergegangen zu sein.

Dummerweise hatten die sphärischen Klänge in seinem Kopf die Nacht überlebt. Sicher kein gutes Zeichen. Es würde sich zu einem schweren Tinnitus auswachsen.

Dupin bewegte Beine und Arme. Der Wechsel in die Sphäre

der sogenannten Wirklichkeit nahm sich heute Morgen besonders mühsam aus.

Im nächsten Moment aber fuhr er hoch und saß senkrecht im Bett.

»*Daou kilik*«, hörte er sich sagen. »*Daou kilik.*«

Es war ihm gerade eingefallen. Aus dem Nichts. Er musste sofort mit Riwal sprechen. Das konnte kein Zufall sein.

Dupin sprang aus dem Bett, streifte sich die Jeans und das Polohemd über, und schon verließ er das Zimmer.

Dupin klopfte an Riwals Tür direkt nebenan.

Keine Reaktion.

Der Inspektor würde noch schlafen. Sie hatten sieben gesagt. Dupin hatte den Wecker bloß so früh gestellt, damit er im Frühstücksraum noch eine halbe Stunde für sich alleine hätte.

Dupin klopfte noch einmal.

Noch immer nichts. Für gewöhnlich hatte Riwal einen leichten Schlaf, einen echten Polizistenschlaf: Er war augenblicklich wach und einsatzbereit, wann immer man ihn zu wecken versuchte.

Dupin drückte die Klinke.

Die Tür war nicht abgeschlossen.

»Riwal, hallo?«

Das Licht war an. Dupin trat ein.

Das Bett war leer.

Die Tür zum Bad stand offen. Das Bad ebenfalls leer.

Er war schon ausgeflogen. Wie gestern. Ein Déjà-vu.

Dupin hatte ein komisches Gefühl, was freilich nicht viel hieß, weil er hier auf der Insel die ganze Zeit ein komisches Gefühl hatte. Dennoch.

Er eilte die Treppe hinunter.

Vielleicht war Riwal einfach sehr früh aufgewacht und hatte nicht wieder einschlafen können. Und saß nun schon im Frühstücksraum.

»Chef! Chef!«

Dupin zuckte zusammen. Der Inspektor, eindeutig.

Die Rufe kamen aus der Bibliothek des Hotels. Riwal musste ihn an seinem Schritt erkannt haben.

Dupin trat ein.

Die Bibliothek war fantastisch ausgestattet, mit einem Panoramafenster, einem Schreibtisch mit Computer und einer edlen Hi-Fi-Anlage. Auf einem gemütlichen Lesesessel kuschelten vier Katzen miteinander, drei kleine und ihre Mutter.

Riwal saß an dem Schreibtisch, die Augen auf den Bildschirm gerichtet, die Hände an der Tastatur. Er sah miserabel aus, das Gesicht fahl und zerknittert. Exakt dieselbe Kleidung wie gestern Abend, aber barfuß. Ein großer Kaffeebecher neben der Tastatur. Eine der kleinen Katzen, lustig hellbraun gescheckt, sprang kurz auf den Schreibtisch, dann wieder herunter und lief zum Sessel zurück.

»Ich muss Ihnen etwas zeigen, Chef!«

»Und ich Ihnen etwas sagen.« Dupin trat auf Riwal zu. »*Daou kilik,* Riwal! Erinnern Sie sich? Romy Potin sagte, das sei Bretonisch für ›zwei Gefäße‹. Im Ouessant-Lied! Das ist doch kein Zufall! Wir müssen …«

»Genau! *Daou kilik.* Schauen Sie!«

Riwal strahlte den Kommissar an.

»Hier!«

Er deutete auf den Bildschirm.

Dupin stellte sich neben ihn und starrte auf den Bildschirm. Viel war dort nicht zu sehen. Bloß ein bisschen Text. Es sah aus wie ein Gedicht. Einzelne Sätze. Einzelne Wörter. Auch die beiden: *daou kilik.*

Erst jetzt sah Dupin das Notenblatt von Lionel Saux, das hinter der Tastatur lag. Das Ouessant-Lied. Offenbar das Original, in einer Schutzfolie der Spurensicherung.

Dupin verstand.

Riwal musste den gleichen Gedanken gehabt haben wie er. Beide waren sie todmüde gewesen gestern Nacht, als Romy

Potin die *daou kilik* erwähnt hatte, die in dem Ouessant-Lied vorkamen – aber weder Riwal noch ihm war es aus dem Sinn gegangen …

»Das Blatt mit dem Liedtext kam mir komisch vor, Chef. Von Anfang an. Es ging Lionel Saux ja eigentlich nur um die Melodie. – Dann noch das mit der Kopie. Und jetzt bedeutet *daou kilik* auch noch ›zwei Gefäße‹.«

»Ich denke auch: Das ist kein Zufall«, bestätigte Dupin.

»Auf keinen Fall. Schließlich werden die zwei Gefäße explizit im Text erwähnt.«

Anders als sein Aussehen zeugte Riwals Stimme nicht im Geringsten von Müdigkeit, sondern im Gegenteil von geradezu aufgekratzter Wachheit.

»Ich bin so gegen vier wach geworden. Da ist es mir wieder eingefallen. Also bin ich los und habe mir Saux' Notenblatt geholt. Und wissen Sie was, Chef?«

Eine rhetorische Floskel.

»Das, was wir für Kommentare gehalten haben«, Riwal machte eine kurze Pause, »es sind gar keine Kommentare!«

»Und was ist es?«

»Ich glaube«, Riwals Stimme vibrierte geheimnisvoll, »ich glaube, der Liedtext könnte eine Schatzkarte sein.«

»Was meinen Sie?«

Der Inspektor sprach in Rätseln.

»Saux hat Hinweise herausgeschrieben. Konkrete Orte der Insel. Die in dem Lied vorkommen. Auf Bretonisch. Und Sie wissen ja, dass im Bretonischen Orte häufig einfach Eigenschaftswörter sind. Ich versuche gerade eine Dechiffrierung. Es ist alles sehr blumig, die Hinweise sind aufwendig versteckt, ich …«

»Eine Schatzkarte?«

»Ja, genau, Chef. Eine Schatzkarte. Ich denke, das Lied erzählt von einem sagenhaften Schatz und davon, wo er liegt – gelegen hat.«

»Was soll das heißen?«

Mit diesen Gedanken war Riwal Dupin allerdings einen Schritt voraus.

»Ich denke, es dreht sich alles um die *daou kilik*. Die zwei Gefäße. Die, die im Mausoleum gestanden haben.«

»Was für ein Schatz, Riwal? Was enthalten die Gefäße?«

»Ich weiß es noch nicht. Aber hören Sie«, der Inspektor atmete tief ein, bereit zur Deklamation: »›Das Glück, die heitere Musik – auf Ouessant sie liegt‹ heißt es im Text. – Das Glück *ist* die heitere Musik, das ist die Aussage dieser Stelle, es ist keine Aufzählung im Sinne von ›Das Glück *und* die heitere Musik‹, verstehen Sie?«

Dupin nickte.

»Das Verb ›liegen‹ meint im Bretonischen beides: den unmittelbaren, wörtlichen und den mittelbaren, figurativen Sinn.«

»Und?«

Dupin versuchte zu folgen.

»In den Strophen ist wiederholt vom ›Anfang‹ beziehungsweise ›Ursprung‹ der ›Klänge des Glücks‹ die Rede, auch wortwörtlich übersetzt.«

»Der Ursprung der Klänge des Glücks? Was soll das denn nun schon wieder heißen?«

Dupin schwirrte der Kopf, er brauchte dringend einen Kaffee.

»Beide Begriffe haben Nebenbedeutungen im Bretonischen. ›Klänge des Glücks‹ meint freier übersetzt so viel wie ›Klänge des lichten Glücks‹ oder auch ›Musik des ausgelassenen Glücks‹. – Glücksklänge also. Etwas in der Art. Das Lied besagt, dass die Glücksklänge von Ouessant kommen. Dass sie hier zu Hause sind.«

»Das passt doch. Das ist doch, was alle sagen: die Insel der Musik.«

Das allein wäre nichts Neues.

»Kommen denn konkrete Orte im Zusammenhang mit den *daou kilik* vor? Das Mausoleum zum Beispiel?«

Wieder holte Riwal tief Luft.

»In dem ganzen Lied geht es um die Klänge des Glücks, die auf Ouessant zu Hause sind. Um die Orte der Insel, an denen sie ›besonders hell‹ erklingen, wie es heißt. Einige Orte scheinen poetisch umschrieben, andere werden direkt genannt. Der *Phare du Stiff*, Penn Arlan und der Cromlec'h, die Pointe de Porz Men ... Die Druidinnen tauchen übrigens zweimal in dem Lied auf. Als die Wächterinnen von Ouessant, der Insel der Meerjungfrauen. Der fröhlichen Meerjungfrauen, genauer gesagt.«

»Die Insel der fröhlichen Meerjungfrauen?«

»Sprache ist mehrdeutig, Chef.« Riwal las vom Display ab: »Fröhlich oder freudig, frohsinnig, erfüllt, begeistert, selig, munter, vergnügt, sorglos, lebenslustig, beschwingt, beglückt und beglückend, paradiesisch, freudenreich, frohgemut, freudestrahlend, sonnig, beflügelt, leichtblütig, glückstrahlend, aufgekratzt.«

»Von wann stammt der Text, weiß man das?«

»Von 1712. Eine berühmte Druidin und *conteuse* der Insel hat ihn verfasst. Laousine. – Sie tanzte sehr gern, heißt es. Deswegen geht man davon aus, dass auch die, sagen wir, sehr schwungvolle Melodie von ihr stammt, aber die These ist umstritten. Es könnte sich auch um eine noch ältere keltische Weise handeln, die für Feste, zum Trinken, Singen und Tanzen erfunden wurde. Gegen die Dunkelheit.«

»Und da gab es den *Phare du Stiff* schon? 1712?«

»Ab 1695. Wie gesagt, der älteste Leuchtturm der Bretagne.«

»Und die Kirche? Kommt die vor? Das Mausoleum?«

»Nein.«

»Also fehlt jeder Bezug zwischen den beiden Gefäßen und der Kirche beziehungsweise dem Mausoleum?«

»Die Kirche taucht gar nicht auf. Was kein Wunder ist: Das Lied ist in seinem Geist durch und durch keltisch.«

»Und wie kommen Sie darauf, dass es eine Schatzkarte ist?«

»Es kommt mir so vor.«

Eine ausgesprochen vage Begründung.

»Und dieser Ursprung des Glücks und der Musik, was soll das sein?«

»Keine Ahnung, Chef. Das steht hier nicht.«

»Aber der Ursprung der Musik hat mit den beiden Gefäßen zu tun?«

Dupin hatte diesen Punkt nicht richtig verstanden.

»Irgendwie schon. Er ›schwebe‹ in ihnen. Oder ›mit‹ ihnen. Oder ›über‹ ihnen. Etwas in der Art.«

Es wurde immer unklarer.

Ein Schweigen entstand. Dupins graue Zellen arbeiteten kümmerlich schwach heute Morgen. Synaptische Trübnis, Koffeinmangel.

»Haben Sie das Lied einmal vollständig übersetzt?«

Dupin würde gerne den gesamten Text kennen.

»Bisher nur Teile. Ich bin noch dran. Es ist altes Bretonisch, nicht einfach.«

Wenn das schon Riwal sagte.

»Ich habe es eben einem Spezialisten an der *Université de Rennes* geschickt, er versucht sich an einer Übersetzung.«

»Gibt das Lied einen Hinweis darauf, wo die *daou kilik* liegen?«

Schon die Frage beruhte auf allerlei Spekulationen.

»Keinen spezifischen, nein.«

Dupin spürte eine gewisse Enttäuschung aufkommen. Gerade eben noch hatte er gedacht, sie hätten etwas Entscheidendes gefunden.

»Kadeg ist übrigens auch schon wach, er konnte ebenfalls nicht schlafen. Er ist zu Lionel Saux' Haus, um nach weiteren Dokumenten zu suchen, die mit dem Lied zu tun haben. Notizhefte, Notenhefte, Ausdrucke, was auch immer.«

»Sehr gut.«

Dupin hatte es in einem uninspirierten Tonfall gesagt. Im nächsten Moment wandte er sich ab.

»Ich brauche einen Kaffee. Soll ich Ihnen noch einen mitbringen?«

»Gern, Chef.«

Ganz allmählich kam ein bisschen Licht in die Welt. Das tiefe Schwarz vor den Panoramafenstern wurde zu einem Dunkelgrau, mehr war es noch nicht.

Dupin bemerkte, dass sein Blick unwillkürlich den großen Felsen in der Bucht suchte. Den Palast der *Morganezed.* Noch versperrte die Dunkelheit die Sicht.

Dupin war ein wenig enttäuscht. Die Nacht war fast vorüber und er hatte keine von ihnen gesehen.

Dupin hatte den ersten Espresso im Stehen getrunken. Ein »doppelter«, hatte die Maschine angezeigt. Seinen zweiten doppelten würde er mitnehmen, wenn er Riwal den Kaffee brachte.

Vor sich hin murmelnd, seine Tasse in der rechten, Riwals in der linken, kam er in die Bibliothek zurück.

»Et voilà.«

Dupin stellte die Tasse auf den Schreibtisch. Riwal tippte konzentriert vor sich hin.

»Merci, wir …«

»Riwal, Commissaire!«

Le Menn kam aufgeregt in die Bibliothek gestürzt, ihr Zopf flog wild durch die Luft.

Im Raum waren hektische Bewegungen zu hören, die kleinen Katzen, die sich in Sicherheit brachten.

»Ich habe etwas!«

Atemlos blieb sie vor Riwal und Dupin stehen. Es musste

etwas Außerordentliches sein, Dupin hatte sie noch nie so aufgeregt erlebt.

»Gerade kam die Bestätigung. Eine Kollegin von der Galway Police hat mit einer Hebamme der örtlichen Klinik gesprochen. An offizielle Dokumente der Klinik bin ich bisher nicht rangekommen, aber an der Sache besteht jetzt kein Zweifel mehr.«

Sie holte Luft.

»Rayanne Ker hat dort vor sieben Jahren, am 31. Januar um 7 Uhr 17, eine gesunde Tochter zur Welt gebracht.«

Riwal und Dupin standen wie angewurzelt.

»Sie hat tatsächlich ein Kind?«, wunderte sich Riwal.

»Sie ist Mutter, ja. Aber es wird noch richtig interessant.« Die junge Polizistin hatte ihre gewohnte abgeklärte Art zurückgewonnen. »Ich denke, es ist das Mädchen, das wir gestern auf Enora Gaëcs Hof gesehen haben. Osmine. Die Tochter – die angebliche Tochter von Céleste Bourvil, unserer Automechanikerin und Dudelsackspielerin. Die sich exakt zur selben Zeit in Irland aufhielt und eine Musikhochschule in Dublin besuchte, wie ich herausgefunden habe.«

»Was?«

Es ratterte in Dupins Gehirn, laut und gewaltig.

»Ich finde, das Mädchen hat auch eine gewisse Ähnlichkeit mit Rayanne Ker«, fügte Le Menn hinzu. »Nicht auf den ersten Blick vielleicht, aber bei näherem Hinschauen.«

Dupin versuchte, sich das Bild von dem Mädchen in Erinnerung zu rufen.

»Sie könnten recht haben – na klar.«

Le Menn war genial. Jetzt war klar, worum es ihr die ganze Zeit gegangen war, nur hatte sie kein Wort gesagt. Aber das tat Dupin auch nicht gerne, solange er nichts Hieb- und Stichfestes hatte. Le Menn hatte einen fantastischen Riecher gehabt, unglaublich.

»Aber warum hat sie das Kind …«, begann Riwal.

»Das können wir natürlich noch nicht wissen. Vielleicht war

es nicht geplant und Rayanne Ker konnte sich zu diesem Zeitpunkt kein Kind vorstellen. Vielleicht war ein Kind nicht in ihrem Lebenskonzept vorgesehen. Oder sie wollte kein Kind von dem Vater. Und hat weder einen Abbruch noch eine Adoption an jemand Fremdes übers Herz gebracht. – Man muss sich das vorstellen: Sie war gerade erst ein paar Monate in Irland und dabei, ihre erste Platte aufzunehmen. Sie war ehrgeizig, sie wollte Karriere machen. Und Céleste Bourvil wollte ja vielleicht ein Kind. – Eventuell dachten beide, es wäre die beste Lösung für sie alle – dass das Kind bei einer engen Freundin in ihrer Heimat aufwächst. Wer weiß?«

»So – so könnte es gewesen sein, absolut«, sinnierte Riwal sichtlich bewegt.

»Und der Vater …«

Dupin hatte den Satz begonnen und augenblicklich abgebrochen.

»Vielleicht hat sie die Insel verlassen«, Le Menns Stimme senkte sich, »als sie schon schwanger war. – Und der Vater kommt von der Insel.«

Dupin fuhr sich heftig durch die Haare.

»Wir wissen«, er stockte, »mit wem sie in dem Sommer, bevor sie nach Irland ging, zusammen war, wenn auch nur kurz.«

»Lionel Saux.« Riwal sprach wie in Trance. »Entweder ist das reine Privatsache, oder …«

Dupin setzte sich in Bewegung, er stürmte Richtung Tür.

»Los. Wir statten Rayanne Ker einen Besuch ab. – Gute Arbeit, Le Menn!«

Kurz blitzte auf ihrem Gesicht ein zufriedenes Lächeln auf. Dann stürmte sie mit Riwal hinterher.

Als sie die Hoteltür öffneten, stellte sich ihnen eine wabernde Nebelwand entgegen. Der Nebel wirkte wie eine eigentümliche eigenständige Materie. Die Außenlampe des Hotels über der Eingangstür war schon bei den Fahrrädern, keine drei Meter entfernt, nicht mehr zu sehen, das gesamte Gebäude: verschwunden.

»Das ist nichts Ungewöhnliches auf Ouessant«, bemerkte Riwal trocken.

So erstaunlich der Nebel auch war, Dupin beschäftigte etwas ganz anderes. Seine Gedanken rasten.

Eilig schoben sie die Räder auf die Straße, die Augen achtsam auf den Boden gerichtet, die einzige feste Orientierung.

»Das wird ein Blindflug«, kündigte Riwal an und radelte im nächsten Moment unerschrocken los, wenn auch erheblich langsamer als gestern.

Alles, was sie sehen konnten, war zwei, drei Meter Straße.

Was die Welt noch irrealer wirken ließ, war die unheimliche Stille. Jedes Geräusch schien augenblicklich aufgesaugt und verschluckt zu werden.

Die Fahrt hinaus zu der traumartigen Sandbucht im Norden dauerte viel länger als am Vortag. Sie konnten von Glück sagen, dass um diese Uhrzeit niemand unterwegs war, weder mit dem Auto noch mit dem Rad oder zu Fuß, es wäre unvermeidlich zu Kollisionen gekommen.

Die langsame Fahrt erforderte Konzentration, aber Dupin versuchte trotzdem, nachzudenken. Inwiefern könnte Le Menns Entdeckung für den Fall relevant sein? Wenn Osmine tatsächlich Rayanne Kers Tochter sein sollte und vielleicht sogar Lionel Saux der Vater, wäre das zweifelsohne eine spektakuläre Entdeckung – wie aber könnte sich daraus das Drama entwickelt haben, das zu drei Morden geführt hatte? Es waren spekulative Überlegungen, dennoch: Natürlich lieferte ein solches Geheimnis emotionalen Sprengstoff für zwischenmenschliche Dramen.

Le Menns Telefon klingelte. Sie nahm an, sprach wieder Englisch. Dupin konnte nicht hören, was sie sagte, obwohl er unmittelbar hinter ihr fuhr. Von Riwal, an dessen Hinterleuchte sich Le Menn orientierte, sah er gar nichts. Dupin musste zugeben, dass er im Nebel jede Orientierung verloren hatte – Riwal hoffentlich nicht. Der Kommissar fuhr einfach blind hinterher, ein äußerst unbehaglicher Zustand.

Es ging durch einen Weiler, bald durch einen weiteren. Dann war es vorbei mit dem asphaltierten Sträßchen. Ihm folgte ein sandig-steiniger Weg, dann ein schmaler Pfad, Dupin erinnerte sich an gestern. Man würde bei klarer Sicht längst das Meer sehen, die Bucht, die wilden Felsen, die sie romantisch einrahmten. Und sicher auch schon das Haus von Rayanne Ker. Jetzt aber blieb alles im Nebel verborgen.

»Achtung!«, erschallte es plötzlich.

Riwal.

Im nächsten Moment merkte Dupin, warum.

Riwal hatte das Tempo erheblich verlangsamt, und mit ihm auch Le Menn.

Zuletzt Dupin, dank Riwals Warnung immerhin rechtzeitig.

»Da vorne ist ihr Haus.«

Man sah nichts, gar nichts.

»Am besten lassen wir die Räder hier stehen.«

Dupin sah nun Sand. Feinen weißen Sand.

Offenbar waren sie an dem schmalen, lang gezogenen Strand in der geschützten Bucht angekommen.

Sie stellten die Fahrräder ab.

Mit einem Mal roch man das Meer. Mit jedem Atemzug hatte man es in der Nase, im Mund. Salz, Jod, den Geruch von Algen und Seetang. Ein atlantisches Destillat. Der Tag würde noch wärmer als der gestrige, schon jetzt waren es sicherlich zwanzig Grad.

»Wie gehen wir vor?«, fragte Riwal.

Der Inspektor war neben seinem Rad stehen geblieben.

»Unmittelbare Konfrontation«, stellte Le Menn klar. »Im Zweifelsfall drohen wir mit einem Vaterschaftstest.«

Dupin sah es genauso, sie mussten die Dinge ins Rollen bringen, wenn auch ins Blaue hinein.

Riwal ging voraus, irgendwo musste jetzt die Betonrampe beginnen, die zu Rayanne Kers Haus führte.

Immer noch war es völlig windstill.

»Madame Ker? – Hallo?«

Riwal rief in die Nebelwand hinein.

»Madame Ker?«

»Hier.«

Le Menn, Riwal und Dupin drehten sich jäh um.

Plötzlich stand Rayannne Ker direkt vor ihnen.

Es war ein Déjà-vu, die ganze Situation. Wie am Vortag trug sie einen Badeanzug und schien gerade aus dem Wasser gekommen zu sein.

»Sie waren schwimmen? In diesem Nebel?«, entfuhr es Riwal.

»Ich brauche dafür keine klare Sicht.« Ein Lächeln. »Nicht in meiner Bucht. Ich kenne sie doch. Jeden Meter Sand, jeden Felsen, jedes Riff. – Der Sand zieht sich bis weit hinaus. Und – unter Wasser gibt es keinen Nebel.«

»Bonjour, Madame Ker.« Dupin versuchte eine reguläre Begrüßung.

»Verzeihen Sie, dass wir Sie unangekündigt und so früh am Morgen behelligen – wir haben ein paar wichtige Fragen.«

So ganz nach unmittelbarer Konfrontation klang Le Menn nicht.

»Natürlich. – Kommen Sie. Sie möchten bestimmt einen Kaffee, richtig?«, lächelte sie Dupin an. »Heute allerdings besser im Haus.«

»Danke. Das ist sehr freundlich.«

Es war völlig lächerlich, aber Dupin war Sybil Jaouens Warnung eingefallen. Wie kam er nur darauf? Grotesk, völlig grotesk.

»Ich bin ein Fan. Ein ganz großer Fan«, platzte es aus Le Menn heraus.

»Danke, das freut mich sehr.«

Jetzt endlich sahen sie das Haus. Die Tür stand weit offen.

Dupin trat als Letzter ein und schloss sie hinter sich.

Es hatte beinahe etwas Irritierendes, wieder klar zu sehen.

Das Erdgeschoss bestand aus einem einzigen Raum mit hellen Natursteinwänden und Holzboden. Richtung Bucht eine dezente Küchenzeile in hellem Holz, eine dunkelgraue Arbeitsplatte aus Granit. Die Einrichtung war minimal, aber stilvoll. Ein sehr heller Holztisch, Stühle in atlantischem Grünblau, ein tiefes Sofa in einem warmen Safrangelb. Ein Sessel in der gleichen Farbe stand gegenüber. Das Zentrum aber bildete ein mattweißes Klavier, auf dem ein offenes Notebook und zwei kleine Lautsprecher standen. Keine Regale, keine Bilder, kein Dekor, nichts. Die Atmosphäre, die auf diese Weise entstand, war meditativ. Ganz unangestrengt dabei, in keiner Weise asketisch, sondern äußerst behaglich, fand Dupin. Die Kunst der Aussparung, des Weglassens – die Konzentration auf das Wesentliche.

Direkt neben der Eingangstür führte eine luftige Wendeltreppe nach oben.

»Setzen Sie sich, ich mache Kaffee. – Möchten Sie auch?« Sie blickte Le Menn und Riwal an.

Riwal zögerte, Le Menn nicht.

»Sehr gerne.« Sie strahlte.

Le Menn bewegte sich auf das Sofa zu, Riwal zögerte abermals, folgte dann aber doch. Dupin blieb in der Nähe der Küchenzeile und der Espressomaschine stehen.

»Kühn, sich durch den Ouessant-Nebel zu wagen.«

Rayanne Ker bediente die Maschine mit wenigen gekonnten Griffen, sie hatte den Satz wie nebenbei gesprochen.

»Der Nebel wird von einem bösartigen Zwerg mit grellgrünen Augen und einem hohen, krächzenden Lachen erzeugt. Er lebt an den Ufern der Bucht von Lampaul.«

Der erste *café* war fertig. Sie stellte ihn auf ein kleines Tablett.

»Mit einem Ginsterzweig peitscht er auf das Meer ein, um den Nebel aus ihm herauszutreiben. Aus reiner Boshaftigkeit.«

Der zweite *café* war fertig.

Die Liste der schauerlichen Inselwesen wurde länger und länger, jetzt war auch noch ein fieser Zwerg dazugekommen.

»Für diese Kreatur gibt es nichts Schöneres als das Geräusch von Schiffen, die von den Felsen aufgeschlitzt werden; nichts Schöneres als die Schreie der Ertrinkenden – oder die der Menschen, die im Nebel auf der Insel die Orientierung verlieren und verunglücken. Indem sie zum Beispiel von den Klippen ins Meer stürzen.«

Wollte Rayanne Ker Ihnen damit etwas sagen?

Der dritte *café* war fertig. Sie trug das Tablett zum Sofa, stellte es auf den Beistelltisch.

»Voilà.«

Dupin war dem Tablett gefolgt und nahm sich eine der lavendelfarbenen Tassen.

Le Menn lehnte sich zurück.

»Wir wissen von Ihrem Kind, Madame Ker.«

Sie sprach in aller Seelenruhe.

»Das Kind, das Sie vor sieben Jahren im *Merlin Park University Hospital* von Galway zur Welt gebracht haben. Ein gesundes Mädchen, 3300 Gramm schwer. Am 31. Januar, morgens um 7 Uhr 17.«

Le Menn blickte Rayanne Ker direkt in die Augen, während sie sprach.

Auch Dupin hatte das Gesicht der Musikerin fixiert, er hatte sogar mit dem Kaffee gewartet. Völlig umsonst allerdings, weder auf ihren Zügen noch in ihren Augen war die geringste Regung zu erkennen. Sie wirkte weiterhin restlos entspannt, souverän, in sich ruhend.

Sie schwieg eine kleine Weile, dann:

»Osmine. – Sie heißt Osmine. Sie haben sie gestern kennengelernt.«

Rayanne Ker setzte sich auf den Sessel gegenüber von Le Menn und Riwal.

»Ein Zaubergeschöpf. Ein Wunderwesen. Ich liebe sie so sehr.«

Le Menn hatte recht gehabt, und zwar mit allem.

Die junge Polizistin ließ sich keine Genugtuung anmerken, sie wirkte jetzt ebenso in sich ruhend wie Rayanne Ker.

»Osmine weiß nichts davon. Céleste ist ihre Mutter, Punkt.«

»Ihre Tochter hat keine Ahnung, dass sie adoptiert wurde und wer ihre leibliche Mutter ist?« Le Menn fuhr mit der Befragung fort.

»Osmine ist nicht adoptiert. – Céleste kam von ihrem Studienaufenthalt in Irland mit einer Tochter wieder, die erst ein paar Tage alt war. – Sie ist dann von hier nach Brest und hat den Papierkram erledigt, einschließlich der Geburtsurkunde. Es ist ihr Kind. Hier auf der Insel werden häufiger Kinder zu Hause geboren. Ohne Ärzte. Das kennen die Behörden auf dem Festland. – So haben wir die Geschichte erzählt.«

Eine verrückte Geschichte, alles daran.

Dupin hatte den Kaffee in einem Schluck getrunken.

»Damals dachte ich, ich schaffe das nicht mit einem Kind. Dass es unmöglich sei. Der falsche Zeitpunkt. Ich hatte gerade meinen ersten Plattenvertrag. Und wollte unbedingt berühmt werden. Wie selbstsüchtig. Aber so war ich.«

Rayanne Ker sprach besonnen, reflektiert, ohne sich, bei aller Selbstkritik, zu zermürben.

»Ein Abbruch kam nicht infrage. Eine reguläre Adoption

auch nicht. Also kam ich auf diese Idee. Ich habe zuerst Romy gefragt, weil sie meine engste Freundin war. Doch sie war selbst gerade schwanger. Dann habe ich Céleste gefragt. Ich wusste, dass sie aufgrund einer frühen Erkrankung keine Kinder bekommen konnte. Wir hatten nur einmal darüber gesprochen, sie wollte kein großes Thema daraus machen. Aber ich wusste, dass es sie beschäftigte. Und es stimmte: Sie wollte ein Kind, sie wollte es unbedingt, es war die Gelegenheit ihres Lebens. Da haben wir uns den Plan ausgedacht. Ich meine, ich wollte ohnehin nach Irland, wegen des Albums. Das hatte ich alles bereits konkret geplant. Und Céleste hatte sich seit Längerem für die Musikschule in Dublin interessiert. Wir sind dann einfach zusammen hingegangen.«

»Und wer ist der Vater?«

»Lionel. – Ungeplant. – Er wusste es nicht.«

Auch das stimmte also.

»Damals nicht – oder überhaupt nicht?«, setzte Le Menn nach.

»Er hat es nie erfahren.«

Dupin begann, im Raum auf und ab zu laufen, die Augen auf Rayanne Ker gerichtet.

»Wirklich?«, schaltete sich Riwal ein. »Er hat nicht einmal etwas geahnt?«

»Wie denn? Warum sollte er? Als ich ging, war mir die Schwangerschaft noch nicht anzusehen. Und von Céleste hieß es, sie sei in Irland von einer kurzen Beziehung schwanger geworden.«

Eine perfekte Geschichte.

»Warum haben Sie Lionel Saux nichts von der Vaterschaft gesagt?« Le Menn übernahm wieder.

»Wir hatten ja keine richtige Beziehung. Das war auch keine Liebe zwischen uns, meine ich. Ich wollte nicht für immer mit ihm verbunden sein, nicht auf diese Weise. – Es wäre alles bloß unendlich kompliziert geworden. Auch wenn ich ihm von der

Entscheidung mit Céleste erzählt hätte. Was hätte ich ihm sagen sollen? Ich bekomme ein Kind von dir, das aber als Célestes Kind aufwachsen soll? Das hätte er ja akzeptieren müssen. – Céleste und ich hätten einen Mitwisser gehabt. Das wollten wir auf keinen Fall.«

Dupin kam vor dem Sessel, auf dem Rayanne Ker saß, zum Stehen.

»Könnte dem irgendjemand auf die Spur gekommen sein, Madame Ker?«

Vielleicht hatte doch jemand davon gewusst – Lionel Saux oder jemand anderes. Damals schon. Oder auch erst seit Kurzem – zum Beispiel seit Rayannes Rückkehr. Dann wären alle möglichen Konflikte vorstellbar. Lionel Saux hätte Sorgerecht fordern können, jede Form der Eskalation wäre möglich. Dupin wusste es zu gut, es gab die aberwitzigsten Wendungen und Zufälle.

»Nein. Ausgeschlossen.« Rayanne Ker wollte keinen Zweifel lassen, ihr Tonfall war resolut.

»Es gibt die unwahrscheinlichsten Fügungen«, hielt Le Menn entgegen. »Außerdem sieht Ihnen das Mädchen doch ähnlich. Es könnte jemandem aufgefallen sein.«

Ein guter Punkt von Le Menn.

Dupin begann erneut auf und ab zu laufen.

»Sie ähnelt mir kein bisschen, finde ich. – Aber davor hatten wir früher Angst, ja.«

»Also hat Sie nie jemand auf eine Ähnlichkeit angesprochen?«

»Nein, nie.«

»Und in Irland hat das niemand bemerkt? Als Sie hochschwanger waren? Und hat sich dann gefragt, wo das Kind abgeblieben ist?«

Riwal hatte recht, das war eine entscheidende Frage.

»Ich war ja nicht lange in Dublin. Ich bin ziemlich rasch in das Haus bei Dooagh gezogen. Ein Nest. Erst da hätte man es mir ansehen können, dass ich schwanger war. – Ich war noch völlig unbekannt und habe nur zu Hause gearbeitet, die Songs für mein erstes Album geschrieben. Céleste hat mich ab und zu von Dublin aus besucht. Sonst hatte ich wenig Kontakte, die Iren sind zwar sehr kommunikativ, aber wenn sie merken, dass jemand seine Ruhe haben will, akzeptieren sie das auch.«

»Haben Sie …«

Riwal wurde vom Klingeln seines Handys unterbrochen.

»Entschuldigung.«

Der Inspektor holte es eilig hervor und warf einen Blick auf die Nummer.

»Ich muss annehmen.«

Er erhob sich und ging zur Terrassentür.

»Warum sind Sie jetzt nach Ouessant zurückgekommen?« Le Menn hatte die Stimme hörbar gesenkt, was selten vorkam. »Um Ihre Tochter zumindest regelmäßig sehen zu können?«

»Ja. Das ist ein Grund, unbedingt«, bekannte Rayanne Ker ganz offen. »Aber nicht der einzige. Es ist, wie ich Ihnen gesagt habe, jedes Wort davon ist wahr. Die Sehnsucht nach meinem Zuhause, nach der Insel, meinem Ouessant, meinem Meer. Dem Leben hier. Und die Sehnsucht nach meinen Freundinnen.«

»Das heißt, Sie haben Ihre Tochter schon häufiger gesehen, seit Sie zurück sind?«

»Oh ja.«

Sie lächelte.

Eine unendlich traurige Vorstellung, fand Dupin: wie Rayanne Ker dem Mädchen begegnete, ohne dass das Kind wusste, dass sie ihre Mutter war. Es war schrecklich.

»Bedauern Sie es? Dass Sie damals diese Entscheidung getroffen haben?«

Le Menn scheute keine privaten Fragen, wusste Dupin.

Zum ersten Mal in diesem Gespräch hielt Rayanne Ker inne. Und brauchte etwas Zeit für die Antwort. Die dann ganz entschieden war:

»Das tue ich. Ich bereue es jeden Tag.«

Sie blickte Le Menn durchdringend an. Mit einem hellen Ausdruck.

»Aber ich hadere nicht damit.« Ihre Stimme nahm das erste Mal eine Schärfe an, wenn auch nur eine ganz leichte. »Ich wünschte heute, ich hätte es damals anders gemacht. Ja. Zu dem Zeitpunkt aber hatte ich das Bewusstsein nicht. Damals, in der Situation selbst, habe ich nicht gezweifelt an meiner Entscheidung. Es ergibt also gar keinen Sinn, zu hadern.«

Dupin spürte eine gewisse Ernüchterung. Denn eines stand fest: Wenn außer Rayanne Ker, Romy Potin und Céleste Bourvil wirklich niemand von der ganzen Sache wusste, wäre sie auch kein Motiv für eine mörderische Eskalation.

»Wollten Sie Ihre Tochter denn nicht wieder zurückhaben?« Le Menns Augen verengten sich. »Ist es zwischen Céleste Bourvil und Ihnen deswegen zu einem Streit gekommen?«

Le Menn hatte vollkommen recht, selbstverständlich war auch das denkbar. Dupin hatte diese Variante gar nicht bedacht, es war fahrlässig.

»Nein! Wie kommen Sie darauf?«

»Wenn Sie mich entschuldigen würden, Madame Ker.«

Dupin wandte sich ab. Er musste ganz dringend telefonieren, war ihm gerade eingefallen.

»Vielen Dank für Ihre Offenheit, Madame Ker. Sie – wenn die Geschichte keine Relevanz für die Mordfälle hat, bleibt sie ganz unter uns. Sie können auf die polizeiliche Diskretion zählen.«

»Danke, Monsieur le Commissaire. Das ist mir sehr wichtig.«

Es schien aus ihrem tiefsten Innern gekommen zu sein.

Wenn die Angelegenheit nichts mit dem Fall zu tun hätte, gäbe es tatsächlich keinen Grund, irgendjemandem davon zu erzählen. Es waren – bis auf den Punkt, dass die Behörden in Brest damals über die wahre Mutterschaft des Kindes getäuscht worden waren – rein private Dinge. Und mit diesem einen Punkt würde sich Dupin nicht beschäftigen.

Er ging zur Tür, öffnete sie und trat hinaus, zurück in die Welt des Nebels.

Er konnte Riwals Stimme hören – wenn auch nur undeutlich –, offenbar telefonierte er auf der Terrasse. Sehen konnte Dupin ihn nicht.

Der Kommissar holte das Handy hervor und ging vorsichtig die Betonrampe hinunter. Der Nebel schien noch dichter geworden zu sein, bald würde man die eigenen Füße nicht mehr sehen. Bald würden sie überhaupt keinen Boden mehr unter den Füßen haben.

»Ja, hallo?«

»Madame Bourvil?«

»Am Apparat.«

»Hier Commissaire Dupin.«

»Wie kann ich helfen?«

Er hörte Motorgeräusche.

»Wo sind Sie gerade?«

»Im Auto. Eine Taxifahrt. Die Fähre legt gleich ab, ich mache die Runde, hole ein paar Leute ab. Deprimierte Festivalbesucher.«

»Und im Moment – wo genau sind Sie gerade?«

»Penn ar Ruguel.«

Dupin hatte keine Ahnung, wo das war. Er hatte das Ende der Betonrampe erreicht und lief in die Richtung, in der sich der Sand und das Meer befinden mussten.

»Und das liegt wo?«

»Auf dem südwestlichen Vorsprung. Warum? Wollen Sie mich treffen?«

»Unbedingt. Ja.«

Wichtiger noch aber war es, jetzt mit ihr zu sprechen. Bevor sie und Rayanne Ker die Möglichkeit gehabt hätten, sich auszutauschen.

»Sitzen die Fahrgäste schon im Wagen?«

»Nein, aber gleich.«

Dupin hatte den feinen weißen Sand erreicht.

»Wir wissen von dem Geheimnis.«

Dupin würde den Satz erst einmal so unbestimmt stehen lassen.

Céleste Bourvil schwieg eine Weile. Dupin hörte den alten Dieselmotor im Hintergrund.

»Sie meinen Osmine.«

Sie sprach leise, Dupin hatte Mühe, sie zu verstehen.

»Genau. – Wir wissen alles.«

Wieder blieb sie eine Zeit lang stumm.

»Bitte nehmen Sie sie mir nicht weg, Monsieur le Commissaire«, flüsterte sie mit erstickter Stimme.

»Wollte Rayanne Ker sie Ihnen wegnehmen?«

»Bitte? – Nein, wie kommen Sie darauf? Natürlich nicht.«

Die Antwort war prompt und laut gekommen.

»Warum sollte sie? Das würde sie nie tun.«

»Hat sie das nie erwogen? Nie einen solchen Wunsch geäußert? In all den Jahren nicht?«

»Nie, nein. So ist sie nicht.«

»Wer weiß noch von Ihrem … Arrangement?«

»Nur wir fünf.«

Wieder kam die Antwort wie aus der Pistole geschossen.

Es wussten also alle *Sirenen* von der Sache. Das hatte bei Rayanne Ker noch anders geklungen.

»Wer könnte es noch geahnt haben? Der Sache zufällig auf die Spur gekommen sein?«

»Niemand. Wie auch?«

»Der Vater?«

»Lionel? Aus welchem Grund sollte er etwas geahnt haben?«

»Zufall. – Über Freunde in Irland, irgend so was?«

»Nein.«

Dupin erreichte die Wasserlinie und blieb stehen.

»Und Daniel Destoc oder Mathis Cëvaër? Monsieur Cëvaër ist doch Ire und hat sicher noch Verwandtschaft und Freunde dort. Vielleicht ja sogar in Galway. Man kennt solch verrückte Zufälle. Und Rayanne Ker ist ein Star, da erzählt man sich doch gerne Geschichten.«

»Keine verrückten Zufälle, nein! Glauben Sie mir.«

»Soviel Sie wissen, meinen Sie.«

»Soviel ich weiß, ja.«

»Fünf Eingeweihte sind sehr viele für ein solches Geheimnis.«

Dupins Erfahrung war: Wenn mehr als zwei, maximal drei Personen etwas wussten, war es vorbei mit jedem Geheimnis.

»Ich mache mir bei uns keine Sorgen. Wir teilen viele Geheimnisse.«

»Geheimnisse, die mit dem Tod der drei Männer zu tun haben?«

Dupin spürte einen Affekt in sich, eine aufkommende Rage. Die mit Céleste Bourvil gar nichts zu tun hatte. Es ging um den ganzen Fall, um ihre Ermittlungen. Er kam sich vor wie ein winziges, ruder- und steuerloses Boot im tosenden Atlantik, das von den reißenden Strömungen um die Insel herumgetrieben wurde, ohnmächtig den willkürlichen Gewalten ausgesetzt. Die es womöglich bald brutal kentern ließen.

»Nein. Wie kommen Sie darauf? Glauben Sie das?«

»Ich glaube gar nichts, Madame. Ich ermittle lediglich.«

Dupin klang harscher, als er gewollt hatte.

»Ich bin jetzt vor dem Haus, wo ich die Fährgäste abholen soll. Das Pärchen steht schon an der Straße. Ich muss auflegen, Monsieur le Commissaire.«

»Wir melden uns. – Und nein, natürlich wollen wir Ihnen Ihre Tochter nicht wegnehmen. Wenn die Sache nichts mit dem Fall zu tun hat.«

»Ich versichere es Ihnen.«

»Bis bald, Madame.«

Dupin legte auf und machte kehrt.

Er tastete sich behutsam vorwärts, die Augen auf den Strand fokussiert, seine eigenen Fußabdrücke. Das wäre das Sicherste.

»Chef – Chef!«

Riwal. Er klang weit entfernt.

»Hier!«

»Wo?«

Ein absurder Dialog.

»Wir treffen uns bei den Rädern, Riwal.«

»Gut.«

Es war leichter gesagt als getan.

Dupin hatte den ersten der chaotisch aufragenden Steine erreicht.

»Riwal, wo sind Sie?«, rief er ins Nichts vor sich.

»Hier, Chef! Ich stehe jetzt neben den Rädern.«

Halb rechts also.

Es dauerte nicht lange, und der Inspektor stand vor ihm. Er hatte sich aus der diffusen grauen Materie materialisiert und hielt den Lenker seines Rads fest, als würde es ihm jemand entreißen wollen.

»Das war der Professor aus Rennes. Der Anruf eben, meine ich. Er ist fertig mit der Übersetzung des Ouessant-Liedes. Er hat sie mir geschickt.«

»Ich will sie sehen.«

»Ich schicke sie Ihnen.«

»Können wir keinen Ausdruck bekommen?«

Dupin wollte den Text als Ganzes, mehrere Passagen gleichzeitig sehen können – einen Gesamteindruck erhalten.

»Ausdruck?« Riwal formulierte es, als wäre es ein Fremdwort. »Wir können uns die Übersetzung am Computer im Hotel anschauen. Und natürlich auch ausdrucken. – Und frühstücken.«

Dupin dachte nach.

Was er von Céleste Bourvil hatte erfahren wollen, hatte er erfahren. Sie sollten sie unbedingt noch einmal persönlich sprechen, aber das musste nicht sofort sein.

»Gut. – Wir sollten zuvor nur rasch die anderen drei *Sirenen* anrufen.«

»Richtig, Chef! Ich werde …«

»Riwal – Commissaire?«

Es war Le Menn, die nach ihnen rief.

»Hier! Wir stehen bei den Fahrrädern.«

»Ich komme.«

Nach einer Weile erschien sie vor ihnen, zuerst nur eine Hand, die sie anscheinend vorsichtshalber ausgestreckt hatte.

»Das ist ja wie im Horrorfilm«, sagte Riwal.

Jetzt war sie ganz zu sehen.

»Kennen Sie *The Fog?*«

Dupin kannte den Film. Aber er wollte gerade auf gar keinen Fall daran denken.

»Wir müssen umgehend die restlichen drei *Sirenen* anrufen, Le Menn. Ich habe gerade mit Céleste Bourvil gesprochen. Die Aussagen von ihr und Rayanne Ker stimmen überein, allerdings ging es nicht um Details. Sie sagt jedoch, alle *Sirenen* wüssten von der Sache.«

Le Menn schien sofort verstanden zu haben, augenblicklich holte sie ihr Handy hervor.

»Sie und Riwal übernehmen Jade Quiniou und Enora Gaëc, ich Romy Potin.« Dupin wandte sich ab.

Schon hatte er Romy Potins Nummer gefunden.

Es dauerte etwas, ehe sie abnahm.

»Ja?«

»Commissaire Dupin hier, es geht um Osmine.«

»Was ist mit ihr?«

»Wir kennen die ganze Geschichte.«

»Welche Geschichte?«

Sie spielte gut.

»Wir wissen, wer ihre leibliche Mutter ist. Die Frage ist: Wer weiß das noch? Außer Ihnen fünf?«

Eine Weile blieb es still. Dupin hatte, ohne darüber nachzudenken, begonnen, wieder Richtung Meer zu laufen.

»Sie haben mit Céleste gesprochen?«

»Und mit Rayanne Ker. Wer wusste außer Ihnen davon, Madame Potin? Wer hat es herausgefunden?«

»Niemand.«

»Sie wissen, dass Sie sich höchst verdächtig machen, wenn Ihre Aussagen nicht mit denen der anderen übereinstimmen.«

Dupin musste in die Vollen gehen.

Ein längeres Schweigen.

»Außer uns weiß es niemand.«

»Warum haben Sie dann gerade gezögert?«

»Sie schüchtern mich ein.«

Romy Potin hatte auf Dupin bisher nicht den Eindruck gemacht, dass sie leicht einzuschüchtern war.

»Es ist ein sehr intimes Geheimnis. Von einer meiner besten Freundinnen. Es geht um ihr ganzes Lebensglück. Und das ihrer Tochter. – Also sollte ich gut überlegen, was ich der Polizei sage.«

»Die Sache selbst ist nicht Gegenstand unseres Interesses.«

Dupin musste vorsichtig sein bei der Formulierung, um sich nicht zu weit aus dem Fenster zu lehnen, aber die Mitteilung selbst war ihm wichtig.

»Uns interessiert bloß, wer es außer Ihnen noch wusste. Beziehungsweise wissen könnte. – Was ist mit Lionel Saux, dem Vater?«

»Nein.«

»Daniel Destoc? Mathis Cëvaër?«

»Niemand, nein. Zumindest, soweit ich weiß. Soweit wir wissen.«

»Vielleicht hat es jemand geahnt?«

»Auch nicht, nein.«

Ihre Stimme wurde immer bestimmter, sicherer.

»Verdammt!«

Es war Dupin herausgerutscht.

So würden sie kein bisschen weiterkommen.

»Was ist los?« Romy Potin wusste nicht, was der Kommissar meinte.

»Und Sie«, Dupin musste es gut formulieren, »waren von Beginn an in die Sache einbezogen, ja?«

»Rayanne hat mich zuerst gefragt, ob ich ihr Kind aufziehen würde.«

»Und sie wollten nicht?«

»Ich war selbst schwanger, ganz frisch allerdings, wir hatten es noch niemandem erzählt.«

»Und dann?«

»Dann hat sie Céleste gefragt.«

»Und nun wollte Rayanne Ker das Kind doch haben. Und ist deswegen zurückgekommen.«

Dupin hatte es nicht einmal als Frage formuliert.

»Das ist Blödsinn, und das wissen Sie! Natürlich wird sie das manchmal so fühlen, sich manchmal denken, dass sie gerne mit Osmine leben würde. – Sie hat keine Schwierigkeiten, sich das einzugestehen. Sie hat auch uns von solchen Momenten erzählt. – Aber sie würde es niemals tun. Nie und nimmer. Rayanne ist unheimlich stark. Sie kennen sie nicht. Sie steht zu ihrer Entscheidung. Sie akzeptiert die Konsequenzen. – Da sind Sie so was von auf dem Holzweg, Commissaire, so was von.«

In ihren Worten schwang jetzt Wut mit.

Dupin wusste für den Moment nichts weiter zu sagen.

»Danke, Madame Potin. Wir melden uns bald wieder.«

»In Ordnung.«

Schon hatte Dupin aufgelegt. Und lief zurück in die Richtung, aus der er gerade gekommen war.

Bald hörte er Le Menns Stimme.

»Na gut, ja. – Wir können das nicht nachprüfen, nein. – Wir melden uns. – Au revoir.«

Das Gespräch schien beendet.

Eine Weile herrschte Stille.

»Hallo? Wo sind Sie, Monsieur le Commissaire?«

Sie konnte nur ein paar Meter entfernt sein.

»Hier bin ich.«

Schon trat sie, Riwal im Schlepptau, vor ihm aus dem Nebel.

»So weit keine Abweichungen zwischen den Aussagen von Jade Quiniou und Rayanne Ker.«

»Auch nicht bei Enora Gaëc«, ergänzte Riwal. »Sie verhält sich übrigens extrem solidarisch mit Rayanne Ker und Céleste Bourvil. Sie verteidigt die beiden rückhaltlos.«

»Genau wie Jade Quiniou«, bemerkte Le Menn.

»Und Romy Potin«, schloss Dupin.

Er fuhr sich durch die Haare.

»Verdammt, das kann doch nicht wahr sein.«

Jetzt hatten sie eine substanziell dramatische Geschichte – und kamen dennoch nicht weiter mit ihrem Fall.

»Lassen Sie uns zum Hotel fahren, Chef. – Wir sollten uns die Übersetzung des Ouessant-Liedes ansehen.«

Riwal nahm auf seinem Sattel Platz und radelte umgehend los.

Es war erneut eine aberwitzige Fahrt gewesen, nahezu blind ins graue Nichts hinein.

»Ich weiß es nicht. Ich bin mir nicht sicher, ob sie uns die Wahrheit sagt.«

Le Menns Resümee überraschte Dupin.

Gerade waren sie am Hotel angekommen. Le Menn hatte vom restlichen Gespräch mit Rayanne Ker berichtet.

»Können Sie sagen, warum?«

Dupin hatte eigentlich den Eindruck gehabt, Le Menn hätte Rayanne Kers Aussagen Glauben geschenkt. Er gab viel auf ihre Intuition.

»Nein. Nur so ein Gefühl. – Es steht ungeheuer viel auf dem Spiel. Für alle drei, Rayanne Ker, Céleste Bourvil, das Mädchen.«

Sie hatten die Fahrräder vor der Eingangstür des Hotels abgestellt, sie würden sie gleich wieder brauchen.

»Sie meinen, weil sie so ruhig geblieben ist?«

»Nein. Das ist ihre Art. Sie ruht in sich, in der Welt, im Leben. – Ich weiß nicht, warum ich bezweifle, was sie gesagt hat.«

Riwal öffnete die Tür. Rasch flohen sie aus dem Nebel ins Innere des Hotels.

»Ich mache den Ausdruck, wir treffen uns gleich im Frühstücksraum.«

Der Inspektor war es, der jetzt den Rhythmus vorgab.

Einen Moment später betraten Dupin und Le Menn den großen, hellen Raum. Eine offene, moderne Küche in der einen Hälfte, in der anderen ein Dutzend Tische. Am Morgen war es der Frühstücksraum, am Abend wurde hier das *dîner* in heiterer, ungezwungener Atmosphäre eingenommen.

Le Menn und Dupin nahmen an dem Tisch direkt vor der großen Fensterfront Platz.

Gerade waren sie die einzigen Gäste.

Das Frühstück, das serviert wurde, war einfach, aber köstlich: Butter, Käse, Joghurt, Eier, selbst gemachte Erdbeer- und Himbeermarmelade, dazu ofenwarme, frisch gebackene Croissants und duftendes Baguette.

»Vielleicht ist einer der drei Männer dahintergekommen.« Le Menn kam wieder auf das Geheimnis der Frauen zu sprechen. »Ohne dass die fünf es wussten.« Sie griff beherzt zu einem Stück Baguette und der Himbeermarmelade.

»Und das gesamte Drama hätte sich dann ausschließlich unter den Männern entwickelt?«

»Den dreien und einer anderen Person. Dem Mörder.«

In einem solchen Szenario hätten die fünf Frauen nichts mit den Morden zu tun, auch wenn Rayannes Schwangerschaft der Auslöser gewesen wäre.

»Vielleicht hat es einer der drei Männer, sagen wir Mathis Cëvaër, durch einen Zufall erfahren und sich zunächst an eine andere Person gewandt. An Sybil Jaouen etwa. Und die hat ihm geraten, alles auf sich beruhen zu lassen. Was er partout nicht wollte. Und dann ist es eskaliert.«

»Und die über neunzigjährige Sybil Jaouen hat die drei Männer die Klippen hinuntergestoßen?«

»Oder jemand anderes. Die Bürgermeisterin?«

Le Menn klang selbst nicht überzeugt.

Dupin holte sein Notizbuch heraus.

»Kaffee für alle?« Sophie Chave erschien an ihrem Tisch. »Für Sie zwei, ich weiß«, lächelte sie Dupin an.

»Für mich heute auch zwei«, erklärte Le Menn. »Eine Nacht fast ohne Schlaf.«

»Da bin ich wieder.« Riwal erschien mit einem Blatt in der Hand, das er neben Dupins Teller auf den Tisch legte. »Kadeg hat sich übrigens gemeldet, er hat in Lionel Saux' Haus keine weiteren Dokumente zum Ouessant-Lied finden können. Aber hier ist sie – die komplette Übersetzung.«

»Auch für Sie einen *petit café?*«, fragte Sophie Chave.

»Gerne.«

Die Hotelbesitzerin überließ sie wieder ihren Gesprächen.

Le Menn hatte sich erhoben, die Tischseite gewechselt und stand nun neben Riwal.

»Ich lese laut vor«, begann Riwal, »stören Sie sich nicht an der fehlenden Poesie und Metrik der Übersetzung, ich hatte den Professor um eine vor allem wort- und sinngetreue Übersetzung gebeten.«

Der Inspektor holte tief Luft, das Blatt lag so, dass alle mitlesen konnten:

Insel inmitten des Meerestobens,
Insel inmitten des Sturmestobens,
Insel der Elemente, Insel des Himmels,
Insel des Lebens, Insel des Glücks

Insel der Druidinnen, Insel der Frauen,
Insel der Morganezed, die über uns wachen,
Insel der Musik/Klänge des Glücks,
denn hier hebt/heben sie an, und hier erklingt/
erklingen sie für immer

Riwal setzte einen Moment ab.

Dupin hatte mitgelesen, und auch Le Menn hatte sich über den Text gebeugt.

Besonders einfallsreich und subtil wirkten die Zeilen nicht, fand Dupin. Auf Bretonisch klang alles viel geheimnisvoller.

»Wie gesagt, das ist eine rein inhaltliche Übersetzung, im Original gibt es Reime und auch keine großen Unterschiede in der Länge der Zeilen.«

Riwal hatte offenbar das Gefühl, sich entschuldigen zu müssen.

»Das Wort ›Klänge‹ meint, wie gesagt, auch immer Musik allgemein. Oder einzelne Lieder. – Das ist alles ein und dasselbe Wort im Bretonischen. – Also weiter, jetzt kommt der Refrain.«

Ouessant, hier stammen wir her,
Ouessant, hier gehören wir hin,
Ouessant, hierher kehren wir zurück;
solange wir auf dieser Welt wandeln,
wollen wir nirgends anders sein
Laut stimmen wir gemeinsam ein:
Ouessant, Ouessant, Ouessant

»Jetzt, in den Strophen drei und vier, wird es interessanter«, kündigte Riwal an und deklamierte noch effektvoller:

Von Porz Men bis Penn Arlan, von der Pointe Bac'haol bis
Penn ar Viler,
überall ertönen sie: die Klänge des Glücks
Hörst du sie? Von den Leuchttürmen und Leuchtfeuern?
Von Stiff, dem mächtigsten Wärter der See?

Die Druidinnen hüten sie, am Kreis der Steine,
zwei Gefäße/Körper, aus denen die Klänge des Glücks
erschallen
Die heiteren Menschen dann, sie lassen sie erklingen,
in Lampaul und überall, in jedem Weiler, jedem Haus

»*Von Porz Men bis Penn Arlan, von der Pointe Bac'haol bis Penn ar Viler* – das markiert die maximalen diagonalen geografischen Ausdehnungen der Insel vom Nordwesten, der oberen Hummerschere, bis zum Südosten und vom Nordosten bis zum Südwesten, der unteren Hummerschere. Die Diagonalen bilden ein Kreuz.«

Vielleicht war das Lied raffinierter, als Dupin gedacht hatte.

»Und *kilik* meint nicht nur ›Gefäß‹, sondern auch ›Körper‹. Menschliche Körper. Überhaupt alle physischen Körper.«

Sophie Chave brachte den Kaffee.

Dupin griff nach einer Tasse. Und nach einem Croissant.

»Jetzt folgt ein zweites Mal der Refrain, am Ende ein drittes Mal«, erörterte Riwal. »In den Strophen fünf, sechs und sieben kommen noch mehr Orte vor.«

Die Morganezed/Meerjungfrauen stimmen sie an, die
Klänge/Musik des Glücks,
am großen Felsen in der Bucht, die schönsten Wesen des
Meeres,

die Cygnes/Vogelfrauen stimmen sie an, an den süßen Wassern,
wo sie werden zu den schönsten Wesen der Lüfte und der Erde

Alle stimmen sie an, alle hören sie, die da leben auf Ouessant,
die Klänge des Glücks, deren Ursprung du findest hier,
geborgen für immer vom Kreis der Steine,
der Mond und Sonne zusammen am längsten Tag weisen den Weg

Die Klänge des Glücks tragen uns hier,
die Klänge des Glücks, sie tragen uns in die Anderswelt,
sie bedeuten das Leben, die Liebe, die Fruchtbarkeit,
sie bedeuten den Anfang, das Ende und den neuen Anfang

»Sehen Sie, Chef?« Riwal, der Hobby-*conteur,* sprach nun wieder mit normaler Stimme. »Weder die Kirche noch das Mausoleum kommen vor, nicht mal andeutungsweise. Keine geheime Kammer, nichts. Dennoch!« Er neigte den Kopf zur Seite, als wollte er sehen, ob sich auf dem Blatt noch etwas anderes verbarg. »Das ist ein sehr seltsamer Text, finden Sie nicht?«

Dupin nickte und trank den zweiten *café,* aß ein zweites Croissant.

»Eigentlich ist der Text doch recht eindeutig.« Le Menn strich Marmelade auf ein Stück Baguette. »Die *daou kilik* befinden sich am Cromlec'h. – Wenn man die Zeilen dort nicht gerade als poetische Metaphern liest, dann steht da genau das: Sie werden am Steinkreis gehütet. Punkt.«

»Aber wo? Da ist nichts!« Riwal wirkte äußerst unzufrieden. »Nicht mal ein Mäuerchen. Außer den Steinen gibt es dort bloß Gras, Ginster, Heide. Da herrscht die völlige Kargheit. Die reinste Ödnis.« Riwal steigerte sich geradezu hinein. »Und vor allem: Die zwei Keramikgefäße, die wir suchen, befanden sich ja vor Kurzem im Mausoleum, das können …«

Plötzlich durchfuhr es Dupin.

»Die Wildkaninchen!«

Unwillkürlich schoss er hoch, wobei er den Tisch schmerzhaft mit seinem rechten Oberschenkel rammte. Laut scheppernd rutschte er ein Stück nach hinten, die Eier rollten quer über die Tischplatte, zwei Saftgläser fielen um.

»Die Wildkaninchen? – Was ist mit den Kaninchen, Chef?«

Statt einer Antwort stürmte Dupin los.

»Kommen Sie!«

Riwal und Le Menn hatten sich eilig erhoben und folgten dem Kommissar.

»Riwal, lotsen Sie uns zum Cromlec'h!«

Nur Riwal würde den Weg durch den Nebel finden.

»Jetzt, direkt?«

»Jetzt, direkt!«

»Und warum?«

»Los, beeilen Sie sich!«

Dupin war schon im Flur, im nächsten Moment öffnete er die Tür und stieß unerschrocken in den Nebel vor.

Ein weiteres Mal ging es blind durch das graue Nichts. Riwal fuhr vor, dahinter Le Menn und als Nachhut der Kommissar. Keiner sprach ein Wort. Riwal und Le Menn kannten Dupin, sie wussten, dass Fragen sinnlos wären. Mittlerweile hatten sie den schmalen, sehr unebenen Pfad erreicht, der über den Vorsprung führte. Dupin entsann sich, dass er ein paarmal ganz nah am Abgrund vorbeiführte. Man konnte es nicht sehen, aber deutlich hören: das Meer.

Dupin kam die Fahrt endlos vor. Endlich kündigte Riwal an: »Wir sind gleich da.«

Zwei Minuten später kam der Kommissar neben Riwal und Le Menn zum Stehen.

Erst jetzt sah er, dass sie keinen Meter von dem ersten der aufrecht stehenden Steine entfernt waren. Auch Riwal hatte ihn sicher erst im letzten Moment gesehen.

Das hieß aber auch, dass sie eben gerade über einen der vier Erdstege gefahren waren, die über den Graben führten. Dupin hatte es nicht bemerkt.

Er beeilte sich, das Rad abzustellen.

Mehr als drei der Steine waren im Nebel nicht auszumachen.

»Sind wir denselben Weg gekommen wie gestern?«

»Ja.«

Dupin versuchte sich zu erinnern.

Vorsichtig begann er, sich auf dem struppigen Gras um den Steinkreis herum zu bewegen. Der Graben musste rechter Hand liegen, etwas außerhalb des Kreises.

Jetzt sah er ihn. Er ging an seinem Rand entlang. Riwal und Le Menn waren hinter ihm.

An manchen Stellen war der Graben verschüttet worden, an anderen immer noch richtig tief. An einer Stelle hatte Dupin ihn gestern überquert. Wo war das gewesen?

»Wonach suchen wir, Commissaire?« Le Menn hatte sich nicht länger zurückhalten können.

Dupin zögerte.

»Halten Sie Ausschau nach frisch aufgebuddelter Erde. – Im Graben, am Rand des Grabens.«

»Sie meinen gar keine …« Riwal brach kurz ab und begann noch einmal. »Sie meinen gar keine Wildkaninchenbauten. – Sie meinen ein Versteck. Hier am Cromlec'h – deswegen sind wir hier.«

Es hatte triumphierend geklungen.

Und Riwal lag richtig. Als Le Menn am Frühstückstisch davon gesprochen hatte, dass das Lied die *daou kilik* eindeutig am Cromlec'h verortete, war Dupin plötzlich der Graben wieder eingefallen. Als Kind von Bauerngroßeltern wusste er, wie frisch aufgeworfene Erde aussah. Wie oft hatte er selbst gebuddelt – geholfen, etwas anzupflanzen, Schatullen mit Schätzen vergraben, kleine Teiche angelegt.

Natürlich konnten es tatsächlich Wildkaninchen gewesen sein, die die Erde aufgeworfen hatten, sie wühlten und gruben wie die Berserker.

»Ich arbeite mich andersherum vor, gegen den Uhrzeigersinn.« Le Menn drehte sich um und verschwand im Nebel.

»Ich bleibe bei Ihnen, Chef«, sagte Riwal. »Immerhin müssen wir den Kreis nicht betreten.« Er klang zutiefst erleichtert.

»Hier war es auf keinen Fall.« Tief gebückt lief Dupin weiter, Riwal direkt hinter ihm.

Sie erreichten den nächsten Steg. Den Richtung Süden.

Dahinter fiel der Graben jäh ab, es ging einigermaßen tief hinunter, die Wände und der Boden waren mit zähem Inselgras bewachsen, nur hier und dort etwas Gestrüpp.

»Da!«, rief Riwal plötzlich.

Der Inspektor zeigte auf eine Stelle an der Grabeninnenseite. Frisch aufgeworfene Erde, eindeutig.

»Vorsichtig, Chef.« Dupin hatte sofort begonnen, hinunterzusteigen. Riwal folgte ihm.

Dupin kniete sich hin, Riwal tat es ihm gleich.

Ein Loch in der Erde. Zwanzig Zentimeter in der Höhe, unten vielleicht dreißig Zentimeter in der Breite. Die Ränder diffus.

»Das ist ein Kaninchenbau, Chef. Eindeutig.«

»Hm.«

Dupin rutschte noch etwas näher heran, holte sein Handy hervor, schaltete die Taschenlampenfunktion ein und leuchtete den Eingang ab.

Tierspuren, Kaninchenspuren – so war es.

»Hab ich doch gesagt, Chef.«

Dupin zuckte mit den Schultern.

Er streckte dennoch den rechten Arm in das Loch.

Zunächst führte der Tunnel geradewegs in den Hang hinein, Dupins Arm steckte bis zum Ellenbogen in der Erde.

Der Tunnel führte nach rechts.

Da war nichts. Kein Gegenstand, kein Widerstand.

»Ein Kaninchenbau«, resignierte er.

»Wir schauen einfach weiter, wir …«

»Hier! – Hier!«

Dupin war zusammengezuckt und hatte den Arm rasch aus dem Erdloch gezogen.

Es war Le Menn, die gerufen hatte.

»Ich hab etwas gefunden!«

»Wir kommen.«

Schon war Dupin auf den Beinen, Riwal ebenfalls.

Sie kletterten den Abhang hoch und liefen eilig um den Steinkreis herum.

»Hier bin ich!«

Bald sahen sie die Polizistin.

Auch Le Menn war bei einem tieferen Abschnitt in den Graben gestiegen. An einer Stelle, ungefähr auf Hüfthöhe, war frische Erde zu sehen. Nicht viel, aber sichtbar. Dupin war sich nicht sicher, ob es die Stelle gewesen war, die er meinte. Das wenige, was man vom Graben sah, wirkte im Nebel völlig anders als gestern.

»Ein Kaninchenbau, wir haben gerade auch einen gefunden«, kommentierte Riwal trocken.

»Das ist kein Kaninchenbau. – Zumindest kein normaler.«

Le Menn war konzentriert.

»Schauen Sie mal genauer hin. – Seit wann schütten Kaninchen ihre Baue wieder zu?«

Dupin stieg augenblicklich zu ihr hinab und ging in die Hocke.

Umriss und Ränder des Erdlochs waren schwer auszumachen, das meiste war zugewuchert. Stechginster. Dupin zog den Ärmel seiner Jacke über die Hand und drückte den Ginster zur Seite.

Tatsächlich. Es sah zwar ähnlich aus wie das Kaninchenloch von eben, doch es war zugeschüttet worden. Und das mit relativ frischer Erde.

Riwal hatte sich auf der einen Seite neben Dupin gehockt, Le Menn auf der anderen.

»Definitiv keine Kaninchen«, wiederholte Le Menn trocken.

Dupin überlegte nicht lange. Mit der linken, geschützten Hand hielt er das dornige Gestrüpp, mit der rechten fing er an zu buddeln. Le Menn kam ihm zu Hilfe.

Es dauerte nur eine kleine Weile, dann brachen sie durch. Es gab einen Hohlraum. Dupin langte so weit hinein, wie es ging. Dann zog er den Arm heraus.

»Wir müssen mehr von der Erde wegräumen.«

Schon machten sie sich an die Arbeit, auch Riwal half mit.

Nach und nach legten sie den Eingang des Lochs frei. Sein Umfang war größer, als es den Anschein gehabt hatte. Vielleicht fünfzig mal fünfzig Zentimeter, annähernd quadratisch.

»Es geht ein ganzes Stück rein. Ein richtiger kleiner Schacht.« Riwal hatte sein Handy hervorgeholt und leuchtete mit der Taschenlampenfunktion hinein. »Wenn man wollte, könnte man sich vielleicht sogar hineinzwängen.«

Sie räumten das letzte bisschen Erde weg, bis der Eingang komplett freigelegt war.

Jetzt war gut zu erkennen, dass er rechts und links mit Steinen stabilisiert worden war.

»Das ist eine richtige Konstruktion«, kommentierte Riwal.

»Halten Sie das Gestrüpp fest«, wies Dupin ihn an.

»Chef, Sie wollen doch nicht …«

»Ich will.«

Umstandslos hatte Dupin sich bis zu den Schultern in den Schacht gezwängt, die Arme voraus, in der rechten Hand das Handy zum Leuchten.

Hinter den Steinen begann ein Holzgerüst. In den Ecken vier Balken, die weiter ins Erdinnere führten, rechts und links mit Granitblöcken gestützt. Die Erbauer hatten sich Mühe gegeben. Was auf die Dauer allerdings nichts genützt hatte. Nach, schätzte Dupin, ungefähr anderthalb Metern war nämlich Schluss, der Schacht war eingestürzt. Zerborstenes Holz war zu sehen, eingebrochene Erde. Wie es aussah, musste es schon vor längerer Zeit passiert sein.

»Der Schacht ist eingestürzt. Da geht es nicht mehr weiter«, informierte Dupin.

»Vielleicht ist es mal ein richtiger Tunnel gewesen, der zum Zentrum des Steinkreises geführt hat.«

Dupin vernahm ein leichtes Beben in Riwals Stimme.

»Wir können dort aber auf keinen Fall graben, Chef. Nirgends hier. Das ist strengstens geschützt.«

Riwal kannte seinen Chef. Er wusste, dass Dupin jederzeit zu allem imstande war.

»Das ist eine archäologische Stätte von Weltruhm, auch wenn es nicht so aussieht. Schon was wir gerade hier machen, ist nicht erlaubt.«

»Dann müssen wir uns eben eine …«

Dupin brach ab.

Da war etwas. Etwas Mattes, Braungrünliches. Schwer vom Erdreich zu unterscheiden. Ein Gegenstand. Eckig. Direkt vor der Einsturzstelle, links an der Wand, halb hinter einer der Steinstützen versteckt.

»Da ist etwas! – Ich sehe etwas.«

»Was? Was sehen Sie?«

Riwals Stimme überschlug sich fast.

»Ein kleiner rechteckiger Gegenstand.«

Dupin streckte sich.

Es reichte nicht.

»Ich muss ein bisschen weiter hinein.«

»Lassen Sie mich«, bot sich Le Menn an. »Ich bin kleiner, deutlich leichter und viel dünner.«

»Nein.«

Es war zu riskant. So wie Dupin den Zustand des Schachtes einschätzte, konnte er jederzeit noch weiter einstürzen.

Schon begann Dupin, sich weiter hineinzuschieben.

»Am besten nur mit den Beinen arbeiten und so wenig wie möglich vorne mit den Händen. Quasi nur rutschen.«

Riwal hatte recht. Dupin versuchte es.

»Warten Sie, wir helfen Ihnen.«

Dupin fühlte sich äußerst unbehaglich, aber es funktionierte. Le Menn und Riwal halfen nach, indem Riwal am rechten, Le Menn am linken Bein schob.

Es war beschwerlich, aber es ging. Ein paarmal rutschte Dupins Kinn über den Boden. Er roch nach schwerer, feuchter Erde.

»Ich hab es.«

Dupin hatte den Gegenstand mit der linken Hand greifen können. Er schien aus Metall zu sein. Nicht groß. Zehn mal fünfzehn Zentimeter.

»Also dann, wieder raus«, kündigte Riwal an. »Achtung!«

Dupin spürte, wie die beiden ihn am Bund seiner Jeans packten und kräftig daran zogen, einen Moment später war er befreit.

Er stellte sich aufrecht. Seine Jacke und Hose waren völlig von der Erde verschmiert.

Dupin betrachtete, was er in der Hand hielt.

»Eine kleine Bronzeschatulle«, stellte Riwal fest.

Dem Gewicht nach zu urteilen, musste es massive Bronze sein. Fast überall von Grünspan bedeckt. Vermutlich eine sehr alte Schatulle. Rundherum waren Meerjungfrauen kunstvoll eingraviert.

Dupin hatte einen kleinen Haken entdeckt, der als Verschluss für den Deckel diente. Er schob ihn zur Seite. Vorsichtig hob er den Deckel an.

Auf dem Boden der lilafarbenen Samtverkleidung lag ein gefalteter Zettel.

»Soll das ein Witz sein? Ein Zettel?«

Riwal wirkte entgeistert. Auch Dupin spürte eine Enttäuschung.

Der Inspektor holte die Handschuhe aus der Hosentasche und streifte sie über.

»Soll ich?« Er blickte Dupin fragend an.

»Machen Sie, los!«

Riwal griff nach dem Zettel und entfaltete ihn behutsam.

Dickes Papier, fast wie Karton. Man sah eine klare Schrift. Ein Kugelschreiber wahrscheinlich, dunkelblau. Nur ein Satz. Auf Bretonisch. Dennoch erkannte Dupin zwei Worte sofort: *daou kilik.*

Es war unglaublich, Dupin hatte Gänsehaut.

»Was steht da?«, wollte Le Menn wissen.

»Einen Moment«, bat Riwal.

Er schien angestrengt nachzudenken, auf seiner Stirn erschienen zwei tiefe Falten.

»Und?«

Auch Dupin war ungeduldig.

»Die Gefäße der Klänge – die Musik des Glücks«, Riwal stammelte eher, als dass er sprach, *»Du findest sie bei den Gefäßen der – bei den Gefäßen der Seelen,* glaube ich. – So in etwa.«

»Bei den Gefäßen der Seelen?«, wiederholte Dupin.

»Noch ein Rätsel. Der Hinweis führt lediglich zu einem weiteren Hinweis.«

Riwal schien mit sich selbst zu sprechen.

»Was soll das?«

»Ich glaube, es ist ziemlich klar, was das bedeuten soll.« Le Menn starrte auf das Papier.

»Nämlich?«

Dupin war gespannt.

»Gefäße der Seelen – das sind die Kreuze. Die *Proella*-Kreuze. Genau darum geht es doch bei dem Ritus.«

»Brillant!«

Dupin meinte es genau so.

»Und wo sie sind«, fuhr Le Menn fort, »ist auch klar: in der Kammer des Mausoleums. – *Da findest du sie …* Und da hätten wir sie auch gefunden, wenn sie nicht jemand kürzlich da rausgeholt hätte.«

Auch damit hatte sie recht.

»Verdammt.«

»Das heißt: Die Gefäße aus dem uralten Lied und die, deren Abdrücke wir im Mausoleum gefunden haben, sind identisch.«

Es schien, als müsste Riwal alles noch einmal aufsagen, um es glauben zu können.

»Die Keramikgefäße, die gestohlen worden sind«, brummte auch Dupin. »Verflucht! Jetzt sind wir so klug wie zuvor.«

»Nicht ganz, Chef. Denn wir wissen einiges mehr.« Riwal versuchte eine Aufmunterung.

»Nämlich?«

»Dass sie etwas ganz besonders Wertvolles enthalten müssen. Nicht nur weitere Kreuze zum Beispiel. Wenn so ein Geheimnis daraus gemacht wird.«

Hatten sie sich das nicht auch schon zuvor gedacht?

»Das Lied spricht doch aus, was sie enthalten«, erklärte Le Menn. »Den Ursprung der Klänge – die Klänge des Glücks.«

»Und was soll das sein?« Wieder hatte Dupin eher gebrummt als gesprochen.

»Es klingt ein bisschen nach dem Heiligen Gral«, attestierte Riwal.

»Wer weiß? Vielleicht ist es gar nicht so mystisch«, hielt Le Menn entgegen. »Und nur eine poetische Umschreibung für etwas ganz Bodenständiges.«

»Wir sollten die Schatulle und das Papier schnellstmöglich zur Untersuchung ins Labor bringen lassen.«

Der Inspektor faltete das Schriftstück zusammen und legte es zurück.

»Das Papier scheint nicht sehr alt zu sein. Aber auch sicher nicht ganz neu. – Na ja, wir werden sehen.«

»Setzen Sie sich mit Kadeg in Verbindung, Riwal, er soll alles arrangieren. Die Sache hat höchste Priorität, sagen Sie ihm das.«

Dupin verschloss behutsam die Schatulle.

Der Nebel hielt sich.

Es war zum Verrücktwerden. Dupin hatte nicht gewusst, wie belastend das sein konnte. Und man konnte nichts, aber auch gar nichts dagegen tun. Man war vollends ohnmächtig.

»Wissen Sie, bei wie vielen Tagen der Nebelrekord der Insel liegt, Chef?«

Sie gingen vorsichtig am Steinkreis entlang.

»Einundzwanzig Tage! Einundzwanzig Tage am Stück diese Suppe.«

»Bitte?« Es war keine Nachfrage, sondern reines Entsetzen gewesen.

»Wenn wir mal alles zusammennehmen«, begann Le Menn, »was wir wissen und vermuten, dann sieht es doch so aus: Jemand hat, genau wie wir, das Versteck hier gefunden – und zwar, weil er danach gesucht hat. Das findet ja niemand zufällig. – Also ist er wahrscheinlich, genau wie wir, der Spur des Ouessant-Liedes gefolgt.«

So klang es am plausibelsten.

»Dieser Jemand hat dann, genau wie wir, die Schatulle mit dem Hinweis gefunden. Er hat ihn entschlüsselt, ist durch die

Kirche in den geheimen Tunnel gelangt, hat im *Proella*-Mausoleum die *daou kilik* gefunden und sie entwendet. Und wir haben dann nur noch die Abdrücke gesehen.«

So klang es vollkommen logisch, auch wenn alles reine Spekulation war.

»Dem Text des Ouessant-Lieds zufolge müssen es aber ursprünglich die *daou kilik* selbst gewesen sein, die hier am Cromlec'h versteckt wurden.« Riwal schien laut nachzudenken, er starrte unbestimmt in den Nebel. »Unter Umständen lagen sie hier schon viel länger. – Es würde perfekt passen: Noch die bedeutsamsten Informationen wurden im Keltischen nur mündlich überliefert. In Sagen, Versen und vor allem in Liedern. Und genau so wurde es hier mit dem Schatz gemacht. – Aber«, seine Augen weiteten sich, »aber warum wurden die Gefäße dann von hier ins Mausoleum gebracht?«

Riwal machte eine kurze Pause, um dann selbst eine Antwort zu geben.

»Vermutlich, weil der Schacht eingestürzt ist. Was bedeuten würde …«

Er hielt inne und blieb stehen.

»Ja. – Das könnte es sein: Jemand wacht über die *daou kilik*.« Riwal legte ein dunkles Pathos in die Stimme. »Sie haben einen Wächter. Wie alle großen Schätze. Jemand hat sie umgebettet – weil es seine Aufgabe ist, sie zu schützen.«

Auch das war eine luftige Hypothese. Doch sie ergab Sinn.

»Aber warum gerade in das Mausoleum?«, warf Le Menn ein. Dupin und sie waren ebenfalls stehen geblieben. »Zur Kirche? Es scheinen doch urkeltische Angelegenheiten zu sein, um die es geht.«

Das war eine von vielen offenen Fragen.

»Zum einen ist der *Proella*-Ritus im Kern ja selbst urkeltisch«, antwortete Riwal. »Zum anderen gibt es wahrscheinlich keinen sichereren Ort auf der Insel. In der Mausoleumskammer hätten die *daou kilik* nun für die Ewigkeit lagern können.

Geheim, gut geschützt, trocken. Nur die alten Familien der Insulaner wissen von diesem Ort. Es gäbe für niemanden einen Grund, die Kammer je aufzusuchen.«

Die Vorstellung eines solchen Wächters schien Riwal zu gefallen.

»Aber wie hat die Person, die die Gefäße gestohlen hat, überhaupt zuvor den Schacht im Graben mit dem Hinweis finden können?« Die Frage hatte sich Dupin eben schon gestellt. »Ohne die frisch aufgeworfene Erde als Hinweis, meine ich? – Die *daou kilik* aus dem Liedtext hätten ja überall um den Steinkreis herum vergraben sein können.«

Es stellte sich ein längeres Schweigen ein.

»Warten Sie, Chef! Ich hab's. Zumindest vielleicht.« Riwal geriet in Fahrt. »Der Steinkreis, ›der Mond und Sonne zusammen‹ den Weg weist, heißt es in dem Liedtext, und zwar ›am längsten Tag‹ – vielleicht ist da der Hinweis verborgen.«

»Was meinen Sie, Riwal?«

»Sie wissen, dass die Jungsteinzeitmenschen und später die Kelten geniale Astronomen waren?«

»Und?«

Riwal machte es unnötig spannend.

»Das Lied besagt demnach, dass der Kreis der Steine, das höchste Heiligtum keltischer Magie, sogar Mond und Sonne den Weg weist. – Aber vielleicht kann es auch genau andersherum gelesen werden? Das keltische Denken führt oft in mehr als eine Richtung. Dann würde die Zeile bedeuten, dass Sonne und Mond den Weg weisen. Und zwar zusammen. Verstehen Sie, Chef?«

»Kein Wort, Riwal.«

»Eventuell ist ja gemeint, dass Sonne und Mond auf einer Linie stehen. Und zwar am 21. Juni, das ist der längste Tag des Jahres. – Im Verhältnis zum zentralen Stein des Kreises ergibt diese Linie vielleicht einen Hinweis auf die Lage des Schachtes. Im keltischen Kosmos wird sehr häufig mit astronomischen Hinweisen gearbeitet.«

Es klang ein wenig abenteuerlich. Aber das hieß natürlich nichts. In der Bretagne war es, im Gegenteil, stets ein Qualitätsmerkmal.

Dupin hatte es immer noch nicht wirklich verstanden. Aber Riwal kannte sich aus, das stand fest. Mit keltischem Wissen, mit Himmelsphänomenen. Der Inspektor besaß ein ansehnliches Teleskop und, noch beeindruckender, hatte sich extra eine Beobachtungsluke im Dachzimmer gebaut.

»Und das hätte jemand wissen können?«

»Natürlich, Chef. Da braucht es nicht viel.«

Dupin wollte widersprechen. Aber es gab Wichtigeres.

»Mathis Cëvaër hätte einen solchen Hinweis auf jeden Fall verstanden – unter der Prämisse natürlich, dass er das Lied als Schatzkarte erkannt und gezielt nach Hinweisen gesucht hätte.«

Waren Mathis Cëvaër, Lionel Saux und Daniel Destoc wegen der *daou kilik* gestorben? Auf der Jagd nach zwei mysteriösen Gefäßen? Eigentlich klang es abstrus.

»Wenn es so ist, befinden sich die Gefäße gegenwärtig in den Händen des Täters«, folgerte Le Menn, »und er hat sie vermutlich erneut versteckt. Bei sich zu Hause oder wo auch immer. Wir …«

Dupins Handy klingelte.

Es warf einen Blick aufs Display.

Nolwenn.

Sie war mittlerweile bestimmt auf Saint-Barthélemy angekommen.

»Bonjour, Nolwenn«, nahm Dupin an.

»Monsieur le Commissaire – ich habe mit Sybil Jaouen gesprochen, wir kenne uns ja ein bisschen.«

Es klang wie: Wir Druidinnen …

»Sybil ist äußerst besorgt. Wegen vieler Dinge. – Sie hat Sie dringlich gewarnt, sich nicht zu verlieben, sagt sie. Weder in die *Morganezed* noch in die *Cygnes*.«

»Nolwenn!«

Jetzt fing sie auch noch damit an.

»Die Welt wankt, hat sie gesagt.«

Es wurde immer bunter.

Jetzt klingelte auch Riwals Handy. Augenblicklich nahm der Inspektor an und machte ein paar Schritte in den Nebel.

»Wenn ich mich in ein Fabelwesen verliebe?«

»Sie meint die Vorgänge auf der Insel. Sie wissen, Sybil spricht in Rätseln.«

»Das ist das Problem, Nolwenn.«

»Was kann ich tun, Monsieur le Commissaire? Wir müssen endlich vorankommen, so geht das nicht.«

»Sie sind fünftausend Kilometer entfernt, Nolwenn!«

»Na und? – Wir haben das Boot bereits verlassen und sind auf dem Weg ins Hotel. Da gibt es alles, Internet, Telefon. Beinahe so, als säße ich im Kommissariat.«

Sie meinte es ernst.

»Ich schlage vor, ich bespreche mich mit Kadeg, Riwal und Le Menn und dann melde ich mich noch mal.«

»Machen Sie das! Ich warte.«

Nolwenn schien nicht überzeugt von seiner Antwort.

»Wie gesagt, ich …«

»Hallo? Monsieur le Commissaire? Ich verstehe Sie nicht mehr.« Ein Knacksen, dann: »Jetzt ist die Verbindung fürchterlich schlecht. Melden Sie sich.«

Im nächsten Moment hatte Nolwenn das Gespräch beendet.

War die Verbindung wirklich plötzlich so schlecht geworden?

»Das war Kadeg, Chef.« Riwal erschien aus dem Nebel. »Er hat fast eineinhalb Stunden mit dem Präfekten telefoniert, soll ich Ihnen sagen.«

Was um Himmels willen sollte man so lange mit dem Präfekten besprechen?

»Er hat ihm wohl alles haarklein erzählt. Den gesamten Stand, die Entwicklungen …«

»Vor der Entdeckung am Steinkreis?«

»Genau.«

Eigentlich war es äußerst praktisch für Dupin. Kadeg hielt ihm den Präfekten vom Hals, seit er dabei war. Er musste ihm dankbar sein.

»Kadeg organisiert das mit der schnellstmöglichen Abholung der Schatulle. Und sorgt dafür, dass sich die Spurensicherung den Schacht hier genau ansieht. Obwohl es unwahrscheinlich ist, dass hier brauchbare Spuren zu finden sind, dennoch. – Wir sollten jetzt zurückfahren, Chef. Wir …«

Dupin unterbrach den Inspektor: »Angenommen, es gibt diesen Wächter wirklich. Und er hat den, nennen wir es ›Auftrag‹, die *daou kilik* zu beschützen – dann wäre es doch sicher jemand von der Insel. Ein echter Ouessantin.« Dupin sprach immer schneller, er vervollständigte die Gedanken erst beim Reden. »Und ganz sicher nicht irgendjemand. Sondern eine zentrale Figur. Eine Autorität. Eine geistige, spirituelle Autorität. Eine keltisch-spirituelle Instanz.«

»Ganz bestimmt, ja. Sie haben recht. So gesehen könnte es nur …«

»… Sybil Jaouen sein«, beendete der Kommissar Riwals Satz.

Dupin setzte sich in Bewegung. Die Fahrräder mussten ganz in der Nähe stehen.

»Ich fahre zu Sybil Jaouen. – Wir sehen uns dann im Hotel«, instruierte er Riwal und Le Menn.

Es wäre besser, allein bei ihr aufzutauchen.

»Wissen Sie, wo sie wohnt, Riwal?«

Dupin wusste es nicht, fiel ihm ein. Nur dass es nicht weit von hier sein konnte.

»Pen Ar Lan, da sind wir gestern durchgefahren. Der Weiler vor Kernoaz, wo Enora Gaëc ihren Hof hat. Das Haus ganz im Süden, das am nächsten am Meer liegt.«

»Verstehe.«

Dupin sah die Räder im Nebel auftauchen.

»Finden Sie da denn hin, Chef? Ich meine, jetzt, in diesem Nebel?«

»Ich ... nein«, musste er zugeben.

Er hätte keine Chance.

»Wir fahren mit Ihnen da vorbei, Chef. Es ist nur ein kleiner Umweg.«

Schon saß Dupin auf dem Sattel.

Es war nicht ganz einfach gewesen, aber sie hatten es geschafft. Riwal hatte sie mit dem Handy durch das Gewirr von Wegen navigiert. Irgendwann standen sie vor dem roten Auto, der Ente, und wussten, dass sie richtig waren. Sybil Jaouen wohnte in einem alten Steinhaus, nicht besonders groß, nicht besonders klein. Sie hatte bestimmt einen fabelhaften Blick auf den Ozean, Richtung Osten, jeden Morgen würde sie die Sonne über dem Meer aufgehen sehen. Gerade konnte man das Meer weder sehen noch hören. Es hätte genauso gut kilometerweit entfernt liegen können. Der mächtige Nebel schluckte die Brandung anscheinend ebenso gut wie das Salz, das Jod, man konnte das Meer nicht einmal riechen.

»Bis gleich dann, Chef«, verabschiedeten sich Riwal und Le Menn und verschwanden in den grauen Schwaden. »Wir sehen uns im Hotel.«

»Bis gleich.« Dupin war nicht ganz sicher, wie er im Nebel zurückfinden sollte, und hoffte, er würde sich einfach irgendwann lichten.

Er schritt auf die blaue Tür zu und klopfte.

»Kommen Sie herein, die Tür ist offen«, kam eine prompte Antwort.

Dupin trat ein.

Er hatte den Eindruck, die Gegenwart zu verlassen und in

ein vergangenes Jahrhundert einzutreten. So eine Einrichtung hatte er noch nie in seinem Leben gesehen. Während das Haus von außen aus Granit und das Dach aus Schiefer war, so war alles Innere aus Holz, die Decken, die Wände. Es waren zwei Häuser, hatte man den Eindruck, ein Steinhaus, in das ein Holzhaus gezimmert worden war. Nur der Boden war ebenfalls aus Granit. Das Eindrücklichste aber war: Es war eine Welt ganz in Blau und Weiß. In die Holzwände waren ornamentale Intarsien eingelassen, die Ornamente weiß, die Wände blau. Die Möbel waren allesamt Antiquitäten.

»Da sind Sie ja«, begrüßte ihn Sybil Jaouen.

Sie saß an einem Tisch, der so alt schien wie das Haus selbst. Darauf standen eine altertümliche Kaffeekanne auf einem Stövchen, eine hübsche weiße Tasse. Sie wirkte kein bisschen überrascht von seinem Besuch, eher so, als hätte sie ihn erwartet.

»Wann haben Sie die beiden Gefäße aus dem Schacht am Cromlec'h ins Mausoleum gebracht, Madame Jaouen?«

Sybil Jaouen musterte ihn interessiert.

Das wenige Licht ließ ihr Gesicht noch unheimlicher wirken als sonst, es lagen kleine, ganz dunkle Schatten auf ihren Zügen.

»Vor zweiunddreißig Jahren. – Er drohte ganz einzustürzen. Ich musste sie sichern.«

Es war unglaublich. Sie gab es unumwunden zu. Womit Sybil Jaouen nicht bloß bestätigte, dass sie es gewesen war, die vor über drei Jahrzehnten die Gefäße vom Steinkreis in die Kammer des Mausoleums gebracht hatte – sondern auch, dass all ihre verwegenen Theorien von eben zutrafen.

»Sie sind die Hüterin der *daou kilik.*«

»Ich sorge dafür, dass ihnen nichts geschieht.«

»Dann stammen die Bronzeschatulle und die Mitteilung von Ihnen?«

»So ist es.«

Es war nicht zu fassen.

»Warum haben Sie das überhaupt getan? Was war der Grund dafür, einen Hinweis auf das neue Versteck in das alte Versteck zu legen?«

»Wer bin ich, wer sind wir, einzugreifen in all das?« Sie sprach laut, klar und entschieden. »Laousine hat die Hinweise vor über drei Jahrhunderten in das Lied hineingeschrieben. Die letzte große keltische Druidin. Sie tat das genau zu der Zeit, als begann, was die Menschen seitdem ›Fortschritt‹ nennen – mit dem das alte Wissen nichts mehr gelten sollte. Was fortan zählte, waren grenzenlose Produktion, egoistisches Eigentum, die blinde Wissenschaft der Zwecke. Regiert vom neuen, absolutistischen Herrscher: dem Geld. – Die Klänge des Glücks, sie zählten nicht mehr. Aber sie müssen bewahrt werden. Damit sie eines Tages gefunden werden können. Eines richtigen Tages. Dieser Moment mag fern sein – aber er wird kommen. – Wie eine Flaschenpost, verstehen Sie? Also habe ich nur meines Amtes gewaltet, mehr nicht.«

Sybil Jaouens eindringliche Erzählung hatte Dupin in eine Art Bann geschlagen.

Dupin hatte die Stimme gesenkt. »Jemand ist aber schon jetzt den *daou kilik* auf die Spur gekommen. Zum *falschen* Zeitpunkt. Und wahrscheinlich aus falschen Motiven. – Durch das Lied. Beziehungsweise durch seinen Text, habe ich recht?«

»Durch das Lied, ja. – Genau wie Sie offenbar.« Sie klang verwundert. Als hätte sie es ihm nicht zugetraut. »Es gibt keine anderen Hinweise.«

»Wer ist es?«

»Das weiß ich nicht.«

»Ich glaube Ihnen nicht, Madame.«

»Das ist *Ihr* Problem.«

Es war nicht böse gemeint, es klang nicht einmal patzig.

Sie machte keine Anstalten, Dupin einen Stuhl anzubieten. Er war vor dem Tisch stehen geblieben, direkt ihr gegenüber.

»Sie haben das alles gewusst. Und Sie haben nichts gesagt.«

Dupin hatte schon die ganze Zeit das Gefühl gehabt, dass sie viel mehr wusste, als sie ihnen anvertraute.

»Ich habe meine Gründe. – Außerdem sorge ich dafür, dass Ihnen nichts geschieht.«

»Was heißt das? Warum sollte mir etwas geschehen?«

»Die Wesen hier auf der Insel.« Sie blickte ihn mit einem durchdringenden Blick an. »Sie wissen, wen ich meine.«

Dupin würde nicht nachfragen.

»Warum mussten die drei Männer sterben? Sagen Sie es mir, Madame Jaouen.«

»Ich weiß es nicht.«

Sie hatte den Satz wie eine beschwörende Formel gesprochen.

»Aber es hat mit den *daou kilik* zu tun?«

Sie schwieg. Ein Schweigen, das Dupin schon kannte. Ein Schweigen, das besagte, dass sie absolut nichts dazu sagen würde.

»Oder geht es um das Geheimnis der *Sirenen* – das von Céleste Bourvil und Rayanne Ker?«

Sie blieb auch jetzt stumm.

»Aber Sie wissen von dem Geheimnis? Von Osmine? Und auch, wer der Vater ist?«

»Ja.«

Kurz und knapp und klar.

Dupin hatte es sich gedacht.

»Haben sie Ihnen davon erzählt? Die beiden? Eine von ihnen?«

Die Frauen hatten genau das bestritten, Dupin hatte ausdrücklich gefragt, ob sie es jemandem erzählt hatten.

»Nein.«

»Woher wissen Sie es dann?«

»Ich weiß es einfach.«

»Madame Jaouen, es sind drei Menschen gestorben. Sie wurden ermordet. Drei Ouessantins. Und Sie enthalten uns die wichtigsten Dinge vor. – Die Information, wie Sie von der Identität der wahren Mutter des Mädchens erfahren haben, könnte eine große Rolle spielen für die Aufklärung der Morde. Das bedeutet nämlich unter Umständen, dass es auch weitere Personen erfahren haben könnten.«

»Ich weiß es.«

Ein gleichförmiger Tonfall.

»Und ist Ihnen bekannt, ob noch andere Personen von dem Geheimnis der Frauen wissen?«

»Nein. Aber es ist unwahrscheinlich, denke ich«, schob Sybil Jaouen hinterher.

Dupin hatte begonnen, vor dem Tisch auf und ab zu laufen.

»Und was befindet sich in den *daou kilik?*« Dupin hatte mit der Frage gewartet, aus welchem Grund auch immer, obwohl es vielleicht die wichtigste war. »Ich meine ganz real«, präzisierte er vorsichtshalber. »Was enthalten die Gefäße? Welche Gegenstände?«

Es schien, als würde sie nachdenken, eine ganze Weile.

»Ich bin nur ein Transit. Mir ist es nicht bestimmt, sie zu öffnen.«

»Wie bitte?«

Dupin war stehen geblieben und starrte sie ungläubig an.

»Sie sind nicht für mich bestimmt.«

»Das kann doch nicht sein«, Dupin geriet langsam in Rage. »Sie müssen doch wissen, was darin ist. Diese letzte große Druidin wird es doch irgendwie mitgeteilt haben.«

Was auch unfassbar war: wie selbstverständlich Dupin in diesem Fall mittlerweile derartige Sätze sagte.

»Ich weiß es nicht.«

Dupin begann erneut, vor dem Tisch auf und ab zu laufen.

»Möchten Sie einen Kaffee?«

Irgendwie irritierte ihn die Frage.

»Ich weiß, Sie brauchen Kaffee«, setzte Sybil Jaouen suggestiv nach.

Erst jetzt bemerkte Dupin eine zweite Tasse auf dem Tisch, ganz am Rand, vor einem leeren Stuhl. Noch so ein merkwürdiges Holzungetüm mit ungewöhnlich hoher Lehne, unendlich verziert mit Schnitzereien.

»Ähm, ja. Gerne.«

Dupin hatte in seinem gesamten Leben noch nie so lange gebraucht, um auf die Frage zu antworten, ob er einen Kaffee wolle.

Er setzte sich auf den Stuhl. Wie konnte es sein, dass er zuvor weder die zweite Tasse noch den Stuhl bemerkt hatte?

Erstaunlich behände goss Sybil Jaouen ihm ein, randvoll. Sie stellte die Kanne zurück auf das Stövchen und betrachtete Dupin ungeniert. Neugierig.

Dupin nahm die Tasse und trank. Er war sich nicht ganz sicher, ob es Kaffee war, was Madame Jaouen da gebraut hatte, es hätte ebenso gut eine sehr herbe, tiefdunkle Schokolade sein können, auch wenn die Konsistenz nichts von Kakao besaß. Wie auch immer: Der Trank war köstlich und stark.

»Sie müssen doch zutiefst beunruhigt sein über den Diebstahl der beiden Gefäße?«

Sie nickte.

»Es geht um alles.«

Ihre Stimme hatte nach Apokalypse geklungen.

»Wo könnten sie jetzt sein, was meinen Sie? Der Dieb wird die *daou kilik* wohl nicht bei sich zu Hause verstecken. Auf einer derart kleinen Insel könnten wir theoretisch jedes Haus durchsuchen lassen.«

Dupin übertrieb, aber nur ein wenig.

Er trank den Kaffee zu Ende. Ein Elixier.

»Sie sind weg.«

»Was heißt das?«

»Sie haben die Insel verlassen.«

»Woher wissen Sie das?«

»Ich weiß es.«

»Sie meinen«, er fragte vorsichtshalber nach, »jemand hat sie von Ouessant weggeschafft? Mit der Fähre?«

»Nein.«

»Wie dann?«

»Ich weiß es nicht.«

»Mit einem Flugzeug?«

Es gab außer dem Hubschrauberlandeplatz noch eine winzige Landebahn in der Inselmitte. Für Notfälle.

»Mit einem Helikopter?«

»Nein.«

»Aber wie dann?«

»Ich weiß es nicht.«

Sie hatte ein wenig verzweifelt geklungen, das allererste Mal.

»Sie sind nicht mehr auf der Insel, so viel steht fest.« Ihr Blick fixierte den Steinboden, als wolle sie dort ein Zeichen entdecken. »Aber auch nicht weg. Nicht wirklich weg.«

»Was soll das heißen, Madame Jaouen?«

Dupin hielt es nicht mehr lange aus.

Sybil Jaouen hob den Kopf. Ihre Stimmung schien sich unvermittelt aufgehellt zu haben. Sie blickte Dupin in die Augen.

»Das war Ihr Glück! Dass es so neblig war. – So blieben die *Morganezed* in der Vollmondnacht verborgen. – Sie sehen, was ich alles zu tun habe, Monsieur.«

Dupin wollte nicht darauf eingehen. Er stand auf.

»Warum – warum haben Sie mir bisher nichts von alldem gesagt, Madame?«

»Ich folge meinen Pflichten.«

Wieder so eine kryptische Antwort. Und doch verstand Dupin, irgendwie zumindest, was sie meinte. Objektiv und polizeilich gesehen hatte ihnen Sybil Jaouen wichtigste Informationen zur Aufklärung des Falles vorenthalten. Aber Dupin war sich bewusst, dass das für Sybil Jaouen keine Kategorien waren. Nicht für ihr Denken, ihre Art der Betrachtung der Welt, der Dinge, der Menschen. In dieser Betrachtungsweise wäre ihre Argumentation völlig stimmig. Überhaupt würde sie ohne Zweifel entlang ihrer Logik und Ethik handeln. Sybil Jaouen ging es wahrscheinlich in keiner Weise um sich selbst. Um einen Vorteil für sie. Im Gegenteil, sie wäre zu jedem Opfer bereit. Was dasselbe bedeutete, wie: zu jeder Tat bereit. Wie weit würde sie in der wirklichen Welt gehen, um *ihren* Koordinaten zu folgen?

»Warum haben Sie die Behältnisse damals in das Mausoleum gebracht?«

»Es ist der sicherste Ort auf der Insel. Niemand würde es wagen, seine Pietät zu verletzen. Und außer dem Pfarrer weiß nur ich, wo sich der Schlüssel befindet.«

»Und was machen wir jetzt, Madame Jaouen?«

Es war eine kuriose Frage, das wusste Dupin.

»Wir müssen sie zurückholen. Es geht nicht anders.«

Dupin nickte.

»Ja, das müssen wir.«

Dann hätten sie vielleicht auch den Mörder.

»Ich muss gehen, Madame Jaouen. – Überlegen Sie bitte gut, was Sie mich noch wissen lassen können, um mir dabei zu helfen.«

»Ja.«

»Also.«

Dupin stellte die Tasse ab, die er, ohne es richtig wahrzunehmen, die ganze Zeit noch in der Hand gehalten hatte, und ging auf die Tür zu.

»Bis bald.«

Er trat hinaus.

Etwas stimmte nicht. Etwas blendete wie verrückt. Reflexhaft hatte Dupin beide Hände vor die Augen gehalten und die Augen zusammengekniffen.

Es dauerte einen Moment, bis er begriff, was vor sich ging.

Die Sonne.

Die Sonne war durchgekommen. Es musste in den letzten zwanzig Minuten geschehen sein. Im Haus hatte er nichts davon mitbekommen. Über dem Boden herrschte er noch, der undurchdringliche Nebel. Nur dass er ein wenig heller geworden war.

Es war eigenartig: Zwischen den beiden Sphären, der des Nebels und der der Sonne, existierte keinerlei Übergang. Es gab eine scharfe Linie, darunter waberte die triste graue Materie, darüber strahlte ein geradezu kitschiges Himmelblau.

Schon saß Dupin auf seinem Fahrrad und trat in die Pedale.

Es dauerte, bis er endlich auf der Hauptstraße war, der Straße vom *Port du Stiff* nach Lampaul. Hier würde es ein bisschen schneller gehen.

Am Straßenrand war gerade das Schild mit dem Ortsnamen *Frugullou* zu sehen, als ihn ein Gedanke durchfuhr.

Dupin stieg jäh in die Bremse. Der Hinterreifen hinterließ eine meterlange Bremsspur.

Endlich kam er zum Stehen.

»Verdammt!«

Dupins Gedanken rasten. Ihm war gerade etwas eingefallen. Das konnte es sein!

Nicht auf der Insel, aber auch nicht wirklich weg – so die rätselhafte Auskunft von Sybil Jaouen. Aber vielleicht war sie viel weniger schleierhaft, als sie klang. *Nicht auf der Insel, aber auch nicht wirklich weg* – es würde genau zutreffen, wenn etwas dran wäre an Dupins Einfall. Es war eine abenteuerliche Idee. Den Dupin einem Hinweis Sybil Jaouens verdankte, auch wenn ihr vielleicht nicht bewusst gewesen war, dass sie ihn gegeben hatte. Dem Hinweis eines ebenso abenteuerlichen, fantastischen Geistes. Es ging um eines ihrer Gefühle. Eine Ahnung streng genommen. Aber es ergab durchaus Sinn, wenn man darüber nachdachte. Denn wer auch immer die *daou kilik* versteckt hatte – die Ermordeten, der Mörder, noch war beides vorstellbar –, hätte ein möglichst sicheres Versteck ausgewählt. Sodass man die Gefäße bei einer möglichen Suchaktion *auf* der Insel nicht finden würde. Zudem hätte derjenige bei so bedeutenden Gegenständen keinen zu provisorischen Ort gewählt – keine feuchte Höhle, keine Felsspalte. Nichts in der freien Natur.

Sollte er es versuchen? Dort nachschauen? Was hatte Dupin zu verlieren?

Das Schlimmste, was passieren könnte, wäre, dass er sich vertan hatte.

Eilig setzte er sich wieder in Bewegung.

Bald müsste es rechts abgehen. Er hatte das Gefühl, als würde nun auch die Nebelschicht am Boden dünner werden, als würde die Sonne sie allmählich von oben abschmelzen.

Da war es, das Sträßchen, das sie gestern zu Daniel Destocs Haus genommen hatten.

Dupin erreichte einen ersten kleinen Weiler, dann einen zweiten, einen dritten, einen vierten. Jetzt müsste er bald da sein. Aus dem asphaltierten Sträßchen wurde ein Sandweg. Er schien auf dem richtigen Weg zu sein. Manchmal meinte er die Brandung zu hören. Auch das war ein gutes Zeichen.

Auf einmal tat sich rechter Hand ein Abgrund auf, keinen Meter entfernt, es ging fünf, sechs Meter zum Meer hinunter. Der Nebel schien tatsächlich auch hier unten durchlässiger zu werden, Dupin erahnte Wasser und Steine. Wellen, die sich auf den Felsen brachen.

Ein unscheinbares Schild. *Baie de Calgrac'h.*

Das hatte er gestern nicht wahrgenommen. Und auch den Namen noch nie gehört. Er bremste, kam scheppernd zum Stehen und stieg vom Rad. Dann holte er eilig sein Handy hervor. Um erleichtert festzustellen, dass er richtig war. Ganz richtig sogar.

Die Bezeichnung »Bucht« war ein wenig übertrieben für das, was er jetzt hinter einem hohen Felsvorsprung sah. Dank der Karte wusste er genau, wo er sich bewegte.

Mittlerweile konnte man am Boden sicher zwanzig Meter weit sehen, es war verrückt, wie schnell sich der Nebel auf einmal verzog. Dupin hatte einen Windstoß gespürt. Einen einzelnen erst, es dauerte aber nicht lange, und es war ein zweiter gekommen. Wie Probestöße. Und schließlich waren sie in einen leichten, stetigen Luftstrom übergegangen, aus Nordwest, wenn Dupin sich nicht täuschte. Als wäre eine Maschine wieder angesprungen, die eine Zeit lang ausgefallen war. Die große Windmaschine. So zäh der Nebel zuvor gewesen war, schwer und stofflich, so spielend leicht wurde er nun zerrissen.

Schon bald erblickte Dupin die steile Küstenkante hinunter zur Passage. Der wilden Passage zwischen Ouessant und der Île de Keller.

Der Nebel hatte hier bereits einer scharfen Klarheit Platz gemacht. Man meinte, jeden Stein, jedes Grasbüschel auf der Île de Keller erkennen zu können. Die von der Mauer umfassten verlassenen Häuser ragten plastisch in den Himmel.

Nicht auf der Insel, aber auch nicht wirklich weg – könnte das die Umschreibung für ein Versteck auf der Île de Keller sein? Einer echten, eigenständigen Insel, wie Riwal betont hatte – die aber dennoch zu Ouessant gehörte. Weg und doch da. Es würde perfekt passen. Und in den massiven Steinhäusern hätten die *daou kilik* ein sicheres Versteck. Wer auch immer sie dort versteckt hätte, müsste sich keine Sorgen machen, dass sie zufällig entdeckt würden. Und sie wären dennoch ganz nah. Man hätte sie nicht umständlich mit der Fähre aufs Festland bringen müssen. Es wäre eine perfekte Lösung.

Oder verrannte er sich mit dieser Idee?

Außer Sybil Jaouens vagem Satz hatte Dupin keinerlei Hinweise.

Egal, er musste es versuchen.

Der Gezeitenstand schien ideal für die Unternehmung, das Meer war auf halbem Weg zwischen Ebbe und Flut.

Dupin lief die Betonrampe hinab zum Wasser. Gestern hatte er hier zwei, drei kleine Motorboote liegen sehen.

Es waren vier, wie er jetzt zählte. An Bojen befestigt, hibbelig vor sich hin tanzend. An den Felsen neben der Rampe stand, was er gesucht hatte. Gleich drei davon. Die obligatorischen Beiboote. Mit Rudern ausgestattet.

Sie würden für die kurze Passage reichen, es war ein Katzensprung. Mit einer Bootsfahrt, so hatte er es sich schon auf dem Weg hierher mit aller Macht eingeredet, hätte es nichts zu tun.

Dennoch wusste er, dass es eigentlich keine gute Idee war. Aber der mögliche Lohn war erheblich. Sie würden vielleicht nicht bloß die beiden Gefäße wiederfinden, sondern möglicherweise auch den entscheidenden Hinweis auf den Täter erhalten. Er musste es versuchen.

Dupin packte ein rotes Plastikboot und zerrte es über den Beton zum Wasser. Rasch holte er die zwei Ruder, legte sie ins Boot.

Noch einmal hielt er inne.

Was tat er hier? War er verrückt geworden?

Hatte er wirklich vor, sich aufs Meer zu wagen? Und dann noch auf dieses hier?

Andererseits: Waren zweihundert Meter Wasser, wenn auch salzig, schon als Meer zu bewerten? Seinen Ängsten hätten wahrscheinlich fünfzig Meter gereicht.

Dupin holte sein Handy hervor. Wobei er sich nicht sicher war, ob der Anruf eine gute Idee wäre.

Er drückte die Nummer.

Es dauerte.

»Hallo?«

»Madame Jaouen – noch einmal ich, Commissaire Dupin.«

»Ich weiß.«

»*Nicht auf der Insel, aber auch nicht wirklich weg* – das haben Sie gesagt. Könnte es sich um die Île de Keller handeln? Wenn die zwei Gefäße in den Häusern dort versteckt worden wären – dann wären sie nicht auf Ouessant, aber auch nicht wirklich weg, oder?«

Er herrschte eine längere Stille.

»Sind Sie noch da, Madame Jaouen?«

Keine Antwort. Es dauerte noch eine ganze Weile.

»Erstaunlich. Ja. – Das könnte sein.«

Sybil Jaouens Stimme klang hoch konzentriert.

»Das wollte ich nur wissen, ich danke Ihnen, Madame Jaouen. Bis bald.«

»Bis bald.«

Dupin legte auf.

»Na gut.« Dupin sprach sich selbst Mut zu.

Er schob das Boot tiefer ins Wasser, dann stieg er mit einer beherzten Bewegung ein.

Schon hatte er die beiden Ruder in die Dolle gelegt und ruderte los. Das Boot bewegte sich rasch vorwärts.

Bald hatte er das Boot um den schützenden Vorsprung der kleinen Bucht gerudert, die Île de Keller lag genau vor ihm. Ein Katzensprung. Er würde direkt gegenüber an Land gehen, an den Felsen, schon von hier aus sah man ein paar Vorsprünge, die hinreichend Schutz bieten würden.

Jetzt gleich war es so weit, dann würde er auf die Strömung treffen.

Schon war es geschehen.

Hatte er bis hierher absichtlich mit halber Kraft gerudert, gab er jetzt alles – so wäre er so schnell wie möglich drüben.

Dupin verausgabte sich bei jedem Zug.

Was dabei geschah, war verblüffend: Die Île de Keller flog in rasantem Tempo an ihm vorbei.

Eilig richtete er das Boot mit ein paar heftigen Schlägen in einem spitzen Winkel zur Insel aus. Und holte noch einmal mehr aus sich heraus.

Es half nichts. Gar nichts.

Dupin verausgabte sich wie wahnsinnig – das Einzige, was er erreichte, waren hektische Richtungsänderungen.

Nun schoss er auch an den letzten Felsen am Ausgang der Passage vorbei, das Meer zwischen Ouessant und Keller begann sich zu weiten. Vielleicht war das seine Chance, die Strömungen würden hier an Kraft nachlassen.

Allerdings war davon nichts zu spüren. Der Schweiß rann ihm von der Stirn, er keuchte. Er steckte in jeden Zug alles, was er noch an Kraft besaß.

Aber auch die letzte Hoffnung Land glitt an ihm vorbei, bald waren es dreihundert, vierhundert, fünfhundert Meter bis zum äußersten Westen von Keller. Das Meer raste immer noch. Vielleicht lag es auch an dem Vollmond von gestern Nacht. Wahrscheinlich herrschte ein Gezeitenkoeffizient von hundert und mehr. Er war ein Idiot, eigentlich kannte er das Phänomen.

Dupin wechselte jäh die Strategie, das rettende Land im Norden, die Île de Keller, war verloren, im Süden aber lag Ouessant, das ungleich größere Stück Land. Er wendete das Boot, jetzt war Ouessant sein Ziel. Unglücklicherweise schien er durch seine verzweifelte Ruderei nach Norden immer weiter in die Strömung hineingeraten zu sein. Zumindest war es kein bisschen leichter, nach Süden zu kommen. Längst arbeitete sein Körper auf Sparflamme. Ihm war schlecht, er hatte das Gefühl, sein Herz würde platzen, wenn er so weitermachte.

Bald schon musste er einsehen, dass er auch Ouessant nicht erreichen würde. Das Dumme war nur: Hinter Ouessant kam nichts mehr. Gar nichts. Nicht ein Inselchen, nicht ein einziger nackter Felsen mehr. Der nächste ragte bei Neufundland auf. Fünftausend Kilometer waren es bis dahin.

Dupin versuchte, sich zu beruhigen.

Er probierte noch einmal, den Takt und die Kraft der Schläge zu erhöhen, dann ließ er die Ruder jäh los und griff nach seinem Handy.

Er war erleichtert. Ein Balken. Das musste reichen.

Rasch drückte er eine Nummer, presste das Handy fest aufs Ohr.

»Ha- … -ef.«

»Riwal – SOS – Ich befinde mich in Seenot. Das ist kein Spaß!«

Aus dem Schwindel war nackte Angst geworden, die wiederum neuen Schwindel auslöste. Dupin kannte die unheilvolle Spirale.

Es war offensichtlich, dass Riwal nichts von dem, was er gesagt hatte, verstanden hatte.

Dupin versuchte es noch einmal. Langsam und deutlich.

»Ich – bin – auf – einem – kleinen – Ruderboot – nordwestlich – von – Ouessant. – Ich habe – versucht – über – die – Passage – zur – Île – de – Keller – zu – rudern.«

»… n …en«, antwortete Riwal.

Nicht einmal mit lebendigster Fantasie ließ sich zusammenreimen, was Riwal gesagt haben könnte. Allerdings war das auch nicht wichtig. Ungleich wichtiger, existenziell wichtig, war, dass der Inspektor den Kern *seiner* Nachricht verstanden hatte. Und eine Rettungsaktion veranlassen würde. Denn darum, Dupin machte sich keine Illusionen, ging es längst. Glücklicherweise war noch Sommer und auch das Wetter inzwischen wieder entsprechend, das Meer einigermaßen friedlich – und es war noch früh am Morgen. Perfekte Bedingungen also für die beiden Seenotretterinnen, die Dupin kennengelernt hatte. Es wäre ein Kinderspiel für sie. Wenn sie denn losgeschickt würden.

»Riwal – verstehen Sie, was ich sage? Haben Sie verstanden, was ich gesagt habe?«

»Ha…«

Es würde reichen, wenn er Bruchstücke verstand. Die entscheidenden allerdings.

Dupin würde die Nachricht auf das Wichtigste beschränken.

»SOS – Boot – Nordosten – Passage Île de Keller – SOS.«

Dupin wiederholte seine Mitteilung fünfmal – dann war die Leitung tot.

Rasch tippte Dupin die reduzierte Botschaft und schickte sie als SMS.

Jetzt war kein einziger Balken mehr zu sehen. Was dagegen gut zu sehen war: wie Ouessant immer kleiner wurde.

Hoffentlich war die SMS noch durchgegangen.

Dupin blickte sich im Boot um. Gab es ein Fach? Einen Notfallkasten mit einer Signalpistole?

Jedes Boot, das das Meer befuhr, musste so etwas an Bord haben, wusste Dupin. Nur saß er in keinem richtigen Boot. Es war ein billiges Beiboot, das nur dafür da war, um die paar Meter vom Steg bis zum Boot zu überbrücken. Das einzige Plus: Es war vollständig aus Plastik, das hieß, es war unsinkbar und extrem widerstandsfähig.

Kein Fach, kein Kasten – gar nichts. Also auch keine Signalpistole.

Dupin versuchte tief ein- und auszuatmen. So wie Claire es ihm beigebracht hatte. Einatmen, fünf Sekunden die Luft anhalten, ausatmen, fünf Sekunden warten bis zum nächsten Einatmen. Claire – wenn sie wüsste, wo er sich gerade befand. Sie wusste ja nicht einmal, dass er auf Ouessant war, in einem Fall steckte.

Dupin musste sich ablenken. Zu rudern ergab überhaupt keinen Sinn, er würde sich nur weiter erschöpfen. Und es ohne Empfang stets auf Neue mit einem Anruf zu versuchen, würde bloß den Akku leeren. Was hieße, dass er dann auch nicht mehr über GPS auffindbar wäre.

Er war also vollkommen ohnmächtig. Er konnte nichts ausrichten. Überhaupt gar nichts. Ihm blieb nur eins: Er musste warten.

Das Boot schaukelte träge und gleichgültig vor sich hin.

Dupin fixierte den Horizont.

Den Horizont Richtung Südosten. Wo man noch Land sah. Ouessant.

Eine ganze Stunde schon trieb das knallrote Boot mit dem Kommissar auf dem Atlantik. Weder von einem Hubschrauber noch von einem Schnellboot war etwas zu sehen gewesen.

Die Wellen waren auf dem offenen Meer ein wenig wilder geworden, wenn auch – glücklicherweise – von den Monsterwellen noch weit entfernt. Ab und zu jedoch gab es einen kleinen Meereskuss, sodass Dupin mittlerweile völlig durchnässt war.

Die stechende Sonne und der stete Wind trockneten ihn immer wieder ein Stück – bis der nächste Kuss kam und alles von vorne begann. Dabei nahmen die Salzschlieren auf seinem Körper und seiner Kleidung ständig zu. Er schmeckte das Meer in seinem Mund, immer intensiver, der Geschmack ging gar nicht mehr weg. Das Salz machte den aufkommenden Durst noch schlimmer.

Die Sonne hatte ihren Zenit erreicht, Dupin bekam ihre vervielfachte Kraft hier draußen auf dem Meer unbarmherzig zu spüren und hatte seine Jacke als Kopfbedeckung umfunktioniert, um sich vor einem Sonnenstich zu schützen.

Regelmäßig kontrollierte er sein Handy, ob er wieder Empfang hatte. Vergeblich.

Was auch nicht funktioniert hatte, überhaupt kein bisschen funktioniert hatte: sich abzulenken, indem er sich mit aller

Kraft auf den Fall zu konzentrieren versuchte. Was unter anderem an der zunehmenden Gewissheit lag, dass Riwal höchstwahrscheinlich kein Wort seines Anrufs verstanden hatte, genau wie er kein einziges Wort von Riwal verstanden hatte.

Le Menn und Riwal hätten sich längst gefragt, wo er bliebe, das schon. Dann hätten sie versucht, ihn anzurufen, ihm Textnachrichten geschrieben. Zunächst aber würden sie davon ausgehen, dass er, wie so oft, einer plötzlichen Idee gefolgt war – noch einmal den Cromlec'h in Augenschein zu nehmen, zur Kirche zu fahren, einen Spaziergang zum Nachdenken zu machen. Er war bekannt dafür.

Dupin hätte ihnen sagen sollen, was er vorhatte. Natürlich war sein Verhalten unverantwortlich gewesen. Aber das tat er in solchen Phasen von Ermittlungen, in denen ihn mitunter abenteuerliche Einfälle leiteten, selten. Eigentlich nie. Erst dann, wenn er mehr Gewissheit hatte. Außerdem war diese Art des Haderns in seiner aktuellen Lage völlig sinnlos.

Sein Rad würde man jedenfalls nicht zufällig finden. Oder erst viel zu spät.

Seine einzige Chance war, dass Riwal oder Le Menn sich bei Sybil Jaouen melden würden und sie ihnen von seinem Anruf erzählte. Dass er zur Île de Keller gewollt hatte. Obwohl er das ja nicht einmal explizit gesagt hatte, vor allem nicht, dass er zum Zeitpunkt des Telefonats bereits kurz davor gewesen war, die Überfahrt anzutreten. Trotzdem – nur so konnten sie auf das kommen, was passiert war. Aber dafür mussten Riwal und Le Menn sie erst einmal anrufen. Und erreichen. Was war, wenn sie einen Mittagsschlaf machte, nichts Ungewöhnliches für eine über Neunzigjährige? Oder mit dem Hund spazieren war und das Handy nicht dabeihatte? Es gab Dutzende Szenarien, die unglücklich für ihn wären.

Mit den größer werdenden Wellen stieg auch die Gefahr von Fehlwahrnehmungen, merkte Dupin. Ein paarmal schon hatte Dupin gemeint, etwas im Wasser zu sehen. Direkt unter der Wasseroberfläche. Manchmal auch ein Stück darüber. Die Flosse eines Delfins? Den Kopf einer Robbe? Jetzt war er, anders als gestern mit Ondine Morin, wirklich weit draußen, also dort, wo, wenn man Riwal glaubte, die Orcas unterwegs waren. Er hätte in seinem Miniaturboot nicht den Hauch einer Chance. Orcas waren verspielte Tiere, in einer Dokumentation hatte er mal eine Szene gesehen, in der mehrere Orcas mit ihren Nasen eine arme Robbe hin und her warfen. Und die Orca-Gruppe, um die es hier ging, hatte bekanntermaßen eine heftige Aversion gegen Boote und Menschen.

»Verdammt!«

Sein Ausruf verhallte kläglich in der endlosen Wasserwüste um ihn herum.

Nur vor Boutou Bahou, dem fliegenden schwarzen Zyklopen und dem bösartigen Zwerg mit den stechenden Augen hatte er hier, auf offener See, wahrscheinlich nichts zu befürchten.

Es war der reine Irrsinn gewesen, sich mit diesem Ding aufs Meer zu wagen.

Eine weitere Stunde war vergangen. Dupins Lage hatte sich zunehmend verschlechtert.

Ouessant konnte er bereits seit einiger Zeit nicht mal mehr am äußersten Horizont ausmachen. Außer dem endlosen Ozean, dem endlosen Himmel und dem unbarmherzigen Feuerball am Himmel war überhaupt gar nichts zu sehen. Schwarzblau der Atlantik, lichtblau der Himmel. Mehr gab es nicht hier draußen, es war eine grausam karge Welt.

Um den Halluzinationen zu entkommen, hatte Dupin aufgehört, überhaupt aus dem Boot zu blicken. Was den heftigen Schwindel allerdings noch schlimmer werden ließ. Er war zutiefst erschöpft, kraftlos, die Ängste dagegen flammten immer heftiger auf, er hatte nicht gewusst, dass beide Zustände zusammenfallen konnten, ein äußerst unglücklicher Umstand.

Irgendwann hatte er nicht mehr aufrecht sitzen können. Seitdem lag er abenteuerlich verquer in der winzigen Plastikschale, seine Körpergröße übertraf die Länge des Bootes. Er war sehr darauf bedacht, für maximale Balance zu sorgen, denn der Wellengang hatte noch weiter zugenommen.

Es gab zwar keinerlei Hinweise auf ein Unwetter, aber aus irgendeinem Grund steigerte sich die Unruhe des Meeres. Seltsam war, dass der Meereslärm mehr und mehr dem sphärischen Klingen glich, das ihn seit gestern malträtierte.

Fast vier Stunden waren es jetzt, die wahrscheinlich schlimmsten vier Stunden seines Lebens.

Manchmal sah er Land. Glaubte, Land zu sehen. Vor ihm, im Westen also, wo ganz sicher keines war. Im Südwesten. Flaches Land. Wahrscheinlich waren es dunkle Wolken? Oder heranrollende große Wellen?

Es war verrückt, wie sehr Wellen Bergen glichen, von der Plattentektonik aufgeworfenen faltigen Gebirgen. Nicht die sich überschlagenden, sich brechenden Wellen am Strand, sondern die hier draußen, die auf hoher See. Es hieß selbst von erfahrenen Seefahrern, sie sähen manchmal ganze Gebirge. Jetzt verstand er gut, was sie meinten. Seefahrer erzählten überhaupt von allerlei geheimnisvollen Fata Morganen auf dem Meer, wusste Dupin. Auch das verstand er jetzt gut. Er hatte irgendwann beschlossen, sich einfach über gar nichts mehr zu wundern, was geschehen würde. Auch nicht darüber, dass er ein paarmal überzeugt gewesen war, Gesichter im Wasser gesehen zu haben und etwas Goldenes, Langes. Einmal sogar Rayanne Kers Gesicht. Und auch das ihrer Tochter.

Er hatte sich, so gut es ging, ins Boot gekauert und seine Jacke nun vollständig über den Kopf gezogen. Nur ab und zu lugte er kurz hervor.

In das mittlerweile orchestral angeschwollene sphärische Klingen des Meeres mischte sich mit einem Mal ein merkwürdiges, wiederkehrendes Geräusch. Völlig unpassend. Ein Wummern irgendwie, monoton.

Dupin zögerte. Dann blinzelte er unter seiner Jacke hervor.

Er schaute über das Meer.

Nichts. Nur erneut eine Landillusion, aber die verursachte ja keinen Lärm. Vielleicht war es eine akustische Fata Morgana gewesen.

Er schlug die Jacke wieder über den Kopf.

Auf einmal wurde es wieder lauter. Und noch lauter.

Er zog die Jacke vom Kopf. Und nahm unvermittelt wahr, woher das Geräusch kam. Es kam von oben.

Ein Hubschrauber.

Ein realer Hubschrauber. Ein Rettungshubschrauber. Ein paar Hundert Meter entfernt nur, er flog kreisend. Die Seenotrettung.

Augenblicklich war die Konzentration zurück. Dupin winkte mit der Jacke, so auffällig es ging.

Schon bald bewegte sich der Hubschrauber direkt auf ihn zu, flog dabei immer tiefer.

Und begann um ihn zu kreisen. Nun öffnete sich die Tür an der Seite. Eine Frau und ein Mann in orangefarbenen Anzügen waren zu sehen. Und ein Seil.

Es würde eine Aktion wie in einem Actionfilm. Aber Dupin war zu allem bereit, um aus dieser Meereshölle zu fliehen.

Der Pilot hielt den Helikopter präzise auf der Stelle, unversehens kam ein Seil herunter, an seinem Ende eine Art Gurtsystem. Für Dupin. Ein Mann in orangefarbenem Overall wurde an einem zweiten Seil heruntergelassen, alles geschah in beeindruckendem Tempo.

»Versuchen Sie, den Gurt zu greifen.«

Eine ruhige, präzise Instruktion.

Dupin gelang es beim ersten Versuch.

Der Mann hing nun direkt vor ihm, beinahe auf seiner Höhe.

»Sind Sie in der Lage, sich den Gurt selbst anzulegen?«

»Ja.«

Dupin hatte bereits damit begonnen. Es war eine Nylonweste, vorne ein massiver Reißverschluss. Das technische Seil war an den beiden Schulterstücken befestigt. Im Nu hatte Dupin sie um.

»Bereit?«

»Bereit!«, bestätigte Dupin.

Der Mann gab seiner Kollegin im Hubschrauber ein routiniertes Zeichen, und schon ging es los. Rasanter, als Dupin gedacht hatte. Sobald die Winde angesprungen war, ging es mit Tempo in den Himmel.

Bald waren sie direkt unter dem Helikopter, zehn Meter über dem Wasser vielleicht. Der Mann kletterte schwungvoll an Bord.

Mit behänden Griffen wuchteten sie Dupin ins Innere des Hubschraubers.

Die Seenotretterin half beim Ablegen des Rettungsgurtes. Der Mann zog die Tür mit Macht zu und machte ein weiteres routiniertes Zeichen, dieses Mal nach vorne in Richtung Cockpit. Schon schoss der Helikopter los.

Die ganze Aktion hatte keine drei Minuten gedauert.

Die Frau wies Dupin einen Sitz an der Seite an und bedeutete ihm, sich anzuschnallen. Der Lärm der Rotoren war infernalisch.

Dupin sah sich im Helikopter um.

Neben dem Piloten saßen eng gedrängt Le Menn und Riwal. Sie hatten die Köpfe zu ihm gedreht und trugen leuchtend orangefarbene Helme. Das gleiche Modell wie die drei Besatzungsmitglieder.

Riwal hob die Hand zum Gruß und lächelte. Le Menn hielt kurz den Daumen hoch.

Der Hubschrauber ging in eine steile Kurve. Die Seenotretterin reichte Dupin einen Helm – unten war ein Mikrofon angebracht, er diente offenbar auch als Headset.

»Hören Sie mich?«, fragte sie. Sie hatte – wie ihr Kollege – gegenüber Platz genommen und schnallte sich nun als Letztes an.

»Laut und deutlich.«

Es war erstaunlich.

»Da haben Sie unverschämtes Glück gehabt, Commissaire. – Derart großflächige maritime Zirkularströmungen sind hier äußerst selten. Verrückt. Sie hätten eigentlich schon zwanzig Kilometer weiter auf dem offenen Meer sein müssen. Wir hätten Stunden gebraucht, Sie zu finden. Wenn wir Sie überhaupt vor dem Einbruch der Nacht gefunden hätten. – Und nur ein bisschen schlechteres Wetter – und Sie hätten sowieso keine Chance gehabt. Es hätte Sie sofort von dem Boot runtergespült.«

»Großflächige Zirkularströmungen?«

Dupin verstand kein Wort.

»Die Strömung hat Sie gerade an der Nordseite der Île de Keller vorbeigetrieben. Sie scheinen an irgendeinem Punkt eine Hundertachtzig-Grad-Wende gemacht zu haben. Das kann vorkommen, allerdings nur bei ganz außergewöhnlichen Gezeiten-, Wetter- und Großströmungslagen. Wenn alles zusammenkommt. Aber egal – Sie sind ja da.«

»Ein kleines Wunder«, bemerkte ihr Kollege trocken.

»Die Strömung hat Sie aus der Passage zwischen Keller und Ouessant Richtung Nordwesten herausgetragen, Chef«, Riwal schien Dupin anzusehen, dass er es immer noch nicht ganz verstanden hatte, »dann sind Sie aber irgendwann wieder nach Südosten gedriftet, im Norden an der Île de Keller vorbei. Da haben wir Sie eben erwischt.«

Dann war es doch Land gewesen, das Dupin gesehen hatte.

»Rein zufällig – wir wollten die Suche eigentlich deutlich weiter im Westen beginnen, unsere Experten hatten eine ganz andere Position errechnet. – Sie sehen, wie unwahrscheinlich Ihre Rettung war.«

Die Analyse der Seenotretterin ließ Dupin nicht unberührt.

»Was passiert mit dem Boot?«

»Es wird eines Tages irgendwo angeschwemmt werden. Die halten zehntausend Jahre.«

Natürlich, Dupin verstand, sie würden keine zweite Rettungsaktion wegen des Beibootes unternehmen.

»Riwal, Le Menn – woher haben Sie gewusst, wo ich hin bin? Dass ich zur Île de Keller wollte?«

Dupin war wieder ganz gefasst.

»Wir haben im Hotel auf Sie gewartet. Irgendwann fanden wir es merkwürdig, dass es so lange gedauert hat. Dann kam Ihr Anruf, von dem ich kein Wort verstanden habe. Also habe ich es bei Madame Jaouen probiert, aber sie nicht gleich erwischt. Später erzählte sie dann, dass Sie von der Île de Keller gesprochen haben …«

Eines der Szenarien, die Dupin sich vorgestellt hatte. Und eine glückliche Wendung.

»Vielleicht war es ja gar keine Zirkularströmung«, warf Le Menn mit seltsamer Stimme ein.

»Was meinen Sie?«

»Vielleicht hat jemand Ihr Boot zurückgeführt. Gegen alle Strömungen.«

»Jemand?«, rutschte es Dupin heraus.

»Das Meer hier im Eingang zum Kanal wimmelt von modernsten Meeresbeobachtungssonden – und nicht eine einzige hat auf eine große Zirkularströmung hingewiesen. – Sie hätten eigentlich da draußen verloren gehen müssen.«

Le Menn hatte recht, es war seltsam. Aber Dupin interessierte etwas anderes. Er war wieder zurück im Fall. Sie hatten durch seine Dummheit ohnehin genug Zeit verloren. Es war ihm mehr als unangenehm.

»Sind wir noch in der Nähe der Île de Keller?«

Er hatte noch keine Orientierung.

»Wir fliegen gerade die Landestelle neben der *Mairie* an. Wir haben den Inselarzt dorthin bestellt«, erklärte die Seenotretterin.

»Ich möchte, dass Sie mich auf Keller absetzen. Und ich brauche keinen Arzt.«

»Das können wir nicht«, die Seenotretterin schüttelte den Kopf, »unser Auftrag ist es, Sie in Sicherheit zu bringen.«

»Chef, das ist doch verrückt. Sie sollten sich erst etwas ausruhen.« Auch Riwal hielt es offenbar für keine gute Idee.

»Ich ermittle in drei Mordfällen«, Dupin nahm die beiden Crewmitglieder fest in den Blick. »Es ist von äußerster polizeilicher Wichtigkeit.«

Die junge Seenotretterin, offensichtlich die Teamleitung, schien nachzudenken.

»Na gut – wie Sie wollen. Ihre Entscheidung.«

Sie fasste links an ihren Helm, drückte irgendwo.

»Zielwechsel – wir fliegen zur Île de Keller und lassen den Commissaire dort raus. Copy, Mikel?«

Sie schien prompt eine Antwort zu bekommen. Dupin konnte sie zwar nicht hören, aber im nächsten Moment flog der Hubschrauber eine tollkühne Kurve.

»Sie denken, dass die *daou kilik* dort versteckt sind?«

In Riwals Stimme überwog jetzt die Aufregung.

»Es wäre eine Möglichkeit.«

Dupin hielt sich zurück, noch war es nichts als luftigste Spekulation.

»Wir kommen mit auf die Insel«, stellte Le Menn energisch fest. »Egal, was Sie sagen.«

»Unbedingt«, nickte Dupin. Der Zuspruch war aus seinem tiefsten Innersten gekommen.

»Wir lassen Sie oben bei den Häusern raus«, kündigte die Seenotretterin an, »da kommen wir einigermaßen gut runter.«

»Perfekt.«

Genau da wollte er hin.

Dupin warf einen Blick auf sein Handy. Fünfundzwanzig verpasste Anrufe, Riwal und Le Menn. Viermal Claire. Er musste es gleich unbedingt bei ihr versuchen.

»Was sind das? Diese *daou kilik?*«, wollte die junge Frau wissen. »Die aus dem Ouessant-Lied?«

»Lange Geschichte …«

»Verstehe.«

Sie reichte Dupin eine große Flasche Wasser.

»Sie sollten unbedingt viel trinken vor weiteren Abenteuern.«

»Danke.« Er griff nach der Flasche. »Danke für alles.«

Dupin nahm einen großen Schluck, dann dachte er für einen kurzen Moment, er würde ohnmächtig. Ein überwältigendes Gefühl der Erleichterung hatte ihn überkommen.

Für den Rest des kurzen Fluges herrschte Schweigen.

»Ich verdanke Ihnen mein Leben.«

Ein gewaltiger Satz. Es würde sicher noch dauern, bis Dupin realisieren würde, was geschehen war. Vor allem, was hätte geschehen können.

Dupin schüttelte der Seenotretterin die Hand, dann ihrem Kollegen.

»Tausend Dank noch einmal.« Er musste laut rufen. Der Pilot ließ den Rotor laufen.

Im nächsten Moment verließ er den Helikopter – er rutschte mehr, als dass er sprang – und stand mit beiden Füßen auf der Insel. Riwal und Le Menn waren vorn ausgestiegen.

»Sehr gerne«, schrie die Frau lächelnd zurück. »Wir schicken Ihnen ein Boot, um Sie von der Insel abzuholen. Das kostet nicht zehntausend Euro die Stunde.«

Die Besatzung wartete, bis Dupin, Le Menn und Riwal ein paar Schritte entfernt waren, dann hob der Hubschrauber ab.

Sie waren keine zwanzig Meter entfernt von der eigentümlichen Häuserburg gelandet.

Jetzt konnten sie die Bauweise genau begutachten: vier Häuser und ein massiver Turm aus Stein, sicherlich fünfzehn Meter hoch, alles ineinander verschachtelt und miteinander verbunden.

»Wir suchen hier jetzt tatsächlich nach den zwei Gefäßen, ja?«

Le Menn warf Dupin einen prüfenden Blick zu.

»Ja.«

»Na gut.«

Schon schritten sie auf die Häuser zu.

»Haben Sie irgendeinen Hinweis, wo wir suchen müssen?«

»Nein.«

»Haben Sie ein Gefühl?«

»Nein.«

Sie liefen um die ganze Anlage herum, Dupin voran. Die Häuser waren verriegelt, die Türen und unteren Fenster mit soliden Brettern beschlagen. Nur eine Tür in dem kleinsten der vier Häuser nicht, dem an der westlichen Außenseite – das einzige, das verputzt und weiß gestrichen war. Dafür schien die Tür doppelt und dreifach massiv. Hier würden sie so leicht nicht hineinkommen.

»Mist.«

»Wir müssen anderswo rein.«

Riwal machte kehrt. Er schien eine Idee zu haben. Dupin und Le Menn folgten.

Jetzt lief der Inspektor geradewegs auf den Turm zu.

»Da! – Das ist unsere Chance.«

Riwal deutete auf ein kleines Fenster in rund zwei Metern Höhe, wahrscheinlich gehörte es zum Treppenhaus, alle zwei, drei Meter folgte ein weiteres.

»Wir sollen da hoch?«

»Riwal hat recht, Commissaire«, stimmte Le Menn zu.

»Sie machen eine Räuberleiter, ich ziehe mich am Fenstersims hoch«, instruierte Riwal.

Dupin fühlte sich wie auf einer Pfadfindermission. Das Wort »Räuberleiter« hatte er seit seiner Kindheit nicht mehr gehört.

Vielleicht war es dennoch keine so schlechte Idee. Oder anders: Dupin hatte keine bessere.

»Gut.«

Dupin stellte sich mit dem Rücken an die Turmwand. Er faltete die Hände zu einer Art Steigbügel.

Mit Dupins Hilfe zog sich Riwal zu dem schmalen Vorsprung hoch. Glücklicherweise fanden seine Schuhspitzen Halt an den Kanten der groben Steine des Turms.

Auf einmal hörte Dupin zerbrechendes Glas.

»Riwal hat die Scheibe mit seinem Ellenbogen zerschlagen«, sagte Le Menn.

Im nächsten Augenblick war der Inspektor im Fenster verschwunden.

Er hatte es tatsächlich geschafft.

»Ich schaue mal, ob ich die Tür von innen öffnen kann«, war jetzt dumpf aus dem Turm zu hören. »Wenn hier kürzlich jemand war, dann ist er wahrscheinlich auch durch diese Tür gekommen. Es ist die einzige, die nicht mit Brettern verrammelt ist.«

Le Menn und Dupin liefen zurück und blieben vor der Tür stehen.

Gegenüber war Ouessant zu sehen, Dupin hatte es bisher gar nicht bemerkt, so konzentriert war er gewesen. Ein seltsamer Perspektivwechsel.

Es dauerte, bis etwas geschah.

Irgendwann hörte man ein lautes, mechanisches Klicken, dann öffnete sich die Tür nach innen.

Riwal stand mit seinem professionellen Schweizer Multifunktionstool vor ihnen, das er immer bei sich trug.

»Von innen war es ein Kinderspiel.«

»Wenn hier jemand eingedrungen ist, muss er einen Schlüssel gehabt haben«, stellte Le Menn trocken fest.

Ein guter Punkt. Dupin hatte nicht daran gedacht.

Riwal inspizierte das Schloss.

»Das Schloss ist unbeschädigt, innen wie außen.«

Sie traten in einen leeren Flur. Massiver, unebener Steinfußboden. Spuren würde man nur sehr schwer feststellen können. Rechter Hand führte eine Treppe nach oben. Im Erdgeschoss ging es geradeaus in ein erstes Zimmer, das, wie der Flur, ganz leer war. Verputzte Wände, wobei der Putz großflächig abgebröckelt war.

Hier war nichts mehr, gar nichts.

Durch die Spalten zwischen den Holzbrettern vor den Fenstern fiel gerade genug Licht, dass sie sich umsehen konnten.

Eine schmale Tür führte in einen zweiten Raum. Gähnende Leere wie überall bisher.

Sie kamen in einen weiteren, kleineren Raum, wahrscheinlich einst eine Küche, Abdrücke von Geräten am Boden.

»Wir teilen uns auf. – Le Menn, Sie sehen sich die obere Etage an. Riwal, Sie fangen im letzten Haus im Parterre an, ich mache hier weiter.«

Le Menn und Riwal nickten und verschwanden in unterschiedliche Richtungen.

Es zeigte sich, dass die Häuser alle miteinander verbunden waren, es gab immer einen Durchgang zum jeweils nächsten.

Wenn es überall so leer wäre wie bisher, würden sie für die Aktion nicht lange brauchen.

Und tatsächlich, auch in dem nächsten Raum, den Dupin betrat: Leere. Eine halb offene Tür, eine Toilette.

Im Durchgang zum nächsten Haus stieß Dupin auf Riwal.

»Bei mir war nichts, Chef.«

»Gehen wir hoch zu Le Menn.«

»Dort hinten gibt es eine Treppe«, sagte Riwal und nickte.

Schon liefen sie los, im Nu waren sie oben.

»Le Menn?«

»Hier!«

Sie fanden sie drei Zimmer weiter. Im letzten Raum des letzten Hauses.

»Hier gibt es nichts mehr«, resümierte Le Menn achselzuckend.

»Uns fehlt noch der obere Teil des Turms«, warf Riwal ein. »Ich bin ja direkt runter, nachdem ich durchs Fenster eingestiegen bin.«

»Dann los.«

Es war Dupins letzte Hoffnung.

»Es gibt auch von dieser Etage hier einen direkten Zugang zur Wendeltreppe des Turms.«

Le Menn führte sie an.

Einige Räume weiter führte eine schmale Tür direkt zum Turm.

Die nackten Steinwände waren massiv, Dupin schätzte sie auf bestimmt vierzig Zentimeter. Aber natürlich, ein Turm, der sich mit Orkanmonstern messen wollte, musste äußerst wehrhaft sein.

Sie kamen oben an. Mit der letzten Stufe offenbarte sich ihnen ein kreisrunder Raum.

»So ein Scheiß«, rutschte es Dupin heraus.

Auch dieser Raum war vollkommen leer.

»Das war es dann.« Dieses Mal klang auch Riwal resigniert.

Dupin fuhr sich durch die Haare.

Er hatte gehofft, auf der richtigen Spur zu sein.

Seine Bootsfahrt hätte richtig schiefgehen können, er war ein extrem hohes Risiko eingegangen – und wofür?

»Wir sollten los und ...«

»Moment«, unterbrach Riwal Le Menn. »Die Wendeltreppe!«

Schon preschte er die Stufen hinab, Le Menn und Dupin wortlos hinterher.

Bald hatten sie das Fenster erreicht, durch das Riwal eingestiegen war, dann das Parterre und die schmale Tür, die Riwal von innen geöffnet hatte.

Erst jetzt verstand Dupin, was Riwal gemeint hatte.

Die Wendeltreppe ging noch weiter. Weiter nach unten.

Schon eilte Riwal weiter.

Nach einer halben Drehung aber blieb er plötzlich stehen, Le Menn und Dupin wären beinahe in ihn hineingelaufen.

Die Treppe endete hier, im Souterrain. Es gab anscheinend gar keinen richtigen Keller. Aber dafür einen weiteren kreisrunden Raum, genau wie oben im Turm. Nur dass dieser hier alles andere als leer war.

»Mon Dieu«, entfuhr es Le Menn.

Der gesamte Raum stand voll mit Gerümpel. Alte, kaputte Holzstühle, ein hochgestellter hölzerner Bettrahmen, zwei alte, demolierte Schränke, eine alte Bank, zwei rostige Heizlüfter, ein alter Gasherd und undefinierbares Gerümpel.

»Vermutlich Sachen, die die letzten Hausbewohner nicht mitgenommen haben, weil es sich nicht gelohnt hat«, sagte Riwal und begutachtete die wilde Ansammlung von Dingen.

»Da! Da vorne!«

Aufgeregt zeigte Le Menn auf etwas mitten im Raum. Halb unter der Bank standen zwei Aluminiumboxen. Je etwa sechzig mal vierzig Zentimeter groß. Dupin kannte Boxen dieser Art, handelsübliche Industrieboxen. Sie waren aufeinandergestapelt.

»Die passen irgendwie nicht hierher, bestätigte Riwal.

»Und die Maße würden stimmen«, bemerkte Le Menn trocken.

Riwal ging vor den Boxen in die Hocke und holte sie unter der Bank hervor, Le Menn und Dupin standen mittlerweile direkt neben ihm.

Sie waren versehen mit den üblichen Spannverschlüssen.

»Wir tragen sie zur Treppe. Da ist mehr Platz.«

Dupin griff nach der obersten.

Die Boxen waren nicht besonders schwer. Le Menn trug die zweite.

Behutsam stellten sie sie nebeneinander.

»Also, öffnen wir sie«, sagte Dupin.

Dupin machte sich am Verschluss der ersten Box zu schaffen, Le Menn an dem der zweiten.

Riwal sah gespannt zu.

Beinahe gleichzeitig klappten Dupin und Le Menn die Deckel zurück.

»Wahnsinn!«

Riwal sprach ganz leise, es war eher ein Hauchen, als würde ihm der Atem fehlen, er war fast nicht zu verstehen.

»Das – das sind sie! Das müssen sie sein. Die – *daou kilik*.«

Seine Züge zeigten helle Aufregung.

Beide Boxen hatten den gleichen Inhalt: Auf einer groben Allzweckdecke, wie man sie im Auto liegen hatte oder für Umzüge benutzte, lag je ein rundes Gefäß. Hellbraune Keramik, erkennbar alt. Vielleicht vierzig Zentimeter hoch. Oben mit einem runden Korkdeckel verschlossen.

»Und jetzt?«

Riwals Stimme bebte.

»Handschuhe!«, wandte sich Dupin an Riwal. »Meine liegen wahrscheinlich im Boot.«

Der Inspektor zog sein Paar aus der hinteren Hosentasche.

Dupin streifte sie über und bückte sich.

»Sie können sie doch nicht einfach öffnen, Chef.«

»Genau das werde ich jetzt tun.«

Dupin stellte das eine Gefäß auf den Boden.

»Sie wissen gar nicht, was Sie damit auslösen können.«

Es war noch schlimmer als beim Betreten des Steinkreises. Ein weiteres Mal fühlte sich Dupin an *Indiana Jones* erinnert, die Szene im ersten Film, in der die Nazis die Bundeslade öffneten.

Jetzt kniete er sich hin, hielt mit der linken Hand das Gefäß und versuchte mit der rechten, den Korkdeckel zu öffnen, der fester saß als gedacht.

Behutsam setzte er mehr und mehr Kraft ein.

Plötzlich gab es ein lautes Ploppen, und er hatte ihn in der Hand.

»Ich weiß nicht, Chef. – Passen Sie auf!«

In Riwals Stimme hörte er jetzt eher Neugier als Angst.

Dupin dagegen spürte eine Art Wut. Es war so viel geschehen, drei Morde, drei restlos erschöpfende Ermittlungstage, massenweise Mysterien, die fantastischste Untersuchung seiner Karriere – jetzt wollte er endlich wissen, worum es ging.

Er schaute in die Öffnung und leuchtete mit dem Handy hinein.

»Vorsicht, Chef!«

Als könnte etwas Dupin anspringen.

Was er sah, war merkwürdig.

Eine Kordel, ein Band oder ein Stück Seil, ungleichmäßig dick, daran kleine, ebenfalls ungleichmäßige flache Gegenstände.

»Was ist das?«

Dupin stand auf und trat zur Seite.

»Keine Ahnung.«

Jetzt leuchtete Riwal in das Gefäß.

»Geben Sie mir mal die Handschuhe.«

Dem Inspektor war keine Besorgnis mehr anzumerken, er wirkte konzentriert.

Riwal griff behutsam in das Gefäß.

Er holte vorsichtig heraus, was sich darin befand.

Es war ein äußerst seltsames Gebilde: An einer braunen Kordel – ein natürliches Material – waren in bestimmten Abständen weitere Kordelstücke befestigt. An diesen wiederum hingen flache weißliche Plättchen. Sämtlich mit fremdartigen, halb geometrischen Figuren verziert, in das Material geritzt. Die Plättchen waren unterschiedlich lang, vielleicht drei Zentimeter das kürzeste, sieben das längste. Dupin zählte neun Stück. Eigentlich so etwas wie ein Mobile.

Riwal holte tief Luft. Und noch einmal. Er war sehr blass geworden.

»Wenn es ist, was ich denke, Chef, dann haben wir es hier mit einer gewaltigen Sensation zu tun.«

Er war aufs Äußerste fokussiert.

»Nämlich, Riwal?«

»Schwirrplättchen.«

Der merkwürdige Begriff sagte Dupin irgendetwas, wenn auch nur vage. Riwal hatte gestern oder vorgestern davon gesprochen.

»Die steinzeitlichen Musikinstrumente?«

Le Menn hatte es sofort parat.

»Alte Musikinstrumente?«, wiederholte Dupin.

Darum sollte es bei alldem gehen? Um uralte Musikinstrumente?

»Erinnern Sie sich an das Ouessant-Lied, Chef? *Die Klänge des Glücks, deren Ursprung du findest hier* – Der Ursprung der Musik! Bei diesem Artefakt hier«, Riwal hielt das fremdartige Gebilde hoch, »handelt es sich um ein steinzeitliches Musikinstrument. – Um ein Exemplar eines der ersten Musikinstrumente der Menschheit. Ich habe Ihnen doch gestern davon erzählt.«

Riwal hatte viel erzählt.

»Vor ein paar Jahren wurde eines in der Höhle La Roche in den französischen Pyrenäen gefunden, mit ganz ähnlichen Verzierungen. Das Schwirrplättchen dort ist rund 21 000 Jahre alt. – Man hat bisher auf der ganzen Welt überhaupt erst vier einigermaßen intakte Exemplare gefunden. Man nimmt es …«

Anstatt weiterzusprechen, ließ Riwal es vorsichtig durch die Luft schwingen. Unmittelbar hoben fremdartige Klänge an. Ein wenig wie der Wind, ein wenig wie das Meer, ein harmonisches, wundersame rauschendes Klingen.

Dupin hatte solche Klänge noch nie gehört, nicht einmal ansatzweise. Ganz hohe Töne und zugleich ganz tief. Ein voller Klang und doch leise. Wie war das möglich?

»Eine kosmische Meditation«, kommentierte Le Menn. Ein wenig erinnerte es Dupin auch an das sphärische Klingen, das er nicht loswurde, seit er auf der Insel war.

»*Der Ursprung der Klänge des Glücks* – auch in diesem Fall meint es das Lied ganz buchstäblich und konkret, man singt die Zeilen seit dreihundert Jahren, und alle halten sie für Metaphern.« In Riwals Ton schwang Pathos mit. »*Der Ursprung der Musik* – mit den Schwirrplättchen hat tatsächlich alles begonnen, das ist er, der Ursprung. Der Mensch hat die Geräusche von Wind, Meer und Vögeln nicht bloß imitiert, er machte sie intelligent, indem er ihnen einen Rhythmus, Struktur und eine Idee gab.«

Es traf wirklich zu, so sonderbar es war: Das wundersame Klingen der Plättchen hatte einen Rhythmus. Auch wenn es nicht leicht war, ihn zu bestimmen. War es die Regelmäßigkeit bestimmter klanglicher Wiederholungen?

»Sie denken«, Dupin begriff es erst langsam, »dass dieses Exemplar tatsächlich aus der Steinzeit stammt?«

»Eigentlich ist es fast zu gut erhalten, ich meine, die Kordel besteht aus organischem Material, tierisch oder pflanzlich, schwer zu sagen«, Riwal hatte mit dem Schwingen aufgehört und studierte das Band. »Aber wer weiß? Mittlerweile ist bekannt, dass die Menschen in dieser Epoche bereits brillante Konservierungstechniken kannten, sie mischten verschiedene Harze zusammen. Die Kordel hier ist jedenfalls kein bisschen porös. Und die Plättchen sind aus Horn und Stein.«

»Dennoch sollten wir sie zurücklegen.« Le Menn warf Riwal einen strengen Blick zu.

Einen Moment wirkte der Inspektor irritiert.

»Natürlich.«

Eilig legte Riwal das Instrument zurück in das Keramikgefäß.

»Wir sollten schnellstmöglich rauskriegen, wer einen Schlüssel zu den Häusern hier hat.«

Le Menn brachte sie zurück in die Realität.

Die Polizistin holte ihr Handy hervor und lief zur Treppe.

Dupin hatte sich mittlerweile dem zweiten Gefäß zugewandt. Er öffnete den Verschluss und leuchtete mit seinem Handy hinein.

»Und?«

Dupin sah mehrere längliche weiße Gegenstände.

»Keine Ahnung.«

»Lassen Sie mich mal schauen, Chef.«

Dupin trat zur Seite.

»Oh!«

»Was heißt das, Riwal?«

»Wahnsinn, Chef! Wir haben es mit einem Ensemble steinzeitlicher Musikinstrumente zu tun, einer regelrechten Sammlung! Hier liegen mehrere Knochenflöten. – Wissen Sie, wie alt die ersten sind, die man kennt?«

Eine rhetorische Frage.

»Rund 35 000 Jahre! – Und das ist noch nicht alles, Chef!«

Riwal zog etwas Größeres aus dem Gefäß. Einen Knochen, erkannte Dupin, sicher dreißig Zentimeter lang, bräunlich weiß gefärbt. Ein stattlicher Knochen, an den beiden verdickten Enden bearbeitet und mit roten Zickzack- und Schlangenlinien verziert.

»Wahrscheinlich ein Mammutknochen. Es gibt«, Riwal griff mit der anderen Hand in das Gefäß, »noch zwei kleinere.«

Triumphierend hielt er sie hoch.

»Das waren die ersten Schlaginstrumente, soweit man weiß. Man schlug sie aufeinander oder auf andere klingende Gegenstände.«

Er setzte ab, mit einem Mal wirkte er erschöpft.

»Chef, wenn das hier tatsächlich alles aus der Steinzeit stammt, dann«, er atmete tief ein, selten hatte Dupin den Inspektor so ernst erlebt, »dann ist das vielleicht die … die bedeutendste Sammlung der ersten Musikinstrumente weltweit. – Fehlt nur noch eine Harfe aus der Bronzezeit!«

»Was heißt das? Was für einen Wert hätten die Instrumente?«

Sie sprachen über das mögliche Mordmotiv.

»Viele, viele Millionen. Eigentlich unbezahlbar.«

Das reichte als Motiv.

»Und denken Sie an die öffentliche Aufmerksamkeit, den Ruhm, den eine solche Entdeckung dem Finder einbrächte. – Das ist ein absolut spektakulärer Fund. Nicht nur für die Musikgeschichte – für die ganz frühe Menschheitsgeschichte, die Entwicklung der menschlichen Kultur.«

»Warum sollte sich das alles ausgerechnet hier auf Ouessant befinden?«

»Es würde perfekt passen, Chef, das ist es ja. Ich hatte Ihnen doch erzählt, dass die Insel nicht erst in der Antike eine wichtige Basis war für alle großen Zivilisationen, sondern bereits lange zuvor. Schon in der Mittelsteinzeit, in der der Cromlec'h hier errichtet worden ist, wie auch im Jungpaläolithikum, das vor 45 000 Jahren mit der Einwanderung des anatomisch modernen Menschen nach Europa begann. Es könnte also durchaus sein, dass die Instrumente aus diesen Zeiten stammen und von Generation zu Generation weitergegeben wurden. Bis die Kelten vor dreitausend Jahren kamen und ihre Druidinnen zu den Hüterinnen der heiligen Instrumente wurden. Ein langer, ununterbrochener Reigen. Die«, Riwals Stimme bebte, »die Instrumente waren zeremonielle, rituelle Objekte. Sie bringen die göttliche Natur zum Erklingen.«

Riwal ließ eine dramatische Pause entstehen, um dann mit einem ebenso dramatischen Satz zu enden:

»Was Ouessant dann tatsächlich zum Ursprungsort der Musik in unserem heutigen Sinne machen würde.«

Ouessant und damit die Bretagne – darauf lief es hinaus. Natürlich.

»Dann ist auch klar, warum Ouessant der Ort der Musik wurde, der er noch heute ist, das erklärt ...«

»Ich habe die Bürgermeisterin erreicht.« Le Menn kam die Treppe heruntergeeilt. »Und raten Sie, wo sich der Schlüssel zu den Häusern hier befindet?«

Ihre Augen blitzten.

»In der *Mairie!* Er liegt in einer Schublade im Inselarchiv. Ein größerer Raum im ersten Stock. – Und wer arbeitet in der *Mairie* und hat sein Büro genau neben dem Archiv?«

Abermals eine dramaturgische Pause.

»Jade Quiniou. Die Kulturbeauftragte der Insel.«

»Zuständig für sämtliche Musikveranstaltungen und überhaupt alles, was mit Musik zu tun hat auf der Insel«, ergänzte Riwal, der wie angewurzelt stand. »Sie hütet damit sozusagen das Markenzeichen der Insel.«

»Und als Fremdenführerin kennt sie die Insel wie ihre Westentasche, ganz sicher auch die Île de Keller«, fügte Le Menn hinzu.

»Und sie ist die Nichte des Präfekten.« Dupin hatte es selbst einen Moment vergessen.

»Was in dem Fall überhaupt keine Rolle spielt«, stellte Le Menn unmissverständlich fest.

»Natürlich nicht.«

Für den Präfekten würde es eine entscheidende Rolle spielen.

Dupin griff nach seinem Handy.

»Sie müssen oben ins Parterre, hier unten haben Sie keinen Empfang«, riet die Polizistin.

Dupin lief die Treppe hoch. Le Menn folgte, das Handy immer noch in der Hand. Sie schien noch einmal telefonieren zu wollen.

Dupin suchte Kadegs Nummer in der Anrufliste, drückte sie.

»Monsieur le Comm…«

»Kadeg, ich möchte, dass Sie umgehend zu Jade Quiniou fahren. Nehmen Sie sie vorläufig fest. Auf der Stelle! Hören Sie?«

»Sie ist Locmariaquers Nichte, denken Sie nicht …«

»Nehmen Sie sie vorläufig fest, Kadeg!«

»Wird erledigt.«

Bei Kadeg brauchte es nur einen bestimmten Ton. Zudem waren Verhaftungen ganz nach Kadegs Geschmack.

»Und sorgen Sie dafür, dass Goulch mit seinem Boot kommt. So schnell es geht. – Wir sind auf der Île de Keller. Wir haben die *daou kilik*. Ich will, dass er die Gefäße hier abholt und zu uns nach Concarneau in Sicherheit bringt.«

Dupin würde sie niemand anderem anvertrauen.

»Sie haben die *daou kilik?*«

Sogar Kadeg schien aufgeregt.

»Was befindet sich darin?«

»Nur ganz kurz, Kadeg, später ausführlicher …«

Dupin rekapitulierte das Wesentlichste.

»Wahnsinn.« Kadeg war beeindruckt. Und doch im nächsten Augenblick wieder mit praktischen Dingen beschäftigt: »Die Polizeiboote aus Brest wären übrigens viel schneller bei Ihnen, Monsieur le Commissaire.«

»Ich will Goulch. – Und zwar so schnell wie möglich.«

Dupin kannte so etwas. Er machte sich keine Illusionen. Handelte es sich wirklich um einen derart sensationellen Fund, ging der Rummel schneller los, als ihm lieb wäre. Vor allem würden im nächsten Moment verschiedenste Instanzen ihre Zuständigkeit reklamieren. Noch vor Abschluss der Ermittlungen. Dabei war der Fall mit dem Fund der Gefäße noch nicht vorbei, das Entscheidende fehlte noch: der Täter. Der dreifache Mörder.

»Ich weiß nicht, ob der Präfekt …«

»Kadeg!«

»Wird erledigt!«

Le Menn lief eilig an Dupin vorbei zurück ins Souterrain.

»Es gibt auf der Rückseite der Insel wohl eine kleine Hafenbucht, sagen Sie das Goulch, da kann er anlegen.«

»Die wird Goulch kennen.«

Kadeg hatte recht.

»Ich bin gerade bei meinem Rad angekommen, Monsieur le Commissaire. Ich melde mich nach der vorläufigen Festnahme.«

»Warten Sie Kadeg, noch ein paar Dinge. – Bringen Sie Madame Quiniou zur *Mairie*. Wir kommen auch dahin. Und wenn sie fragt, warum, sagen Sie kein Wort, Kadeg. Haben Sie verstanden? Sagen Sie nur, ich komme gleich.«

»Mache ich.«

»Und wenn jemand wissen will, was wir hier gefunden haben und was Goulch abholt, sagen Sie nur, wir sichern Beweismittel. Was wir hier gefunden haben, bleibt bis auf Weiteres streng unter Verschluss.«

»Verstanden.«

»Und keine Anrufe beim Präfekten, ist das klar?«

Dupin legte auf und ging zu Le Menn und Riwal zurück.

»Ich habe mit dem Boot der Seenotrettung gesprochen«, sagte Le Menn, »die beiden Frauen von gestern. Sie kommen zu dem kleinen Kai auf der Rückseite der Insel und holen uns ab.«

»Gut. – Riwal, Sie warten hier, bis jemand von den Kollegen

die Wache übernimmt. Hier bei den Boxen. Bis dahin behalten Sie sie permanent im Auge.«

Dupin war ein gebranntes Kind. Schon einmal war es in einem Fall um ein spektakuläres Objekt gegangen, das dann unter – bis heute – ungeklärten Umständen am Ende plötzlich spurlos verschwunden war. Direkt unter seinen Augen, es war eine empfindliche Schlappe für Dupin gewesen. Aber das würde ihm nie wieder passieren, hatte er sich schon damals geschworen. Und hier, auf Ouessant, sollte er doppelt und dreifach vorsichtig sein. Hier ging nichts mit rechten Dingen zu.

»Am besten, Sie bleiben bei Riwal«, wies Dupin Le Menn an.

So wären sie immerhin zu zweit.

Sie hatten keine Ahnung, ob Jade Quiniou – wenn sie denn die Täterin war – alleine gehandelt hatte. Und auch – nur für den Fall – dem Mysteriösen begegnete man besser zu zweit. Den Massen an fantastischen Inselwesen, die ja vielleicht ebenfalls ein Interesse an den heiligen Gegenständen hatten.

»Natürlich«, stimmte die Polizistin zu.

Riwal und sie hatten begonnen, die beiden Gefäße in die Decken einzuschlagen und zurück in die Aluminiumboxen zu legen.

»Ich schicke das Boot der Senotrettung mit zwei Kollegen zurück, wenn es mich in Lampaul abgesetzt hat. Passen Sie auf sich auf.«

»Was haben wir denn hier?«

Le Menn hielt die Decke in der einen Hand, mit der anderen löste sie etwas von ihr.

»Das sind Reste von halb getrockneten Blättern. Hier!«

Sie hielt sie hoch.

Dupin eilte zu ihr.

»Himbeerblätter«, stellte Riwal fest, der eines der anderen Stücke von der Decke gelöst hatte.

Er hielt es Dupin hin.

Der Kommissar erkannte es sofort, Claire und er hatten gleich mehrere große Himbeerbüsche im Garten.

»Das muss vom letzten Einsatz der Decke stammen. Oder von dem Ort, wo sie gelagert wurde.«

»Die Forensiker sollen sich alles im Labor ansehen.«

Mit diesen Worten wandte Dupin sich ab.

»Bis gleich – wir halten einander auf dem Laufenden.«

»Machen wir«, bestätigte Riwal. »Ist Ihnen eigentlich bewusst, was das für eine Sensation wäre, das mit den Instrumenten, Chef?«

Dupin hörte es nur noch mit einem Ohr. Ihn interessierte jetzt erst einmal etwas ganz anderes.

»Wo wollen Sie hin?«, fragte die Seenotretterin, nachdem sie Dupin auf ihrem Boot empfangen hatte.

»Zur *Mairie.*«

»Sie haben Glück. Es ist Flut, da kommen wir direkt bis zu dem kleinen Kai in der Bucht.«

»Nein, warten Sie«, Dupin dachte nach.

So würde es erneut eine ausgiebige Fahrt übers Meer – ausgeschlossen. Außerdem stand sein Fahrrad noch an der Passage und er brauchte es. Es war sein einziges Fortbewegungsmittel. Bis dorthin wäre es mit dem Hochleistungsboot der Seenotrettung tatsächlich nur ein Katzensprung.

»Bringen Sie mich einfach auf die andere Seite der Passage. Da steht mein Rad.«

»Ganz, wie Sie wollen, Monsieur le Commissaire.« Sie lächelte. »Von den *Morganezed* gerettet! Sie gehören zu den Auserwählten.«

Es hatte sich also bereits herumgesprochen, in der mystischen Variante.

Dupin ging nicht darauf ein. Er stellte sich an die Reling, hielt sich mit beiden Händen fest, und schon ging es los. Um die kleine Insel herum in die Passage hinein, die ihm eben zum Verhängnis geworden war. Sie hatten sie gerade erreicht, da verließen sie sie auch schon wieder – für die Hunderten von PS, die so ein Boot hatte, war es ein Kinderspiel.

Schon sah Dupin die Betonrampe in der kleinen Bucht, von der er abgelegt hatte.

»Und schon sind wir da«, rief die Seenotretterin ihm zu.

»Herzlichen Dank!«

Mit einem entschiedenen Sprung verließ er das Boot.

Dupin hätte nicht gedacht, dass sich der Boden Ouessants einmal wie Festland anfühlen würde.

»Also dann, bis bald«, rief die Seenotretterin und jagte im nächsten Moment die Motoren hoch.

Dupin hätte ihr beinahe »Ganz sicher nicht!« hinterhergerufen.

Eilig lief er den Weg hoch.

Da stand es. Solide und verlässlich. Dupin hatte, es war lächerlich, beinahe ein sentimentales Verhältnis zu seinem Rad entwickelt.

Schon war er aufgestiegen und fuhr los.

Dann holte er sein Handy hervor.

Fast augenblicklich nahm sie an.

»Nolwenn, Sie können tatsächlich etwas tun.«

Nolwenn hatte mit Abstand die besten Kontakte, vor allem die beste Art, diese Dinge zu organisieren. Eine echte Spezialistin.

»Schießen Sie los.«

»Es gibt eine ganze Reihe von Neuigkeiten. Wir brauchen einen Haftbefehl. Jade Quiniou.«

»Die Bodhrán-Spielerin? Das ist doch Locmariaquers Nichte!«

Das würde er noch ein paarmal zu hören bekommen.

»So ist es. – Erst mal werden wir sie vorläufig festnehmen.

Es gibt einen«, sie würden eine solide Begründung brauchen, »substanziellen Hinweis, dass sie es war, die die Gefäße versteckt hat, nach denen wir gesucht haben. Was bedeutet, dass sie auch die Täterin sein könnte. Auf jeden Fall ist sie in die Geschichte verwickelt.«

Mit knappen Worten setzte Dupin Nolwenn ins Bild. Sie musste die wesentlichen Dinge wissen.

»Ich setze mich sofort dran, Monsieur le Commissaire, keine Sorge.«

Die Verbindung war jetzt so exzellent, dass man das Gefühl hatte, Nolwenn säße tatsächlich in ihrem Büro in Concarneau und nicht Tausende Kilometer entfernt in der Karibik.

»Also bis gleich, Monsieur le Commissaire.«

Schon hatte sie aufgelegt.

Jetzt, ganz am Ende, fühlte sich der Fall doch noch irgendwie normal an. Immerhin.

Dupin steckte das Handy zurück in die Hosentasche.

Er erreichte die Hauptstraße, die direkt nach Lampaul führte. Er trat fester in die Pedale. Bald zeigte der Tacho vierunddreißig Stundenkilometer.

Eine Sache, bemerkte Dupin, wollte ihm nicht aus dem Sinn gehen. Die Himbeerblätter. Die Blätterstücke an der Decke, in die eines der Gefäße eingeschlagen worden war. Er wusste nicht, was, aber irgendetwas war damit. Irgendetwas, das mit Himbeerblättern zu tun hatte, wühlte sich durch unbewusste Areale seines Gehirns.

Der laute, penetrante Ton seines Handys unterbrach das angestrengte Nachdenken.

Er musste abbremsen, bei der Geschwindigkeit war das Telefonieren zu riskant.

Es war Kadeg.

»Was gibt es?«

»Vorläufige Festnahme erfolgt, ich bringe Locmariaquers Nichte jetzt zur *Mairie.*«

»Jade Quiniou, Kadeg. Sie heißt Jade Quiniou. – Was hat sie gesagt?«

»Nicht viel.« Der Inspektor zögerte kurz. »Ich habe ihr natürlich direkt zu verstehen gegeben, dass sie von mir nichts erfahren wird.«

»Sehr gut. Wie kommen Sie mit ihr zur …«

Dupin sprach den Satz nicht zu Ende. Ihm war etwas eingefallen.

Das war es! Das musste es sein. Der Gedanke mit den Himbeerblättern.

»Monsieur le Commissaire?«

»Alles in Ordnung, Kadeg. Ich melde mich wieder.«

Schon hatte er den Anruf beendet. Er wendete und trat in die Pedale, so kräftig er überhaupt nur konnte.

Jetzt zeigte der Tacho bis zu achtunddreißig Stundenkilometer, Dupin war außer Atem, ließ aber nicht nach. Eine Zeit lang ging es geradeaus, dann rechts ab. Die Insellandschaften rasten an ihm vorbei. Fiebrig spielten seine Gedanken das Geschehen in einer neuen Variante durch.

Kervasdoué, Kerlaouen, Pen Ar Lan, gleich wäre er da. Zwei kleine Ziegen kreuzten seinen Weg – eine schwarz, eine weiß, natürlich. Dupin wunderte sich längst über nichts mehr auf dieser Insel, am Ende wären es ebenfalls übernatürliche Wesen, die sich ihm hier und dort als Ziegen zeigten. Schutzgeister vielleicht?

Kernoaz – schon passierte er das Schild mit dem Namen des winzigen Weilers. Wiesen, Weiden, Felder, Steinmäuerchen.

Bald sah Dupin das schlichte weiß getünchte Steinhaus im Süden des Weilers, Richtung Meer. Er stellte das Rad ab und trat durch das knallrote Holzgatter. Dann hielt er sich scharf nach rechts, steuerte auf den Ziegenstall am Ende des Hofgeländes zu. Niemand zu sehen. Er hielt nach den Ziegen Ausschau. Auch von ihnen war keine zu sehen.

Er erreichte den Stall und erkannte die Stelle mit dem Heu,

wo die Ziegenmutter gelegen hatte, um ihr Junges auf die Welt zu bringen.

Wahrscheinlich war sie mit den anderen Ziegen im Stall.

Dupin öffnete die Tür.

Er hatte richtig vermutet. Hier war sie, die ganze Herde. Die Ziegen standen an einem schmalen Futtertrog, Stroh rundherum. Rechter Hand drei abgetrennte kleine Stallboxen. Dupin kannte das, hier gab man den Müttern und Neugeborenen ein paar ruhige Tage in Zweisamkeit, ehe der Trubel in der Herde losging.

Dupin sah die Ziegenmutter, zusammen mit ihrem Jungen. Innig und erschöpft lagen sie nebeneinander.

In einer Ecke stand ein Futternapf mit Trockenfutter. Werfende Muttertiere bekamen ein spezielles Futter. Dupin kannte auch das noch vom Bauernhof seiner Großeltern. Und er kannte auch das Hausmittel, das man schwangeren und werfenden Ziegen und auch Schafen gerne gab. Es half so effektiv wie nichts anderes.

Er öffnete die Stalltür und ging zum Futternapf.

Sofort sah er, was er vermutet hatte. Großzügig ins Futter gemischt. Auch rechts und links vom Napf lagen sie. Himbeerblätter. Ganze Blätter, halb getrocknet, Stücke von Blättern, große, kleine.

Er bückte sich und hob ein paar von ihnen auf.

Das konnte kein Zufall sein. Höchstwahrscheinlich stammten sie von Büschen hier auf dem Hof – genau wie die auf der Decke. Dupin war sich sicher, dass man die Herkunft zweifelsfrei würde nachweisen können.

Er machte ein paar Fotos von dem Napf und verließ den Stall, die Himbeerblätter in der Hand.

Er lief auf das Haupthaus zu.

»Madame Gaëc?«

Nichts, keine Reaktion.

»Madame Gaëc? – Ich bin's, Commissaire Dupin«, wiederholte er. »Hallo?«

»Sie ist auf dem Feld. Mit dem Traktor.«

Eine junge Frau und ein junger Mann in verschmutzten Jeans waren aus der Steinscheune neben dem Haupthaus getreten.

»Soll ich sie anrufen?«, fragte die junge Frau.

»Nein. – Auf welchem Feld? Wo liegt es, meine ich?«

»Hinter dem Stall. Sie können sie nicht verfehlen. Der grüne Traktor. Das Feld, das sich bis zum Meer zieht, bis zum Abhang.«

»Danke«, nickte Dupin und setzte sich in Bewegung.

Es war eine blaue Landschaft.

Ein ganzes Feld mit fußballgroßen blauen Kohlköpfen, die inmitten ihrer riesigen, höchst ästhetischen Blättergewänder dalagen, als wären sie kunstvoll arrangiert worden. Es war Erntezeit. Rotkohl, eines der Lieblingsgemüse Dupins: roh, in ganz feine Scheiben geschnitten, wie Carpaccio, dazu Öl, Cidre-Essig, Fleur de Sel und cremiger Schafskäse – absolut köstlich.

Das Feld lag nicht weit von der Sandbucht, an der sie auf dem Weg zum Steinkreis vorbeigekommen waren. Hier hob die Steilküste des Penn-Arlan-Vorsprungs an. Der schmale grasige Pfad am Ende des Feldes, über den sie gestern gefahren waren, führte hier tollkühn am Abgrund vorbei. Ein Meter, nicht mehr, lag zwischen dem sicheren Weg und dem sicheren Verderben.

In der Mitte des von alten Steinmäuerchen gesäumten Feldes war die Fahrspur des Traktors zu sehen, den Enora Gaëc am Ende der Fläche abgestellt hatte. Der Anhänger war gut gefüllt mit prächtigen Kohlköpfen. Ein Teil war bereits abgeerntet.

Dupin näherte sich. Enora Gaëc war im Begriff, in die Traktorkabine zu klettern, sie hatte den Kommissar noch nicht bemerkt. Sie tat einen Schritt auf das Trittbrett, ihre Locken wippten mit. Verwaschene, zerschlissene Jeans, ein ärmelloses, geripptes Top, heute allerdings in Weiß. Hier und dort erdige Flecken, es sah nach schwerer Arbeit aus. Die schwarzen kniehohen Gummistiefel, die Dupin schon kannte.

Sie nahm auf dem Sitz Platz und ließ den Motor an, ein kraftstrotzender Diesel.

Anders, als Dupin angenommen hatte, setzte sich der Traktor nicht vorwärts, sondern rückwärts in Bewegung, den Anhänger vor sich herschiebend. Direkt auf Dupin zu, der nur noch ein paar Schritte entfernt war.

Einen Augenblick später drehte sich Enora Gaëc um. Sie trat mit voller Wucht auf die Bremse. Der Traktor ächzte laut.

Dupin hatte sich nicht von der Stelle gerührt.

Jetzt stellte sie den Motor ab.

»Sie sind ja todesmutig. – Ich hätte Sie beinahe überfahren«, lachte sie.

»Ich war mir sicher, dass Sie das nicht tun würden.«

Der Anhänger war einen knappen Meter vor Dupin zum Stehen gekommen.

»Sie wollen mich sprechen, nehme ich an.«

Behände kletterte Enora Gaëc vom Traktor herunter und kam auf Dupin zu.

Als sie direkt vor ihm stand, hielt ihr Dupin wortlos die geschlossene linke Hand hin. Dann öffnete er sie.

»Himbeerblätter«, stellte Enora Gaëc ohne eine besondere Regung fest.

»Das beste Tonikum für schwangere Tiere, kurz bevor sie werfen, vor allem für Ziegen. Sie entspannen die Gebärmutter, wirken krampflösend und regen eine schnelle Geburt an. Die Ziegen sind zudem ganz verrückt nach ihnen. Sie lieben sie. Man gibt sie ihnen kurz vor dem Werfen – und auch noch in den Tagen danach, nicht nur, weil sie die Wehen fördern«, ergänzte Dupin. »Sie setzen sie dem Futter zu, wie ich gerade gesehen habe.«

»Sie kennen sich aus.«

Sie schien beeindruckt.

»Ich schwöre darauf, immer schon. Ein wahres Wundermittel.«

»Meine Großmutter war Bäuerin, Madame Gaëc. Sie hatte für ihre Ziegen, die hochträchtig waren, immer ein paar Himbeerblätter dabei. In ihren Manteltaschen, Jackentaschen, Hosentaschen, überall. Wie Leckereien. Und immer fielen ihr welche heraus, wenn sie die Hand in die Tasche gesteckt hatte und wieder herauszog.«

Enora Gaëc lächelte. Ein warmes Lächeln.

»Wissen Sie«, fuhr Dupin in Ruhe fort, »wo wir Himbeerblätter gefunden haben?«

Er machte eine Pause.

»Auf einer der Decken, in die Sie die *daou kilik* eingewickelt haben. Um sie in den Aluminiumboxen zu schützen. Wir haben die Boxen eben auf der Île de Keller sichergestellt, unten im Turm.«

Dupin hatte Enora Gaëcs Gesicht fixiert, während er gesprochen hatte. Auch dieses Mal hatte sie keine besondere Reaktion gezeigt. Sie hatte nicht einmal geblinzelt. Und schien auch erst einmal nicht vorzuhaben, etwas zu sagen.

»Angefangen hat alles mit Lionel Saux, denke ich«, begann Dupin. »Mit seinem Vorhaben, das Ouessant-Lied neu zu schreiben. Irgendwie ist er darauf gekommen, dass es sich um mehr handelt als um fantastische Preisungen der Insel. Dass das Lied von einem Schatz erzählt. Einem realen Schatz. Dem ›Ursprung der Musik‹. Den die *daou kilik* in sich bergen. Und das Lied verrät sogar, wo sie liegen.«

Dupin blickte sie auffordernd an.

»Wie ging es dann weiter, Madame Gaëc?«

Eine Weile blieb sie stumm. Sie schien nachzudenken.

»Vielleicht gehen wir etwas spazieren?« Enora Gaëc machte immer noch einen aufgeräumten Eindruck. »Dabei lässt es sich besser reden.«

»Ganz meine Meinung.«

Die Landwirtin ging am Traktor vorbei und auf den schmalen Pfad am Ende des Feldes zu. »Dann kann ich Ihnen auch den Vorsprung zeigen, wo sie ins Meer gestürzt sind. – Ich war dabei. Nur ein paar Schritte entfernt.«

»Alle drei?«

»Lionel und Mathis.«

Blaue Kohlköpfe rechts und links, die in der Sonne leuchteten.

»Wie sind sie abgestürzt?«

»*Ich* habe sie nicht hinuntergestürzt.«

Es klang nicht nach einer Verteidigung. Sie hatte den Satz im Tonfall einer nüchternen Feststellung formuliert.

»Aber Sie haben recht, am besten fangen wir vorne an, Monsieur.«

Dupin würde sie lassen. Sie sollte es in ihrem Rhythmus tun.

Sie hatten den Pfad erreicht, über den Dupin zusammen mit Le Menn und Riwal zum Cromlec'h gefahren war. Sie liefen auf den schmalen Landsteg zwischen der Insel und Penn Arlan zu. Ihm fiel ein, dass er wieder niemandem Bescheid gesagt hatte, wo er war und aus welchem Grund.

»Es stimmt. Es war genau so, wie Sie vermuten. Lionel, irgendwie ist er auf den Gedanken gekommen, dass der Text mehr ist als ein lustiges Liedchen, wie gesagt, manchmal hatte er etwas Geniales. Er hat den Text dann systematisch entschlüsselt. Zuerst hielt ich die Idee für verrückt. Für einen typischen Lionel-Einfall.«

Der schmale Pfad zwang sie, eng nebeneinanderzulaufen, immer wieder berührten sich ihre Ellenbogen.

»Die Legende gab es immer schon – dass Ouessant die Heimat, der Ursprung der Musik ist. *Ouessant ist Musik und Musik ist Ouessant …* Lionel wusste natürlich nicht, was die *daou kilik* enthielten, aber er war sich ab einem bestimmten Zeitpunkt sicher, dass es sie gibt. – An einem Abend hat er es mir dann erzählt. Ganz im Vertrauen. Nur mir. Das ist fast drei Wochen her.«

Es entstand ein längeres Schweigen. Dupin wartete. Die Luft war stechend klar, die ganze Welt überscharf. Auf Molène, der Nachbarinsel im Süden, konnte man einzelne Häuser erkennen, die Kirche, den kleinen Leuchtturm. Man sah das gesamte Archipel, den einstigen Landriegel von Ouessant bis Le Conquet, den das Meer über Hunderttausende Jahre vollständig zerfurcht hatte, bis nur noch Inselchen übrig geblieben waren. Ein paar wenige größere, aber vor allem Hunderte kleinere und kleinste.

»An einem Punkt kam er nicht weiter.« Enora Gaëc nahm den Faden wieder auf. »Welche Stelle konnte gemeint sein, wo genau am Cromlec'h sollten die *daou kilik* liegen? Ich kam dann auf die Idee mit der Astronomie. Dass da der Hinweis liegt. In einer Broschüre zum Cromlec'h ist eine Karte mit seiner astronomischen Ausrichtung abgedruckt.«

Riwal hatte also recht gehabt.

»Ich bin dann allein hin. Und habe die Stelle gefunden. In dem Schacht lag die kleine Schatulle mit dem Hinweis. Sie kennen sie ja wahrscheinlich.«

Enora Gaëc schien den Weg schon tausendmal gelaufen zu sein – seit sie auf dem Pfad unterwegs waren, wandelte sie wie blind, ihre Blicke waren nur auf das Meer gerichtet. Nicht angestrengt, eher ein Schweifen. Nichts an ihr wirkte angestrengt oder angespannt.

»Wussten Sie, dass der Hinweis von Sybil Jaouen stammt?«

»Nein. Aber ich habe es mir gedacht. Und sofort verstanden, was er bedeutet.«

»Und Sie haben es Lionel Saux gesagt?«

»Ja. Natürlich.«

Dupins Handy klingelte. Eilig holte er es aus der Hosentasche.

Es war Kadeg.

Rasch drückte er den Anruf weg. Er würde nicht riskieren, dass Enora Gaëc es sich anders überlegte.

»Und dann?«

»Wir wussten natürlich von dem geheimen Gang und der geheimen Kammer. Lionel wollte unbedingt sofort nachschauen. Das war letzte Woche Sonntag. Die Kirche steht fast immer offen. Das uralte Schloss haben wir mit einer Zange geöffnet.«

Der Pfad näherte sich tollkühn dem Abgrund. Es ging senkrecht hinunter, bestimmt sechzig Meter. Ab und zu war eine Gischtfontäne zu sehen.

»Der Rest war einfach. Wir haben die *daou kilik* sofort gefunden. – Lionel wusste dann ziemlich schnell, womit wir es zu tun hatten, den Schwirrplättchen und allem anderen, er kannte sich aus mit der Geschichte der Musik. Aber natürlich war er kein Experte für steinzeitliche Instrumente. Wir konnten beide nicht beurteilen, ob das wirklich alte Instrumente sind. Ob sie wirklich etwas Besonderes sind. Also bin ich zu Mathis. Er schien mir der Einzige, der wirklich kompetent Auskunft geben konnte. Das war Montagnachmittag. Er wollte die Instrumente sehen. Also sind wir noch einmal in die Mausoleumskammer. Mathis hat Fotos gemacht. Und dann sofort recherchiert. Er hielt sie für echt, den Fund für eine Sensation. Er meinte, wir müssten uns sofort an eine Universität und an die Öffentlichkeit wenden.«

Enora Gaëc brach ab.

»Und das wollten Sie nicht?«

»Auf keinen Fall.«

Sie machte eine resolute Bewegung mit der Hand.

»Warum?«

»Sie gehören hierher. Nach Ouessant. Es ist die Essenz der Insel.«

Mittlerweile konnten sie das Kreuz des Saint Pol sehen. Der fanatische Verfolger der neun Druidinnen. Der sie über die gesamte Insel getrieben hatte, um sie dann in ewiger Qual in Stein zu bannen.

Enora Gaëc blieb einen Moment stehen und blickte Dupin in die Augen.

»Sie wissen, was passiert wäre.« Ihre Stimme klang hart. »Man hätte sie uns weggenommen. Es wäre ein weltweites Spektakel geworden, für einen Tag hätten sich die Medien mit aufsehenerregenden Berichten über Ouessant gegenseitig überboten. Man hätte die Instrumente wissenschaftlich untersucht und schließlich in einem berühmten Museum in Paris ausgestellt. – Für uns, für Ouessant, mehr noch, für die großen heiligen Zusammenhänge – weit über die Insel hinaus – wäre es der Untergang gewesen.«

Dupin würde nicht nachfragen. Er würde es nicht verstehen. Aber er wusste, dass es für Enora Gaëc eine Wahrheit darstellte. Wie auch für Madame Jaouen und alle *Sirenen.*

»Haben Sie dann Sybil Jaouen eingeweiht?«

»Ja, am nächsten Tag.«

»Und was hat sie gesagt?«

»Dass wir die *daou kilik* unbedingt schützen müssen, sie ...«

Dupin wartete.

Enora Gaëc schien nicht weitersprechen zu wollen.

»Ja? Sprechen Sie weiter, Madame.«

Dupin sprach mit resoluter Stimme. Resolut, nicht feindselig.

Es dauerte eine ganze Weile, bis sie weiterredete. Melancholie mischte sich jetzt in ihren Tonfall.

»Sie will, dass wir eines Tages«, Enora Gaëc zögerte, »dass wir eines Tages die Wacht übernehmen. – Wenn sie gegangen ist.«

»Die Wacht?«

»Es klingt mysteriöser, als es ist.«

Noch mysteriöser konnte es gar nicht klingen, fand Dupin.

»Sie wissen von der Tradition der Druidinnen und *conteuses*, der weisen Frauen der Insel? Sie existiert seit Tausenden Jahren. – Darum geht es.«

»Um die Wahrung von Geheimnissen und Schätzen?«

Enora Gaëc blieb abermals für einen Augenblick stehen. Durchdrang Dupin mit ihrem Blick. Ein ungemeiner Sog. Der Wind wehte ihre Locken wild durcheinander. »Um ein Wissen, ein Denken, Fühlen, Wahrnehmen, um eine Haltung, die im Begriff ist, verloren zu gehen. Das meine ich. Darum geht es. – Um den Kern unserer Kultur. Der keltischen Kultur. Einer Kultur, die unsere Welt nicht bloß als Material sieht, den Menschen eingeschlossen. Ein Denken, das um die großen Zusammenhänge weiß. Dass alles mit allem zusammenhängt, auch wenn unser kümmerlicher Verstand es nicht zu erfassen vermag.«

Sie lief weiter.

»Ich meine keine Esoterik, Monsieur le Commissaire. – Esoterik verrät bloß alles.«

Dupin interessierte sich im Moment für ganz anderes.

»Wie ging es weiter, Madame Gaëc? Hat Sybil Jaouen etwas Konkretes gesagt, Ihnen etwas Konkretes geraten?«

»Nein. – Sie hat viel geschwiegen. Sie war äußerst beunruhigt. Sie befürchtete, dass die *daou kilik* nun abhandenkommen würden, für immer. Dass wir etwas Schlimmes losgetreten hatten. – Verstehen Sie?«

Erneut kam der Pfad dem Abgrund gefährlich nahe. So nahe, dass man beim Gehen das Gefühl hatte, zu fliegen. Über das Meer zu schweben wie ein Seevogel.

»Und dann?«

»Ich habe die Gefäße geholt. Am Dienstag, noch in den frühen Morgenstunden.«

»Alleine?«

»Alleine. Sie sind nicht schwer. – Ich habe ein kleines Motorboot, das im *Port du Stiff* liegt. Die Schlüssel der Häuser auf Keller habe ich mir in der *Mairie* geholt.«

»Haben Sie jemanden eingeweiht? Ihre Freundinnen?«

»Nein. Es war meine Aufgabe.«

»Hat Sybil Jaouen Ihnen geraten, die Gefäße auf die Île de Keller zu bringen?«

»Nein. – Und ich habe ihr auch nicht gesagt, dass ich sie dorthin gebracht habe. Sie wusste nicht einmal, dass ich sie weggebracht habe.«

»Aber sie hat es sich denken können. Ich meine, dass Sie es waren, die sie weggebracht hat.«

»Es hätte genauso gut einer der beiden Männer sein können.«

Sie hatte recht.

»Erzählen Sie weiter.«

Wieder ging Dupins Handy los. Wieder Kadeg. Wieder drückte Dupin ihn weg.

»Am Dienstagabend dann kamen Lionel und Mathis zu mir, zusammen. Nach neun irgendwann. Mathis ist wegen der Sache nicht nach Brest gefahren, Lionel war vollkommen aufgebracht. Er war wieder im Mausoleum gewesen und hatte gesehen, dass die beiden Gefäße fehlten. Ich habe ihnen gesagt, dass ich sie weggebracht habe. Versteckt habe. Lionel wurde immer wütender. Ich wollte es erklären. Also sind wir spazieren gegangen. Zum Reden.«

»Und?«

»Es wurde heftig. Lionel wurde heftig. Er hatte ja manchmal diesen Furor. Dann ist er ausgerastet. Ich weiß nicht, ob er was getrunken hatte, ich dachte eigentlich nicht. Er schrie, die Gefäße seien seine Entdeckung, seine allein. Er sah den großen Moment seines Lebens gekommen, die große Chance. Endlich, endlich. Er würde berühmt werden. Berühmt und reich. Er hätte sie zu einem immensen Preis verkaufen können.«

»Was zweifelsohne stimmt.«

»Sicherlich. – Er hat alles Mögliche geschrien. Dass er sich von mir nicht ein weiteres Mal alles kaputt machen lassen würde. Zuerst sein Landwirtschaftsprojekt – und jetzt das. Dass er das nicht mehr hinnehmen werde, dass er sich dieses Mal wehren werde. Mathis hat versucht, ihn zu beschwichtigen, aber völlig umsonst.«

Plötzlich blieb sie stehen und zeigte auf den Pfad vor ihnen. Eine Stelle, vielleicht zehn Meter entfernt. Der Weg machte eine enge Biegung um eine zerklüftete Schlucht. Darüber neigte sich ein abenteuerlicher Vorsprung.

Zum weiß aufragenden Kreuz waren es keine fünfzig Meter mehr.

»Da. – Da ist es passiert.«

»Was genau ist da passiert? Erzählen Sie!«

»Lionel hat mich im Streit plötzlich am Arm festgehalten. Ich ging links von ihm, Mathis rechts, dem Abhang am nächsten. – Es war ein brutaler Griff. Ich habe mich gelöst. Dabei ist er ins Stolpern gekommen. Und mit Mathis zusammengestoßen. Sie sind nicht einmal hingefallen. Aber vom Pfad abgekommen. – Auf einmal war ein seltsames Geräusch zu hören. Dumpf. Dann immer lauter.«

Sie hatten sich der Stelle bis auf ein, zwei Meter genähert.

»Dann ging alles rasend schnell. Plötzlich rutschte ein Stück des Vorsprungs ab. Ich stand keine zwei Meter entfernt. Und konnte nichts tun. Gar nichts. Ich habe ihre fassungslosen Blicke gesehen, als der Boden unter ihnen in die Tiefe stürzte und sie mit ihm.«

Dupin schritt auf die Kante zu.

»Auf einmal? Völlig aus dem Nichts bricht ein Stück des Vorsprungs weg?«

»Das passiert hier immer wieder. Und nicht nur hier. Die Erosion. Völlig aus dem Nichts.«

»Ein verrückter Zufall, finden Sie nicht?«

»Ein verrückter Zufall.«

Enora Gaëc verharrte auf der Stelle. Sie schaute zu, wie Dupin sich behutsam noch weiter der Kante näherte.

Jetzt war es nur noch ein Meter, mehr nicht.

Dupin kannte solche Küstenwege, es gab sie überall in der Bretagne, die alten Zöllner- und Schmugglerpfade. Und überall gab es halsbrecherische Abschnitte, die anderswo längst abgesperrt worden wären, aber nicht in der Bretagne. Und es stimmte – immer wieder brach auf diesen Pfaden hier und dort ein Stück weg. Sogar bei Windstille und heiterem Sonnenschein, nicht nur in den wüsten Unwettern. Schwere Böen und Springfluten hatten über Jahrzehnte nach und nach die Substanz angegriffen, von ihrem ausdauernden perfiden Wirken war rein äußerlich nichts zu sehen, aber im Boden und Gestein tat es sein Werk. Und eines Tages reichte es dann, wenn sich nur ein Schmetterling niederließ …

Dupin ging in die Hocke. Betrachtete die Kante. Dann legte er sich der Länge nach hin. Auf den Bauch. Schob sich langsam nach vorne, stützte sich nur vorsichtig mit den Händen ab. Ein paarmal warf er unwillkürlich einen Blick zu Enora Gaëc, die immer noch bewegungslos dastand und schwieg.

Dupin erreichte die Stelle.

Und hier, unmittelbar am Abgrund, war es zu sehen.

Dunkle, frische Erde, Steine hier und dort. Uneben, chaotisch, zwei, drei Meter links, drei, vier rechts.

Ein frischer Abbruch, eindeutig.

»Das mit Lionel und Mathis war ein Unglück«, hörte er auf einmal hinter sich, »das mit Daniel Destoc nicht.«

Ein kurzes Zögern.

»Ich habe ihn gestoßen.«

Dupin drehte sich blitzschnell um.

Enora Gaëc verharrte unverändert auf derselben Stelle.

Dupin bewegte sich vorsichtig zurück. Dann stand er auf. Und kam zu Enora Gaëc auf den Pfad zurück.

»Sie haben Daniel Destoc ins Meer gestoßen?«

Dupin sah sie direkt an, sie trennte nun weniger als ein Meter. Er sah in ihre Augen. Hell, klar, entschlossen.

»Das habe ich. Genau hier. An dieser Stelle. Wo auch Lionel und Mathis hinabgestürzt sind.«

Dupin wandte sich ab. Er ging weiter, Richtung Kreuz. Sie setzte sich ebenfalls in Bewegung.

»Was hat Sie dazu gebracht?«

Dupin sprach leise und ruhig.

Von Weitem musste es aussehen, als machten zwei Freunde einen gemeinsamen Spaziergang.

»Lionel hatte ihm alles erzählt. Auch, was die Gefäße enthalten. Er hat Daniel gesagt, dass ich strikt dagegen sei, den Fund öffentlich zu machen. Dass ich den *daou kilik* stattdessen ein neues Versteck geben wollte. – Ich weiß nicht, warum Lionel das getan hat, warum er es ihm überhaupt erzählt hat. Daniel war einfach ein Idiot. Vielleicht hat sich Lionel eingeredet, für sein größenwahnsinniges Projekt in Daniel tatsächlich einen Partner gefunden zu haben. Vielleicht wollte er auch einfach nur angeben.«

Enora Gaëc verstummte für eine Weile, wieder, wie zu Anfang ihres Spaziergangs, schweiften ihre Blicke über das Meer. In die Weite, die Ferne. Ganz unbestimmt, schien es. Und wieder wirkte sie völlig gelöst.

»Er kam dann am Mittwochmorgen, nachdem er von Lionels angeschwemmter Jacke gehört hatte. Ich war auf dem Feld. Allein. Bei meinen Artischocken. Das Feld neben dem Kohl. – Er hat mir gedroht. Er wisse, dass ich Lionel umgebracht hätte. Er werde sich umgehend an die Polizei wenden. Und auch allen von den *daou kilik* erzählen. Ich hätte außerdem kein Recht mehr auf die Pacht seines Bodens. – Dann sagte er noch, ich sei des Teufels.«

Gleich hätten sie das Kreuz erreicht. Erst jetzt, aus der Nähe, sah man die beachtliche Größe. Davor ging ein Pfad ab, er konnte eigentlich nur zum Cromlec'h führen. Gestern waren sie mit den Rädern schon früher abgebogen, dennoch, von der Richtung her stimmte es.

»Gehen wir hier entlang«, Dupin wies auf den abgehenden Pfad.

So lächerlich es sein mochte, Dupin spürte, dass etwas in ihm das Kreuz meiden wollte.

Enora Gaëc folgte wortlos.

»Und dann?«

»Ich habe ihm gesagt, dass es ein Unfall war, was mit Lionel und Mathis geschehen ist. Was auch stimmt. Er wollte die Stelle sehen. Er wollte mir nicht glauben. Dann sind wir hierher.«

Sie drehte den Kopf andeutungsweise zurück zu dem Vorsprung, wo sie gerade gestanden hatten.

»Und dann habe ich ihn gestoßen. Es war ein Impuls. Aus dem Nichts. Ein überstarker Impuls.«

»Hat er sie angegriffen?«

Dupin erschrak plötzlich – hatte der Satz gerade nicht so geklungen, als wünschte er sich, dass es so gewesen wäre? Hatte sie es gehört? Bildete er sich das ein?

»Nein.«

Es war verrückt. Sie hätte nur Ja sagen brauchen. Es hatte keine Zeugen gegeben. Das mit dem Abbruch am Vorsprung würde sich von einem Experten nachweisen lassen, im Falle von Lionel Saux und Mathis Cëvaër würde man ihr am Ende glauben müssen. Und im Falle von Daniel Destoc hätte ein Anwalt auf Notwehr plädieren können. Als Mord wäre es dann sicher nicht gewertet worden.

Sie schwiegen eine ganze Weile. Dupin gingen viele weitere Fragen durch den Kopf, er sprach keine davon aus.

Das dornige Gestrüpp wurde immer dichter, der Pfad immer schmaler, sodass sie hintereinandergehen mussten, Enora Gaëc voraus. Sie gingen langsam.

Mit einem Mal sah Dupin den Steinkreis. Sie waren nicht mehr weit entfernt.

Dupin fiel Jolla ein, die Druidin, eine der Neun.

»Und warum sind sie Dienstagnacht nicht zur Polizei – wenn

der Tod von Lionel Saux und Mathis Cëvaër doch ein Unfall war?«

»Ich wollte keine Fragen. Ich wollte nicht im Fokus stehen.«

»Und die Kreuze? Warum das mit den *Proella*-Kreuzen?«

»Ich wusste ja, wo die Kreuze liegen. Ich war bestürzt. Ich wollte ihnen nichts Böses. Vor allem Lionel und Mathis nicht. Gar nicht. Und ich wollte auch nicht, dass Daniel stirbt, es war – es war der Moment.«

Ihre Stimme hatte einen seltsam sanften Klang angenommen.

Sie überquerten den südlichen Erdsteg.

»Obwohl, ich weiß es nicht. Ich dachte plötzlich, ich korrigiere, was ich losgetreten habe. Ich – ich weiß es nicht. – Auf jeden Fall wollte ich ihnen ein Symbol bringen. Ein Symbol des Friedens sozusagen. Des friedlichen Geleits. Ich …« Sie stockte. »Ich wusste nicht, was das Meer mit ihnen macht. Ob es sie anschwemmt. Oder für immer mitnimmt. Sie sollten nicht verloren gehen, das hätte ich nie gewollt.«

Wieder schwiegen beide, wenn auch aus unterschiedlichen Gründen.

Sie erreichten den Steinkreis.

»Ich werde Sie jetzt vorläufig festnehmen, Madame Gaëc.« Dupin sprach mit fester, ruhiger Stimme. »Ich rufe meine Kollegen an, damit sie Sie hier abholen kommen.«

Dupin griff nach seinem Telefon.

Enora Gaëc war vor dem ersten Stein stehen geblieben.

Sie nickte beinahe unmerklich. Ihr Blick fixierte den merkwürdig geformten Stein in der Mitte des Kreises.

»Chef, wo sind Sie? Kadeg sucht Sie, er …«

»Es ist zu Ende, Riwal.«

»Zu Ende? Was? Der Fall ist zu Ende?«

»Genau.«

»Aber Jade Quiniou sitzt doch …« Riwal brach ab. »Es ist nicht Jade Quiniou.«

»Enora Gaëc.«

»Enora Gaëc? Warum? Was hat …«

»Später, Riwal, später. Ich kenne die Geschichte. Die ganze Geschichte.«

»War sie es allein? Keine Komplizinnen?«

»Nein, keine.«

Eine mutige Aussage. Ganz zweifelsfrei bestätigt war sie noch nicht. Im Moment war es bloß die Geschichte, die Enora Gaëc ihm erzählt hatte. Aber er glaubte sie. Wenn er ehrlich war, glaubte er ihr alles, jedes Detail. Und: Wenn nicht doch eine der anderen *Sirenen* involviert war, würde auch niemand eine andere Geschichte erzählen können. Alle anderen waren tot.

»Lassen Sie uns so schnell es geht am Cromlec'h abholen.«

»Sie sind am Steinkreis?«

»Und zwar mit einem Auto.«

»Ich … Ja, natürlich, Chef. Le Menn und ich übernehmen das. Die Seenotretterinnen haben uns vorhin wieder auf Ouessant abgesetzt. Zwei der Kollegen warten bei den *daou kilik* auf Goulch. Wir machen uns sofort auf den Weg.«

»Bis gleich.«

Dupin legte auf.

Enora Gaëc hatte die verbotene Demarkation übertreten. Sie war in die Mitte des Kreises gegangen. Zum Zentrum. Und hatte sich direkt neben den merkwürdig geformten Stein auf den Boden gesetzt. Den Blick nach Osten gerichtet. Aufs Meer. Aus dem die Sonne jeden Morgen aufstieg. Erneut schien sich ihr Blick in der Ferne zu verlieren und sie sich mit ihm. Wieder wehten ihre Haare wild im Wind. Dem Kornog.

Dupin blieb einen kurzen Moment vor dem Kreis stehen, dann trat auch er ein. Das sphärische Klingen in seinen Ohren war verschwunden.

Es herrschte eine überwältigende Stille, die nicht einmal das Meer durchließ.

Auch er lief zur Mitte des Cromlec'h. Enora Gaëc drehte den

Kopf zu ihm. Er glaubte, ein Lächeln zu sehen. Dann hatte sie sich wieder abgewandt.

Dupin setzte sich neben sie ins Gras.

Zuerst ging auch sein Blick in die Ferne, zum Meer hinunter.

Vielleicht – vielleicht würde er doch noch eine von ihnen entdecken. Er würde sich vorsehen, ganz sicher, aber schließlich musste er sich doch bedanken.

Er saß regungslos da. Gleich würde die Wirklichkeit über sie hereinbrechen. Vor allem über Enora Gaëc. Dupin kannte das alles zur Genüge. Er spürte großen Widerwillen.

Eines war klar: Auch wenn er die wesentlichen Fakten jetzt kennen mochte, würde er lange brauchen, um zu begreifen, was hier geschehen war. Wenn es ihm überhaupt je gelingen würde.

VIER TAGE SPÄTER

»Et voilà!«

Paul, der Besitzer des *Amiral,* stellte den großen Teller vor Dupin ab, der von dem, was der Wirt stolz präsentierte, beinahe überragt wurde.

»Das Entrecôte.«

Nichts konnte einen besser erden als ein gutes Entrecôte.

»Und hier der Senf.«

Paul stellte das blaue Tontöpfchen ab.

»Das ist das größte Entrecôte, das ich je gesehen habe! Sie meinen es heute Abend besonders gut mit dem Kommissar«, lachte Nolwenn.

Sie war braun gebrannt, die Haare von der Sonne und dem Salz blond gesträhnt und so wild durcheinander, als würden sich der Wind und die Gischt ihrer abenteuerlichen Atlantiküberquerung für immer in der Frisur fixieren wollen. Sie schien vor Energie zu platzen, seit sie gelandet und gestern früh wieder im Kommissariat in Concarneau erschienen war, um Punkt 8 Uhr 30, wie immer. In einem Kleid in karibischen Farben. Der gemeinsame Abend im *Amiral* war ihre Idee gewesen, natürlich. Einmal ausgesprochen, war es beschlossene Sache gewesen. »Es gibt ja nun wirklich einiges zu feiern!«, hatte Nolwenn betont. Riwal hatte begeistert zugestimmt, Le Menn und Nevou ebenfalls. Und sogar Kadeg hatte aufrichtig genickt.

»Ein anständiges Entrecôte ist die beste Medizin! – Und«, Paul machte eine Pause und holte etwas vom Tresen, »und natürlich eine Flasche *Vieux Télégraphe.*«

Dupins Lieblingswein. Ein Châteauneuf-du-Pape. Sogar eine Magnum-Flasche. Wunderbar. Eineinhalb Liter himmlischer Nektar, reine Lust, pures Glück.

»Das wird dich endgültig kurieren, Georges! Du bist ja noch ganz durcheinander.« Paul goss großzügig ein. »Die Wurzeln der Trauben arbeiten sich dreißig Meter tief in die Erde; solider geht es nicht! Das verankert dich wieder fest in unserer Welt!«

Dupin wollte protestieren. Er war nicht durcheinander. Und wenn doch, dann nur ein kleines bisschen.

Der Grund, warum Dupin auf allen Protest verzichtete, lag vor ihm auf dem Teller. Die göttlichen Aromen des kross Angebratenen waren ihm bereits in die Nase gestiegen. Wegen der albernen großen Pressekonferenz, die der Präfekt einberufen hatte – sogar internationale Medien waren gekommen –, hatte er heute Mittag keine Zeit zum Essen gehabt, er hatte einen Bärenhunger, als sie sich eben im *Amiral* getroffen hatten. Das *tartare de saumon,* die Vorspeise, und das Baguette dazu hatten daran noch nicht wirklich etwas ändern können.

Der »sensationelle Jahrhundertfund« – so ein Nachrichtensprecher im Fernsehen – war schon am Montag vom archäologischen Fachbereich der Universität Rennes in Empfang genommen worden, Dienstag waren Experten aus Paris und London eingetroffen. Selbstredend gab es noch keine Verlautbarungen der Wissenschaftler, die »akribische Untersuchung der Gegenstände« habe »gerade erst begonnen«, aber ein unvorsichtiger Professor hatte sich bereits zu der indiskreten Aussage hinreißen lassen, dass eine allererste Inaugenscheinnahme auf die Echtheit der steinzeitlichen Musikinstrumente hinweise. Höchstwahrscheinlich handelte es sich um eine Entdeckung von weltweitem Interesse. Der Presse reichte das für jedwede Spekulation.

Der Schatz war der Welt der Wissenschaft übergeben worden.

Es war geschehen, was Enora Gaëc hatte verhindern wollen. Und nicht nur sie. Dupin dachte an Madame Jaouen. An alle fünf *Sirenen.* Auch wenn er nicht an die großen heiligen Zusammenhänge glaubte – Ouessant würde etwas fehlen. Etwas Wesentliches.

Dupin trank den ersten Schluck Rotwein, nahm den ersten Bissen Entrecôte. Und verlor sich.

»Beim nächsten Fall bin ich wieder dabei, Monsieur le Commissaire!«

Nolwenn riss Dupin aus seiner kleinen Träumerei.

»Natürlich, Nolwenn.«

Er nahm einen mächtigen Schluck. Der Wein war ein Gedicht. Absolut weich und rund und doch berstend von Gehalt und Geschmack, vor allem unendlich vieldeutig.

»Das war wirklich eine verrückte Sache, Chef, oder?«

Riwal, der rechts von Dupin saß, war näher an ihn herangerückt, er hielt ihm das Glas entgegen, um anzustoßen.

»Wie ich es Ihnen gesagt hatte: Wüster, verwegener, mysteriöser geht es nicht.«

Dupin nahm noch einen mächtigen Schluck.

»Der *Sirenen*-Fall. Ich denke …«

Dupins Handy unterbrach den Inspektor.

Es war Claire. Sie war sicher in Paris gelandet und musste umsteigen. Um 23 Uhr 15 würde sie in Brest ankommen.

Dupin stand auf und nahm an.

»Ich habe eben erst gelesen, was da auf Ouessant genau passiert ist, Georges.«

»Es war ein sehr intensiver Fall.«

Dupin hatte das *Amiral* verlassen. Er überquerte die Straße Richtung Kai.

»Ich verstehe. – Gleich sehen wir uns. Ich habe dich vermisst, Georges.«

Dupin wollte nach Sam fragen – ließ es aber.

Er hatte den Kai erreicht. Rechts lag die *Ville Close,* die kein Feind je hatte einnehmen können. Der Granit wurde vom warmen orangen Licht der tief stehenden Sonne zum Leuchten gebracht. Links die Kais der Küstenfischer und lange Stege, die weit in das große Meeresbecken reichten und an deren Seiten die hübschen bunten Boote lagen. Dupin war am Ufer entlanggegangen und hatte den ersten der Stege betreten.

»Hast du gehört? Ich habe dich vermisst, Georges!«

»Ich dich auch.«

Er sagte es mit Bestimmtheit.

»Ich gehe jetzt zum Gate, Georges, bald geht es weiter.«

»Ich fahre um zehn los, damit ich pünktlich am Flughafen bin.«

»Ich kann es nicht erwarten – bis gleich, Georges.«

»Bis gleich.«

Dupin steckte das Telefon in die Hosentasche.

Mit Claire war alles besser. Viel besser.

Er atmete tief die salzige Luft ein.

Bald erreichte er das Ende des Stegs, der friedlich schaukelte. Eine Weile blieb Dupin stehen.

Dann drehte er sich um.

Das Entrecôte wartete auf ihn. Und der Rotwein.

DANK

Ich danke den leidenschaftlichen Ouessantines Sophie Chave und Ondine Morin dafür, mich in einige Geheimnisse der Insel eingeweiht zu haben. Christine Lange danke ich für die Hilfe bei den Reisen an dieses besondere Ende der Welt, Anja für Ideen, Yann-Baol, Annick, Nolwenn, Katell sowie Corinne und Jean-Yves für ihren Beistand in der Zeit der großen Stromlosigkeit nach »Ciarán« – la grosse tempête …

Mehr von Kommissar Dupin –
zum Träumen und Genießen

Hôtel de charme et bonne table

Plage Saint-Jean
29100 Douarnenez Tréboul
0033 2 98 74 00 53
www.hoteltymad.com
info@hoteltymad.com

Ein Lieblingsort von Kommissar Dupin

»Auf der Terrasse des Ty Mad blühte ein Meer von Blumen in verschiedenen Farben, betörende wild vermischte Düfte, kleine Reihen zartgrüner Bambusse, filigrane, hochwachsende Gräser, verschwenderische weiße Rhododendren, dunkelgrüne Kübel mit Olivenbäumchen. Tische, Stühle und Sonnenliegen überall im Garten verteilt. Eine verzauberter Ort. Eine Oase.«

Aus: »Bretonische Flut«

Ty Mad bedeutet auf bretonisch »gutes Haus« und genau das ist es: ein kleines, geschmackvoll eingerichtetes Hotel in der magischen Bucht von Douarnenez. Es liegt gegenüber der mythischen Île Tristan und an dem legendären Küstenweg, auf dem Sie bis zur Pointe du Raz wandern können. Hier erleben Sie die konzentrierte Bretagne.

Bereits in den Zwanzigerjahren wohnten hier berühmte Künstler wie Pablo Picasso, André Breton und Max Jacob. Ein ruhiger, meditativer Ort mit einer besonderen Aura. Die meisten Zimmer besitzen einen fantastischen Blick aufs Meer. Das Hotel verfügt über ein Schwimmbad mit Spa-Bereich; Massagen, Yoga, Musiktherapie können Sie auf Anfrage buchen.

Im Restaurant mit großen Panoramafenstern verwöhnt Sie Didier Lecuisiner mit frischen regionalen Produkten aus biologischem Anbau.

Wir tun alles, um in Ihrem Herzen ein kleines Glücksgefühl zu hinterlassen!

Ihre Armelle Raillard und ihr Team